ハヤカワ文庫NV

〈NV1369〉

アウトランダー

時の旅人クレア 2

ダイアナ・ガバルドン

加藤洋子訳

早川書房

7680

目次

第三部　旅路にて（承前）

第四部　硫黄のにおい

アウトランダー　時の旅人クレア 2

おもな登場人物

クレア……………………………………看護婦
ジェイミー・フレイザー……………23歳の戦士
コラム
ドゥーガル …………………………ジェイミーのおじ
マータフ…………………………………ジェイミーの父方のまたいとこ
ルパート…………………………………ジェイミーの母方のまたいとこ
ヘイミッシュ……………………………コラムの息子
ネッド・ガウアン………………………弁護士
ヒュー・マンロー………………………ジェイミーの友人
アレク・マクマホン・
　　　　マッケンジー…………リアフ城の調馬頭
アーサー・ダンカン……………………地方検察官
ゲイリス・ダンカン……………………アーサーの妻
フィッツギボンズ………………………リアフ城の使用人
ジョナサン・ランダル…………………イングランド軍の大尉
サンドリンガム…………………………イングランドの公爵

第三部　旅路にて（承前）

14　結婚式開催

　目を覚ますと、頭上には梁《はり》のある低い天井があり、顎《あご》の下にはきちんとキルトがたくし込んであった。わたしは下着しか着けていないらしい。服を探そうと起き上がりかけたところで考え直した。そっと体をもとに戻して目を閉じ、頭が転がり落ちて床の上で弾んだりしないよう枕にしっかりと押しつけた。

　うつらうつらしていたのだろう、部屋のドアが開く気配にまた目が覚めた。そっと片目を薄く開けた。ぼやけた輪郭が徐々に形をなし、むっつりしたマータフの顔になった。ベッドの足元から不満そうにわたしを見下ろしている。わたしは目を閉じた。くぐもったスコットランド訛《なまり》が聞こえた。軽蔑と非難の気持ちを表したのだろうが、もう一度目を開けたときには誰もいなかった。

　ありがたくまた無意識に落ちようとしたとき、ふたたびドアが開いて、今度は酒場のおかみらしい中年女が、水差しと洗面器を手に現れた。元気いっぱい部屋へ入ってきて鎧戸《よろいど》をばたんと開けた音が、戦車の衝突音となってわたしの頭を揺るがした。彼女はドイツ陸軍機甲部隊よろしくベッドへ近づいてくると、わたしのか弱い手からキルトを剝ぎ取って脇へ放った。体が剝き出しになり、わたしは震えた。

「さあさあ、起きて」おかみが言った。「支度をしなくちゃ」太い前腕が肩の下に入ってきて、上体を起こされた。わたしは片手で頭を、片手でお腹を押さえた。

「支度？」口の中に苔《こけ》が生えてそのまま腐ったような感じがする。

おかみはせっせとわたしの顔を洗いはじめ、「そうだよ。自分の結婚式を逃したくないだろう？」と言う。

「ええ」おかみは返事を無視してわたしの下着を脱がせ、部屋の真ん中に立たせ、しげしげと眺めた。

いくらも経たないうちに、わたしは服を着てベッドに座っていた。頭はくらくらするし、好戦的な気分だったが、おかみが出してくれたポートワインのおかげでおさまった。彼女がわたしのもつれた髪に櫛《くし》を通すので、二杯目は用心しながら飲んだ。

またドアがばたんと開いたとき、わたしは飛び上がって震え、ポートワインをこぼした。次から次へとなんなのよ、とみじめな気分で思った。今度の客は二人連れだった。マータフとネッド・ガウアンが、どちらも不満そうな顔で現れた。ネッドと睨み合っていると、マータフがベッドのまわりをゆっくり歩き、ためつすがめつわたしを眺めた。マータフがネッドに近づいてなにかささやいたが、声が小さすぎてわたしには聞こえなかった。最後にあきらめたようにわたしを見てから、部屋を出てドアを閉じた。

ようやく髪がおかみの満足のゆく形に結いあがった。後ろの高い位置でまとめて冠をかぶせ、ところどころ引っ張ってゆるめ、耳の前には巻き毛を垂らした。後ろに引っ張られて頭《ず》蓋骨《がいこつ》が破裂しそうだったけれど、おかみが渡してくれた鏡を覗くと、似合っているのは否定しようがなかった。少し人間らしくなった気がして、おかみに礼まで言った。おかみは鏡を残すと、こう言いながら出ていった。夏に結婚式を挙げられるなんて運がいい、髪に飾る花がたくさんあるから、と。

「われら死すべき者たちよ」鏡に映った自分に言って、敬礼した。ベッドに倒れ、濡れた布を顔にかけてまた眠った。

かなりいい夢を見ていた。青々とした野原と野生の花が出てくる夢だった。そのとき気がついた。袖を引く心地よいそよ風だと思ったものは、まるっきりやさしくない二本の手だった。わたしはがばっと跳ね起きた。

目を開けてみると、いまやこの小さな部屋には端から端まで人の顔が並び、地下鉄の駅のように見えた。ネッド・ガウアン、マータフ、宿の主人、おかみ、それにひょろりとした青年。後で宿の主人の息子だとわかったその若者は、腕に山ほど花を抱えていた。だから夢で花の香りがしたのだ。それから丸いヤナギの籠《かご》を抱えた若い女もいた。にこにこ笑って、大事な前歯がいくつか欠けていることを公にしている。

この女は村のお針子だった。わたしの衣装が不十分なので、ドレスを手直しするために雇われたのだ。宿の主人のつてで、すぐに来てもらえた。問題のドレスはネッドの片腕に、死んだ動物のようにぶら下がっていた。ベッドに広げられたそのドレスは、襟ぐりの深い濃いクリーム色のサテンのガウンで、別添えのボディスはたくさんのくるみボタンで留めるようになっていて、そのひとつひとつにフランス王室のユリ形紋章が刺繍《ししゅう》されていた。襟ぐりのラインとパフスリーブは見事なひだ紐《ルーシュ》で飾られ、刺繍入りのチョコレート色のオーバースカートもそうだった。宿の主人は抱えたペチコートになかば隠れ、こわい頬ひげはふわふわの束でほとんど見えなかった。

わたしは灰色のサージのスカートについたポートワインの染みを見て、虚栄心に負けた。もしほんとうに結婚式を挙げるのなら、働き者のおさんどんみたいな姿では挙げたくない。わたしを仕立て屋のマネキンのように立たせ、みんなしてあちこち引っ張って持ち上げて、批評をたれてはぶつかりあって、つかのまのてんてこまいが終わると完成品が現れた。白いシオンと黄色のバラが髪に挿され、レースのボディスの下では心臓が狂ったように打っていた。サイズはぴったりではなかったし、かなり強烈に前の持ち主のにおいがしたものの、サテンは重々しく、幾重にもなったペチコートの上でさらさらとすてきな音をたてた。愛らしいとは言えないものの、すっかり女王気分だった。

「思いどおりにはさせないわよ」マータフについて階段を下りながら、背中に向かって脅すようにささやいたが、それが虚勢なのはマータフも承知していた。もしわたしにドゥーガルをはねつけ、イングランド人に運を任せる勇気があったとしても、ウィスキーに洗い流されていた。

ドゥーガル、ネッド、その他全員が階段の下にある酒場のメインルームで酒を飲み、数人の村人たちと冗談を交わしていた。村人たちは酒場にたむろして酔っ払う以外に、午後の使い方を知らないらしい。

ゆっくり下りてゆくと、ドゥーガルが気づいて不意におしゃべりを中断した。ほかの者も口をつぐみ、わたしは畏敬と賞賛の眼差しをたっぷりと浴び、夢心地で漂い歩いた。ドゥーガルの奥まった目がわたしの頭から爪先まで眺めまわし、最後に顔に留まると、満足そうなうなずきが加わった。

いろいろあったが、男にそんなふうに見られるのはずいぶん久しぶりだったので、わたしはこれでもかというくらい優雅にうなずき返した。

いっときの静けさの後、酒場にいたドゥーガル以外の者はわたしを褒めそやし、マータフでさえ小さくほほえんで、自分の努力の賜物にこっくりとうなずいてみせた。いったい誰があなたをファッション部門の担当者に指名したのよ？　わたしはむっとして思った。それでも灰色のサージで結婚せずにすんだのは、彼のおかげだと認めないわけにはいかなかった。

結婚。ああ、なんてこと。ポートワインとクリーム色のレースに浮かれて、一時的にことの重大さを忘れていた。あらためて思い出すと、腹に一撃を食らったような気がして階段の手摺りにしがみついた。

けれど人だかりを見回して、明らかにひとつ欠けているものがあるのに気がついた。花婿がどこにも見当たらない。窓からうまく抜け出し、すでに遠くへ逃げおおせたかと思うとうれしくなり、ドゥーガルについて外へ出る前に、宿の主人が差し出した門出のワインを受け取った。

ネッドとルパートが馬を取りに行った。マータフはどこかへ消えていた。きっとジェイミーの足跡をたどっているのだろう。

ドゥーガルに腕をつかまれた。建て前は、サテンの上靴で滑らないように、本音は、間際の逃走を防ぐため。

スコットランドの〝あたたかい〟朝、つまり、霧がそれほど濃くなくて、小糠《こぬか》雨にはいたらずとも遠からず、という朝だった。突然宿のドアが開き、太陽が昇った。ジェイミーの姿を借りて。わたしを輝かしい花嫁というのなら、花婿はまちがいなく目もくらむ閃光《せんこう》だった。わたしはぽかんと口を開け、そのまま閉じるのを忘れた。

正装したハイランダーは実に見事だ――どれほど年老いていても、不細工でも、猫背でも。長身で、背筋がまっすぐで、どこから見ても不細工ではない若きハイランダーを間近で見ると、息もできなかった。

豊かな赤毛はブラシをかけられてなめらかに輝き、ローン製のシャツの襟をこする。シャツの胸にはひだが寄せられ、袖は釣鐘形、レースをあしらった手首のフリルは、糊付けされ、ルビー色の飾りピンを留めた喉元のひだ飾りによく合う。タータンは美しい深紅と黒で、マッケンジーの落ちついた緑と白の上で輝いている。燃え立つウールは円形の銀のブローチで留められ、右肩から優雅なドレープを描き、銀の鋲《びょう》を打った剣帯でひと休みしてからウールの長靴下《ホース》を履いたきれいな脛《すね》に落ち、銀の締め金がついた黒いブーツのすぐ上で終わる。剣、短剣、アナグマ革の下げ袋《スポーラン》で完成だ。

六フィートを超える身の丈、がっしりした体格、目を瞠《みは》るほどの容姿、わたしが知っている馬の調教者とはほど遠い――ジェイミーもそれをわかっている。彼はうやうやしく右足を引いて左足を曲げ、非の打ちどころがないお辞儀をすると、いたずらっぽく目を輝かせてささやいた。「なんなりと、奥さま」

「はあ」わたしは力なく答えた。

寡黙なドゥーガルが言葉を失ったところなど、見たことがなかった。いま彼は濃い眉を寄せ、ジェイミーの姿にわたしと同じくらい驚いているように見えた。

「気はたしかか？」とうとうドゥーガルが言った。「誰かに見られたらどうする！」

ジェイミーは皮肉っぽく眉を上げて兄貴分に言った。「おじさん、侮辱するのか？　結婚式当日に？　おれの女房に恥をかかせないでくれ。それに」と、意地悪な光を放つ。「自分の名で結婚しなければ、違法だ。合法な結婚がお望みだろう？」

こちらが肌で感じるほど苦労して、ドゥーガルが落ちつきを取り戻し、言った。「おまえの準備が終わったのなら、はじめよう」

しかしジェイミーの準備は終わっていないようだった。ドゥーガルの怒りをどこ吹く風と、スポーランから白い粒が連なった短い紐を取り出した。前へ出て、わたしの首に巻いた。見下ろしてみると、小さくていびつな真珠のネックレスだった。淡水貝からとれる不揃いな形の真珠で、穴を開けた小さな金色のビーズがあいだを飾っていた。金色のビーズからは、もっと小粒の真珠が下がっている。

「ただのスコットランド産だ」ジェイミーが申し訳なさそうに言った。「でもあなたがつけるとよく映える」彼の指が一瞬わたしの首に触れた。

「それはおまえの母の形見だろう！」ドゥーガルがネックレスを睨みながら言った。

「そうだ」ジェイミーが静かに言った。「いまは妻のものになった。では、行こうか」

どこへ行くのか知らないが、村からは遠いようだった。わたしたち婚礼の行列はひどく辛気くさく、まわりを囲まれた新郎新婦は、遠くの監獄へ連行される罪人に似ていた。話し声といえば、遅れてすまなかったというジェイミーの押し殺した謝罪だけだった。きれいなシャツと大きな体に見合う上着を見つけるのに手間どったのだそうだ。

「これは、このあたりの名士の息子のものだと思う」と、レースのひだ飾りをつまみながら言った。「ちょっと洒落ている」

小さな丘の麓《ふもと》で馬を下りた。ヒースの茂みを小道が上っている。

「手はずは整えたか？」ドゥーガルが馬をつなぎながら低い声でルパートに尋ねるのが聞こえた。

「ええ」黒い顎ひげに白い歯が光った。「司祭を説得するのに手こずりましたが、特別許可

「証を見せました」ルパートがスポーランを叩くと、ちゃりんと心地よい音がして、特別許可証がなんたるかわたしにもわかった。

　小糠雨と霧の向こうに、ヒースからそびえるチャペルが現れた。信じられない思いで見つめた。丸屋根と、小さなガラスのたくさんはまった奇妙な窓。陽光の輝く朝に、フランク・ランダルと結婚したチャペルだ。

「嘘！」わたしは叫んだ。「ここはだめ！　嫌よ！」

「シーッ、静かに。大丈夫、落ちつけ。心配ない」ドゥーガルが大きな手をわたしの肩にのせ、怖がりの馬をなだめるようなスコットランド音を出した。「落ちつかないのは当然だ」と、全員に言った。強い手に背中を押されて前へ進んだ。靴が湿った落ち葉に沈んだ。

　ジェイミーとドゥーガルに両脇を固められ、逃げられなかった。肩掛け《ブレード》をまとった二人の存在感に圧倒され、ヒステリーを起こしそうだった。二百年ほど後、わたしはこのチャペルで結婚するのだ。そのときは古風な雰囲気にうっとりして。いまのチャペルは新しくて板がまだ馴染んでいないのできしみ、わたしは、首に賞金がかかった二十三歳のスコットランドのカトリックの童貞と結婚しようとしている――急にパニックに陥って、ジェイミーに振り向いた。「あなたとは結婚できない！　ラストネームも知らないのに！」

　ジェイミーはわたしを見下ろし、赤い眉毛を上げた。「ああ、フレイザーだ。ジェイムズ・アレグザンダー・マルコム・マッケンジー・フレイザー」と、ひとつひとつゆっくり正確に発音した。

わたしはすっかりうろたえて「クレア・エリザベス・ビーチャム」と言い、ばかみたいに手を差し出した。ジェイミーは支えてほしいのだと勘違いして、わたしの手をとり、しっかり肘にからめた。こうしてすっかり捕らえられて、わたしは結婚式へとぬかるんだ小道を歩きはじめた。

ルパートとマータフはチャペルの中にいて、連れてきた司祭を見張っていた。瘦せぎすの若い司祭は鼻が赤く、無理もないが怯《おび》えた顔をしていた。ルパートは大きなナイフでのんきにヤナギの小枝を削っていた。角製の握りのピストルはチャペルへ入るときに抜いたとはいえ、すぐに手が届く洗礼盤の縁に置いてあった。

ほかの男たちも神の家にふさわしく武装を解き、チャペルの後方の会衆席に物騒な山ができた。ジェイミーだけ短剣と剣を持ったままなのは、正式な衣装の一部だからだろう。ジェイミーとわたしは木の祭壇の前にひざまずき、マータフとドゥーガルが証人の位置に立ち、式がはじまった。

カトリックの結婚式は、数百年ではさほど変化はなく、わたしを隣にいる赤毛の若者に結びつける言葉は、わたしをフランクに嫁がせたものと大差なかった。冷たい空っぽの貝殻になった気分だった。若い司祭がとつとつと語る言葉が、空っぽのみぞおちにこだました。

誓いのときがくると、わたしは機械的に立ち上がった。冷たい指が新郎の力強い手に握られるのを、ある種、麻痺したようにぼんやりと眺めていた。彼の指はわたしのと同じくらい冷たかった。そのときはじめて悟った。表向きは冷静に振る舞っていても、わたしと同じくらい不安なのだ。

　それまでは目を合わせるのを避けてきたけれど、いま見上げると、彼が見下ろしていた。青ざめて、慎重に表情を消している。肩の傷に包帯を巻いてあげたときのような顔だ。ほほえみかけようとしたが、唇は頼りなかった。彼の指に力が加わった。二人でたがいを支えあっているような感覚だった。もしどちらかが手を離すか目をそらすかしたら、二人とも落ちる。妙なことに、そう思うと少し元気が出た。この先どうなろうと、とりあえず二人一緒だ。

「わたしは汝《なんじ》、クレアをめとり……」ジェイミーの声は震えていなかったが、手は震えていた。わたしはぎゅっと握った。二人の指は、万力に挟まれた板のようにくっついた。「……愛し、敬《うやま》い、守り……良いときも悪しきときも……」言葉は遠くから聞こえた。頭から血の気が引いた。骨で張りをつけたボディスは残酷なまでにきつく、寒いのにサテンの下では汗が両脇を流れた。気を失わないよう祈った。

　チャペルの横手の壁の高い位置に、小さなステンドグラスの窓があった。熊の毛皮をかぶったバプテスマのヨハネの粗描だ。緑と青の影が袖に落ちるのを見て酒場を思い出し、酒がほしくてたまらなくなった。

　わたしの番。腹立たしくも呂律《ろれつ》がまわらない。「わたしは、な、汝、ジェイムズを……」しっかりしろ。ジェイミーは立派にやりおおせたのだから、わたしだってできるはずだ。

「……今日のこの日よりいつまでも……」声がしっかりしてきた。

「死が二人を分かつまで」感動的な最後のひと言が静かなチャペルに響き渡った。まるで仮死状態に陥ったようにすべてが静止した。そのとき司祭が、指輪を、と言った。その場が急にざわめき、一瞬マータフの焦った顔が見えた。誰かさんが指輪を用意するのを忘れたらしい、とようやくわかりかけたとき、ジェイミーが手を離し、自分の指から指輪を抜いた。

わたしの左手にはまだフランクの指輪がはまっていた。大きな金属の輪が右手の薬指を通るとき、どの指も青い光の下で青ざめて硬直し、凍りついたように見えた。指輪はぶかぶかで、ジェイミーがその手で包み込んでくれていなければ抜け落ちていた。

司祭がさらになにごとかをつぶやき、ジェイミーがわたしにくちづけた。儀礼的な軽いくちづけに止めようとしているのはよくわかったけれど、彼の唇が柔らかくあたたかかったので、本能的に身を寄せた。どよめきが聞こえた。列席者がスコットランド訛でひやかしたり、けしかけたりするのも聞こえた。けれどなにより痛切に感じたのは、抱擁のあたたかさと確かさだった。聖域。

体を離した。二人ともいくぶんか落ちつき、神経質にほほえんでいた。ドゥーガルがジェイミーの短剣を鞘《さや》から抜いた。なにごとだろう。ジェイミーがまだわたしを見つめたまま、掌を上にして手を出した。短剣の先が手首を横切るのを見て、わたしは息を呑んだ。血がにじんで、どす黒い筋が浮かんだ。逃げる間もなく手をつかまえられ、焼けつくような痛みが走った。すばやくドゥーガルがわたしとジェイミーの手首を合わせ、白いリネンの紐《ひも》で結んだ。

わたしはふらついたのだろう、ジェイミーが空いている左手で肘を支えてくれた。「しっかり」やさしい励まし。「もうすぐ終わる。おれの言うことをくり返して」それはゲール語の短い二、三文だった。意味はわからなかったが、母音でつっかえながらも、ジェイミーについておとなしく繰り返した。リネンの紐が解かれ、傷口の血が拭い取られ、わたしたちは夫婦になった。

誰もが安心し、興奮して、丘を下りた。陽気な婚礼の列と言ってもおかしくなかった。少人数で、花嫁以外は全員男だったけれど。

麓まであと少しというところで、わたしは空腹と二日酔いと一日の疲れに襲われた。新郎の膝に頭を乗せて、湿った落ち葉に横たわった。ジェイミーは濡れた布でわたしの顔を拭ってくれた。

「そんなに辛かったのか？」わたしを見下ろしてにやりと笑った。けれどその目には不安そうな表情が浮かんでいて、わたしは心を動かされた。ぎこちなくほほえみ返した。

「あなたのせいじゃないわ。ただ……昨日の朝食から後、なにも食べていないし——飲むのはたくさん飲んだけど」

ジェイミーが唇を歪めた。「聞いたよ。それならおれでも力になれる。前にも言ったとおり、妻に捧げられるものは少ないが、約束する。ひもじい思いはさせない」そう言ってほほえみ、照れくさそうにわたしの顔にかかった巻き毛を人さし指で払った。

わたしは起き上がろうとして、手首の燃えるような痛みに顔をしかめた。式の最後の部分を忘れていた。傷口が開いているのは、横になったせいにちがいない。ジェイミーの手から布をとって、どうにか手首に巻いた。

「めまいがしたのは、そのせいだろう」ジェイミーが見つめながら言った。「前もって言っておくべきだった。顔を見るまで、知らないとは思わなかった」

「あれはなんなの？」布の端を押し込みながら尋ねた。

「異教崇拝じみているが、このあたりでは普通の婚礼の儀に加えて血の誓約を交わすのが習慣になっている。やらない司祭もいるが、おれからすれば、なにを否定するでもないと思う。司祭もおれと同じくらい怯えた顔をしていた」ほほえみながら言った。

「血の誓約？　内容は？」

ジェイミーがわたしの右手をとって、間に合わせの包帯の端をそっと押し込んだ。

「英語で言うと、韻を踏む。こうだ――

〝あなたはわたしの血、わたしの骨。

肉体を捧げよう、ひとつになれるよう。

心を捧げよう、ひとつの人生を歩めるよう〟」

ジェイミーが肩をすくめた。「普通の誓いの言葉と変わらない、ほんの少し……そう、素朴なだけだ」

わたしは包帯を巻いた手首を見下ろした。「ええ、そのようね」

あたりを見回した。道端のポプラの木陰に二人きりだった。丸い落ち葉が地面に散り、水たまりの中で錆びた硬貨のように光っていた。とても静かだった。ときおり枝から雫《しずく》が落ちる音だけが聞こえた。

「ほかの人たちは？　宿へ戻ったの？」

ジェイミーが顔をしかめた。「いや。介抱するから向こうへ行けと言った。近くで待っているだろう」農夫みたいに顎をしゃくった。「二人きりにしても大丈夫だと思ってもらうには、なにもかも公式になるのを待たねば」

「公式じゃないの？」わたしは呆然として言った。「結婚したのに？」

ジェイミーが照れくさそうにあちらを向き、丁寧にキルトから落ち葉を払った。

「ウーン。たしかにおれたちは結婚した。だが、拘束力を発揮するには、床入りまで終わらなければ」レースのひだ飾りから、真っ赤な色がゆっくり昇っていった。

「ウーン」わたしは言った。「戻ってなにか食べましょう」

15　新床での意外な事実

宿に戻ると食事が用意されていた。控えめな婚礼のごちそうで、ワイン、焼きたてのパン、それにローストビーフがあった。

食事の前に顔を洗おうと階段へ向かうと、ドゥーガルに腕をつかまれた。

「この結婚を完遂しろ、確実に」ドゥーガルが低い声できっぱりと命じた。「そうすれば間違いなく合法になるし、婚姻無効の宣言も通用しない。さもないと、われわれ全員の首を危険に曝《さら》すことになる」

「どっちにしろ、そうなるんでしょう？」わたしは邪険に答えた。「とくにわたしの首を」

お尻をぴしゃりと叩かれた。

「心配するな。おまえは自分の役割をこなせばいい」そう言って、この女にちゃんと役割がこなせるだろうかと訝《いぶか》るように、わたしをじろじろ眺めた。

「ジェイミーがあっちのほうもおやじ似だとしたら、なにも心配はいらない。おれが保証する。ああ、ジェイミー！」馬をつないできたジェイミーが部屋に入ってくると、ドゥーガルはそちらへ飛んでいった。ジェイミーの表情の変化から、同じ命令が口にされていることがわかった。

いったいどうしてこんなことになったのだろう？　わたしは自問した。六週間前は、スコットランドの丘で、夫へのおみやげに野生の草花を無邪気に摘んでいた。いまは、田舎の宿に閉じ込められ、よく知りもしない男を夫として迎えようとしている。命と自由が惜しければ、強いられた結婚を床入りによって完成させよと命じられて。

わたしは借り物の衣装に身を包み、体をこわばらせ、怯えてベッドに腰かけた。部屋の重いドアが音もたてずにさっと開き、閉まった。

ジェイミーはドアにもたれ、わたしを見つめた。ふたりのあいだの気まずさがいやましになった。ようやく沈黙を破ったのは、ジェイミーだった。

「怖がらなくていい」やさしい声だった。「飛びかかったりしない」わたしは思わず笑った。

「そうね、あなたがそうするとは思えないわ」それどころか、わたしがそうしてと言うまで、触れようともしないだろうと思っていた。つまり、まもなくそれ以上のことをしてくれと言わなくてはならないわけだ。

わたしは訝るようにジェイミーを見た。もし彼に魅力を感じていなければ、ことはむずかしかっただろう。実際はその反対だった。けれどこの八年、フランク以外の男と床をともにしたことはない。おまけにこの若者は、自身の言によると、まったくの未経験なのだ。わたしだって、〝筆おろし〟に力を貸した経験はない。すべてに納得がいかないことはさておき、純粋に実際的な問題だけを考えてみても、いったいどこから手をつけたらいいのだろう？このぶんだと三、四日経っても、こうして見つめ合っているだけだ。

わたしは咳払いをして、ベッドの隣を叩いた。

「えーと、座らない？」

「ああ」ジェイミーが大きな猫のように部屋を横切ってきた。けれど隣に座らずに、スツールを置いてわたしの正面に腰を下ろした。少しためらいながら両手を伸ばし、わたしの手を包んだ。大きくて、指がごつごつしていて、すごくあたたかい。手の甲にはうっすらと赤い産毛が生えている。手の感触に軽いショックを覚え、旧約聖書の一節を思い出した——『ヤコブの肌はなめらかだったが、兄のエサウは毛深かった』フランクの手は細長く、つるんとして貴族的な感じがした。わたしに講釈をたれるときの彼の手の動きに見とれたものだ。

「ご主人の話をしてくれ」わたしの心を見透かしたように、ジェイミーが言った。わたしは驚いて手を引っ込めそうになった。

「ええ？」

「聞いてくれ。おれたちはここで三、四日一緒に過ごす。おれは知らないことを知っているふりをするつもりはないが、農場で長いあいだ暮らしてきた。人間がほかの動物とそう変わらないのなら、おれたちもまもなくするべきことをしなくてはならない。だがそのまえに話し合って、おたがい怖がるのはやめよう」いまの状況をストレートに言われて、少し肩の力が抜けた。

「わたしが怖い？」彼は怖がっているようには見えない。緊張してはいるだろうけれど。シャイな十六歳の少年ではないにせよ、これがはじめてなのだ。彼がわたしの目を見つめ、ほほえんだ。

「ああ、あなたが怖がるよりも。だから手を握っている。おれの手が震えないように」信じられなかったけれど、応えてぎゅっと握り返した。

「いい考えね。触っていれば、話すのも少しは楽だわ。でも、なぜ夫のことを訊くの？」フランクとのセックス・ライフを話してほしいのだろうか。それを聞けば、なにを期待されているかわかるから？

「ご主人のことを考えているだろうと思ったからさ。考えずにはいられないだろう、この状況では。おれにはご主人の話ができないと思ってほしくない。いまはおれが夫だが――口にするところそばゆいな――ご主人を忘れなくてはならない理由はないし、忘れようとする必要もない。あなたが愛した人だ、すばらしい人だったんだろう」

「ええ、すばらしい人……だった」わたしの声は震え、ジェイミーが親指で手の甲を撫でてくれた。

「ならばおれは、彼の妻に仕えることで、彼を讃えよう」そう言ってわたしの手を掲げ、両方に優雅にくちづけた。

わたしは咳払いした。「紳士的な発言ね、ジェイミー」

彼がいきなりにやりと笑った。「そうさ。ドゥーガルが下で乾杯しているあいだに考えたんだ」

わたしは深く息を吸い込んで、言った。「訊きたいことがあるの」

笑みを消し、ジェイミーが見下ろした。「そうくると思った。この状況では知りたがってもおかしくない。で、なにが知りたい？」彼が急に顔を上げると、青い瞳がランプの明かりでいたずらっぽく輝いた。「なぜまだ童貞かって？」

「うーん、それはあなた個人の問題だと思うわ」わたしはつぶやいた。急に暑くなってきたような気がして、ハンカチを出そうと片手を引いた。ポケットを探ると、なにか固いものに触れた。

「忘れてた！　あなたの指輪を持ったままだった」指輪を取り出し、ジェイミーに返した。ずっしり重い金の輪に、表面を丸く磨いたルビーがついている。ジェイミーは指にはめるかわりに、スポーランを開けて中におさめた。

「父の結婚指輪だ」ジェイミーが言った。「いつもはつけないが……その、今日はそうしているように見せかけて、あなたに敬意を表したかった」そう白状すると、少し頬を赤らめ、急いでスポーランを閉めた。

「とても光栄に思ったわ」わたしは思わずほほえみながら、言った。彼の壮麗な衣装にルビーの指輪を加えるのは、炭坑の町、ニューキャッスルに石炭を運ぶようなものだが、行為の陰にある気遣いに打たれた。

「できるだけ早くあなたの指に合うのを買おう」ジェイミーが約束した。

「指輪なんていいのよ」いささかばつの悪い思いだった。なにしろ、わたしはじきにいなくなるのだから。

「えーと、大事な質問があるの」わたしは聴き手に静粛を呼びかけた。「いやだったら答えなくていいの。どうしてわたしと結婚したの？」

「ああ」ジェイミーがわたしの手を離し、少し身を引いた。一瞬答をためらい、腿《もも》の上のウールを撫でた。分厚い布の下で、筋肉の長い筋がぴんと張っているのが見えた。

「そうだな、あなたと話すのが楽しいからかな」ジェイミーがほほえみながら、言った。

「ごまかさないで」わたしは譲らなかった。「どうして？」

ジェイミーが真顔になった。「話す前に、クレア、ひとつ頼みがある」ゆっくりと言う。

「なに？」

「正直でいてくれ」

わたしはひるんだにちがいない、ジェイミーが膝に手をついてぐっと乗り出した。

「話したくないことがあるのはわかっている、クレア。話せないことがあるのは」

あなたは自分がどれだけ的を射ているか、知らないのよ、とわたしは思った。

「けっして無理強いはしない、それに、個人的なことまで話せとは言わない」ジェイミーは真剣だった。目を落とし、いまは掌と掌を合わせている両手を見た。

「おれにも話せないことはある、とりあえずいまはまだ。だから、話せないことは話さなくていい。だがお願いだ――話すなら、真実を聞かせてくれ。おれも真実を聞かせる。いま、おれたちのあいだにあるのは――敬意だけだ。その敬意の中には秘密はあっても嘘はないと、おれは思う。きみはそう思わないか？」ジェイミーは掌を上にして差し出し、同意を求めた。手首に血の誓約の痕が黒く残っている。わたしはそっと掌を重ねた。

「ええ、そう思うわ。正直であると誓います」彼の指がやさしくわたしの指を包んだ。

「おれも正直であると誓う」そう言って、深く息を吸った。「なぜあなたと結婚したか、と言ったね」

「ただちょっと知りたいだけ」わたしは言った。

ジェイミーがほほえんだ。目の中のユーモアが、大きな口に移った。「それもしかたない。理由はいくつかある。そのうちのひとつ――いや、ふたつ――は、まだ話せない。それで、最大の理由は、あなたがおれと結婚した理由と同じだと思う。ジャック・ランダルからあなたを守るためだ」

大尉のことを思い出すと、身震いがした。ジェイミーが、握った手に力を込めた。

「もう安全だ」ジェイミーがきっぱりと言った。「あなたにはおれの姓と家族とクランがある。必要とあらば、命がけであなたを守る。おれが生きているかぎり、あいつには二度と触れさせせない」

「ありがとう」わたしは言った。たくましく、若く、意を決した表情、広い頬骨に硬い顎を見ているうち、ドゥーガルのめちゃくちゃな計画が、案外理にかなっているのかもしれないと思えた。

〝命がけであなたを守る〟彼を見ていると、その言葉はとりわけ強く響いた——決然とした広い肩、月光の下で〝見せびらかし〟た、優雅で猛々しい剣さばきを思い出した。彼は本気だ。年は若くても、それがどういう意味かわかっているし、傷に耐えて証明してみせた。わたしが看護したパイロットや歩兵よりも若いのに、彼ら同様、命を張るとはどういうことかわかっている。彼の誓いはロマンティックなものではなく、命にかえてわたしを守るという約束、そのものずばりだった。お返しになにか捧げられたらいいのに、とそればかりを思った。

「あなたほど勇敢な人はいないわ」わたしは正直に言った。「でも、そのために、その、結婚したの？」

「そうだ」ジェイミーがうなずいた。またほほえんだが、今度は少し凄みがあった。「おれはあの男をよく知っている。できることなら犬一匹だってあいつには渡さない。か弱い女ならなおさらだ」

「光栄だわ」皮肉っぽく言うと、ジェイミーが笑った。立ち上がり、窓辺のテーブルのところへ行った。誰かが——たぶん宿のおかみが——野の花をウィスキーのタンブラーに生けてくれていた。その後ろにワイングラスがふたつとボトルがあった。

ジェイミーがグラスに注ぎ、戻ってきてわたしにひとつ手渡しながら、またスツールに腰を下ろした。

「コラムの秘蔵っ子ほど旨《うま》くはないが」彼がほほえんで言った。「それほど悪くもない」軽くグラスを上げた。「ミセス・フレイザーに」やさしく言われると、わたしはまた恐ろしくなった。なんとか気を鎮め、グラスを上げた。

「正直に」わたしは言い、二人同時に呷《あお》った。

「それがひとつ目の理由ね」グラスを下ろしながら、言った。「ほかにも話せるのはある？」

ジェイミーはしげしげとグラスを見つめた。「もしかしたらあなたと床をともにしたかっただけかもしれない」そして不意に顔を上げた。「思ってもみなかった？」

わたしをどぎまぎさせるつもりなら首尾は上々だったけれど、わたしはそれを顔には出すまいと思った。

「で、そうなの？」大胆に尋ねた。

「正直に言えば、そうだ」青い目がじっとグラスの縁を見ている。

「それならかならずしも結婚する必要はないじゃない」わたしは言い返した。

ジェイミーがいかにも憤慨した顔になった。「おれは結婚前にそんなことをするような男じゃない！」

「みんなしてるわ」彼の純粋さがかわいい。

ジェイミーはしばし途方に暮れ、もごもごとなにか言った。それから落ちつきを取り戻すと、堂々と威厳をもって、「うぬぼれて聞こえるかもしれないが、おれは〝みんな〟の一人ではないし、みんながしているからするというような安易な真似はできない」

これにはわたしもすっかり参った。そこで、あなたが騎士道精神あふれる紳士的な人なのはわかっていると言って安心させ、彼の動機にうっかり疑いをかけたことを謝った。とってつけたようなおべっかの後、ジェイミーが空いたグラスを満たすあいだ、わたしたちは黙っていた。

しばらく静かにワインを味わった。率直なやりとりの後で、二人とも少し照れていた。わたしにも彼に捧げられるものはあるわけだ。一度も考えなかったというと嘘になる。わたしたちがこんなばかげた状況に陥るより前に、考えていた。こんなに魅力的な若者なのだもの。それにあのとき。リアフ城に着いて間もないころ、彼の膝に抱かれ、そして――

わたしはグラスを傾け、ワインを飲み干した。もう一度、ベッドの隣をぽんぽんと叩いた。「こっちに来て」わたしは言った。「そして」――隣り合って座る気まずさをやわらげてくれる、あたりさわりのない話題を探した――「そして、家族の話を聞かせて。あなたはどこで育ったの？」

彼が座るとベッドがぐっと沈み、わたしはそっちに倒れ込まないよう手を突いた。あんまり近いので、シャツの袖が腕に触れた。わたしは掌を上に向けて腿に置いた。ジェイミーが自然にその手をとった。わたしたちは壁にもたれ、二人とも顔は上げていたが、まるで溶接されたようにつながっているのを痛切に感じていた。

「さて、どこからはじめようか？」ジェイミーが大きな足をスツールに乗せ、くるぶしを交差させた。彼もやはりハイランド人なのだとわかって、ちょっとおかしくなった。スコットランドのハイランド地方で起きた重要な出来事の裏にかならずといっていいほど潜んでいる家族やクランのややこしい関係を、彼は喜んで解き明かそうとしている。ある晩、フランクとわたしは村のパブで、二人の老人の会話に心を奪われた。このあいだ納屋が倒壊したのは、そのあたりの二家族が反目し合っているからで、その諍《いさか》いは一七九〇年頃まで遡れるというのだ。だんだん慣れてきたものの、軽いショックを受けた。時間の霧の彼方に勃発したと思っていたその諍いは、まだはじまっていないのだ。心の動揺を抑えながら、わたしは無理やりジェイミーの話に気持ちを向けた。

「知ってのとおり、父はフレイザーだ。現ラヴァット領主の、腹違いの弟だ。母はマッケンジー。ドゥーガルとコラムがおれのおじだというのは知っているね？」わたしはうなずいた。色は違えど、いやというほどよく似ている。広い頬骨と、長く通った高い鼻は明らかにマッケンジーのものだ。

「そう、母は二人の姉で、さらにもう二人、妹がいた。ジャネットおばは母と同じく亡くなったが、ジョカスタおばはルパートのいとこに嫁いで、アイリーン湖の近くに住んでいる。ジャネットおばには六人子供がいた。息子が四人、娘が二人。ジョカスタおばには三人、全部娘だ、ドゥーガルには娘が四人、コラムにはヘイミッシュだけ、おれの両親には、おれと姉。姉はジャネットおばの名をもらったが、おれたちはいつもジェニーと呼んでいた」

「ルパートもマッケンジーなの？」わたしは尋ねた。すでに全員を把握するのに苦労していた。

「そうだ。彼は――」ジェイミーが一瞬考えて、言葉を止めた。

「彼はドゥーガルとコラムとジョカスタの実のいとこだから、おれのまたいとこだな。ルパートの父とおれの祖父、ジェイコブは兄弟で、ほかに――」

「ちょっと待って。必要以上に遡るのはやめましょう。でないと、ほんとうにこんがらがっちゃう。まだフレイザーにもたどり着かないのに、いとこでつまずきそうよ」

ジェイミーが思案するように顎をさすった。「うーん。フレイザー側は、もう少し込み入っている。祖父のサイモンは三回結婚したからな。つまり、父には腹違いの兄弟姉妹が二組いた。おれにはいまも生きている六人のおじと三人のおばがいることはとりあえず忘れよう。そうすればそっちのいとこは無視できる」

「ええ、そうしましょう」わたしは前へ乗り出し、二人のグラスにワインを注いだ。

マッケンジーとフレイザーの領地はある区間だけ隣接しているそうだ。沿岸からはじまり、ネス湖の南岸を過ぎるまで隣り合っている。たいていの境界がそうであるように、この境界も地図には載っていないし非常に曖昧で、時代や習慣や同盟関係に従って上がったり下がったりしている。この境界沿いに、言い換えればフレイザーの領地の南端に、ブロッホ・トゥアラッフの小さな地所があった。ジェイミーの父、ブライアン・フレイザーの土地だ。

「土地はよく肥えていて、魚はまずまず獲れたし森では狩りもできた。六十の小自作農地と、小さな村を抱えていた――ブロッホ・モルダという村だ。それからもちろん領主の邸宅《ブロッホ》だ――最新式のね」誇らしそうに言った。「いまは家畜と穀物用に使っている古い円塔もある。

ドゥーガルとコラムは姉がフレイザーに嫁ぐのを快く思っていなかったから、彼女が結婚によってフレイザー一族になるのではなく、相続により譲られた土地の所有権を死ぬまでもつことを条件にした。結婚を機に父はラリーブロッホ――そこの住人はそう呼んでいた――を祖父であるラヴァット領主から譲られた。だが譲渡証書には、おれの母、エレンが産んだ子だけに土地を譲るという条項が加えられた。もし母が子を産まずに死んだら、父の死後、土地はラヴァット領主に返還される。父がほかの妻とのあいだに子をもうけてもその子には いかない。だが父は再婚しなかったし、おれは母の息子だ。だからラリーブロッホはおれの土地だ、価値があるかはわからないが」

「昨日、財産がないって言わなかった？」わたしはワインをすすり、おいしいのに気がついた。飲めば飲むほどおいしくなるような気がした。そろそろやめたほうがいいのかもしれない。

ジェイミーが首を振った。「たしかに土地はおれのものだ。だが、いまは恩恵には与《あずか》っていない。そこへ行けないから」弁解がましく言い添える。「ほら、首に賞金がかかっているだろう？」

フォート・ウィリアムから脱走した後、ジェイミーはドゥーガルの家、ベナフ（〝祝福を受けた〟という意味だそうだ）へ連れていかれ、傷を癒し、負傷による発熱をやりすごした。そこからフランスへ渡り、二年間、スペインとの国境付近でフランス軍とともに戦った。

「フランス軍に二年もいて、童貞？」信じられなくて、つい尋ねた。フランス人はたくさん看てきたから、二百年で彼らの女性に対する態度ががらりと変わったとは思えなかった。

ジェイミーが口角を上げ、横目でわたしを見た。

「フランス軍ご用達の売春婦を見たことがあれば、サセナッフ、おれに女に触れる勇気があったら驚くだろうよ。まして床をともにするとは」

わたしがむせてワインを噴き出し、咳をすると、ジェイミーが背中を叩いてくれた。顔を真っ赤にしてあえぎながらも、ジェイミーに話のつづきをうながした。

彼は一年ほど前にスコットランドへ帰ってきて、六カ月一人で、あるいは〝半端者〟――クランに属さない者――の一党と、森でその日暮らしの生活をしたり、国境沿いの土地で家畜を襲ったりしていた。

「そんなとき、誰かに斧かなにかで頭を殴られた」肩をすくめて言った。「それから二カ月間のことは、ドゥーガルの言葉を借りなくてはならない。記憶が定かでないから」

ジェイミーが襲われたとき、ドゥーガルは近くの地所にいた。ジェイミーの仲間から知らせをうけ、手をつくして甥をフランスへ送った。

「どうしてフランスだったの？」わたしは尋ねた。「そんな遠くへ送るのは、危ないように思うけど」

「おれをその場に置いておくよりましだ。いたるところ、イングランドの斥候《せっこう》だらけだった――おれたちは、おれと仲間たちは、派手に動き回っていたからね――ドゥーガルは、意識不明のおれがどこかの小屋で捕まるのを望まなかったのだろう」

「彼の屋敷でも、でしょ」わたしは少し嫌みに言った。

「彼の屋敷へ連れていこうにも、ふたつ厄介なことがあった」ジェイミーが答えた。「ひとつには、そのときイングランド人の客がいたこと。もうひとつには、おれの様子を見て、どのみち死ぬと思ったらしい。だから修道院へ送った」

フランスの海辺にあるサンタン・ド・ボプレ修道院は、アレグザンダー・フレイザーの支配下にある。つまり、この修道と礼拝の場を統率する修道院長こそ、ジェイミーの六人のおじの一人だ。

「彼とドゥーガルは普段はそりが合わない」ジェイミーが言った。「だがドゥーガルにはわかっていた。自分のところではおれにしてやれることはほとんどないが、もしおれを助けてくれるものがあるとしたら、それはフランスにある、とね」

そのとおりだった。僧たちが医療を心得ていたのと、ジェイミーがもともと丈夫だったおかげで、ドミニコ修道会の聖なる兄弟の看護をうけ、彼は生き延び、少しずつ元気になっていった。

「元気になり、戻ってきた」と、ジェイミー。「ドゥーガルとその部下が海岸まで迎えに来てくれ、マッケンジーの領土へ向かう途中で、その、あなたに会った」

「ランダル大尉は、あなたが家畜を盗むところだったって言ったわ」わたしは言った。

ジェイミーは非難をものともせず、ほほえんだ。「ドゥーガルは、利益《は》を得るチャンスを見逃すような男ではない。なかなか立派な家畜の群れがいて、野原で草を食み、まわりには誰もいない。それなら……」人生には避けてとおれぬものがあるし、何事も運命さ、とばかりに肩をすくめた。

わたしが出くわしたのが、ドゥーガルの部下とランダルの竜騎兵の衝突の終幕だったことはまちがいない。追ってきたイングランド人の居所を突き止めると、ドゥーガルは部下の半分に家畜の群れをまかせて先に行かせ、残りの半分とともに茂みに隠れてイングランド人を待ち伏せた。

「上首尾だった」ジェイミーが満足そうに言う。「奴らの目の前に飛び出し、雄叫びをあげて部隊の真ん中を突っ走った。もちろん向こうは追ってきた。鬼ごっこをして丘を上り、小川を渡り、岩を飛び越えた。その間ずっと、ほかの仲間は牛と一緒にマッケンジーの領地へ向かっていたわけだ。それからおれたちはイングランド兵を振りきり、はじめてあなたと会った小屋に隠れ、闇に紛れて抜け出すときを待った」

「ふうん」わたしは言った。「でも、そもそもなぜスコットランドへ戻ってきたの？　フランスにいたほうが、ずっと安全だったんじゃない？」

ジェイミーが答えようと口を開き、ふと思い直したのかワインをすすった。彼の秘密の領分に近づきつつあるのはまちがいない。

「長い話さ、サセナッフ」答を避けて、言った。「また今度にしよう。それよりいまは、あなたの話を。家族のことを聞かせてくれ。もちろん、無理にとは言わない」と、急いで言い添える。

少し考えてみたが、両親とラムおじさんのことを話しても、危険はなさそうに思えた。ラムおじさんはいい仕事を選んでくれたものだ。考古学がとらえどころのない学問だというのは、二十世紀も十八世紀も同じだろうから。

そこで、わたしは話した。自動車や飛行機といったつまらぬものや、それにもちろん戦争のことは省いて。ジェイミーは熱心に耳を傾け、いろいろ尋ね、両親の死には同情し、ラムおじさんの人柄と仕事に興味を示した。

「そして、フランクに会ったの」これで身の上話は終わり。まだなにか、危なくない範囲で話せることはあるだろうか。思案していたら、ジェイミーが助けてくれた。

「彼のことは、まだ話さなくていい」その言葉に思いやりを感じた。わたしは黙ってうなずいた。目の前が少しぼやけた。ジェイミーが握っていた手を離し、片腕を回してわたしの頭を肩にそっと抱き寄せた。

「いいんだ」やさしく髪を撫でてくれた。「疲れただろう? 一人にしようか?」

イエスと言いたい誘惑に駆られたけれど、それはずるくて臆病な行為だと思った。咳払いをして体を離し、首を振った。

「いいえ」深呼吸をして、言った。彼はほのかに石鹼とワインの香りがした。「大丈夫。聞かせて――子供のころ、どんな遊びをしていたか」

部屋には太い十二時間蠟燭《ろうそく》があった。一時間ごとに、黒い輪の目盛りがついている。わたしたちは三目盛り分話しつづけ、ワインを注ぐときと、部屋の隅のカーテンの後ろへ用を足しに行くとき以外はずっと手をつないでいた。何度目かの用足しから戻ってきながら、ジェイミーがあくびをして伸びをした。

「すっかり遅くなったわね」わたしも立ち上がりながら言った。「寝たほうがいいわ」

「わかった」うなじをさすりながら、ジェイミーが言った。「寝る？　それとも眠る？」冷やかすように眉を上げて、口角を上げた。

実をいえば、一緒にいるとすごくくつろいだ気分になれたから、なぜそこにいるのか忘れかけていた。彼の言葉で、わたしはすっかりパニックに陥った。「それは――」と、小さな声で言った。

「どちらにせよ、ガウンのままでは眠らないだろう？」ジェイミーがいつもの現実的な声で尋ねた。

「それは、ええ。そうね」次から次へといろんなことがあったので、寝巻のことなど考えもしなかった――どっちにしろ、持っていない。いままでは、シュミーズ姿か裸で寝ていた。陽気しだいで。

ジェイミーが持っているのは、いま着ている服だけだ。シャツ姿か裸で寝ようとしているのはまちがいない。物事をあっという間に結論にいたらしめてもおかしくない状況だ。

「それならおいで、レースとか何とかに、手を貸そう」

わたしの服に手をかけたとき、彼の手はほんとうに震えていた。けれど、ボディスにたくさんついている小さなホックと格闘するうちに、照れもいくらか消えたようだった。

「どうだ！」最後のひとつが外れると、ジェイミーは勝ち誇ったように言い、わたしたちは声を合わせて笑った。

「今度はあなたに手を貸すわ」これ以上時間を稼いでも意味はないと思った。手を伸ばし、シャツのボタンを外し、中に手を滑り込ませて肩先までたどり、ゆっくり胸を撫で下ろし、こわい毛と、乳首のまわりの柔らかいくぼみを感じた。わたしが膝をついて腰の鋲打ちベルトを外すあいだ、ジェイミーは激しく息をしながらじっとしていた。

いつかそうなるのなら、いまでもいいはずだ。わたしはキルトの下の、硬く引き締まった腿をゆっくり撫で上げた。このときには、スコットランドの男がキルトの下になにを着ているか――着ていないか――よくわかっていたとはいえ、そこにジェイミーしかないのは、やはりショックだった。

ジェイミーがわたしを立たせ、屈んで唇を重ねた。そうしながら両手を下へやり、ペチコートの紐を探った。ペチコートは床に落ち、糊がきいたスカートのひだ飾りの波に埋もれ、わたしはシュミーズ一枚になった。

「どこでこんなキスを習ったの？」少しあえぎながら尋ねた。ジェイミーがにやりと笑って、また抱き寄せた。

「童貞だと言ったが、坊さんだとは言っていない」もう一度くちづけた。「手ほどきが必要なときがきたら、そう言うよ」

ジェイミーに強く抱き締められると、いますぐにでもことをはじめられる状態なのがわかった。驚いたことに、わたしもいつでも大丈夫だった。正直に言うと、夜更けたせいか、ワインのせいか、ジェイミーの魅力のせいか、単にご無沙汰だったせいかわからないが、彼が欲しくてたまらなかった。

シャツの裾《すそ》をズボンのウェストから引き抜き、胸を撫で上げて親指で乳首を転がすと、一瞬で硬くなった。ジェイミーが突然わたしを胸に押しつけた。

「わっ！」息苦しくてもがいた。ジェイミーがごめん、と言いながら腕を解いた。

「いいの、大丈夫よ。もう一度キスして」今度のキスはシュミーズの肩紐を抜きながら。ジェイミーは少し離れて乳房を包み、わたしがしたように乳首をこすった。わたしがキルトの留め金を探っていると、彼が手をとって導いてくれ、留め金はぱちんと外れた。

いきなりジェイミーがわたしを抱き上げ、ベッドに座って膝に乗せた。少しかすれた声で、言った。

「手荒だと思ったりやめてほしくなったら、いつでも言ってくれ。だが結ばれるまでに、だ。その後は止められそうにない」

答えるかわりに、わたしはジェイミーのうなじに両手を回し、自分の上に引き倒した。太腿のあいだの滑りやすい裂け目に導いた。

「ああ《ホーリー・ゴッド》」ジェイムズ・フレイザーが言った。みだりに神の名を口にすることのない男が。

「やめないで」わたしは言った。

終わって横になっていると、ジェイミーがわたしの頭を胸に抱いているのは自然に思えた。ぴったり寄り添って、最初の遠慮は、分かち合った興奮とたがいを発見する喜びに消えていた。「思ってたとおりだった？」わたしは詮索した。ジェイミーがくっくっと笑うと、耳の下で深く響いた。

「ほとんど。思っていたのは――いや、なんでもない」

「だめ、言いなさい。どう思ってたの？」

「言わないよ。笑われるから」

「笑わないって約束する。言って」ジェイミーがわたしの髪を撫で、乱れた巻き毛を耳にかけた。

「わかった。その、向かい合うとは思っていなかった。後ろ向きでするると思っていた、馬みたいに」

約束を守るのは大変だったけれど、わたしは笑わなかった。

「おかしいだろう？」ジェイミーが言い訳するように言った。「ただその……ほら、子供がどうやって知識を得るか、知っているだろう？　それに、子供のころの思い込みってなかなか抜けないものだから」

「人間が愛し合うのは見たことないの？」これには驚いた。小作人の小屋で、家族全員がひとつの部屋で眠るのを見ていたから。ジェイミーの一家は小作人ではないが、それでも夜更けに目覚めて大人が愛し合うのを見たことがないとは、稀有《けう》な存在ではなかろうか。

「もちろん見たことはある。だが、シーツに隠れていたからね。男が上にいるのしかわからなかった。知っていたのはそれだけさ」

「うん。そうだと思った」

「きみを押しつぶさなかったか？」少し不安そうに尋ねた。

「大丈夫。気にしないで、でも、そんなふうに思ったの？」わたしは笑わなかったけれど、にんまりするのを抑えられなかった。ジェイミーの耳の付け根がほんのり赤くなった。

「ああ。一度、ある男が女を抱くのを見たことがある、屋外でね。だがそれは……レイプだった。だから、後ろからしていた。その印象が残って、言ってみれば、くっついて離れなかった」

ジェイミーは、例の馬をあやすテクニックを使ってわたしを抱いていた。けれどそれは、だんだん意思をもった動きに変わりはじめた。

「訊きたいことがある」背中を撫で下ろしながら、彼が言った。

「なに？」

「よかった？」少し恥ずかしそうに尋ねた。

「ええ、とっても」わたしは正直に答えた。

「やっぱり。そうだろうと思ったんだが、マータフに言われた。女はたいがいあれが嫌いだから、できるだけ早く終わらせろ、と」

「マータフったらわかってないわね」わたしは憤然と言った。「女にとっては、時間をかけるほどいいの」ジェイミーがまたくっくっと笑った。

「きみのほうがマータフより詳しいようだ。このことでは夕べ、山ほど助言をもらったんだ。マータフとルパートとネッドから。ほとんどがありえないように思えたから、自分の判断に従おうと決めた」

「いまのところはうまくいってるわ」彼の胸毛を指にからめながら。「ほかにはどんなお言葉を頂戴したの？」蠟燭の明かりでジェイミーの肌は赤く輝いた。おもしろいことに、当惑でさらに赤くなった。

「教えられない。さっきも言ったが、どっちにしろ、まちがっていたんだ。いろんな動物が交尾するのを見たが、奴らは助言なしでやっている。人間だってできるはずだ」

ロッカールームやポルノ雑誌ではなく、納屋や森でセックス指南を受けた若者の話を、わたしはひそかに楽しんでいた。

「なんの交尾を見たの？」

「ああ、いろいろさ。うちの農場は森の近くだったし、おれはたいていそこにいた。狩りをしたり、逃げた牛を探しに行ったり。馬と牛はもちろん、豚、鶏、鳩、犬、猫、アカシカ、リス、ウサギ、イノシシ、ああ、それから一度、蛇も」

「蛇！」

「そう。知っていたか？　蛇にはふたつアレがついてるんだ——オスの蛇に、だが」

「知らなかった。それ、ほんとう？」

「ほんとうさ。しかも、両方ともふた股になっている、こんなふうに」そう言って、人さし指と中指をVの字にして見せた。

「メスの蛇は、さぞ落ちつかないでしょうね」わたしはくすくす笑いながら、言った。

「いや、彼女も楽しんでいたように見えた」と、ジェイミー。「たぶんね。蛇は表情が豊かじゃないから」

わたしは彼の胸に顔を埋め、大笑いした。心地よいムスクの香りが、素っ気ないリネンのにおいに混じった。

「シャツを脱いで」起き上がってシャツの裾を引っ張りながら、言った。

「なぜ？」尋ねながらも起き上がり、従った。わたしは彼の前で膝をつき、裸体に見とれた。

「なぜなら、あなたを見たいから」わたしは答えた。とても美しい体だった。長く優雅な胸と肩の曲線から、腹のくぼみと腿までなだらかに流れる平らな筋肉。ジェイミーが眉を上げた。

「それなら公平にいこう。今度はきみが脱いで」彼は手を伸ばして、わたしがしわだらけのシュミーズから抜け出すのを手伝い、腰の下までずらした。そうして脱がせると、わたしの腰をつかんで熱心に観察した。わたしは眺め回されて居心地が悪くなった。

「女の裸を見たことがないの？」わたしは尋ねた。

「いや、だがこんなに近くで見るのははじめてだ」ジェイミーがにやりと笑った。「しかも、自分の女の裸は」両手で腰を撫でる。「広くていい腰だ。たくさん産めるだろう」

「なんですって？」わたしは怒って身を引いたけれど、彼に引き戻され、ベッドに押し倒された。わたしがおとなしくなるまで押さえつけ、それから抱き上げてまたくちづけた。

「法的に正当な結婚にするには、一度で十分なのはわかっているが……」恥ずかしそうに言いよどむ。

「もう一度、したい？」

「いやか？」

わたしは今度も笑わなかったが、笑いを堪《こら》えたせいで肋骨がきしるのを感じた。

「いいえ」真面目に答えた。「いやなわけないわ」

「お腹空いた？」しばらく後、わたしはやさしく尋ねた。

「飢え死にしそうだ」ジェイミーが屈んでわたしの乳房をそっと噛み、顔を上げてにやりとした。「だが食べ物もほしい」そしてベッドの端に転がった。「台所に冷めた牛肉とパンがあるはずだ、たしかワインも。とってくるから、夕飯にしよう」

「いいの、寝ていて。わたしが行くわ」わたしはベッドから飛び下り、ドアに向かいながら、廊下の寒さに備えてシュミーズの上にショールを羽織った。

「待て、クレア！」ジェイミーが叫んだ。「おれが行ったほうが――」わたしはもうドアを開けていた。

わたしが戸口に現れると、階下のメインルームの炉端で、飲み、食い、さいころを振っていた十五人ほどの男たちが、やかましい歓声で出迎えた。わたしは一瞬、踊り場で立ちつくした。こちらを見上げる十五のいやらしい顔が、暖炉の火明かりに揺らめいて見える。「おいおい！」その場にいたルパートが怒鳴った。「まだ歩けるじゃねえか！　ジェイミーはお務めを果たしとらんのか？」

これにはどっと笑いが起こり、つづいてジェイミーの技量について、さらに下卑た言葉が贈られた。

「ジェイミーがもう使い物にならねえなら、おれがかわりをするぜ！」背の低い、黒髪の若者が申し出た。

「こいつはやめとけ、おれにしろよ！」別の男が叫んだ。

「彼女はおまえらなど相手にせん！」マータフが酔っ払いの大声で言った。「ジェイミーの次は、こういうのがほしいのさ！」頭上で大きな羊の骨つき肉を振り回すと、部屋じゅうが笑いで揺れた。

わたしは身をひるがえして部屋に戻り、ばたんとドアを閉めて背中を当て、ジェイミーを睨みつけた。裸でベッドに横たわり、肩を震わせて笑っている。

「忠告はしたぜ」あえぎながら言った。「きみの顔！」

「なんなの」わたしは悲鳴に近い声をあげた。「あの人たち、なにをしてるのよ？」

ジェイミーが優雅に新床から滑り出て膝をつき、床の上に散らかった服を集めはじめた。

「証人」きっぱりと言う。「ドゥーガルはなんとしてでもこの結婚を成立させるつもりだ」キルトを手に背筋を伸ばし、腰に巻きながらにっこり笑った。「きみの評判が地に落ちてしまったかな、サセナッフ」

ジェイミーがシャツを着ずにドアへ向かった。「出ちゃだめ！」わたしはにわかにパニックに襲われ、叫んだ。彼が振り向いて安心しろとほほえみ、掛け金に手をかけた。「大丈夫さ。もし下にいるのが証人なら、なにか見せてやったほうがいい。それに、これから三日間、ひやかされるのが怖くて飢え死にするのはごめんだ」

彼は部屋を出て、下品な喝采の中におりていった。ドアを少し開けたまま行ったので、彼が台所へ向かう途中、大声の祝福や、淫《みだ》らな質問や助言が飛び交うのがわたしにも聞こえた。

「初体験はどんなもんだった、ジェイミー？　血が出たか？」このだみ声はルパートにちがいない。

「いや、だが、へらず口をやめないと、あんたが血を見ることになるぞ」ジェイミーの威厳のある声が、スコットランド訛で答えた。これにはどっと歓声がわき、ジェイミーが部屋を横切って台所へ行き、階段を上るときまでひやかしの声は続いた。

わたしはほんの少しだけドアを開け、ジェイミーを中に入れた。階下の暖炉のせいで彼の頬は赤らみ、手には食べ物と飲み物を山と抱えている。彼が中に入ると、最後にどっと歓喜の声があがった。わたしはドアをばたんと閉じて歓声を消し、閂《かんぬき》をかけた。

「たくさん持ってきたから、しばらくおりなくていい」ジェイミーが意識してわたしの目を避けながら、テーブルに皿を並べて言った。「食べるか？」

わたしはジェイミーの体越しにボトルをつかんだ。「まだいいわ。いまは飲みたいの」

ジェイミーがあまりにも切羽詰まっていたので、彼が上手ではなくても応えてしまった。わたしは教えをたれたいとも自分の経験を語りたいとも思わず、彼がしたいようにさせた。ただしときおり、体重はわたしの胸ではなく、あなたの肘で支えて、といったようなことをさりげなく頼んだ。

やさしさを求めるには、ジェイミーはあまりにも飢えていて不器用だったけれど、本人は愛を交わすことに果てしもない喜びを見出しているようだった。童貞もまんざら悪くはない。ジェイミーはわたしが痛くないかとせいいっぱい気を配り、こちらはそれをかわいいと感じつつ、面倒だとも思った。

三度目の対戦の途中、わたしは激しくのけぞって、叫んだ。ジェイミーは驚き、申し訳なさそうにたちまち体を離した。

「ごめん」彼が言った。「傷つけるつもりはなかった」

「傷つけてないわ」わたしはけだるく伸びをした。夢見心地だった。

「ほんとうか？」怪我はないかとわたしを見回しながら、彼が言った。そのときひらめいた。マータフとルパートが大急ぎで行なった講義では、重要な点が抜け落ちていたのだ。

「毎回そんなことが？」わたしが教え導くと、ジェイミーが目を瞠って尋ねた。わたしは

『カンタベリー物語』のバースの女房（結婚は女が支配権を握ればなにもかも上手くいくと説く）か日本のゲイシャになった気がした。まさか性愛術の指南をするとは思ってもみなかったが、その役割にはちょっとした魅力があるのを認めざるをえなかった。

「いいえ、毎回じゃないわ」楽しくなって、わたしは言った。「男が上手なときだけよ」

「へえ」彼の耳がほのかに赤くなった。彼の顔から率直な好奇心が消え、むくむくと決意が湧きあがるのを見て、少し不安になった。

「次のときは、どうすればいいか教えてくれ」彼が言った。

「特別なことはしなくていいの」わたしは答えた。「ゆっくり、やさしくすればいいの。待つことないわ。あなた、まだできるでしょう?」

ジェイミーが驚いた。「きみは待たなくていいのか? おれは、すぐには無理だ――」

「そうね、男と女は違うのよ」

「そのようだ」彼がぼそっと言う。

ジェイミーがわたしの手首を親指と人さし指でつかんだ。「きみは……すごく小さいから、痛い思いをさせるんじゃないかと、心配なんだ」

「痛くなんかない」わたしはいらいらと言った。「それに、痛くても気にしないわ」ジェイミーがすっかり混乱しているのを見て、どういう意味か教えてあげることにした。

「なにをしてる?」ぎょっとしてジェイミーが尋ねた。

「黙って見てなさい」やがて、わたしは歯を使いはじめ、だんだん力を入れていくと、ジェイミーが息を呑んで鋭い悲鳴をあげた。そこでやめた。

「痛かった?」わたしは尋ねた。

「ああ、少し」喉を絞められたような声だった。

「やめてほしい?」

「やめないでくれ!」

そこで、わざと荒っぽくしてつづけると、ジェイミーが急に痙攣《けいれん》し、うめいた。まるで心臓を根っこから引き抜かれたような声だった。彼は横たわり、震えながら激しく息をしていた。目を閉じたまま、ゲール語でなにかつぶやいた。

「なんて言ったの?」

「こう言った」ジェイミーが目を開けながら、答えた。「心臓が破裂するかと思った」

わたしは自分に満足してにっこり笑った。「あら、マータフとお仲間は、話してくれなかったの?」

「いや、話してくれた。そいつは、おれが信じなかったことのひとつさ」

わたしは笑った。「それなら、ほかになにを話してくれたか、聞かないほうがよさそうだわ。でも、あなたが荒っぽくても気にしないと言った意味は、わかってもらえた?」

「ああ」ジェイミーが深く息を吸い、ゆっくり吐いた。「おれがきみにいまのをしたら、同じように感じる?」

「どうかしら」ゆっくり答えた。「まだよくわからない」わたしはできるだけフランクのことを考えないようにしてきた。新床には、二人の人間しかいるべきではないと思ったからだ。二人がどういう経緯でそこへ来たかは関係ない。ジェイミーは、体も心もフランクとは正反対だった。ふたつの体がほんとうに出会える方法はいくつもないし、わたしたちはまだその領域を開拓していなかった。そこでは愛の行為が無限に広がる。体はたしかに応じてはいたけれど、まだ未開の領域がある。

ジェイミーが、脅す真似をして眉を上げた。「へえ、きみにも知らないことがあるのか。一緒に探してみようじゃないか。おれに体力が戻ったら」ジェイミーがまた目を閉じた。「来週あたり」

夜明け前に目が覚めた。恐怖に震え、こわばっていた。直前まで見ていた夢を思い出せなかったが、いきなり現実に引き戻されたことが同じくらい怖かった。昨夜は、新たな親密さがもたらした喜びに、いま置かれている状況をつかのま忘れることができた。いま一人で、隣に寝ているのは人生が複雑にからみ合ってしまった見知らぬ人となると、形のない恐怖でいっぱいの場所に漂っている気分だった。

わたしは嘆きの声をもらしたにちがいない。突然シーツが盛り上がり、ベッドにいた見知らぬ人が、足元でキジが飛び立つようなすばやさで床に飛び下り、ドアのかたわらにうずくまった。夜明け前の暗さでは、姿はほとんど見えなかった。

戸口でじっと耳を澄ますと、すばやく音もなく、ドアから窓へ、そしてベッドへと部屋の中を調べた。彼の腕の角度から、なにか武器を持っているのがわかったが、暗闇ではそれがなんなのかはわからなかった。

異常がないとわかってわたしの隣に座ると、彼はナイフだかなんだかをヘッドボードの上の隠し場所に収めた。

「大丈夫か？」彼がささやいた。わたしの濡れた頬を、指で撫でた。

「ええ。起こしてごめんなさい。怖い夢を見たの。いったい——」わたしは、いったいなぜあんなに急にベッドから飛び出したのか、尋ねようとしたところだった。

大きくてあたたかい手にむき出しの腕を撫でられ、質問を遮られた。「無理もない。凍えてる」その手にせっつかれてキルトの下にもぐり、彼のぬくもりが残る場所へと体を動かした。「おれのせいだ」彼がつぶやいた。「キルトを一人占めしていた。人と一緒に寝るのには、まだ慣れていないんだ」そう言ってキルトで二人を包むと、隣に寝そべった。すぐに、また手を伸ばしてわたしの頬に触れた。

「おれのせいか？」静かに尋ねた。「おれが嫌いか？」

わたしはすすり泣きではなく、短い、しゃっくりのような笑い声をたてた。「いいえ、あなたのせいじゃないわ」暗闇で手探りし、手を握って安心しようとした。指が、キルトのひだとあたたかい肌に触れた後、ようやく探していた手を見つけた。わたしたちは隣り合って寝そべり、低い木の天井を見つめていた。

「もしわたしが、あなたを嫌いだと言ったらどうしてた？」わたしは不意に尋ねた。「いったいあなたになにができた?」彼が肩をすくめると、ベッドがきしんだ。

「床入りがうまくいかなかったから、きみが取り消しを求めているとドゥーガルに伝えたかな」

今度はちゃんと笑った。「うまくいかなかった? 証人があれだけいるのに?」

わたしに向けられた顔がほほえんでいるのがわかるほど、部屋が明るくなってきた。「あそうさ、証人がいようといまいと、確実に言えるのはおれたちだけだ。それに、おれを嫌っている相手と結婚するより、恥をかいたほうがましだ」

彼のほうを向いた。「嫌っていないわ」

「おれもきみを嫌っていない。そして、憎み合っていても結婚してうまくいった例はたくさんある」彼がそっとわたしに寝返りを打たせ、背中にぴたりと寄り添った。手で乳房を包んだ。誘ったり欲しがったりしているのではなく、そこが定められた置き場所みたいな感じだった。

「怖くない」彼がわたしの髪にささやいた。「おれがいる」何日ものあいだではじめて、ぬくもりと癒しと安全を感じた。曙光《しょこう》の下でまどろみかけたとき、ようやく頭上のナイフを思い出し、また不安になった。いったいなにが、新床の男を武装させるほど警戒させるというのだろう?

16　いつの日か

苦労の末に勝ち取った親密さは朝露とともに消え、午前中はとても気まずい空気が流れていた。ほとんど会話もなく部屋で朝食をとった後、ときどき他人行儀な言葉を交わしながら、宿の裏の小さな山に登った。

頂上でわたしは丸太に座って休み、ジェイミーは数フィート離れた地面に腰を下ろし、マツの若木にもたれかかった。背後の茂みで小鳥が飛び回っている。マヒワかツグミだろう。わたしはその穏やかな羽音に耳を傾け、小さな綿雲が漂うのを眺め、この状況にふさわしい礼儀作法を考えた。

沈黙が耐えがたいほど重くなってきたとき、不意にジェイミーが言った。「おれは――」そこで口をつぐみ、赤面した。赤くなるのはわたしのほうだと思ったけれど、少なくとも二人のうち一人が赤くなれるなら、それでよかった。

「なあに？」できるだけ励ますように言った。

ジェイミーがまだピンクの頬のまま、首を振った。「なんでもない」

「言って」片足を伸ばし、爪先でおずおずと彼の脚を突ついた。「正直に、でしょう？」ずるいやり方ではあったが、これ以上咳払いをしたり目をそらしたりするのには耐えられなかった。

ジェイミーが膝をぎゅっと抱いていた手をゆるめて少し体を倒し、まっすぐわたしを見据えた。

「こう言おうと思った」小さな声だった。「きみのはじめての相手となる光栄に浴した男が、きみがおれに寛容だったのと同じぐらい、きみに寛容だったことを願う」少しはにかんでほほえんだ。「だが考え直してみると、言いたいのはそんなことじゃなかった。ほんとうは……その、こう言いたかったんだ、ありがとう、と」

「わたしはそもそも寛容な人間じゃないもの！」わたしはぴしゃりと言って視線を落とし、ありもしない服の汚れをせっせと払った。大きなブーツが視界に侵入してきて、わたしのくるぶしを突ついた。

「正直に、だろう？」彼が真似をした。目を上げると、にやりと笑った唇の上で、からかうように眉が上がっていた。

「そうね」わたしは弁解するように言った。「まあ、一回目は、そりゃあ多少はそうだったけれど」彼が笑い、わたしはわれながら驚いたことに、まだ赤面できるのを知った。

火照った顔に涼しい影が落ち、大きな手にしっかり握られて立ち上がった。ジェイミーはわたしが座っていた丸太に腰かけ、おいでと膝を叩いた。

「座って」彼が言った。

わたしはあらぬほうを向いたまま、しぶしぶ従った。ジェイミーがわたしを胸に抱きよせ、腰に腕を回した。一定のリズムで打つ心臓の鼓動を背中に感じた。

「さて」彼が言った。「いまでも触れていなければ話せないなら、少し触れ合うことにしよう。またおれに慣れたら知らせてくれ」彼は体を後ろに倒し、二人がオークの影に入るようにした。なにも言わずわたしを抱き、ただゆっくり息をしていた。わたしは彼の胸が上下し、髪に息がかかるのを感じた。

「いいわ」しばらくして、言った。

「よし」彼が手をゆるめ、わたしを向かい合わせた。近くからだと、頬と顎にちくちく生えた赤褐色の無精ひげまで見えた。指で撫でてみた。古風なソファのフラシ天のような手触りで、硬くもあり柔らかくもあった。

「ごめん」彼が言った。「今朝は剃《そ》れなかった。昨日の式の前にドゥーガルから剃刀《かみそり》を渡されたが、取り返された——初夜の後でおれが自分の喉を裂くのではないかと心配したんだろう」彼がにやりと笑い、わたしもほほえみ返した。

ドゥーガルの名前で、昨夜の話を思い出した。

「思ったんだけど……」わたしは言った。「昨夜、言ったわよね。フランスから戻ってきたとき、ドゥーガルたちと海岸で出会ったって。どうして自分の屋敷かフレイザーの土地へ戻らずに、彼と一緒に帰ってきたの？　だって、ドゥーガルのあなたに対する態度といったら……」わたしはためらって、最後まで言わなかった。

「ああ」わたしの体重を均等に支えられるよう脚を動かしながら、ジェイミーが言った。彼が考える音が聞こえそうな気がした。考えはすぐにまとまった。「お尋ね者になった

「うん、きみも知っておいたほうがいいだろう」そこで顔をしかめた。「しばらくは……もうやけっぱちになっていた。おれがフォート・ウィリアムを――出て、しばらくは……もうやけ

経緯は話したとおりだ。おれがフォート・ウィリアムを――出て、しばらくは……もうやけっぱちになっていた。父がそのころ亡くなり、姉は……」また口をつぐんだ。彼の中で、葛藤のようなものがあるのを感じた。わたしは振り返り、彼を見た。いつもは陽気な顔が、なにか強い感情で翳《かげ》っていた。

「ドゥーガルが教えてくれた」ゆっくり言った。「ドゥーガルが教えてくれた――姉には子がいると。ランダルの子だ」

「なんてこと」

横目でちらりとわたしを見て、目をそらした。その目はサファイアのように輝いていた。ジェイミーが一、二度急いでまばたきをした。

「おれは……戻る気になれなかった」低い声で言った。「そんなことの後で、姉の顔を見るなんて。それに」――ため息をつき、きっと口元を結んだ――「ドゥーガルに言われた……赤ん坊を産んだ後、姉は……当然だ、姉にはとても養いきれない。一人ぼっちになったんだから――くそっ、おれが一人にしたんだ！ ドゥーガルが言うには、ほかのイングランド兵をあてがわれたそうだ。守備兵の一人だ。どんな男かはドゥーガルも知らなかった」

ジェイミーが激しく息を呑み、今度は冷静に語りはじめた。「おれはもちろん、なけなし

の金を姉に送った。だがおれは……手紙さえ書かなかった。なにが書けた？」力なく肩をすくめた。

「とにかく、フランスで戦うのに飽きたころだ。アレックスおじから、ホロックスというイングランド人脱走兵の話を聞いた。その男は軍隊を離れ、ダンウェアリーのフランシス・マクリーンに雇われた。ある日ホロックスは酔っ払って、おれがフォート・ウィリアムから脱走したとき、当地で守備兵をしていたともらした。そしてあの特務曹長を撃った男を見た、と」

「じゃあその人は、あなたの無実を証明できるのね！」これはよい知らせだと思ったので、そう言った。ジェイミーがうなずいた。

「そうだ。だが脱走兵の証言は重要視されないだろう。それでも取っかかりにはなる。少なくともおれは自分の無実を知っている。そしておれは……どうやってラリーブロッホへ戻ればいいのかわからなかった。それも、吊るされずにスコットランドの地を踏めたらの話だ」

「ええ、あなたの言うとおりね」わたしは冷静に答えた。「でも、なぜそこにマッケンジー一族が関わってきたの？」

つづいて姻戚関係やクランの同盟関係について、あれやこれやと込み入った話が出てきたが、とどのつまり、フランシス・マクリーンはマッケンジー一族側に通じていたということらしい。マクリーンはコラムにホロックスの話を伝え、コラムはドゥーガルを送ってジェイミーと接触させた。

「そういうわけで、おれが鞭《むち》打たれたときドゥーガルは近くにいた」ジェイミーは言葉を切り、太陽に目を細めた。「後になって悩んだ。その、彼がやったのかもしれない、と」

「斧で殴ったかも、って？　血のつながったおじさんが？　またどうして？」

どれだけわたしに話したものかと推し量るように眉間にしわを寄せていたかと思うと、ふと肩をすくめた。

「きみがどれだけマッケンジー一族のことを知っているか、わからない」彼が言った。「だが何日もネッド・ガウアンと並んで馬に乗っていれば、ある程度は聞いただろう。あの男のことだから、しゃべらずにいられないはずだ」

わたしが笑顔を浮かべたのを見て、ジェイミーがうなずいた。「コラムには会ったね。彼が長生きできないだろうということは誰の目にもわかる。だがヘイミッシュはまだ八つだ。あと十年はクランを率いるなんて無理だ。となると、もしヘイミッシュが成長する前にコラムが死んだらどうなる？」さあ答えて、とわたしを見た。

「そのときは、ドゥーガルが長になるんじゃないかしら」ゆっくり答えた。「とりあえず、ヘイミッシュが大きくなるまでは」

「そう、そのとおりだ」ジェイミーがうなずいた。「だがドゥーガルはコラムではない。そしてクランの中には、おとなしくドゥーガルに従わないだろう連中がいる――もしかわりがいれば」

「なるほど」わたしはゆっくり言った。「で、あなたがそのかわりなのね」

彼を丹念に眺め回せば、かなりの可能性があるのを認めないわけにはいかなかった。ジェイミーはジェイコブの孫だ。母方だけとはいえ、マッケンジーの血を引いている。長身で美しく、スタイルのよい若者、明らかに知性があり、人々をまとめる術《すべ》を心得ている。フランスで戦い、戦闘を率いる能力があることを示した。見逃せない事実だ。首にかけられた賞金でさえ、越えられない障害ではなくなるかもしれない――もし領主になれたなら。

イングランド側はハイランドですでに多くの問題を抱えている。小さな反乱は頻繁に起こるし、反乱がないときは国境襲撃やクラン同士の争いがある。一大クランの領主を殺人――クランの者たちは無実を信じている――で訴えて、暴動の危険を冒すまでもない。弱小クラン、フレイザーの男を吊るすのと、リアフ城に押し入ってマッケンジー一族の長を引きずり出し、イングランドの法のもとに処するのは別のことだ。

「コラムが亡くなったら、領主になるつもり？」ジェイミーが苦境から抜け出すひとつの方法ではあるが、それ自体、障害だらけのように思えた。

わたしの言葉に、ジェイミーがふっと笑った。「いや。たとえその権利があると思っても――思ってはいないが――そんなことをしたらクランはばらばらになる。ドゥーガルの仲間がおれの支持者に立ち向かうだろう。誰かに血を流させてまで権力を手に入れたいとは思わない。だがドゥーガルとコラムはおれの気持ちをたしかめようがない。だから危険を冒すよりは、あっさりおれを殺したほうが安全だと思っても、おかしくはない」

わたしは顔をしかめて、あれこれ考えてみた。「だけど、ドゥーガルとコラムにあなたの本意を話せばいいじゃない……ああ」尊敬の思いで彼を見上げた。「話したわね。宣誓式で」

ジェイミーが危険な状況をどれだけうまく乗りきったかは、わかっていた。いま、どれだけ危険だったかを知った。クランの男たちがジェイミーの宣誓を聞きたがっていたのはまちがいない。コラムが聞きたがっていなかったのと同じくらいたしかだ。あのような宣誓をすれば、マッケンジー一族の者だと認めることになる。つまり、クランの長になる可能性をもつことになるのだ。宣誓を拒めば、殴られるか殺されるかだった。宣誓しても――裏で――同じ目に遭った。

それがわかっていたから、儀式から距離をおくという賢い選択をしたのだ。そしてわたしのそこつな脱走計画のせいで奈落の縁に連れ戻されたとき、極細の綱の上をたしかな足取りで渡り、見事に向こうへたどり着いたのだ。ジュ・スウィ・プレスト、まさにそのとおり。

わたしの納得した表情を見て、ジェイミーがうなずいた。

「そうだ。あの晩おれが宣誓をしていたら、夜明けを拝めなかったかもしれない」

それを聞いてぞっとした。おまけに、考えなしにそんな目に遭わせたのはわたしなのだ。ベッドの上のナイフが、急に賢い予防措置そのものに思えてきた。リアフ城で、どれだけの夜を武装して過ごしたのだろう、死の訪れを予期して。

「寝るときはいつも武装している、サセナッフ」わたしはなにも言わないのに、ジェイミーが言った。「修道院にいたころをのぞけば、短剣を握って眠らなかったのは昨夜がはじめてだ」かわりになにを握っていたかを思い出したのだろう、にやりと笑った。

「なぜわたしの考えていたことがわかったの？」笑いを無視して、尋ねた。ジェイミーは人が好さそうに首を振った。

「きみはスパイにはなれない、サセナッフ。考えていることがすぐ顔に出る。さっききみは、おれの短剣を見て赤くなった」輝く頭を傾げて、値踏みするようにわたしを眺めた。「昨夜、正直であってくれと頼んだが、必要なかった。きみは嘘をつけない」

「じゃあ、嘘をつくのが下手だから」わたしは少々つっけんどんに言った。「あなたはわたしをスパイだと思っていない、と考えていいのね？」

ジェイミーは答えなかった。わたしの肩越しに宿を見下ろしていたかと思うと、急に弓弦《ゆづる》のように体をこわばらせた。わたしは一瞬ぎょっとした。が、ジェイミーの気を引いた音がすぐに聞こえてきた。蹄《ひづめ》の音や馬具がぶつかる音だ。大勢の男が馬に乗って、宿に向かっていた。

ジェイミーが用心しながら、道を見下ろせる茂みの陰にうずくまった。わたしはスカートをたくし上げ、できるだけ静かに後について這っていった。

道は岩が突き出たところで鉤形《かぎがた》に曲がり、そこからゆるやかなカーブを描いて宿のある谷間へ下りていた。朝のそよ風がこちらへ来る集団の音を運んできたが、一、二分してようやく最初の馬が鼻を覗かせた。

二十から三十人ほどの男たちだった。ほとんどが革のズボンとタータンを身につけているが、色と柄はさまざまだった。全員が例外なく武装していた。どの馬の鞍《くら》にも最低でも一挺、マスケット銃が結わえられ、ほかにもピストル、短剣、剣がたくさん見えた。荷を運ぶ四頭の馬が積んだ大きな鞍袋には、まだまだ武器が隠されているにちがいない。六人の男が、荷も鞍も乗せていない馬を数頭曳《ひ》いていた。

勇ましい装いとは裏腹に、男たちはくつろいでいるように見えた。数人ずつ集まって、しゃべったり笑ったりしている。けれどそちこちに、警戒の目を周囲に光らせている者もいた。ある男が、わたしたちが隠れているあたりに視線を向けたとき、頭を引っ込めたい衝動に駆られた。男の目は、どんなささいな動きも、ジェイミーの髪に反射する陽光のきらめきも、見逃さないように思えた。

そう思って顔を上げると、ジェイミーも同じことを考えたのがわかった。プレードを上げて頭と肩にかけると、狩猟用の鈍い模様で、見事に茂みの一部になった。最後の一人が宿の前庭に下りていくと、ジェイミーがプレードを外し、丘の上へ戻ろうと身ぶりで示した。

「あの人たち、誰だかわかる？」彼の後についてヒースの中に戻りながら、息を切らして尋ねた。

「もちろん」ジェイミーは急な斜面を岩ヤギのように登り、呼吸も平静さも乱さなかった。振り向いて、わたしがしんどそうについて来ているのを見ると立ち止まり、手を差し伸べた。

「非正規軍《ウオッチ》だ」ジェイミーが宿のほうに顎をしゃくりながら、言った。「危険はないが、少し離れていたほうがいい」

有名な英国陸軍スコットランド高地連隊《ブラック・ウォッチ》の話は聞いたことがあった。ハイランドの秩序を守る非公式の警察部隊だ。それから、ほかにも各地に非正規軍があって、家畜や土地を守るかわりに〝寄付金〟を集めている、というのも聞いたことがある。守られている土地に住む者がある日目覚め、夜のうちに家畜が消えていても、どこへ行ったか誰も言わない——もちろん非正規軍の者もだ。わたしは急に、わけのわからない恐怖に襲われた。

「あなたを探しに来たんじゃないわよね？」

ジェイミーが驚いて振り返り、追っ手が来るかと丘を見下ろしたが、誰もいないので、ほっとしたようにわたしにほほえみかけ、腰に腕を回した。

「いや、それはないだろう。わずか十ポンドの報奨金目当てにあれほどの部隊を結成したんじゃ割が合わない。それに、もしおれが宿にいると知っていたら、あんなふうに大手を振って戸口まで来ないだろう」ジェイミーがきっぱりとうなずいた。「そうだ、誰かを追っているとしても、正面に来る前に、裏口と窓に見張りをよこすはずだ。おそらく一服いれに来ただけだろう」

わたしたちはさらに登りつづけ、でこぼこ道がエニシダとヒースの茂みに消えてもまだ進んだ。いまは山麓の丘を見下ろし、みかげ石はジェイミーの背より高くそびえている。わたしはクレイグ・ナ・デューンの立石《スタンディング・ストーン》を思い出さずにはいられなかった。

やがて、石壁に囲まれた鉄器時代の小さな要塞《デューン》の頂に出た。四方には息を呑むほど美しい岩と緑のなだらかな丘がつづいている。ハイランドにいると、いつも木か岩か山に取り囲まれている気分になりがちだが、いまここでは新鮮な空気と陽の光を思いきり浴びることができる。わたしたちの正当ではない結婚を、自然に祝福されているような気がした。

ドゥーガルのもとを離れ、まわりにひしめく大勢の男たちからも逃れ、わたしはこのうえなく自由になった気がした。わたしを連れて逃げて、とジェイミーをそそのかしたくなったが、分別に負けた。二人ともお金も食べ物も持っていない。ジェイミーがスポーランに入れている軽食だけだ。日暮れまでに宿に戻らなかったら、みんな探しに来るだろう。それに、ジェイミーは一日岩を登っても汗もかかず息も切らさないが、わたしは無理だ。ジェイミーがわたしの真っ赤な顔に気づいて岩陰へと導き、隣り合って腰かけ、わたしの呼吸が整うまで満足そうに眼下の丘を見渡していた。ここはまちがいなく安全だった。

非正規軍のことが頭に浮かんで、出し抜けにジェイミーの腕に触れた。

「あなたの価値がたいしたことなくて、ほんとうによかったわ」わたしは言った。

ジェイミーはしばしわたしを見つめた。こすりつづけるので鼻が赤くなりはじめていた。

「サセナッフ、そいつはいろんな意味にとれるが、この状況では」彼は言った。「ありがとう」

「こちらこそ、お礼を言うわ」わたしは言った。「結婚してくれてありがとう。フォート・ウィリアムよりここにいるほうがずっとましよ」

「お世辞をどうも」軽くお辞儀をする。「おれも同感だ。それからおたがい礼を言い合っているうちに」と、言い添える。「おれと結婚してくれてありがとう、と言わねば」

「えーと、それは……」わたしはまた赤くなった。

「そのことだけじゃない、サセナッフ」ますます笑みが大きくなる。「もちろんそれもあるけれど。だがきみは命を救ってくれた。少なくとも、マッケンジー一族に関しては」

「どういう意味？」

「半分マッケンジーなのと」彼が説明した。「半分マッケンジーでイングランド人の妻がいるのとでは、まったくわけが違う。サセナッフの女がリアフの女主人になることは、まずないと言ってもいい。クランの者がおれをどう思っていようとも。だからドゥーガルはきみの夫におれを選んだ」

ジェイミーが片方の眉を上げた。朝陽のせいで、赤みがかった金色に見えた。「ルパートのほうがよかったなんて言わないだろうね？」

「言いません」わたしは強調して答えた。

ジェイミーが笑って立ち上がり、キルトからマツの葉を払った。

「昔、母に言われた。いつの日《ファイン・ディ》か、おまえはある女に選ばれるだろう、と」手を差し出して、わたしを立たせた。

「おれは答えた。選ぶのは男だ、と」

「おかあさまは、なんて？」わたしは尋ねた。

「天を仰いでこう言った。『いまにわかるわ、喧嘩好きの坊や、いまにわかる』」ジェイミーが笑った。「いま、わかった」

彼が上を向いた。木漏れ日がレモン色の筋となって降っていた。

「たしかにいい天気《ファイン・デイ》だ。おいで、サセナッフ。釣りに行こう」

さらに丘を登った。ジェイミーは、今度は北へ向かい、石の塊を越え、亀裂を通り抜け、小さな峡谷の端に出た。岩に囲まれ、葉が茂り、せせらぎの音であふれていた。水は、岩の上からいくつもの滝になって、峡谷をまっ逆さまに流れ落ち、麓で小川や池を造っていた。

わたしたちは足を水に浸した。日陰から日向へ、暑くなってきたらまた日陰へ移動しながら、あれやこれやとりとめのないおしゃべりをした。二人とも相手のささいな動きを敏感に感じ、偶然そのときが訪れるのを待っていた。視線がからみ合い、ふれあいが信号を発する瞬間を。

池のひとつで、ジェイミーがマスの捕まえ方を見せてくれた。しゃがんで頭上の低い枝を避け、腕を広げてバランスをとりながら、突き出た岩棚を進んだ。半分ほど行って慎重に振り返り、手を差し出してついて来いと誘った。

悪い道を歩いてきたので、わたしはもうスカートをたくし上げていた。だからうまくついて行けた。二人で頭を寄せ合って、ひんやりした岩に長々と腹這いになり、水の中を覗き込んだ。ヤナギの枝が背中をくすぐった。

「要は」ジェイミーが言った。「よい場所を選んで、待つだけだ」ジェイミーはしぶきも上げずに片手をそっと水に沈め、岩棚の陰のすぐ外の、砂の川床に置いた。光の屈折で長い指が軽く曲がり、揺れる水草のように見えたが、前腕の筋肉を見れば、まったく手が動いていないのはわかった。彼の腕は水面で急に折れ、はじめて会ったときのように関節が外れているみたいに見えた。あれは一カ月ちょっと——たった一カ月？——前のことだ。

会ってひと月、結婚して一日。誓いと血で、そして、友情で結ばれた。去るときがきても、彼を深く傷つけるようなことはしたくない。わたしは自分がほっとしているのに気づいた。しばらくは、去ることを考えなくていい。クレイグ・ナ・デューンはまだ遠く、いまのところはどうあがいてもドゥーガルから逃れられない。

「来たぞ」ジェイミーの声は小さく、吐く息の音と変わらなかった。彼によると、マスは耳がいいのだそうだ。

わたしからは、マスは舞い上がった砂ほどの大きさにしか見えなかった。岩陰の奥では、鱗《うろこ》が光って居場所を知らせることもなかった。透明なひれをはためかせ、光の点は点に移動する。ひれは、目には見えないけれど、動きでわかる。ジェイミーの手首の産毛に興味を引かれて集まってきたウグイが、池の明るいところへ逃げていった。

指が一本、ゆっくり曲がった。あまりにもゆっくりなので、見ていてわからないほどだった。動いた、とわたしに言えるのは、ほかの指の位置とくらべられたからだ。もう一本、ゆっくり曲がった。そして、ずいぶん経ってから、もう一本。

わたしは息もできず、冷たい岩を打つ心臓の鼓動は、魚の呼吸より速かった。ゆっくりと、一本ずつ、指が開きだした。鈍い、眠りを誘う動きがまたはじまり、一本、一本、さらに一本、まるで魚のひれの端のように、静かに波打った。

あたかもスローモーションの誘いに魅せられたかのようにマスの鼻孔が広がり、速い呼吸のリズムに合わせて口とえらがかすかにあえぎ、えらぶたが心臓のように動くと、ピンクの裏側が見え、隠れ、見え、隠れした。

動いていた口が探り、水を噛んだ。いまや体のほとんどは岩の下から出て漂い、まだ陰の中にいた。片目が見えた。ぼんやりと方向を失って、きょろきょろしていた。

あと一インチで、はためくえらぶたが、あざとく誘う指の真上に来る。気がつけば、わたしは両手で岩にしがみつき、頬をみかげ石に押し当てていた。そうすれば、もっと目立たなくなれると思っているように。

事はいきなり起こった。なにもかもあまりに急だったので、実際になにが起きたのかわからなかった。顔の一インチ先で水しぶきが跳ね上がり、ジェイミーが岩を転がってブレードがはためき、魚の体が宙を泳いで落ち葉だらけの土手に叩きつけられると、水が飛び散った。

ジェイミーが岩棚から消え、よどみの浅瀬に下りた。目を回した魚が安全な場所へ逃げるより前に、水を蹴散らして獲物を拾い上げた。尾をつかむと、手慣れた様子で岩に叩きつけて即死させ、わたしに見せにやって来た。

「大きいぞ」ジェイミーが、優に十四インチはあるマスを手に、誇らしげに言った。「朝食にちょうどいい」顔を上げてわたしにほほえんだ。腿まで濡れ、髪は顔にかかり、シャツは水と落ち葉で汚れている。「言っただろう？　ひもじい思いはさせない」

ジェイミーは何枚かのゴボウの葉とひんやりした土でマスを包んだ。それから冷たい小川の水で手を洗い、岩によじ登ってきれいに包んだマスをわたしに差し出した。

「おかしな結婚祝いだが」マスを顎で差した。「ネッド・ガウアンの言葉を借りれば、前例がないわけではない」

「新婦に魚を贈った前例が？」おかしくなって、わたしは尋ねた。

ジェイミーが長靴下を脱いで乾かそうと、日の当たる岩に並べた。陽光を楽しむように長い裸の足指を動かした。

「島の古い恋歌だ。聞きたいか？」

「ええ、もちろん。あ、できたら英語でお願い」

「いいとも。歌はうまくないから、歌詞を教えよう」目にかかった髪を指で払いながら、暗誦した。

あなたは光り輝く城に住む王女
わたしたちの婚礼の晩に
もしわたしがダントゥルムで生きていれば
贈り物を手にあなたのもとへ駆けていこう。
あなたに贈ろう、土手に棲むアナグマを百、
小川に棲む茶色いカワウソを百、
池に泳ぐ銀色のマスを百……

さらに、目を瞠るほどたくさんの島の植物と動物がつづいた。しばしわたしは、朗誦するジェイミーを見つめながら考えていた。スコットランドの池のほとりの岩に座って、ゲールの恋歌を聞き、膝には死んだ魚を載せている。なんとも奇妙だ。さらに奇妙なのは、わたしが心底楽しんでいることだ。

ジェイミーが暗誦し終えると、わたしは拍手した。落とさないよう、マスを膝で挟んで。

「気に入ったわ！　とくに、『贈り物を手にあなたのもとへ駆けていこう』というところ。とてもロマンティック」

太陽に目を閉じて、ジェイミーが笑った。「おれならこう言うね――『あなたのためなら池に飛び込もう』」

わたしたちは声を合わせて笑い、ふと黙った。初夏の太陽を浴びながら。とても穏やかな場所だった。聞こえるのは、静かな池の向こう側を流れる水の音だけだ。ジェイミーの呼吸が落ちついた。彼の胸が上下し、首筋がゆっくり脈打つのを激しく意識した。首の付け根に小さな三角形の傷があった。

照れと緊張がじわじわ戻ってくるのがわかった。さっきのように、触れ合うことで二人のあいだに気安さが生まれるのを願って、手を伸ばしてジェイミーの手を握った。肩を抱かれたけれど、薄いシャツの下のたくましい体をことさらに意識するばかりだった。わたしは岩の裂け目に生えているピンクのゼラニウムを摘むのを口実に、身を引いた。

「頭痛に効くの」ベルトに挟みながら、説明した。

「辛いのか」ジェイミーが首を傾げてじっとわたしを見ながら、言った。「頭痛のことじゃない。フランクだ。彼のことを考えるから、おれに触れられると辛いんだろう？　二人を同時に思うことはできないから。違うか？」

「敏感なのね」驚いて、言った。ジェイミーはほほえんだけれど、もう触れようとはしなかった。

「そのぐらい誰でもわかる。結婚式を挙げたときも、きみが彼のことを何度も考えていたのはわかった。きみの意志ではどうにもできない」

あのときは考えていなかったが、ジェイミーは正しい。わたしにはどうしようもない。

「おれは似ているか？」

「いいえ」

実際、これほど似ていない二人も珍しかった。フランクはほっそりとしなやかで、浅黒い。ジェイミーは大柄でたくましく、日光のように血色がいい。二人とも引き締まったスポーツマンの体つきだが、フランクはテニス選手、ジェイミーは戦士だ。純然たる肉体的な暴力に鍛えられた――そして打たれた――戦士。フランクは、身長五フィート六インチのわたしより、四インチ高いだけ。ジェイミーと向かい合うと、わたしの鼻は彼の胸の谷間にちょうどおさまり、彼はわたしの頭のてっぺんに顎をやすやすと休めることができる。

二人が異なるのは体だけではない。だいいち十五も歳が違う。だからフランクにはおとなの慎みが、ジェイミーには率直さがあるのだろう。恋人としては、フランクは上品で、洗練されており、思慮深く、技巧派。ジェイミーには経験がなく、あるふりもせず、無条件に自分を丸ごと投げ出してくる。それに対して深く応えてしまう自分が怖かった。

わたしの葛藤を見て、ジェイミーは同情しないでもなかった。

「そういうことなら、おれにはふたつの選択肢がある」と言った。「辛い思いをさせておくか、それとも……」

屈んでそっとわたしにくちづけた。キスなら何度もしたことがある。とりわけ戦争中は。いちゃつきやその場かぎりの恋愛ごっこが死や不安をいっとき忘れさせてくれたから。けれどジェイミーは、それとは違った。過剰なほどのやさしさは、けっしてためらっているのではない。むしろ、そこにある力が抑えられているという証明にほかならない。なにも求めないから、ひとつの挑戦、ひとつの刺激がいっそう際立つ。おれはきみのものだ、そう言っていた。きみがおれを受け入れてくれるなら……

受け入れるわ。わたしは唇を開き、考えるより先に証明と挑戦を全身で受け止めた。しばらくしてジェイミーが顔を上げ、ほほえんだ。

「それとも、辛さを忘れさせるか」さっきの言葉のつづきだった。

わたしの頭を肩に抱き寄せて髪を梳《す》き、耳のまわりで跳ねる巻き毛を撫でた。

「助けになるかどうかはわからない」静かに言った。「だが、これだけは言える。おれにとって喜びであり驚きだ、きみを喜ばせることができるとは――きみの体を目覚めさせることができるとは。そんなことは考えもしなかった――以前は」

長く息を吸ってから、答えた。「ええ」わたしは言った。「助けになると思うわ」

また二人とも口をつぐんだ。ずいぶんそうしていたような気がした。とうとうジェイミーが体を離し、ほほえみながらわたしを見下ろした。

「おれに金も土地もないのは言ったよな、サセナッフ？」

なにを言い出すのかと訝りながら、うなずいた。

「先に言っておかないと、積み藁《わら》で寝て、ヒースのエールとドラマックしか食べられなくなる日がくるかもしれない」

「それでもいいわ」わたしは言った。

ジェイミーがわたしから目を離さずに、林の中の空き地を顎で差した。

「積み藁はないが、あっちにきれいなワラビが生えている。きみが練習したいなら、やってみようか……？」

少し後、わたしはジェイミーの背中を撫でていた。頑張ったのと、シダがつぶれて出た汁とで濡れていた。

「また『ありがとう』って言ったら、ひっぱたくわよ」わたしは言った。

答のかわりに静かな寝息が返ってきた。上からたれたシダが彼の背中をくすぐり、知りたがりの蟻《あり》が腕を這うと、眠っている彼の長い指がぴくんと動いた。

わたしは蟻を払い、片肘をついて彼を見た。こうして目を閉じているのを見ると、まつげが長く、濃い。けれど色は変わっている。先端はごく薄い赤褐色で、根元は金色に近い。締まった口元は、眠っているとくつろいでいた。口角は楽しそうにちょっと上がっているのに、下唇は豊かな曲線を描いて、官能的にも無垢《むく》にも見えた。

「もう」わたしはふっと声をもらした。

かなりのあいだ、抑えてきた。このばかげた結婚の前から、彼の魅力には十分気づいていた。すでに起きていたのだ、誰にでも起こることが。特定の男の——あるいは女の存在を、行動を、突然意識すること。姿を目で追いたい、〝偶然〟の出会いを演出したい、仕事へ出かけるところを陰から見つめていたい。体の細部にまで気がつくようになる——シャツの下の肩甲骨、手首の骨の出っ張り、初めてひげが生えはじめる顎の下のやわらかい部分。のぼせあがり。看護婦と医者、看護婦と患者のあいだでは、よくあることだ。人が集まって長い期間一緒にいれば起こりうる。行動に移せば、短く激しい愛の炎が燃え上がる。運がよければ数ヵ月で炎は消え、なにも残らない。運が悪ければ……そう、妊娠、離婚、あちこちで奇妙な性病が流行《はや》る。のぼせあがりとは、危険なものだ。

わたしも何度かのぼせかけたけれど、行動に移すほどばかではなかった。そして物事の常として、しばらくすると興味が失せ、相手の男は金色のオーラをなくし、わたしの生活の中の定位置に戻った。彼にも、わたしにも、フランクにも、傷をつけることなく。

そして、いま。いま、無理やり行動に移らされた。そのせいで、誰がどんな被害をこうむるかは神のみぞ知る、だ。けれどもう引き返せない。

ジェイミーはうつ伏せで、手足を投げ出して眠っていた。太陽が赤い髪の毛を輝かせ、背骨に立った短く柔らかい産毛を照らした。産毛は背骨を下り、尻と腿で赤みがかった金色の毛になり、広げた脚のあいだから少しだけ見える赤褐色の縮れ毛になった。

わたしは起き上がり、長い脚に見とれた。なめらかな筋肉が、尻から膝にかけて腿に筋をつけ、もう一本の筋が膝から長い、優雅な足に走っている。足の裏はすべすべしてピンクで、裸足でいたせいで皮が少し厚くなっていた。

小さくてきれいな耳と、がっしりした顎に触れたくて、指が疼《うず》いた。そう、もう行動は起こしたし、遠慮する時期はとっくに過ぎた。わたしがいまなにかしても事態が悪化することはない、わたしたちのどちらにとっても。手を伸ばし、触れた。

ジェイミーの眠りはとても浅かった。いきなりぱっと仰向けになったので、わたしは飛び上がった。彼は飛び起きようとするかのように、肘で体を支えていた。わたしを見て力を抜き、ほほえんだ。

「奥さん、不意討ちか？」

ジェイミーがとても見事な宮廷風のお辞儀をした。シダの茂みに長々と寝そべり、太陽の斑点しかまとっていない青年が。わたしは笑った。彼はまだほほえんでいたが、裸でシダの中にいるわたしを見て、表情が変わった。彼の声が急にかすれた。

「だが、おれはきみのなすがままだ」

「そうかしら？」わたしはそっと言った。

もう一度手を伸ばし、ゆっくり頬から首を撫で下ろしても、ジェイミーは動かなかった。なだらかな光る肩へ、さらに下へ。彼は動かなかったけれど、目を閉じた。

「ああ」彼が言い、激しく息を吸った。

「大丈夫《ホーリー・ロード》」わたしは言った。「荒っぽくしないから」

「それを聞いて安心した」

「黙って」

ジェイミーは地面に指を食い込ませたが、じっとしていた。

「頼む」少しして、彼が言った。見上げると、いまは目を開けていた。

「だめ」楽しみながら、わたしは言った。ジェイミーがまた目を閉じた。

「後が怖いぞ」すぐに彼が言った。汗の玉が、まっすぐな鼻柱に光っていた。

「そう？」わたしは言った。「どうするって言うの？」

ジェイミーが地面に掌を押しつけると、前腕の腱《けん》が盛り上がった。歯を食いしばっているように、必死でしゃべった。

「わからない、だが……イエスと聖アグネスに誓って……絶対……な、なにか、し、してやる！　ああ！　許してくれ！」

「いいわ」わたしは彼を解き放した。

ジェイミーがのしかかってきてシダに押さえつけたので、わたしは短い悲鳴をあげた。

「きみの番だ」至極満足そうに、彼が言った。

日暮れどきに、宿に戻った。丘の頂上で足を止め、非正規軍の馬がもういないことをたしかめた。

宿はわたしたちを歓迎しているように見えた。明かりがもう灯され、小さな窓や壁のすきまから外に洩れている。背後からは夕陽が射しているから、丘の斜面にあるものの影はみな二重になった。日が傾くにつれて風が出てきた。木の葉が揺れて、草の上の影を躍らせた。わたしには容易に想像できた。丘の上には妖精がいて、その影と踊り、細い木の幹のあいだを抜けて森の奥へ入っていくのだ。

「ドゥーガルもまだ戻っていないわ」丘を下りながら、わたしは言った。彼がいつも乗る大きな青毛の去勢馬が、宿の小さな放牧場にいない。ほかにも数頭、姿を消していた。たとえばネッド・ガウアンの馬も。

「ドゥーガルは、あと一日は戻らない――もしかしたら二日」ジェイミーが差し出した腕につかまり、低い草から顔を覗かせる岩に用心しながら、ゆっくり丘を下った。

「どこへ行ったの？」たてつづけにいろんなことがあったので、ドゥーガルがいないことを尋ねもしなかった――いや、気づきもしなかった。

ジェイミーが、宿の裏の踏み越し段（家畜が通れないよう垣などに設けた階段）を越えさせてくれた。

「近くの農夫に用事がある。きみをフォート・ウィリアムへ連れていく予定の日まで、一日、二日しかない」ジェイミーが、わたしを安心させるように腕を握った。「ドゥーガルがきみを差し出さないと聞いたら、ランダル大尉は腹を立てるだろうから、その後はこのあたりでぐずぐずしていられない」

「賢い人ね」わたしは言った。「それにやさしいわ、わたしたちを二人っきりにしてくれて、えーと……睦《むつ》まじくすごせるように」

ジェイミーが鼻を鳴らした。「親切心じゃないさ。きみと結婚するにあたっておれが出した条件のひとつだ。おれはこう言った、そうしなければならないのなら結婚しよう、だが茂みの中でクランの男二十人に囲まれて助言を受けながら床入りするのはごめんだ、と」

わたしは立ち止まって彼を見つめた。つまり、あの野次はそういうことだったのか。

「条件のひとつ？」ゆっくり尋ねた。「ほかにもあるの？」

表情をはっきり見るには暗くなりすぎていたけれど、彼がまごついているような気がした。

「あとふたつだけだ」ようやくジェイミーが言った。

「どういうの？」

「ええと」ためらいがちに小石を蹴る。「ひとつは、きちんとした式を挙げること、教会で、司祭の前で。契約書だけではなく。もうひとつは――きみに合うウェディングドレスを手に入れること」ジェイミーはわたしと目を合わそうとしない。彼の声があまりにもか細いので、ほとんど聞こえなかった。

「おれは——きみが結婚したくないのを知っていた。だから……できるだけよい形にしたかった。そうすればきみも少しは……いや、きみにちゃんとしたドレスを着せたかった、それだけだ」

口を開きかけたわたしに、ジェイミーは背を向けて宿のほうへ歩きだした。

「行こう、サセナッフ」ぶっきらぼうに言った。「腹が減った」

夕食は高くついた。みんなとテーブルをともにするという代価を払わされたのだから。宿のメインルームの入り口に立った瞬間、そうだとわかった。わたしたちは大歓声で迎えられ、心を尽くした料理が並べられたテーブルに無理やり着かされた。

今度はいくらか心の準備ができていたから、荒っぽい野次や露骨な言葉も気にしなかった。このときばかりは、慎ましく後ろに控える妻を喜んで演じた。一日じゅうなにをしていたのかという下品なからかいや淫らな憶測をもっぱらジェイミーに受けてたってもらい、小さくなっていた。

「寝ていた」そういう質問のひとつに答えて、ジェイミーが言った。「夕べは一睡もできなかった」秘密めかしてこう付け加えたものだから、笑い声はいっそう大きくなった。「彼女のいびきで」

場を盛りたてるのにひと役買わねばと彼の耳を引っ張ると、ジェイミーはわたしを抱き寄せてこれ見よがしにキスをした。みんな大喜びだった。

夕食の後、宿の主人のヴァイオリンでダンスがはじまった。そもそもわたしは踊りが下手で、緊張して自分の足につまずくのが常だった。そのうえロングスカートに窮屈な靴では、とてもうまく踊れるとは思えなかった。けれどひとたび木靴を脱いでしまうと、あら不思議、やすやすと楽しく踊っていた。

女が足りないので、宿のおかみとわたしはスカートをたくし上げ、真っ赤な顔で息を切らして長椅子にへたり込むまで、ジグやリールを休まず踊りつづけた。

男たちはまったくもって疲れ知らずだった。一人であるいは男同士で、プレードの上着のようにくるくる回った。おしまいにジェイミーがわたしの両手をとり、〝花鶏《アトリ》〟という速くて熱狂的なダンスをはじめると、男たちは壁際に下がって、見物し、喝采し、拍手した。

うまい具合に階段の近くで踊りを終えた。ジェイミーがゲール語と英語の混じった短い挨拶をすると、さらに拍手が起こった。スポーランから小さな柔革の袋を出して宿の主人に放り、中身がなくなるまでウィスキーを振る舞ってくれと言うと、さらに大きな歓声があがった。タネグで喧嘩をしたときの、ジェイミーの勝ち分だ。それが彼の全財産だろう。最高の使い方だ。

わたしたちが上品とは言えないおやすみの声に見送られて階段の踊り場に着いたとき、ひときわ大きな声がジェイミーの名を呼んだ。

振り向くと、ルパートの下卑た顔が見えた。黒い顎ひげの上でいつもより赤くなって、にやにや見上げている。

「だめだ、ルパート」ジェイミーが言った。「彼女はおれのものだ」

「おまえじゃ足りねえだろ」袖で顔を拭いながら、ルパートが言った。「一時間でへばるぜ。子供なんざ、だらしないもんよ」ルパートがわたしに言った。「寝てるだけの男なんか用なしだろ？　そのときゃ……」階段を途中まで上ってきた。

ふくらんだ小さな袋が、音をたててわたしの足元に落ちた。

「結婚祝いだ」ルパートが言った。「シミ・ボジル非正規軍の好意だ」

「ええ？」ジェイミーが屈んで袋を拾った。

「全員が今日一日草っぱらでごろごろしてたわけじゃねえってことだ」ルパートがいやらしい目でわたしを見ながら、咎《とが》めるように言った。「苦労して稼いだ金だ」

「そうか」ジェイミーがにやりとして言った。「さいころ？　カードか？」

「両方だ」品のない笑みが黒い顎ひげを割った。「骨まで裸にしてやったぜ！　骨までな！」

ジェイミーが口を開いたが、ルパートが分厚いたこのできた掌を上げた。

「いや、礼には及ばん。おれのかわりに彼女を可愛がってやれ」

わたしはルパートに投げキスをした。ルパートは殴られたように頰に手を当て、悲鳴をあげながらメインルームによろよろ退散していった。酔ったみたいにふらついていた。酔ってやしないのに。

階下の大騒ぎの後では、部屋は幸福と静寂の天国に思えた。ジェイミーはまだ笑っていて、ベッドの上に大の字になって息をついた。

わたしはきつくてたまらないボディスをゆるめ、腰を下ろすと、踊ってもつれた髪を梳《と》かした。

「きみの髪《ヘアー》が大好きだ」わたしを見ながらジェイミーが言った。

「ええ？　これが？」わたしは照れくさそうに髪をつまんだ。相変わらず、控え目に言ってもぐちゃぐちゃだ。

ジェイミーが笑った。「もちろん、もうひとつのも好きだが」わざと真面目くさって言った。「ほんとうにそう思う」

「でもこれ……くるくるしすぎ」少し赤くなってわたしは言った。

「ああ、そうさ」ジェイミーが驚いた顔になった。「ドゥーガルの娘の一人が城で友達に話していた、自分の髪をあんなふうにしたかったら、こてを使って三時間はかかる、と。苦労もせずにあんなふうになれるなんて、きみの目の玉をかき出してやりたい、とね」起き上がり、巻き毛をひと房そっと引いて下に伸ばした。そうすると、胸まで届く。「姉のジェニーも巻き毛だが、きみほどではない」

「おねえさんも、あなたと同じ赤毛なの？」謎めいたジェニーの容姿を想像したくて、尋ねた。彼女はしょっちゅうジェイミーの心に現れている気がした。

ジェイミーがまだ指のあいだで巻き毛をよじりながら、首を振った。「いや。ジェニーは黒髪だ。夜の黒だ。おれの赤毛は母譲り、ジェニーは父似だ。父はブライアン・デュー、

〝ブラック・ブライアン〟と呼ばれていた。髪と顎ひげのせいで」

「ランダル大尉は〝ブラック・ジャック〟と呼ばれているんでしょう？」思いきって言うと、ジェイミーがおもしろくもなさそうに笑った。

「そうとも。だがそれは奴の魂の色からついた渾名《あだな》で、髪の色じゃない」わたしを見下ろす目が鋭くなった。

「あいつに怯えているのか？　そんな必要はない」わたしの髪を離し、わが物顔に肩をつかんだ。

「おれの言葉に嘘はない」と、やさしく言った。「きみを守る。あいつからも、誰からも。血の最後の一滴まで、モ・デルニア」

「モ・デルニア？」彼の真剣さに少し不安になって尋ねた。わたしのせいで彼の血が流れるなんて困る。最後の一滴だろうと最初の一滴だろうと。

「〝わたしの茶色いもの〟という意味さ」髪の毛のひと房を唇に当てて、ジェイミーがほほえんだ。その瞳の表情を見て、わたしの血は一滴残らず追いかけっこをはじめた。「モ・デルニア」ジェイミーがそっとくり返した。「ずっときみにそう言いたかった」

「さえない色よね、茶色って。ずっとそう思っていたわ」少し物事を遅らせようとして、現実的なことを言った。わたしの感情は思っていたよりずっと速く回りつづけていた。

ジェイミーがまだ笑いながら、首を振った。

「いや、そうは思わない、サセナッフ。ちっともさえなくない」両手でわたしの髪を持ち上げ、扇形に広げた。「小川で石にぶつかって波立つ水のようだ。波のところでは濃いが、太陽が当たると銀色に輝く」

わたしは平静を失って少し息苦しくなり、床に落としたブラシを拾おうと腰をかがめた。顔を上げると、ジェイミーがじっとこちらを見ていた。

「きみが話したくないことは話さなくていい、とおれは言った」ジェイミーが言った。「その気持ちに変わりはないが、おれは自分の結論を出した。コラムはきみをイングランドのスパイではないかと疑ったが、それならどうしてゲール語を話せないのかわからなかった。ドゥーガルはフランスのスパイではないかと思っている、キング・ジェイムズに手を貸そうとしているのかもしれない、と。だがそれなら、なぜきみが一人なのか、わからずにいる」

「それで、あなたは？」わたしは頑固なもつれを引っ張りながら、尋ねた。「わたしをなんだと思うの？」

ジェイミーがわたしをじろじろ見て、値踏みするように首を傾げた。

「見た目はフランス人でも通用する。きみの骨格は、アンジュー王家の女たちの顔立ちを連想させる。だがフランス女は概して肌が黄ばんでいるのに、きみの肌はオパールみたいだ」

鎖骨をゆっくり指でなぞられると、触れられた部分が火照った。

指は顔に移り、髪を耳にかけながら、こめかみから頬へ下りた。わたしはじっとして身をゆだねた。彼の手がうなじに触れ、親指が耳たぶをやさしく撫でても、動かないよう堪えた。

「金色の瞳。一度だけ見たことがある——そんな瞳のヒョウを」ジェイミーが首を振った。

「いや、違う。フランス人でも通用するが、きみは違う」

「なぜわかるの？」

「きみとはたくさん話をした。きみが話すのも聞いた。ドゥーガルがきみをフランス人だと思ったのは、フランス語がうまい——とてもうまいからだ」

「ありがとう」わたしは皮肉っぽく言った。「それで、わたしがフランス語をうまくしゃべるから、フランス人じゃないって言うの？」

ジェイミーがほほえみ、うなじにかけた手に力を込めた。「ヴー・パーレー・トレ・ヴィアン——だが、おれほどうまくはない」と、英語に戻って付け足し、不意にわたしから手を離した。「城を離れて一年フランスで暮らし、その後二年間、軍隊にいた。話すのを聞けば、フランス語が母国語かどうかわかる。きみの母国語はフランス語ではない」ジェイミーがゆっくり首を振った。

「スペイン人？　かもしれない、だがなぜ？　スペインはハイランドに関心がない。ドイツ？　問題外だ」と、肩をすくめた。「きみが誰であれ、イングランド側は正体を探りたがる。クランが不安定で、プリンス・チャーリーがフランスから渡ってこようとしている中では、正体不明の人間を大勢野放しにしてはおけないからだ。そしてイングランドの探り方は、穏やかではない。おれにはそう言えるだけの理由がある」

「それなら、どうしてわたしがイングランドのスパイじゃないと思うの？　ドゥーガルはそう思ったのよ、あなたもそう言ったわ」

「ありえるが、きみがしゃべる英語はどうもおかしい。だがもしイングランドのスパイなら、なぜ仲間のところへ戻らずにおれと結婚する？　そこに、ドゥーガルがおれたちを結婚させた、もうひとつの目的があった――昨夜、その場になったらきみが暴れるかどうか、たしかめようとした」

「暴れなかったわ。すると、どうなるの？」

ジェイミーが笑ってベッドに寝そべり、片腕で目を覆ってランプの明かりを遮った。

「それがわかったらなあ、サセナッフ。おれにわかったら。きみが何者なのか、見当もつかない。もしかしたら、妖精かもしれない」――腕の下から横目で見て――「いや、違う。大きすぎる」

「わたしの正体がわからないなら、そのうち、眠ってるあいだに殺されるかもしれないわよ」

ジェイミーは答えなかったが、目から腕を離し、にっこりとほほえんだ。彼の目は、フレイザーのものにちがいない。マッケンジーのように落ちくぼんでおらず、奇妙な角度についているから、高い頬骨のせいですがめているように見えた。

首を上げもしないでシャツの胸を開き、腰まではだけた。短剣を鞘から抜いて、わたしに放った。短剣はわたしの足元の床板に刺さった。

ジェイミーがまた腕で目を覆い、のけぞって、濃い顎ひげの剃り痕が不意に消える顎のすぐ下の部分をさらけ出した。

「ほら、胸骨のすぐ下だ」彼が言った。「ひと思いにやれ。力はいるが。喉をかき切るほうが楽だが、見苦しい」

わたしは屈んで短剣を抜いた。

「そうなったらいい気味だわ」わたしは言った。「うぬぼれ屋さん」

腕の下に見える笑顔が、さらに大きくなった。

「サセナッフ？」

短剣を持ったまま、動きを止めた。

「なあに？」

「おれは幸せに死ねる」

17　物乞いに会う

翌朝はずいぶん遅くまで寝ていた。宿を出たときは、すでに日が高かった。ジェイミーとわたしは、今日は南へ向かった。放牧場に馬の姿はほとんどなく、一行の男たちもいないようだった。みんなどこへ行ったのかしら、と声に出して言った。

ジェイミーがにっこりした。「はっきりはわからないが、見当はつく。昨日、非正規軍はあっちへ行った」――西をさす――「だからルパートたちはこっちへ行ったんだろう」今度は東をさす。

「家畜さ」わたしがまだわからない顔をしているのを見て、ジェイミーが言った。「中間借地人や借地人は非正規軍に金を払って見張ってもらい、盗まれた家畜を取り戻す。だがもし非正規軍が西のラック・クルームへ向かっているなら、東の家畜は無防備だ――少なくともしばらくは。あっちのほうはグラント家の土地で、ルパートはおれが知っている中でも最高の家畜泥棒だ。牛や馬は鳴きもせず彼についてくる。それにここには娯楽がないから、じっとしていられないのもよくわかる」

ジェイミー自身もじっとしていられないようで、足取りは速かった。ヒースの中にシカの獣道《けものみち》があり、それほど険しくなかったので楽々ついて行けた。少しして、広い荒野《ムーア》に出た。

わたしたちは並んで歩いた。

「ホロックスはどうなったの？」わたしは唐突に尋ねた。ジェイミーがラック・クルームという町の名を出したので、例のイングランド人の脱走兵と彼が握っている情報を思い出したのだ。「ラック・クルームで彼に会うはずだったんでしょう？」

ジェイミーがうなずいた。「ああ。だがいまは行けない。ランダルも非正規軍もそっちへ向かったから、危険すぎる」

「かわりに誰かに行ってもらえないの？　それとも、信用できる人がいない？」

ジェイミーがわたしを見下ろしてほほえんだ。「きみがいる。昨夜、おれを殺さなかったのだから、信用しても大丈夫だろう。だがきみを一人でラック・クルームへ行かせるわけにはいかない。それならマータフに行ってもらう。だが、別の方法を考えるつもりだ――まあ、見ていてくれ」

「マータフを信用しているの？」興味を引かれて尋ねた。あの汚い小男には親しみをまるで感じていなかった。わたしがいま窮地に陥っているのは少なからず彼のせいなのだ。そもそも彼にさらわれたのだから。それでも彼とジェイミーのあいだには、友情らしきものがあるのはまちがいない。

「ああ」ジェイミーが驚いてわたしを見た。「マータフはおれが生まれたときから知っている――父のまたいとこだ。彼の父はおれの――」

「つまり、彼もフレイザーなのね」急いで遮った。「彼はマッケンジーだと思っていたわ。あなたに会ったとき、ドゥーガルと一緒にいたから」

ジェイミーがうなずいた。「ああ。フランスを出ようと決めたとき、海岸まで迎えに来てくれとマータフに伝言を送った」皮肉な笑みを浮かべた。「おれを殺そうとしたのがドゥーガルだったのかどうか、わからなかったから。それに、複数のマッケンジーに一人で会うのは避けたかった。用心に越したことはない。スカイ島沖で藻屑《もくず》となるなんて冗談じゃない。もし向こうがそうしたがっていたらの話だが」

「なるほど。証人を信じているのはドゥーガルだけではないということね」

ジェイミーがうなずいた。「便利なものさ、証人というのは」

ムーアの反対側には、不格好な岩がそちこちにあった。遠い昔、氷河の前進と後退で穴を穿《うが》たれ、えぐり取られた岩だ。深い穴には雨水がたまっていて、その小さな池のまわりにはアザミやヨモギギクやシモツケがびっしりと茂り、静かな水面に花影を映していた。

これら魚のいない不毛の池はあたり一面に点在し、不注意な旅人を待っている。気をつけないと、暗闇でどれかひとつにはまり、湿って居心地の悪いひと晩をムーアで過ごすはめになる。わたしたちはそんな池のほとりに腰を下ろし、パンとチーズの朝食をとることにした。

この池に鳥はいた。ツバメが下りてきて水を飲み、チドリやシギがほとりのぬかるんだ土に長い嘴《くちばし》を突っ込んで、地中の虫をついばんでいた。

わたしはパンのかけらを放ってやった。一羽のシギが疑わしそうに見ていたが、きめかねている隙にすばしこいツバメが嘴の下からごちそうをさらっていった。シギは羽をふくらませ、また真面目に土を掘りはじめた。

ジェイミーが、近くにいた一羽のチドリを指さした。チドリは鳴きながら、まるで折れているかのように羽を引きずっていた。

「近くに巣があるんじゃないかしら」わたしは言った。

「あそこだ」何度か指さされて、ようやくどこにあるかわかった。浅い窪地のわかりやすい場所だが、まだら模様の四つの卵が、葉の落ちた地面とそっくりなので、一度まばたきをしたらもう見失ってしまった。

ジェイミーが棒切れを拾ってそっと巣に入れ、卵のひとつを転がした。母チドリが興奮して、ジェイミーの前に立ちふさがらんばかりの勢いで駆け寄った。チドリが甲高い声をあげながら行ったり来たりしても、ジェイミーはしゃがんだまま身動きもしなかった。電光石火捕らえると、チドリはたちまち静かになった。

ジェイミーがゲール語で話しかけた。柔らかいまだらの羽毛を指で撫でながら、穏やかな、かすれたような声で。チドリは手の中でうずくまり、ぴくりとも動かなかった。表情さえ、真ん丸な黒い目の中で固まっていた。

チドリはそっと地面に下ろされても、行こうとしなかった。ジェイミーがひと言ふた言話しかけ、行け、行け、と後ろで手を振ると、ようやくぴくんと動いて草むらへ駆けていった。ジェイミーはチドリを見送り、それからほんとうに無意識に、十字を切った。

「どうしてそうするの？」わたしは不思議に思って尋ねた。

「ええ？」ジェイミーが一瞬ぴくりとした。きっとわたしがいるのを忘れていたのだろう。

「鳥が行ったとき、十字を切ったでしょう。どうして？」

ジェイミーが少しきまり悪そうに肩をすくめた。

「そうだな、言い伝えがあるんだ。なぜチドリがあんなふうに鳴きながら、巣のまわりを駆け回るか」ジェイミーが湖の向こう側をさすと、別のチドリがまさにそうしていた。ジェイミーは少しのあいだ、ぼんやりその鳥を見つめていた。

「チドリには、出産で死んだ若い母親の魂が宿る」そう言って、照れくさそうに横目でわたしを見た。「こういうことだ。チドリが鳴きながら巣のまわりを走るのは、雛が無事に孵《かえ》ると信じられないから。いつも死んだ子を思って嘆き——あるいは後に残された子を探している」ジェイミーは巣のそばにしゃがむと、持っていた棒切れで楕円形の卵を突ついて少しずつ転がし、ほかのと同じように尖ったほうを下にした。卵を動かした後もしゃがんだまま、腿のあいだに棒切れを挟んで、静かな水面を見つめていた。

「ただの習慣だ」彼が言った。「はじめてやったのは、ずいぶん小さいころ、最初にその話を聞いたときだ。もちろんそのときだって鳥に魂が宿るとは思っていなかったが、それでも敬意みたいなものを……」わたしを見上げ、不意に笑顔になった。「いつもやってきたから、気にもしなかった。スコットランドにはチドリがたくさんいる」立ち上がり、棒切れを向こうに放った。「そろそろ行こう。あっちの丘の上に、見せたいものがある」わたしの肘をとって窪地から出ると、一緒に斜面を登っていった。

わたしには、ジェイミーがチドリになんと言ったか聞こえていた。ゲール語の単語は少ししか知らないが、聞き覚えるほどにはその古風な挨拶を耳にしていた。『母よ、神はあなたのそばにおられる』ジェイミーはそう言ったのだ。

出産で死んだ若い母親。後に残された子。ジェイミーの腕に触れると、彼が見下ろした。

「いくつだったの？」わたしは尋ねた。

ジェイミーが半分笑ってみせた。「八歳だ」と答えた。「とりあえず、乳離れはしていた」

それ以上なにも言わずに丘を登った。いまは、ヒースの生い茂る山麓の丘にいた。すぐそこで、のどかな風景がいきなり変化する。巨大なみかげ石が地面から突き出し、シカモアやカラマツがぐるりを囲んでいる。わたしたちは丘の頂上にたどり着き、チドリはいつまでも池のほとりで鳴いていた。

陽射しが暑くなってきた。一時間ほど茂みを掻き分けていくと――掻き分けていたのはもっぱらジェイミーだったのに――わたしは休憩したくなった。

突き出たみかげ石の足元が日陰になっていた。それを見ると、はじめてマータフと会った場所を――そしてランダル大尉と別れた場所を――思い出した。それでも、ここは気持ちがよかった。ジェイミーが、ほかには誰もいない、そこらじゅうで鳥がずっとさえずっているから、と言った。もし誰かやって来たら、たいていの鳥は歌うのをやめる、カケスとコクマルガラスは危険を感じてぎゃーぎゃー騒ぐけれど、と。

「木の陰に隠れていろ、サセナッフ」ジェイミーが教えてくれた。「必要以上に動かなければ、誰か来ても鳥が知らせてくれる」

ジェイミーが、頭上の枝でうるさく鳴いているカケスを指さしてからこちらを向き、視線を合わせた。わたしたちは凍りついたように、手を伸ばせば届くけれど触れ合わないところで、ほとんど息もできずにいた。やがてカケスはわたしたちに飽きて行ってしまった。先に目をそらしたのはジェイミーだった。寒さを感じたみたいに、かすかに震えながら。

笠がぎざぎざのキノコが、シダの下の腐植土から白い頭を覗かせていた。ジェイミーがぶっきらぼうにひとつを軸から取り、次の言葉を考えながら、笠の裏のひだに触れた。おもむろに話しはじめたとき、いつもの軽いスコットランド訛は消えていた。

「おれはそういう……つまり……そういうつもりでは……」突然顔を上げてほほえみ、途方に暮れた仕草をした。「つまり、男性経験が豊富だと思っているような言い方をして、侮辱する気はなかった。だがそういうことに関して、きみにおれより知識がないふりをするのはばかげている。おれが訊きたかったのは、これは……普通なのか？　きみに触れ、きみと……横になるとき、おれたちのあいだにあるのはなんなんだ？　男と女のあいだでは、常にそういうものなのか？」

ジェイミーは舌足らずだったが、言わんとするところはよくわかった。答を待つ彼の目は、まっすぐわたしの目を見つめていた。わたしは目をそらしたかったけれど、できなかった。

「そういうことはよくあるわ」わたしは言った。咳払いをしなければ先をつづけられなかった。「だけどそうね——普通ではないわ。どうしてだかわからないけれど、普通じゃない。これは……違うの」

ジェイミーの緊張が少し解けた。わたしの言葉で、気になっていたことを確信したように。

「普通ではないのだろうと思っていた。女と寝たことはなかったが……その、手を触れたことは何度かある」恥ずかしそうにほほえんで、首を振った。「だけど違った。つまり、女を抱き締めたことはある、それからくちづけたこともある、それから……いや」と手を振って、〝それから〟を払った。「たしかにとても楽しかった。胸がどきどきして呼吸が乱れた。だが、きみを抱き締めてくちづけるときと、全然違う」彼の目は湖や空の色で、両方と同じくらい澄んでいた。

ジェイミーが手を伸ばし、かすめる程度にわたしの下唇に触れた。「はじまりは同じなのにしばらくすると」つぶやくように言う。「急に腕の中に生きた炎を抱いているような感覚になる」彼の手に力がこもり、顎を撫でながら唇をなぞった。「おれはその中にわが身を投じて焼かれたい衝動を覚える」

あなたに触れられると肌が焼け、血管を炎が駆けめぐる、と言おうかと思った。けれどわたしはすでにたいまつのように明々《あかあか》と燃えていた。目を閉じると、やさしい手が頬を包み、耳元を愛撫するのを感じた。その両手に腰を抱き寄せられ、わたしは震えた。

ジェイミーはどこへ向かっているのか、はっきりわかっているようだった。高さ二十フィートはあろうかという巨大な岩まで来て、ようやく足を止めた。あちこちに瘤《こぶ》や鋭い亀裂がある岩だった。亀裂にはヨモギギクやスイートブライアが根を下ろし、岩にもたれかかるように、頼りないキショウブが揺れていた。ジェイミーがわたしの手をとり、目の前の岩の表を顎で示した。

「階段があるだろう、サセナッフ？　登れるか？」たしかに岩の中には、薄く印づけされた隆起部分があり、岩の表面を斜めに上っていた。ちゃんとした足場もあれば、一インチしかないのもあった。自然にできたのか、なんらかの助けがあったのかわからないが、登ることはできると思った。地面に届くスカートと窮屈なボディスを着けていても。

何度か滑ってひやっとし、ときどきジェイミーに後ろから押してもらって、なんとか岩の上に出ると、あたりを見回した。素晴らしい眺めだった。東には山が黒々とそびえ、南の遥か眼下には、広大な不毛のムーアに連なる山麓の丘が見える。岩の上面は四方から中心に向かって下り、浅い皿になっている。皿の真ん中には黒い円があり、炭になった棒が数本落ちていた。わたしたちが最初の訪問者ではないわけだ。

「前にも来たことがあるのね？」ジェイミーは片足に体重をかけて立ち、わたしがうっとりしているのを楽しそうに見ていた。わたしの問いに、すまなそうに肩をすくめた。

「ああ。ハイランドのこのあたりで知らない場所はほとんどない。おいで、ここに座るといい。丘の下の道を見てごらん」宿も見えた。遠いせいで、おもちゃの家か積み木の家かというくらい小さかった。道端の木陰に馬が数頭つながれている。ここからだと茶と黒の小さな点だ。

岩の上には木は生えておらず、太陽が背中に暑かった。わたしたちは岩の端に隣り合って座り、足をぶらぶらさせた。それから仲良くエールの瓶を分け合った。ジェイミーが気を利かせて、出かけるときに宿の庭の井戸から引き上げて持ってきたのだ。

岩の上には木はないけれど、草はあった。申し訳ほどの裂け目に足場をとり、やせた土に根を下ろした草が、あちこちで芽吹いて、熱い春の太陽を果敢に見上げている。手元の岩瘤の陰にヒナギクが数本生えていた。わたしは手を伸ばして一本摘んだ。

かすかなぶーんという音がして、ヒナギクが茎から飛び上がり、わたしの膝に落ちた。わたしはこの奇妙な出来事を理解できず、ぽかんと見つめていた。わたしよりずっと頭の回転が速いジェイミーが、さっと岩に身を伏せた。

「伏せろ!」彼が言った。大きな手に肘をつかまれ、隣に引き倒された。柔らかい苔にぶつかった瞬間、矢柄が見えた。岩瘤の裂け目に突き刺さり、まだ目の前で揺れていた。

わたしは凍りつき、怖くて見回すこともできず、もっと平らになろうと岩に体を押しつけた。ジェイミーは隣で身動きもしなかった。あまりにも動かないので、そのまま岩になれそうだった。鳥や虫でさえ歌うのをやめたようで、空気は息をつめ、待っていた。急にジェイミーが笑いだした。

それから起き上がり、矢柄をつかんで慎重に岩から抜いた。矢羽は先割れしたキツツキの尾羽で、羽から半インチ下のところを青い糸で結わえられていた。

ジェイミーが矢を脇に置き、両手を口元に当てて、驚くほど上手にヨーロッパアオゲラの鳴き真似をした。手を下ろし、待った。すぐに下の木立から鳴き声が返ってきて、ジェイミーがにっこり笑った。

「あなたのお友達？」わたしは言った。ジェイミーがうなずいた。岩の表の狭い階段をじっと見ている。

「ヒュー・マンローだ。誰かが彼の矢を真似て作ったのでなければ」

わたしたちはもうしばらく待ったが、下の道には誰も現れなかった。

「ああ」ジェイミーが小さな声で言い、くるりと振り向いた。まさにそのとき、背後の岩の端からゆっくり顔が覗いた。

その顔が、ハロウィンのかぼちゃの笑顔になった。そっ歯で陽気で、わたしたちを驚かせて得意になっている。頭自体かぼちゃに似た形で、顔だけでなく真ん丸な禿げ頭までオレンジがかった茶一色なので、よけいかぼちゃに見えた。けれどただのかぼちゃには、こんなに豊かな顎ひげは生えていないし、こんなにきらきらした青い目もついていない。爪の汚い分厚い手が顎ひげの下に現れ、ハロウィンのかぼちゃの下の部分をゆっくり持ち上げた。

体は顔とよく釣り合っていて、まさにハロウィンの小鬼そのものだった。肩幅はとても広いのに、曲がって傾いている。片方だけがひどく高いのだ。脚も片方だけがやや短く、そのせいで、跳ねるような足を引きずるような歩き方だった。

ほんとうにジェイミーの友達なのだろうか、マンローという名のその男は、ぼろ布を何枚も重ねたようなものを着ていた。かつて女性用のスモックだったように見える型くずれした服のほころびから、野バラ染めの布が覗いている。

ベルトにスポーランはなかった——ベルトとは名ばかりのすり切れた縄にすぎず、毛深い動物の死体がふたつ、頭を下にして下がっている。そのかわりと言っては何だが、分厚い革の財布をたすきがけにしていた。彼が身につけているほかのものにくらべると、驚くほど上質だ。財布の革紐からは、小さな金属のがらくたがじゃらじゃらと下がっている。宗教的なメダル、軍の勲章、昔の軍服のボタンらしきもの、すり減った硬貨。さらに三つ、四つ、鈍い灰色で表面に謎めいた印のある四角い金属片が、穴を開けられ、縫いつけられている。

男が邪魔な岩を器用に飛び越えると、ジェイミーは立ち上がり、二人はあたたかい抱擁を交わした。男同士でよくやるように、背中を叩き合った。

「マンロー家は最近どうだ？」ジェイミーがようやく体を離し、古い友達に尋ねた。

マンローは首をすくめ、にやりとして七面鳥のような変わった声をたてた。それから眉を上げ、わたしのほうを顎でさすと、ごつい手を振り、妙に優雅にこちらはどなたという仕草をしてみせた。

「おれの妻だ」ジェイミーが言った。はじめて紹介するので、照れと誇りが混じって少し赤くなった。「二日前に結婚したばかりだ」

マンローがこれを聞いてさらに笑みを広げ、ひどく複雑で優雅なお辞儀をした。頭と胸と唇にさっと触れ、最後はわたしの足元でほぼ水平にひれ伏した。この驚くような動きを終えると、男は軽業師のしなやかさでぴょこんと立ち上がり、またジェイミーを叩いた。今度は明らかに祝福だ。

それからマンローが風変わりな手のバレエをはじめた。自分をさし、下の森をさし、わたしをさし、また自分をさす。ひらひらと舞う手の複雑な動きに、とてもついてゆけない。聾《ろう》啞《あ》者の手話を見たことはあったが、これほど流麗なのははじめてだ。

「そうなのか？」ジェイミーが叫んだ。今度はジェイミーが相手を祝福して拳をぶつけた。なるほど、男が表面的な痛みに慣れっこなわけだ。ひっきりなしに殴り合う習慣の賜物。

「彼も結婚したそうだ」ジェイミーがわたしを見て、言った。「六カ月前に、未亡人と――ああ、すまない、太った未亡人と」マンローの大げさな仕草に応えて、ジェイミーが言い直した。「六人の子連れで、ダレインの村に住んでいるそうだ」

「すてきね」わたしは礼儀正しく言った。「なにはともあれ、食糧はたっぷりあるみたい」

彼のベルトに下がっているウサギを指さした。

マンローが即座に一羽を外し、わたしに差し出した。あんまり人が好さそうな笑顔なので、わたしは受け取らざるをえなかった。笑顔を返しつつ、ノミがいなければいいがとひそかに願った。

「結婚祝いだ」ジェイミーが言った。「ありがとう、マンロー。お返しをさせてくれ」そう言うと、苔の寝床からエールの瓶を一本とり、差し出した。

こうして礼を交換すると、わたしたちはまた腰を下ろして三本目の瓶を開けた。ジェイミーとマンローは事件や噂《うわさばなし》話を交わし、一人しか話せない事実をものともせず、思いのままに会話をした。

わたしはマンローの手話がわからなかったので、ほとんど会話に加わらなかったけれど、ジェイミーが通訳したり説明したりして、できるだけ仲間に入れるよう気遣ってくれた。

ふとジェイミーが、マンローの革紐を飾っている四角い鉛を親指で突ついた。

「公認になったのか？」ジェイミーが尋ねた。「それとも、獲物がとれないときに備えてか？」マンローがひょいと肩をすくめ、びっくり箱の人形みたいにうなずいた。

「なんなの？」わたしは興味を引かれて尋ねた。

「公認乞食だ」

「ああ、そうなの」わたしは言った。「聞いたりしてごめんなさい」

「これは物乞いをする許可証さ、サセナッフ」ジェイミーが説明した。「教区内で、週に一日だけ物乞いをしてもいいことになっている。教区ごとに日が決まっているから、ある教区の物乞いが隣の教区からよけいに施しを受けることはない」

「融通がきくみたいね」マンローが鉛の証を四つ持っているのを見て、言った。

「ああ、マンローは特例だ。海でトルコ人に捕まり、何年もガレオン船を漕いで行ったり来たりし、さらに数年アルジェで奴隷にされた。そこで舌をなくした」

「まさか……切られたの？」軽いめまいがした。

ジェイミーは落ちついたものだ。つまり、マンローとはかなり長いつき合いなのだろう。「ああ。それから脚を折った。背中も、マンロー？　違った」マンローが手話で語るとジェイミーが言い直した。「背中は事故だ。アレクサンドリアで、壁から飛び下りたときのことだ。だが脚は、トルコ人の仕業だ」

わたしは特別知りたくもなかったが、マンローもジェイミーも話したくてたまらないようだ。「わかったわ」降参だった。「なにをされたの？」

マンローが誇らしげな様子で、ぼろぼろの靴と長靴下を脱ぎ、太く不格好な足を出した。皮膚は厚く、荒れていて、真っ赤に腫《は》れた箇所が白光りしはじめている。

「沸騰した油だ」ジェイミーが言った。「連中はそうやってキリスト教徒をイスラム教に改宗させるんだ」

「すごく効果がありそう」わたしは言った。「それで複数の教区で物乞いができるの？　全キリスト教徒になりかわって苦難を受けた埋め合わせ？」

「そのとおりだ」わたしがすぐに理解したので、ジェイミーは見るからにうれしそうだった。マンローもまた深いお辞儀をしてわたしを誉め、それから、下品だけれどとてもわかりやすい手ぶりで、どうやらわたしの体も誉めてくれたようだった。

「ありがとう。そう、彼女はおれの自慢だ」わたしが眉を上げたのを見て、ジェイミーが巧みにマンローの向きを変えてわたしに背を向けさせ、踊る手を隠した。「さあ、村の様子を教えてくれ」

二人の男はぴったりくっついて、一方的な〝おしゃべり〟にますますのめり込んだ。ジェイミーの台詞《せりふ》がうーん、とか、わあ、に限られているので、わたしは話の内容がさっぱりわからなかった。そこで、わたしたちが座っている岩の表面から芽を出した小さな草を調べることにした。

コゴメグサとハナハッカでポケットがいっぱいになったとき、二人が話し終え、ヒュー・マンローが立ち上がった。わたしに最後の一礼をし、ジェイミーの背中をもう一度叩くと、岩の端へ足を引きずっていき、捕まえようとしたウサギが穴へ消えるのと同じくらいすばやく姿を消した。

「すてきな友達がいるのね」わたしは言った。

「ああ。ヒューはいい奴だ。去年、あいつともう数人で狩りをした。いまは公認乞食になったから、彼も自力で生きてゆけるが、そのせいで教区を行ったり来たりしている。だから、アータグとチェストヒルで起こるあらゆることを知っている」

「ホロックスの居所も？」わたしは当て推量で言った。

ジェイミーがうなずいた。「ああ。ヒューが伝言を持っていってくれる、落ち合う場所を変えた」

「あっさりドゥーガルの裏をかけそうね」わたしは言った。「ホロックスのことであなたの首根っこを押さえておく気なら」

ジェイミーがうなずき、片笑みを浮かべた。

「ああ、そういうことだ」


宿に戻ったのは、また夕飯どきだった。けれどその日は、ドゥーガルの青毛と五頭の連れが宿の庭にいて、満足げに干し草を食べていた。


ドゥーガルは中にいて、道中の土埃《つちぼこり》を苦いエールで洗っていた。わたしを見てうなずき、甥に挨拶しようとくるりと振り向いた。しかし口を開くかわりにただその場に立って、ひやかすようにジェイミーをじろじろ見た。

「ああ、それだ」むずかしい問題を解いた男の満足そうな声で、ようやくドゥーガルが言った。

「おまえを見てなにを思い出したか、わかったぞ」そしてわたしに向き直った。

「さかりの終わりの赤い牡鹿を見たことはあるか？」秘密めかして言う。「かわいそうに、数週間も眠らず食わずだ。そんな時間はない。ほかの牡鹿を蹴散らし、牝鹿に奉仕せねばならんからな。終わるころには骨と皮だ。目は深く落ちくぼみ、体の中で痺《しび》れていない部分と言えば――」


ジェイミーに二階へ連れていかれたので、最後は笑いの渦に呑まれて聞こえなかった。夕食には下りていかなかった。

ずいぶん経って眠りかけたころ、ジェイミーの腕が腰に回され、首筋にあたたかい息がかかるのを感じた。

「いつか消えるのか？　きみへの欲望は」手が前にまわって乳房を愛撫した。「きみから離れた瞬間に、もう胸が締めつけられ、指が疼《うず》く。もう一度触れたくて」

　ジェイミーが暗闇の中でわたしの顔を包み、親指で眉の弧をなぞった。「きみがおれの手の中でそんなふうに震え、奪われるのを待っていると思うと……ああ、きみをとことん喜ばせて、おれの下で泣き叫ばせ、すべてをさらけだしてほしくなる。そしておれが喜びを得ると、まるでペニスと一緒に魂まで捧げた気分になる」

　ジェイミーが上にまたがったので、わたしは脚を開いた。入ってこられて、少し顔をしかめた。ジェイミーがふっと笑った。「ああ、おれもちょっと痛い。やめてほしいか？」答えるかわりに脚を腰に巻きつけ、彼を引き寄せた。

「まさかやめる気？」わたしは尋ねた。

「いや。やめられない」

　わたしたちは笑い、ゆっくりと腰を動かした。唇と指が闇でうごめいた。

「なぜ教会が秘跡というのか、わかった」ジェイミーが夢心地で言った。

「これを？」わたしは驚いて言った。「なぜ？」

「少なくとも神聖だ」彼が言った。「きみの中にいると、神になった気がする」

　わたしがあんまり笑ったので、ジェイミーが抜け出しそうになった。動きを止め、わたしの肩を押さえた。

「なにがそんなにおかしい?」

「神さまがこんなことをするのを想像できなくて」

ジェイミーがまた動きはじめた。「神が男を自分に似せて創ったなら、神にもペニスはあるはずだ」ジェイミーも笑いだし、またリズムを失った。「だがきみを見ても聖母マリアを思い出さなかった、サセナッフ」

わたしたちはたがいの腕の中で笑いながら震え、とうとう体が離れた。

落ちつくと、ジェイミーがわたしのお尻を叩いた。「膝をついて、サセナッフ」

「どうして?」

「もし神聖な存在にならせてくれないなら、下等な本能につき合ってもらおう。獣になるぞ」わたしの首を噛んだ。「なにになってほしい? 馬か熊か犬か?」

「ハリネズミ」

「ハリネズミ? では教えてくれ、ハリネズミはどうやって愛し合う?」彼が答をせがむ。

だめ、わたしは思った。言わない。言うもんですか。でも言った。「あくまでも慎重に」

答えると、我慢できなくなってくすくす笑った。そう、あの体でくんずほぐれつするには、よほどの技がいる。

ジェイミーは体を丸め、息もたえだえに笑っている。ようやく寝返りを打って膝をつくと、テーブルの上の火打石の入った箱を探った。蠟燭の芯に火がつき、ジェイミーの背後で炎がふくらむと、彼の姿は暗い部屋に輝く赤い琥珀《こはく》のように見えた。

ジェイミーがベッドの足元に飛び乗り、わたしを見下ろしてにっと笑った。わたしはまだ笑いの発作を止められずにいた。ジェイミーが手の甲で顔をこすり、わざと厳めしい顔をしてみせた。

「そこまでだ。夫としての権威を行使するときがきた」

「あらそう？」

「そうだ」ジェイミーが倒れこんできて、わたしの太腿をつかんで開いた。わたしは悲鳴をあげ、上に逃げようともがいた。

「いや、やめて！」

「なぜ？」ジェイミーは腿のあいだに身を横たえ、目をすがめてこちらを見上げていた。閉じようとする太腿を、しっかり押さえて離さない。

「言ってくれ、サセナッフ。なぜだめなんだ？」彼が頰を片方の内腿にこすりつけると、生えてきたばかりの荒い顎ひげが柔肌に痛かった。「正直に。なぜだ？」もう片方にもこすりつけられ、わたしは蹴ったりもがいたりしたけれど、無駄だった。

わたしは枕に顔を埋めた。火照った頰に、冷たかった。「どうしてもって言うなら」わたしはささやいた。「自分では——その、なんて言うか——だから、においが……」わたしの声は気まずい沈黙に消えた。腿のあいだでジェイミーが飛び起きた。腕をわたしの腰に巻きつけ、頰を太腿にあて、涙が頰を伝うまで笑った。

「なんてこった、サセナッフ」おかしそうに鼻を鳴らしながら、ようやく言った。「新しい馬と対面したら、最初になにをするか知らないのか？」

「知らない」わたしはすっかり面くらって、言った。

ジェイミーが片腕を上げ、シナモン色の柔らかい腋毛を見せた。「馬の鼻に何度か腋の下をこすりつけ、においを教えて慣れさせる。そうすれば、馬は怖がらない」両肘をつくと、お腹と乳房の曲線越しにわたしを見上げた。

「それをやっておくべきだった、サセナッフ。最初に脚のあいだにおれの顔をこすりつけておけばよかった。そうすればおれは怯えることもなかった」

「怯える！」

ジェイミーが顔を下げてゆっくり前後にこすりつけ、鼻をすり寄せる馬の真似をして鼻を鳴らした。わたしはもがき、煉瓦塀を蹴る勢いで彼の腋腹を蹴った。とうとうジェイミーがわたしの太腿をまた押さえつけ、顔を上げた。

「さあ」どんな異議も許すまじという口調で言った。「観念しろ」

あらわにされ、侵略され、無力になった気分だった——そして、これからばらばらにされるような気がした。ジェイミーの息はあたたかかったり冷たかったりした。

「お願い」わたしは言った。言いたいのが「お願いだからやめて」なのか「お願いだからつづけて」なのかわからなかった。関係ない。ジェイミーに、やめる気はないのだから。

感覚が細切れになった。リネンの枕は花の刺繍《ししゅう》で肌触りが悪く、脂っぽいランプのにおいには、かすかにローストビーフとエールのにおいが混じり、さらにかすかにグラスの中で萎《しお》れゆく花の清々しい香りがする。左足に当たる壁の木材は冷たく、腰を抱く手はたくましい。感覚は閉じたまぶたの下で渦巻き溶け合って輝く太陽になり、膨張し、収縮し、最後に音もなく破裂して、わたしをあたたかな脈打つ闇に取り残した。

ジェイミーが起き上がる音が、遠くからぼんやり聞こえた。

「さあ、これでいい」あえぎながら声が言った。「きみに言うことをきかせるには、苦労する」体重が移動してベッドがきしみ、膝がなお押し広げられるのを感じた。

「死んでやしないだろうな？」さっきより近くで声が言った。感じやすい部分がまた襲われてぎゅっと分かたれると、わたしはのけぞり、言葉にならない悲鳴をあげた。

「神さま」わたしは言った。耳元で低く笑う声がした。

「神になった〝気がする〟と言っただけだ、サセナッフ」ジェイミーがささやいた。「神になるとは言っていない」

しばらく後、朝日がランプの明かりを薄れさせるころ、ジェイミーがまたつぶやくのを聞いて、眠りの淵から呼び戻された。「いつか消えるのか、クレア？　きみへの欲望は」

わたしは彼の肩に顔を寄せた。「わからないわ、ジェイミー。ほんとうにわからない」

18　岩場の襲撃者

「ランダル大尉はなんて言ったの？」わたしは尋ねた。三頭の馬が並んで歩けるほど

片側にドゥーガル、もう片側にジェイミーがいたが、三頭の馬が並んで歩けるほど道は広道は広くなかった。途中何度もどちらか一人、または二人が下がったり進んだりせねば、でこぼこ道を覆いつくす勢いの茂みに馬の肢がとられてしまう。

ドゥーガルがちらりとわたしを見て、また道に目を戻し、馬に大きな岩を避けさせた。意地悪な笑みがゆっくり広がった。

「喜びはしなかった」言葉を選んでいる。「だが、実際にあの男が口にした言葉を伝えたものかどうか。悪口雑言にたいするあなたの我慢にも限界があろうからな、ミストレス・フレイザー」

新しい肩書きを冷やかされても、暗に侮辱されても、わたしは気にしなかったが、ジェイミーが馬上で身をこわばらせたのがわかった。

「彼は、えーと、なにかの手段に訴えたりしないでしょうね？」わたしは尋ねた。ジェイミーはああ言ったが、わたしの頭には、イングランドの竜騎兵が茂みから飛び出してきて、ス

コットランド人を殺し、わたしをランダルの屋敷へ連行する情景が浮かんでいた。ランダルが尋問と称してどんな手を使うか、控えめに言うなら〝独創的〟な手を使うのではないかと不安を覚えずにいられなかった。

「それはないだろう」ドゥーガルがのんきに答えた。「道に迷ったイングランド女より大事な問題はたくさんあるはずだ、その女がどれだけ美人でも」ドゥーガルが片眉を上げ、わたしに半分お辞儀した。謝るかわりにお世辞を言ったように見えた。「それに、コラムの姪をさらうほどばかでもなかろう」そっけない言い方だった。

姪。あたたかいにもかかわらず、背筋がぞっとした。マッケンジー一族の族長の姪。おまけに、隣で平然と馬にまたがっているマッケンジー一族の戦闘隊長の姪。もう一方では、いまやフレイザー一族の長であるラヴァット卿ともつながったようだ。強力なフランスの修道院の院長に、それから無数のフレイザーたちに。そう、きっとジョナサン・ランダルはわたしを追っても意味がないと思うはずだ。つまりそれこそ、このばかげた結婚の目的だったのだ。

いまは前方にいるジェイミーの姿をちらりと盗み見た。その背中はハンノキの若木のようにまっすぐで、太陽を浴びた髪の毛は、磨いた金属製の兜《かぶと》のように輝いている。

ドゥーガルがわたしの視線を追った。

「もっと悪くなっていたかもしれん、だろう？」皮肉っぽく眉を上げげた。

二日後の夜、わたしたちは広々としたムーアに野営することになった。近くには氷河にえぐられた奇妙な形のみかげ石が突き出している。長い一日だった。食事は一度鞍の上でとっただけだったから、ちゃんとした夕飯にありつけるとわかってみんな喜んだ。わたしは料理を手伝おうと申し出たが、口数の少ないクランの男に丁重に断られた。料理は彼の仕事らしい。

その朝、男の一人が鹿をしとめたので、新鮮な肉にカブやタマネギや、とにかく手当たりしだいのものを足して、おいしい夕食ができた。満腹になると、わたしたちは火を囲んで寝転がり、物語や歌を聞いた。驚いたことに、めったに話をしない小柄なマータフは、美しく澄んだ声のテノール歌手だった。歌うよう説き伏せるのは大変だったが、その価値はあった。

わたしはジェイミーに寄り添って、硬いみかげ石の上で座り心地のよい場所を見つけようとした。野営したのはごつごつした岩場の端で、赤みがかった大きなみかげ石が自然の炉になり、後ろの重なり合った大きな岩が馬を隠してくれた。なぜもっと居心地のよいムーアの草原で野営しないのかと尋ねると、ネッド・ガウアンが教えてくれた。われわれはいま、マッケンジーの領土の南境に近づいている、つまり、グラントとチザムの領土の近くだ。

「ドゥーガルの斥候によれば、付近には誰もいないそうだ」ネッドが大きな岩の上で夕陽を眺めながら言った。「だがわからない。用心に越したことはない」

マータフが歌い終えると、ルパートが物語をはじめた。グウィリンほど雅《みやび》な言葉遣いとはいかないが、物語の数は無尽蔵だった。妖精や幽霊やタナシュクと呼ばれる悪霊や、その他ハイランドに棲むもの、たとえば水中馬の物語。水中馬は、どんな状態の水にも棲んでいるそうだ。浅瀬や流れと流れのぶつかるところにも姿を見せるが、たいていは湖の底に棲んでいる。「ガーヴ湖の東端には」みんなが聞いているのをたしかめるようにぎょろりと見回して、ルパートが言った。「けっして凍らない場所がある。湖のほかの場所がかちかちに凍っても、そこだけはいつも黒い水のまま。なぜならそこが水中馬の煙突だからだ」

ガーヴ湖の水中馬は、この手の魔物の常として、湖に水を汲みに来る若い娘をさらって水底に連れ去り、妻にする。どんな乙女も、それに若者であっても、水辺で美しい馬に出会い、乗りたいと思ったら悲しい末路が待っている。ひとたびその馬に乗ったなら、二度と下りられないのだから。馬は水に入ったとたん魚に姿を変え、必死にしがみつく哀れな乗り手を棲み家に連れ去る。

「さて、波の下の水中馬には、魚の歯しかない」ルパートは魚のように手をくねらせながら語りつづける。「食べるのは、巻貝や水草や冷たくて湿ったものだけだ。血液も水と同じように冷たいから、火がいらない。だが人間の女は、それより少しはあたたかい」そこでルパートがわたしにウィンクをし、悪びれもせずに流し目を送った。聴き手は大喜びだ。

「だから水中馬の女房は、波の下の新しい家で、悲しくて寒くて腹が減っていた。夕食に巻貝や水草ばかりじゃ食欲もでない。そこで水中馬は親切心を起こし、湖から上がると、大工と言われる男の家へ向かった。男が川へ下りてくると、銀の鞍をつけた美しい金色の馬が陽光を浴びて立っていた。男は我慢できずにまたがった。

もちろん水中馬は男をまっすぐ水の中へ連れ去り、冷たく魚臭い家へ向かった。そこで水中馬は男に言った。地上へ戻りたければ、立派な暖炉と煙突を造れ、水中馬の女房が手をかざし、魚を揚げられるように、と」

わたしはジェイミーの肩に頭をあずけ、心地よい眠気に誘われ、ベッドを楽しみにしていた。みかげ石の上に毛布を広げただけのベッドでも。不意に彼の体がこわばるのを感じた。わたしの首に手をあてがい、動くなと言うように押さえた。あたりを見回してもとくにおかしい様子はなかったが、男たちのあいだをまるで無線で伝わったように緊張が走るのがわかった。

見るとルパートは、ドゥーガルと目を合わせてかすかにうなずき、そのまま冷静に物語をつづけた。

「ほかに手立てもないので、大工は言われたとおりにした。水中馬も約束を守り、男を地上へ帰してやった。水中馬の女房はあたたかく幸せに暮らし、夕飯には魚のフライをどっさり食べた。それ以来、ガーヴ湖の東端は凍らなくなった。水中馬の煙突から出る熱のせいだ」

ルパートはわたしに右側を向けて岩に座っていた。語りながら、何気なく脚を掻くように屈んだ。動きを一瞬も止めず、足元のナイフをつかんで流れるような動作で膝に置き、キルトのひだに隠した。

わたしはジェイミーににじり寄り、誘惑に負けたふりをして彼の顔を引き寄せた。「なんなの？」耳元でささやいた。

ジェイミーがわたしの耳たぶをそっと嚙み、ささやき返した。「馬が落ちつかない。誰かいる」

男の一人が立って岩の端まで行き、用を足した。戻ってくると、さっきとは違う場所に腰を下ろした。家畜商人の隣だ。別の男が立って鍋を覗き、残っていた鹿肉をつまんだ。野営地のそこかしこで微妙な移動や動きがあるあいだも、ルパートは語りつづけた。

わたしはジェイミーにしっかり抱かれたままじっと見ていて、ようやく悟った。男たちはおのおの武器を置いた場所へ近づいているのだ。全員が短剣を持って眠ったが、剣やピストルや、タージと呼ばれる円形の革の盾は、野営地の隅にまとめて置いてあった。ジェイミーのピストル二挺は、剣と一緒にほんの数フィート先の地面の上にある。

焚火《たきび》の明かりが、波形模様を施された刃で躍った。ジェイミーのピストルは、ほとんどの男が持っているのと同じ、よくある角製の握りの大型拳銃だったが、広刃の剣と両刃の剣は特別だった。旅の途中でジェイミーが誇らしげに見せてくれた。光る刃を愛おしそうに手の中で返しながら。

両刃の剣は丸めた毛布の中だった。巨大なT字型の柄が見える。戦いに備えて、丹念に滑り止めの砂を撒かれているので、ざらついている。手にとって、危うく落としそうになった。十五ポンド近くある、とジェイミーが言った。

両刃の剣を陰気で強面《こわもて》と評するなら、広刃の剣は美しい。重さは三分の二ほど、破壊的な輝く武器だ。アラビア風の飾りが青銅の刃をうねうねと上り、渦巻き模様の籠柄《かごつか》は赤と青で彩られている。ジェイミーが、遊び半分の練習で使うのを見たことがある。最初は右手で、武装した男を相手に、つづいて左手で、ドゥーガルと。そういうときのジェイミーは惚れ惚れする。敏捷《びんしょう》で確実、体の大きさのせいでいっそう優雅さが際立つ。けれどその技量を本気で使うのかと思うと、口が乾いた。

ジェイミーが屈んでわたしの顎の端にそっとくちづけ、少し押しながら、重なった岩のほうを向かせた。

「すぐだ」何度もくちづけながら、ささやいた。「岩の小さな入り口が見えるか？」見えた。二枚の大きな岩板が合わさってできた、高さ三フィートもない空間だ。

ジェイミーがわたしの顔を挟み、愛おしげに鼻と鼻をこすり合わせた。「行けと言ったら、あの中へ入ってじっとしていろ。短剣はあるか？」

あの晩、宿でわたしに放った短剣を、そのまま持っていろとジェイミーは言い張った。わたし自身は、うまく使えないし使いたくもないと拒んだのだが、一度こうと言い出すと、ドゥーガルが言っていたとおり、ジェイミーは実に頑固だった。

結果、短剣はわたしのガウンの深いポケットのひとつに収まった。重たいし、腿に当たって不快だったが、一日でほとんど気にならなくなった。ジェイミーは冗談めかしてわたしの脚を撫で下ろし、短剣があるかたしかめた。

つづいてジェイミーは顔を上げた。風のにおいを嗅ぎつけた猫のようだった。見上げると、彼はマータフを見て、わたしを見た。小柄な男は表向きにはなにも示さなかったが、立ってう一んと伸びをした。また腰を下ろしたときには、わたしに数フィート近づいていた。一頭の馬が後ろで落ちつかなげにいなないた。それを合図とばかりに、賊が岩陰から叫びながら現れた。わたしが心配したイングランド人ではなく、追い剝ぎでもない。ハイランダーが、女妖精バンシーのように大声で叫んでいる。グラント一族だ。あるいは、キャンベル一族。

わたしは這いずって岩へ向かった。頭をぶつけ、膝を擦りむきながら、小さな割れ目にどうにか体を押し込んだ。心臓がどきどきしている。ポケットの短剣を探り、もう少しで自分を刺しそうになった。この長く恐ろしいナイフでなにをすればいいのか皆目わからなかったが、持つと少しは落ちついた。柄には月長石がはめられており、掌に小さな出っ張りを感じてほっとした。少なくとも暗闇で正しいほうを握れたわけだ。

戦いは敵味方入り乱れ、なにが起きているのかまったくわからなかった。狭いさら地は叫ぶ人間でいっぱいだった。行ったり来たり、地を転がりまわったり、駆けめぐったり。わたしの隠れ場所は運のいいことに主戦場からそれていたので、しばらくは安全だった。見回すと、わたしが隠れている岩のすぐ側の陰に、小さな人がしゃがんでいた。短剣をしっかり握り直したが、その瞬間気がついた。マータフだ。

ジェイミーの視線はそういうことだったのか。マータフはわたしを守るよう言いつかった。ジェイミーその人はどこにも見当たらない。戦いは、荷馬車の近くの岩場がいちばん激しかった。

それこそ襲撃の目的にちがいない。荷馬車と馬。消えそうな焚火の明かりで見るかぎり、襲撃者たちは武器も食事も十分に与えられているようで、組織だっていた。これがグラント一族なら、略奪だけでなく、ルパートとその仲間が数日前に家畜を盗んだ報復の意味もあるのだろう。あのにわかな戦利品を見たドゥーガルは、少々腹を立てた——家畜を襲ったことにではなく、旅の歩みが遅れることを気にして。けれど、ある村の小さな市でまたたくまに売り飛ばした。

襲撃者たちが危害を加えようとしていないのは、じきにわかった。とにかく荷馬車と馬を奪いたいだけだ。一人、二人が成功した。しゃがんで見ていると、裸馬が焚火を飛び越え、ムーアの闇に消えた。男がわめきながら、たてがみにしがみついていた。

もう二、三人が、コラムの穀物袋を持って走りだすと、怒り狂ったマッケンジーの男たちがゲール語で罵倒しながら追っていった。その声からすると、襲撃はおさまりかけていた。そのとき大勢が焚火の明かりに躍り出て、また動きが激しくなった。

真剣勝負のようだった。刃のきらめきと、男たちが叫びではなく唸《うな》り声をあげているので、そう思った。ようやく見分けられた。ジェイミーとドゥーガルは輪の中心で、背中合わせで戦っていた。二人とも広刃の剣を左手に、短剣を右手に持ち、ここから見たかぎりでは巧みに扱っている。

二人は、短剣を手にした四人——五人かもしれない、暗くてはっきりしない——の男に囲まれていた。一人はベルトに広刃の剣を下げ、少なくとも二人は鞘《さや》にピストルを収めている。

男たちの狙いはドゥーガルか、ジェイミーか、二人ともか。できれば、生け捕り。身代金が目的だ。だから命を奪いかねない広刃の剣やピストルではなく、傷つけるだけの短剣を使うのだ。

ドゥーガルもジェイミーもそんなことはお構いなしに、かなり冷酷にことに臨んでいた。背中合わせで完全にぐるりを威嚇し、たがいにたがいの弱い側をカバーし合う。ドゥーガルがかなりの力で短剣を上に突き上げたとき、思った。〝弱い〟という言葉は当てはまらないかもしれない。

暴れ、唸り、ののしる集団が、じりじりとわたしのほうへ寄ってきた。できるだけ奥へ下がったが、割れ目の深さはほんの二フィートだ。目の端でなにかがさっと動いた。マータフがもっと積極的に動くことにしたらしい。

怯えた視線をジェイミーから離すことができずにいたが、マータフが、いままで使わずにおいたピストルをゆっくり抜くのが見えた。慎重に発火装置を調べ、袖でこすり、前腕で支えて構えた。

わたしも身構えた。ジェイミーのことが心配で、震えていた。彼はいまや優雅さを捨て、猛々しく左右に切りつけて、残忍そのものに襲ってくる二人の男を撃退している。どうしてあの人は撃たないの？　気が狂いそうだった。そのとき、わかった。ジェイミーもドゥーガルも弾道にいるのだ。火打石式発火装置のついたピストルは、正確さにおいて少々劣るということを思い出した。

その推測は、次の瞬間、確実になった。ドゥーガルが、思いがけず手首に突きを見舞われた。刃に前腕を裂かれ、片膝をついた。おじがやられたのを感じてジェイミーが剣を引き、すばやく二歩下がった。これで背中は岩壁に近づき、片側にうずくまったドゥーガルは、一刀の剣だけで守れる距離に入った。さらに襲撃者が、わたしの隠れ場所とマータフのピストルに脇腹を向けることになった。

すぐ近くでは、銃声は驚くほど大きかった。襲撃者たちは度胆を抜かれた。とくに、撃たれた一人は。その男は一瞬立ちつくし、戸惑ったように首を振り、それからゆっくり腰を落とし、ぐったり仰向けに倒れ、ゆるい傾斜を転がって焚火の燃えさしの上に伏した。

このときとばかりにジェイミーが襲撃者の手から剣を叩き落とした。ドゥーガルがまた立ち上がると、ジェイミーは脇へ退いて剣を振るスペースを空けた。一人が戦いを放棄して、傷を負った仲間を燃えさしから引きずり出そうと丘を駆け下りた。まだ三人残っている。しかもドゥーガルは負傷。彼が剣を振るたびに、岩肌に黒い点が飛び散った。

いまはずいぶんこちらへ近づいていたので、ジェイミーの顔も見えた。冷静で集中し、戦いの喜びにあふれている。突然ドゥーガルがジェイミーになにか叫んだ。ジェイミーは一瞬敵の顔から目を離し、下を向いた。串刺しにされるすんでのところで目を戻すと、片側に倒れながら、剣を投げた。

ジェイミーの敵は、脚に突き刺さった剣を驚愕《きょうがく》の目で見た。当惑して刃に触れ、柄を握って抜いた。あっさり抜けたところを見ると、傷は浅いようだ。男はまだ少し戸惑っているようで、この奇妙な行動の意味を尋ねようとするかのように顔を上げた。

男は悲鳴をあげ、剣を落とすと、脚を引きずりながら逃げていった。その声に驚いて、残りの二人もくるりと向きを変え、同様に逃げだした。後からなだれのようにジェイミーが追いかけた。ジェイミーは毛布から両刃の剣を引き抜いており、両手で握ってぶんぶん振り回していた。後ろからマータフが、ひどく下品なゲール語を叫びながら、剣と装塡し直したピストルを振りかざしてつづいた。

それから一気に事が運んだ。味方の男たちが戻ってきて損失の程度を確認するまでに、十五分ほどしかかからなかった。

損失はわずかだった。馬が二頭と穀物袋が三つ奪われたが、家畜と一緒に眠っていた家畜商人はそれ以上の略奪を阻み、武装した男たちは馬泥棒を撃退できた。それ以外に姿を消したものといえば、男が一人。

最初にその男が見当たらないと気づいたとき、戦いの最中に怪我をしたか殺されたのだと思ったが、あたりをくまなく探しても見つからなかった。

「誘拐だ」ドゥーガルが陰気な声で言った。「ちくしょう、身代金に報酬の一ヵ月分はもっていかれる」

「それぐらいですんでよかったじゃないか、ドゥーガル」ジェイミーが袖で顔を拭いながら、言った。「あんたがさらわれていたら、コラムがなんと言ったか考えてみろ！」

「おまえがさらわれていたら、わたしは放っておいた。そのときは姓をグラントに変えろ」

ドゥーガルが言い返したが、場の空気はすっかり和んでいた。

わたしは荷に積んでおいた救急箱を取り出して、怪我がひどい順に並ばせた。幸いなことに深刻な怪我人はいなかった。いちばんひどいのはドゥーガルの腕の傷だろう。

ネッド・ガウアンは目を輝かせ、活気に満ちあふれていた。戦いのスリルに酔うあまり、狙いをはずした短剣の柄に当たって歯が折れたことにも気づかなかった。それでも多少の冷静さは残っていたらしく、折れた歯が抜け落ちないよう舌で押さえていた。

「あるいはと思ってね」ネッドがその歯を掌に吐き出した。根は無事で、歯槽からまだ出血していたから、一か八か歯を元の位置に押し込んでみた。ネッドは真っ青になったが、声をあげなかった。けれど消毒のためにウィスキーで口をゆすぐと、ちゃっかり飲み込んだ。

ドゥーガルの腕にはすぐに圧迫帯を巻いておいたので、ほどいたときには出血は止まっていた。傷口はきれいだが、深い。傷口から黄色い脂肪の端が少しだけ見える。少なくとも一インチは筋肉に食い込んでいるだろう。ありがたいことに太い血管は切断されていないが、縫う必要がある。

その場にある唯一の針は、細めの錐《きり》と言えるほどごついものだった。家畜商人が馬具の修繕に使う針だ。わたしは疑わしげにその針を見たが、ドゥーガルはただ腕を突き出し、目をそむけた。

「血は怖くないが」彼が言った。「自分のは見たくない」わたしが縫うあいだ、ドゥーガルは岩に座り、顎が震えるほど強く歯を食いしばっていた。冷え込んでいたのに、高い額に玉の汗が浮かんだ。途中で、少し待ってくれと丁重に言うと、向きを変えて紳士的に岩陰でもどし、またこちらを向いて膝に腕を乗せた。

運よく、ある酒場の主人がこの四半期の地代を小さなウィスキーの樽《たる》で支払っており、それがとても役に立った。開いた傷を消毒するのに使い、患者が望めば各自で〝処方〟してもらった。治療が終わると、わたしも一杯飲んだ。いい気分で飲み干し、ありがたい思いで毛布に沈んだ。月は傾き、わたしは震えた。半分は反動で、半分は寒さで。ジェイミーが横になり、大きなあたたかい体にしっかり抱き寄せてくれたのが、なんとも心地よかった。

「戻ってくると思う?」わたしが尋ねると、ジェイミーが首を振った。

「いや。さっきのはマルコム・グラントとその二人の息子だ――おれが脚を刺したのが、長男のほうだ。いまは自分のベッドでぐっすり眠っているさ」わたしの髪をやさしく撫で、声を落として言った。「今夜は大活躍だったな。誇りに思う」

わたしは寝返りを打ち、彼の首を抱いた。

「それはわたしの台詞よ。あなたは素晴らしいわ、ジェイミー。あんなのはじめて見た」

ジェイミーが謙遜するように鼻を鳴らしたが、まんざらでもなさそうだ。

「ただの襲撃だ、サセナッフ。十四のときからやってきた。ほんの面白半分さ。本気で殺そうとしている相手に向かうのとは違う」

「面白半分」小さな声で言った。「ええ、そうね」

ジェイミーの腕に力がこもり、撫でていた片手が下へ向かい、わたしのスカートを少しずつたくし上げる。戦いの興奮が別の興奮に変わりつつあるのだ。

「ジェイミー！　ここではだめ！」身をよじり、スカートを下ろした。

「疲れているのか、サセナッフ？」心配そうに尋ねる。「心配するな、すぐにすむ」今度は両手でスカートの前をたくし上げる。

「だめ！」数フィート向こうにいる二十人の男たちが気になってしかたがなかった。「疲れてないけど、その――」まさぐる指が腿のあいだの場所を探り当てたので、わたしは息を呑んだ。

「ああ」ジェイミーがうめいた。「水草みたいによく滑る」

「ジェイミー！　真横で二十人の男が寝ているのよ！」わたしは声を殺して言った。

「きみがしゃべりつづけると、みんな目を覚ますぞ」ジェイミーがわたしにのしかかり、岩に押さえつけた。膝で太腿をこじ開け、ゆっくり前後に動きはじめた。知らず知らず脚の力が抜けていた。たかだか二十七年の礼節が、数十万年の本能に勝てるわけがない。むき出しの岩の上、何人もの戦士の横で奪われることに心が抵抗しても、体はそれを戦利品とみなし、従うことを望んだ。ジェイミーが長く深くくちづけ、甘く激しく舌で求めた。

「ジェイミー」わたしはあえいだ。ジェイミーがキルトを押しのけ、わたしに握らせた。

「すごい」そんな気はなかったのに、驚きの声をもらした。また礼節が一歩下がった。

「戦ったせいでこんなに元気だ。おれが欲しいだろう？」少し体を離し、わたしを見つめて言う。否定しても意味がないような気がした。証拠はすぐそこにあるのだから。あらわな太腿に、ジェイミーは真鍮《しんちゅう》の棒のように硬かった。

「えーと……ええ……でも……」

ジェイミーが両手で肩をぎゅっとつかんだ。

「静かに、サセナッフ」厳めしい口調で言った。「長くはかからない」

そのとおりだった。最初の力強いひと突きでわたしは絶頂に近づき、長く激しい痙攣が起きた。背中に爪を食い込ませてしがみつき、シャツを嚙んで声を殺した。十回ほどで睾丸《こうがん》が張りつめ、せり上がると、あたたかいミルクがほとばしった。ジェイミーが震えながら、ゆっくり隣に倒れた。

脚のあいだで薄れていく脈に応えて、耳の中でまだ血管がどくどくいっていた。乳房の上のジェイミーの手が、ぐったりしていて重かった。首を回すと、焚火の向こう側で岩にもたれかかった見張りの姿がぼんやりと見えた。見張りが気を利かせて背を向けた。わたしは自分が恥ずかしいとさえ思っていないのに気づいて、軽い衝撃を受けた。そんなことより、夜明けが近いのが気になった。やがてそれすら気にならなくなった。

夜が明けると、みんないつもと同じように動いた。戦いと、岩の上で眠ったせいで少々ぎこちなかったものの、怪我をした者たちでさえ上機嫌だった。

ドゥーガルが、今日はこの岩場の高台から見える木立までしか進まないと告げると、雰囲気はいっそうよくなった。そこへ行けば、馬は水と草にありつけ、人間は休める。この予定変更が、ジェイミーと謎の人物ホロックスの密会に水を差さないだろうかと思ったが、変更を聞かされてもジェイミーはうろたえなかった。

日が陰ってきたが、雨にはいたらず、空気はあたたかかった。今夜の野営地が整い、馬の世話が終わり、怪我人の再診がすむと、みんな思い思いのままに散らばった。草の中で眠ったり、狩りや釣りに出かけたり、何日も鞍に乗っていたので単に脚を伸ばしたり。

わたしは木陰に座り、ジェイミーとネッド・ガウアンと話をしていた。そこへ武装した男が一人やって来て、ジェイミーの膝になにかを放った。柄に月長石のついた短剣だった。

「おまえのか？」男が言った。「今朝、岩場で見つけた」

「気が動転して、落としたのね」わたしは言った。「それ、どうしたらいいかわからないわ。使おうとしても自分を刺すのがおちよ」

ネッドが半月形眼鏡の上から咎めるようにジェイミーを見た。

「ナイフを渡して、使い方を教えなかったのか？」

「時間がなかったんだ」ジェイミーが弁解した。「だがネッドの言うとおりだ、サセナッフ。使い方を知っておいたほうがいい。旅の途中ではなにが起こるかわからない、昨夜のように」

そこでわたしは空き地の真ん中へ出て、練習をはじめた。それを見たマッケンジーの数人が集まってきて、助言をしようとした。あっという間に半ダースも先生ができ、全員にああしろこうしろと言われた。先生たちは熱心に話し合って、短剣ならルパートがいちばんだという結論を出し、ルパートが授業を受け持つことになった。

ルパートは岩やマツカサのない適度に平らな場所を見つけ、短剣さばきの極意を見せてくれた。

「いいか」ルパートが言った。短剣を中指に乗せてバランスをとった。柄から一インチほど下だ。「均衡点、ここを握れ、そうすればしっかり手におさまる」自分の短剣でやってみた。しっかりおさまると、ルパートが振り下ろすやり方と、突き上げるやり方を見せてくれた。

「普通は突き上げろ。振り下ろすのは、上から相当の力で飛びかかるときだけ使う」ルパートが品定めするようにわたしを見て、首を振った。

「あんた、女にしては大きいが、たとえ相手の首に手が届いても、向こうが座っていなけりゃ貫通できまい」シャツをたくし上げ、毛深い腹を出した。もう汗で光っている。

「見ろ」腹の真ん中、胸骨のすぐ下を指さす。「向かい合っているときは、ここを狙え。ありったけの力でまっすぐ突き上げろ、心臓まで届く。そうすりゃ一、二分であの世ゆきだ。ただひとつだけ、胸骨を避けろ。意外と下まである。もし短剣の先が柔らかい骨に刺されば、相手は死なないが、あんたは短剣を失い、殺される。マータフ！　おまえの背中は骨張ってる。こっちへ来て、背中のどこを狙えばいいか見せてやってくれ」ルパートが嫌がるマータフにあっちを向かせ、汚いシャツを引き上げて、背骨の節と浮き出た肋骨を示した。遠慮もなく人さし指で右下の肋骨をさすと、マータフが驚いてぎゃっと言った。

「背中はここだ――左右どちらでもいい。見てのとおり、肋骨やらなにやらがあるせいで、背中から致命傷を負わせるのはむずかしい。万が一、肋骨のあいだに刃を入れられれば別だが、そいつは思うほど楽じゃない。だがここ、最後の肋骨の下から上に刺せば、腎臓に届く。まっすぐ突き上げろ、そうすりゃ相手は石みたいに倒れる」

それからルパートはわたしに、いろいろな場所や姿勢で刺す練習をさせた。ルパートが疲れると、みんなが入れ替わり立ち替わり犠牲者の役をしてくれた。わたしの奮闘をおもしろがっているのだ。おとなしく草に横たわったり、不意打ちできるように背を向けてくれたり、後ろから飛びかかったり、腹を刺せるように首を絞める真似をしたり。

見物人はわたしをはやし立て、ルパートは最後の瞬間にためらうな、ときつく忠告した。「串刺しにするつもりでやれ」彼が言った。「本気なら、ためらったりしないはずだ。もしちょっとでも遅れたら、それに見合う代償を払うまでだ」

最初はおっかなびっくりで、ひどくぶざまだったけれど、ルパートは良い先生だった。辛抱強く何度も手本を見せてくれた。わたしの後ろに回って腰に手を当てたときは、冗談でいやらしい顔をしたけれど、手首をつかんで敵の眉間を裂くやり方を教えてくれたときは、実に真面目だった。

ドゥーガルは木の下に座って、怪我をした腕の具合を見ながら、練習が進むにつれて皮肉めいたことを言っていた。けれど、ダミーを提案したのは彼だった。

「短剣を突き刺せるものを用意してやれ」わたしの短剣さばきに少し余裕が出てきたのを見て、言った。「最初はショックだからな」

「そのとおりだ」ジェイミーも言った。「少し休んでろ、サセナッフ。なにか用意する」

ジェイミーが、武装した二人の男を連れて荷馬車へ向かった。わたしが見ていると、三人は頭を集めて身ぶりで話し、荷台からなにやらを引っ張り出した。わたしはすっかりくたびれて、ドゥーガルと並んで木陰に腰を下ろした。

ドゥーガルがかすかな笑みを浮かべてうなずいた。ほとんどの男たちと同様、旅の途中ではひげを剃らないので、濃い茶色の顎《あご》ひげがふさふさと口元を覆い、ふっくらした下唇を目立たせている。

「どんな調子だ?」彼が尋ねたのは小さな武器のことではない。

「順調よ」わたしが慎重に答えたのも、ナイフのことではなかった。ドゥーガルが、荷馬車のところでごそごそしているジェイミーをちらりと見やった。

「あいつにとって結婚は好都合だったようだ」ドゥーガルが言った。

「好都合と言うより、健全よ――この状況では」少し冷たい口調で、相槌《あいづち》を打った。その口調に、ドゥーガルの口角が上がった。

「あんたにとっても。みんなにとってもよかったようだ」

「とくにあなたとお兄さんには。コラムと言えば、結婚のことを聞いたらなんと言うかしらね?」

ドゥーガルの笑顔が大きくなった。「コラム? さあてね。こんな姪を一族に迎えられて大喜びだろう」

ダミーの用意ができたので、わたしは練習に戻った。それは男の胴体ほどの大きさの、ウールが入った大きな袋で、表面に牛のなめし革を巻きつけ、縄でくってある。これで突きの練習をするのだ。まずは胴の高さで木に結わえたのを相手に、次は放られたり転がされたりするのを相手に。

ただし、ウールとなめし革のあいだにいくつか木片を入れたことを、ジェイミーは教えてくれなかった。あとで聞いたところによると、骨のかわりだったそうだ。

最初の数回はなにごともなかったが、なめし革を貫くには何度か刺さねばならなかった。見かけより固いのだ。人間の腹の皮も同じだ、と言われた。次はまっすぐ振り下ろしてみた。

そして、木片に当たった。

一瞬、腕が外れたかと思った。衝撃は肩まで伝わり、指から力が抜けて短剣を落とした。肘から下全体が痺れていたが、不吉な痛みが、そう長くはつづかないと告げていた。

「ジーザス・H・ルーズベルト・クライスト」わたしは言った。周囲の歓声を聞きながら、肘を押さえていた。ジェイミーが来て肩を抱き、肘の裏の腱を押し、手首の窪みを親指で押して揉《も》んでくれて、ようやく感覚が戻った。

「大丈夫」わたしはずきずきする右手をゆっくり伸ばしながら、歯のすきまから言った。「骨に当たってナイフを失ったときは、どうするの？　これという決まったやり方はある？」

「あるとも」にやにやしながらルパートが言った。「左手でピストルを抜いて、敵を撃ち殺せ」ますます大きな笑い声が起きたが、わたしは無視した。

「わかったわ」ほどほどに冷静に、言った。ジェイミーが左の腰に着けているピストルを指さした。「それの弾の込め方と撃ち方を教えてくれる？」

「だめだ」断固とした口調だった。

わたしは少し苛立った。「どうして？」

「きみが女だからだ、サセナッフ」

頬が紅潮するのを感じた。「そう？」皮肉を込めて言った。「女はばかだから、銃の仕組みがわからないと思っているのね？」

ジェイミーがじっとわたしを見た。どう答えようかと思案して唇をゆがめた。

「やってみるといい」ようやくジェイミーが言った。「そうすればわかるだろう」

ルパートがわたしたち二人にいらついて、舌打ちをした。「くだらないことを言うな、ジェイミー。それからな」わたしに向かって、「女がばかだからじゃない、ばかな女もいるにはいるが。そうじゃなくて、体が小さいからだ」

「ええ？」一瞬ばかみたいにルパートを見つめた。ジェイミーが鼻を鳴らし、ピストルを抜いた。近くで見るとほんとうに大きかった。銃床から銃口まで、優に十八インチはある。

「見ろ」わたしの目の前に差し出す。「ここを握って、前腕に乗せる、ここが照準だ。引き金を引いたら、こいつはラバみたいに弾き飛ぶ。おれはきみより一フィートは高くて二十五キロは重く、自分のしていることをわかっている。それでも撃てばあざができる。きみなら、顔に一撃食らうか、弾き飛ばされて大の字になるか」ピストルをくるくる回し、輪穴に戻した。

「やらせてみてもいいが」ジェイミーが片眉を上げながら、言った。「歯は全部揃っているほうがいい。きみの笑顔はすてきだ、サセナッフ。少々怒りっぽいけれどね」

このやりとりに腹立ちも少しおさまり、小さな剣でさえわたしにはうまく操れないと男たちが言うのを、文句も言わずに認めた。けっきょく小さな短剣、スキーアンデューがふさわしいということになり、一本渡された。見るからにぶっそうな針のように鋭い黒い鉄の塊は、長さ三インチで柄は短い。男たちが批判的な目で眺める中、わたしは隠し場所から抜く練習を何度も重ね、とうとうスカートを払い、ナイフを握り、的確な位置にうずくまるまでを流れるようなひとつの動作でこなせるようになった。ナイフは手の中で、敵の喉を掻き切る瞬間を待っている。

ようやくわたしは新参者のナイフ使いとして認められ、夕食にありついた。みんな祝ってくれた――一人の例外を除いて。マータフは、信じられないと言いたげに、首を振った。

「やはり女に似合いの武器は、毒だと思う」

「かもしれん」ドゥーガルが言った。「だが面と向かっての戦いでは、不利だ」

19　水中馬

次の晩は、ネス湖のほとりで野営した。その光景に、妙な気分になった。ほとんどなにも変わっていないのだ。いや、この先変わらない、と言うべきか。カラマツとハンノキの緑が深いのは、いまが初夏で、晩春ではないせいだ。花は、ドィツスズランやスミレのはかないピンクと白から、ビャクシンやエニシダのあたたかみのある金色と黄色に変わっていた。空の青は深みを増したが、湖面は同じだった。濃い藍色が、上方の土手を映し、捕らえる。曇りガラスの中では、色は抑えられる。

湖の向こうのほうには、ヨットも何艘か見えた。けれど一艘が近づいてくると、それがヤナギ細工の網代船だとわかった。骨組みになめした革を張っただけのお椀で、わたしが慣れ親しんだなめらかな木の船ではなかった。

でも、水の流れに沿って漂ってくる鼻を刺すにおいは同じだった。青葉と腐った葉のつんとする香り、淡水、死んだ魚、あたたかい泥が混じったにおい。なににもまして、そこにはなにかが潜んでいるという同じ感覚があった。男たちも馬もそれを感じたようで、野営地の空気は沈んだ。

わたしとジェイミーの寝袋にちょうどいい場所を見つけてから、わたしは夕飯前に顔と手を洗おうとぶらぶらと湖岸へおりて行った。

土手は急斜面で下り、下では大きな岩板が重なり合って、ふぞろいの防波堤を築いている。土手の下には野営地の光景も音も届かず、とても穏やかだった。わたしは木の下に座り、つかのまの孤独を楽しもうとした。あわただしくジェイミーと結婚して以来、監視されなくなった。それだけはありがたい。

低くたれた枝から飛び立とうとしている種をぼんやりとつまみ、湖へ放っていると、岩に寄せるさざ波が強くなったのに気がついた。吹き寄せる風に押されているように見える。十フィートも離れていない湖面に、大きくて平らな頭が現れた。しなやかな首の筋肉全体を覆ううろこから、水が流れ落ちるのが見えた。水はかなり遠くまで波立ち、水面下のあちこちで、黒々とした大きな影がちらついた。しかし、頭はほとんど動かない。

わたしも動かなかった。妙なことに、それほど怖くはなかった。軽い親しみを覚えた。わたしよりずっと遠い時代の生き物、無表情な目は始新世の海ほども古く、暗い水底の狭い巣に隠れているあいだに視力は衰えた。非現実的でありながら、見慣れたもののような感じがする。きれいな肌はなめらかな深い青、顎の下には鮮やかな緑の筋が、きらきらと光彩を放っている。瞳孔のない不思議な目は輝く深い琥珀色。実に美しい。

そして、実に違う。わたしの記憶にある小さな土色のレプリカとは。大英博物館の五階に展示されている模型だ。けれど姿形は見まがいようがない。生物の色は、最期の息から薄れはじめ、やわらかく張りのある肌としなやかな筋肉は、一週間もしないうちに崩れる。しかしまれに骨は残る。姿形の忠実な僕《しもべ》、生前の輝きを伝える最後のはかない証人。

突然、弁のついた鼻孔が、驚いたようにしゅーっと息を吐いて、開いた。一瞬の間があって頭が沈んだ。水のうねりだけが、通り道を示していた。

わたしはそれが現れたとき、立ち上がっていた。そばで見ようと無意識のうちに近寄っていたらしい。気がつけば水に張り出した岩板の上にいて、波が静まり、湖面がまた穏やかになるのを見ていた。

しばしその場に立ちつくし、底知れぬ深みを見つめた。「さよなら」やがて、誰もいない湖につぶやいた。

斜面の上に男がいた。身震いがして、土手のほうを振り向いた。

一瞬驚いたが、隊の家畜商人の一人だと気がついた。たしかピーターという名だ。手にしたバケツを見て、なぜここに来たのかわかった。いまのを見たかと尋ねようとしたが、近寄って男の表情を見れば答は一目瞭然だった。顔色は足元のヒナギクより白く、小さな汗の玉が流れて顎ひげに吸い込まれてゆく。怯《おび》えた馬のように目を剝き、手が震えるあまりバケツが腿にぶつかっていた。

「大丈夫よ」近寄りながら言った。「いなくなったわ」

それを聞いても男は安心するどころか、新たな危険を感じたように見えた。バケツを落とすと、わたしの足元にひざまずき十字を切った。

「お、お赦しを」男がおどおどと言った。次の瞬間、わたしは度胆を抜かれた。男がひれ伏して、わたしのドレスの裾《すそ》にしがみついたのだ。

「ふざけないで」少しきつい口調で言った。「立ちなさい」爪先で軽く蹴ったが、男は震えて平茸《ひらたけ》みたいに地面にへばりつくばかりだった。「立つの」もう一度言った。「ばかね、ただの……」思い直して言葉を止めた。この男にラテン語名を教えてもしかたがない。「ただの怪物じゃない」ようやく言うと、男の手をつかんで引っ張り起こした。男は（無理もないが）もう水辺に近寄ろうとしないので、かわりにわたしがバケツに水を汲んだ。野営地へ戻るまで、一定の距離をおいてわたしの後ろを歩き、着いたとたん、ラバの世話をしに一目散で駆けていった。不安そうにわたしを振り返りながら。

あの様子では誰にも話さないだろうから、わたしも口をつぐんでおいたほうがよさそうだ。ドゥーガルやネッド、ジェイミーは教養があるけれど、ほかの者は、マッケンジー領内の岩山や峡谷で育った無学なハイランダーだ。勇猛果敢な戦士だけれど、アフリカや中東の部族と同じくらい迷信深い。

だからわたしはおとなしく夕飯をすませ、眠りについた。その間ずっと、家畜商人ピーターが警戒の目でわたしを見ていた。

20　人気《ひとけ》のない林間地

襲撃から二日後、わたしたちは進路を北へ向けた。ホロックスとの密会が近づき、ジェイミーはぼんやりとしていることが多くなった。きっと、このイングランド人脱走兵の知らせがもつ重要性に思いをはせているのだろう。

あれからヒュー・マンローに会うことはなかったが、前の晩、夜中に目覚めると、隣で寝ていたジェイミーがいなかった。戻ってくるまで起きていようとしたが、月が傾きはじめると寝入ってしまった。朝になるとジェイミーは隣でぐっすり眠っていて、わたしの毛布の上には小さな包みがあった。薄い紙でくるみ、キツツキの尾羽で刺して留めてある。そっと開けてみると、加工していない大きな琥珀の塊が出てきた。一面が平らに磨かれ、そこから小さなトンボの細く黒い姿が見える。永遠の飛行のままに捕らえられて。

わたしは包み紙を伸ばした。汚れた白い裏面に、文字が記されていた。小さな、驚くほど優雅な文字だ。

「なんて書いてあるの？」奇妙な文字と印に眉をしかめながら、ジェイミーに尋ねた。「ゲール語でしょう？」

ジェイミーが片肘をつき、眉をしかめて紙を見た。

「ゲール語じゃない。ラテン語だ。マンローはトルコ人に捕まる前、教師だった。ローマの詩人、カトゥルスの一節だ」

……ダ　ミ　バーシア　ミレ、ディエンデ　センタム、
デイン　ミレ　アルテラ、デイン　セクンダ　センタム……

ほんのりと耳たぶをピンクに染めながら、訳した。

とどめよ愛のくちづけ
われらがくちびるに、くり返し
千と二百回
それから百と千回

「ふうん、よくあるフォーチュン・クッキーより洒落てるわね」愉快になって言った。

「ええ?」ジェイミーが驚いた顔をした。

「なんでもないの」わたしはあわてて言った。「マンローはホロックスを見つけたの?」

「ああ。手はずは整った。丘陵地帯の、おれが知っている場所で落ち合う。ラック・クルー

ムから一、二マイル北だ。なにごともなければ、四日以内に」

なにごともなければ、と聞いて、少し胸が騒いだ。

「安全だと思う？　つまり、ホロックスを信用してるの？」

ジェイミーが起き上がり、目をこすって眠気を振り払い、目をしばたたいた。

「イングランド人の脱走兵を？　まさか。知っていることをしゃべったその足で、ランダルにおれを売りにいくだろう。奴も手ぶらでイングランド軍には戻れない。脱走兵は吊るされるからな。いや、信用していない。だから自分でホロックスを探すかわりに、このドゥーガルの旅に加わった。もし向こうがなにか企んでいても、少なくともこっちには仲間がいる」

「ええ」ドゥーガルがいてもそれほど心強いとは思えなかった。ジェイミーと二人の腹黒いおじとの、あからさまな確執を考えれば。

「まあ、あなたがそう言うなら」わたしは疑わしげに、言った。「少なくともドゥーガルは、隙を見てあなたを撃ったりしないでしょう」

「撃ったさ」ジェイミーがシャツのボタンをかけながら、陽気に言った。「ほら、きみが包帯を巻いた」

わたしは持っていたブラシを落とした。

「ドゥーガルが撃ったの？　イングランド人だと思っていたわ！」

「たしかに、イングランド人も狙いはしたが」ジェイミーが言った。「命中させたのはドゥーガルだ。いや、実際はルパートだろう――ドゥーガルの部下の中で、いちばん腕が確かだからな。イングランド人から逃げていたとき、すぐそこがフレイザーの領地だと気がついた。そこでおれは、賭けに出ることにした。馬に拍車をあてると、ドゥーガルたちの前をまわり込んで左へ向かった。もちろん撃ち合いは激しかったが、おれに当たった弾は背後から飛んできた。そのとき後ろには、ドゥーガルとルパートとマータフがいた。イングランド人は、全員前にいた――ほんとうの話、落馬して丘を転がり落ちたときは、もう少しでやつらの膝元に転がり込むところだった」わたしが運んできたバケツに屈み、冷たい水を顔にかけた。首を振って目を覚まし、まばたきしてにっと笑った。濃いまつげと眉についた水滴が光っている。

「だから、ドゥーガルはおれを連れ戻すのに必死で戦った。地面でのびているおれの前にドゥーガルが立ちふさがり、片手でおれのベルトをつかんで立たせようとし、もう片方の手に剣を持って、竜騎兵と接近戦を繰り広げた。おれにとどめを刺そうとする竜騎兵を相手にな。ドゥーガルが竜騎兵を殺し、自分の馬におれを乗せた」ジェイミーが首を振った。「あのときのおれにはなにもかもが漠然としていた。考えられることと言えば、四百ポンドも背中に乗せて丘を登るなんて、馬にしてみれば重労働だろうということくらいだった」

　わたしは肝をつぶし、腰を下ろした。

「でも……そうしたかったら、ドゥーガルはそのときあなたを殺せたはずよ」

　ジェイミーが、ドゥーガルから借りた折りたたみ式の剃刀《そ》を取り出しながら、首を振った。バケツを少し動かして水面を鏡にし、顔を引っ張って、男がひげを剃るときの渋面をつくり、頬からあたりはじめた。

「いや、部下の前ではやらない。それにドゥーガルとコラムは、かならずしもおれに死んでほしいわけではない――とくにドゥーガルは」

「でも――」わたしの頭はまたぐるぐる回りはじめた。スコットランドの複雑な家庭問題に直面すると、どうもこうなるらしい。

ジェイミーは顎を突き出し、首を傾けて喉元の毛を剃ろうとしているので、その言葉は聞き取りにくかった。

「ラリーブロッホだ」空いている手で剃り残しを探りながら言う。「土地は肥えているだけでなく、山越え地点に位置している。左右十マイルにわたり、ハイランドへの唯一の入り口だ。また反乱が起きた場合にそなえ、支配下におさめておくだけの価値のある土地だ。そしてもしおれが結婚する前に死んでいたら、土地はフレイザー一族の所有に戻る」

ジェイミーがにやりと笑い、喉をさすった。「マッケンジー兄弟にとって、おれはたいした頭痛の種さ。もしヘイミッシュの相続権を脅かすならば、とっとと死んでほしい。だが脅かさないならば、おれがほしい――それに土地も――戦いが起きたときのために、支配しておきたい――フレイザーのものにはしたくない。だからホロックスのことで協力してくれるのさ。お尋ね者の身では、おれはラリーブロッホに手が出せない。たとえ自分の土地だとしても」

わたしは毛布を丸めた。ジェイミーがしごく平然と生きている状況の複雑さ――かつ危なさ——に戸惑って、首を振った。突然、悟った。いまは、関わりがあるのはジェイミーだけではない。わたしは顔を上げた。

「結婚する前に死んでいたら、土地はフレイザーの所有に戻ると言ったわね」わたしは言った。「でも結婚したわ。すると誰が——」

「そうだ」ジェイミーが半分だけ笑って、うなずいた。朝陽が髪の毛を金色と銅色に燃え立たせた。「おれが殺されたら、サセナッフ、ラリーブロッホはきみのものだ」

朝靄《あさもや》が晴れると上天気になった。ヒースで鳥がさえずり、道幅は広がり、馬の蹄でかすかに土煙が上がる。

小さな丘の頂上まで来たとき、ジェイミーがわたしの後ろに馬をつけ、右のほうを顎でさした。

「下に小さな林間地があるのがわかるか？」

「ええ」マツやオークやポプラの緑が茂る、道から奥まったところだった。

「あそこに水源があって、池もある。木の下で、草の絨毯《じゅうたん》もある。とてもきれいだ」

いぶかしげにジェイミーを見た。

「昼食には早いんじゃない？」

「昼飯とは言っていない」数日前、たまたま気づいたのだが、ジェイミーは片目でウィンクができない。そのかわり、厳かにまばたきをする。大きな赤いフクロウみたいだ。

「じゃあ、なんなの？」わたしは尋ねた。疑わしげな目を向けると、子供のように無邪気な青い瞳が答えた。

「きみがどんなふうに見えるかと思ってね……草の上……木の下……池の畔……スカートを耳まで上げて」

「まあ――」わたしは言った。

「ドゥーガルには水を汲んでくると言おう」ジェイミーが馬を前へ進め、ほかの馬から水用の瓶を数本とって、すぐに戻ってきた。丘を下るわたしたちの背中に、ルパートがゲール語でなにか怒鳴ったが、意味はわからなかった。

先に林間地に着いたのはわたしだった。馬から滑り下りて草の上に寝転がり、まぶしい太陽に目を閉じた。まもなくジェイミーがそばに来て手綱を引き、鞍から飛び下りた。馬をぴしゃりと叩くと、手綱を垂らしたまま向こうへ行かせ、わたしの馬と一緒に草を食《は》ませた。それから草に膝をついた。わたしは手を伸ばして引き寄せた。

あたたかい日で、草と花の香りが芳しかった。ジェイミーも、摘んだばかりの草の葉のようなにおいがした。つんとして、甘い。

「急がなきゃ」わたしは言った。「水を汲むのにどうしてこんなに時間がかかるのか、と怪しまれるわ」

「怪しみはしないさ」慣れた手つきでわたしのレースをほどきながら、ジェイミーが言った。

「みんな知っている」

「どういうこと？」

「さっきのルパートの台詞が聞こえなかったのか？」

「聞こえたけれど、意味はわからなかった」わたしのゲール語は、日常的な言葉がわかるくらいにまで上達していたが、会話となるとてんで歯が立たなかった。

「よかった。きみには聞かせたくない」乳房をあらわにすると、顔を埋めて吸い、そっと歯を当てた。ついにわたしは我慢できなくなって、彼の下に滑り込み、スカートをたくし上げた。岩の上での激しく動物的な行為の後、おかしいくらい人の目が気になって、野営地の近くでは体を許さなかった。それに、野営地から遠く離れて行動するには、森は深すぎて危険だった。ジェイミーもわたしも禁欲のせいで、適度に心地よい緊張を味わっていた。そしていま、好奇の目と耳から離れると、わたしたちは激しく求め合い、血がどくどくと駆けめぐって唇と指先が疼いた。

いましも同時に果てようという瞬間、不意にジェイミーが凍りついた。目を開けると、ジェイミーの顔は太陽を後ろから浴びて暗く、言葉では言い表せない表情をしていた。頭になにか黒いものが押し当てられている。ようやくまぶしさに目が慣れて、わかった。それは、マスケット銃の銃身だった。

「起きろ、さかりのついた豚め」銃身がすばやく動いて、ジェイミーのこめかみをこすった。ひどくゆっくり、ジェイミーが立ち上がった。擦り傷から血がしたたりはじめ、白い顔にどす黒く映った。

二人連れだった。ぼろぼろになった制服の名残りからすると、イングランド軍の脱走兵だ。どちらもマスケット銃とピストルを持っていて、偶然転がり込んできた幸運にご満悦の様子だ。ジェイミーはマスケット銃を胸に当てられ両手を上げて立ち、用心深く表情を消している。

「最後まで待ってやりゃよかったかもな、ハリー」男の一人が言った。口を開けて笑うので、腐った歯が丸見えだ。「あんなふうに途中でやめるのは、健康によくない」

もう一人がジェイミーの胸を銃身で小突いた。

「こいつの健康なんざ、関係ねえ。じきにこいつにも関係なくなる。おれがいただいていく」それからわたしをさっと顎でさした。「おれは誰のお古でも気にしねえ、スコットランドの豚のでもな」

腐った歯が笑った。「おれもとやかく言わねえ。じゃあ、男を殺して、そっちをはじめようぜ」

背が低くてずんぐりしたすが目のハリーは、思いめぐらすような顔でわたしを見た。わたしはまだ座っていた。膝を抱え、スカートをぎゅっとくるぶしに押し当てて。ボディスを閉じようとしたけれど、かなり露出したままだった。とうとう背の低い男が笑って、仲間を手招きした。

「いや、見物させよう。こっちへ来い、アーノルド。マスケット銃を突きつけてろ」まだにやにやしながら、アーノルドが従った。ハリーがマスケット銃を地面に下ろし、横にガンベルトを置いた。

わたしはスカートをつかんでいて、右側のポケットに固いものがあるのに気がついた。ジェイミーがくれた短剣だ。わたしに使える？　もちろん。ハリーのにきびだらけのいやらしい顔を見て、決心した。絶対、使える。

けれど、ぎりぎりまで待たなくてはならない。それまでジェイミーは自分を抑えられるだろうか？　彼の顔には、くっきりと殺意が浮かんでいた。この先どうなるか考えれば、自制心はすぐに吹き飛ぶだろう。

わたしは表情を押し殺していたが、目を細め、できるだけ強くジェイミーを睨んだ。動かないで。ジェイミーの首には血管が浮き、顔はどす黒い血の色に満たされたが、わたしのメッセージを受け取った証拠に、かすかにうなずいた。

ハリーに押さえつけられ、スカートをたくし上げられそうになって、わたしは暴れた。抵抗というより、短剣をつかみたかった。顔を殴られ、動くなと脅された。頬が焼け、涙がにじんだ。けれど短剣はいま手の中にあった。スカートのひだの陰に。

肩で息をしながら、仰向けになった。的に集中し、頭の中からすべてを消そうとした。背中を狙うしかない。二十センチ強では、近すぎて喉を狙えない。

汚らわしい指が太腿に食い込み、こじ開けようとしている。頭の中で、ルパートがずけずけとマータフの肋骨を指さし、こう言うのが聞こえた。「ここだ、いちばん下の肋骨から上に、背骨めがけて突き上げろ。強く刺せ、腎臓を貫け。そうすりゃ相手は石みたいに倒れそろそろだ。ハリーの臭くて生あたたかい息が顔にかかり、気分が悪かった。彼はわたしの脚のあいだをまさぐり、ゴールを探している。

「おい、兄ちゃん、よく見てろよ」ハリーがあえいだ。「おまえの子猫ちゃんを悶えさせてから――」

わたしは左腕をハリーの首に回して引き寄せた。ナイフを高く掲げ、ありったけの力で刺した。衝撃が腕を駆け上がり、短剣から手を離しそうになった。ハリーが叫び、悶え、身をよじって逃げた。見えなかったから、刺した位置が高すぎて、ナイフは肋骨を滑ったのだ。逃がすわけにいかない。運よく脚がスカートから自由になった。ハリーの汗ばんだ腰にしっかり巻きつけ、とどめのひと刺しのため体を引き寄せた。死に物狂いで刺した。今度は急所に当たった。

ルパートは正しかった。ハリーは、いまわしくも愛の行為を彷彿《ほうふつ》とさせる格好でのけぞると、ぐったりとわたしの上に倒れた。背中から噴き出す血が、勢いを弱めつつあった。

土の上で起きた出来事に、アーノルドの注意が一瞬それた。そして、アーノルドが押さえていた怒り狂ったスコットランド人には、一瞬で十分だった。わたしが理性をかき集めて、死んだハリーの下から這い出そうとしたときには、アーノルドも連れと一緒に死出の旅へ出発していた。ジェイミーが長靴下に忍ばせていたスキーアンデューに、喉を真一文字に掻き切られて。

ジェイミーがわたしのそばに膝をつき、死体の下から引っ張り出してくれた。わたしたちは二人とも興奮とショックで震え、しばらくなにも言わずに抱き合っていた。口をきかないまま、ジェイミーがわたしを抱き上げてふたつの死体から離れ、ポプラの木立の向こう、草深い場所へ向かった。

わたしを下ろし、ぎこちなくそばに座って、急に膝が折れたようにくずおれた。寒々とした孤独を感じた。冬の寒風が骨を通りすぎ、ジェイミーに吹きつけたような感じだった。ジェイミーが膝から顔を上げ、他人を見るようにわたしを見た。憔悴《しょうすい》した顔だった。その肩に手を置くと、強く抱き締められた。

たがいを貪《むさぼ》り合った。うめきともすすり泣きともとれる声とともに、強く抱き締められた。荒々しい切迫した沈黙の中、激しく突き、一瞬で果てた。わたしを突き動かす衝動がなんなのかはわからなかったが、従わなければたがいを永遠に失うことになるのはわかっていた。それは愛の行為ではなかったけれど、必要な行為だった。そうしなければ、二人とも耐えられないと思った。力を得るにはひとつになるしかなかった。死とレイプ未遂を、感覚の洪水に沈めるしかなかった。

わたしたちは草の上で抱き合った。乱れに乱れ、血で汚れ、陽光を浴びながら震えていた。ジェイミーがなにかつぶやいたが、声が低すぎて、「ごめん」しか聞こえなかった。

「あなたのせいじゃないわ」彼の髪を撫でながら言った。「大丈夫、二人とも生きてるわ」夢を見ている気がした。まわりのものすべてが非現実的に思えた。遅延性ショックの症状だ、とぼんやり自覚した。

「違う」ジェイミーが言った。「そのことじゃない。おれのせいだ……。のんきにこんなところへ来るなんてばかだった。それにきみを……だがそのことじゃない。おれは……いまみたいにきみを利用したことを、謝りたい。あんなふうにきみを抱いたりして、すぐ後だというのに……まるで獣だ。すまない、クレア……おれには……ほかにどうしようも……ああ、凍えているじゃないか、モ・デルニア、手が氷みたいだ。おいで、あたためてやる」

ショックも、とわたしはぼんやり思った。おもしろいものだ、こんなふうに人をしゃべらせるのだから。黙って震える人もいる、わたしのように。彼の唇を肩に当てて、黙らせた。

「いいの」わたしはくり返し言った。「いいのよ」

突然、影が落ちて、わたしたちは飛び上がった。渋い顔のドゥーガルが、腕を組んで見下ろしている。わたしがレースを結び直すあいだ、彼は礼儀正しく目をそむけ、かわりにジェイミーを睨んでいた。

「いいか、女房と楽しむのはおおいに結構だ。が、一時間以上もわれわれを待たせておいて、たがいに熱中するあまり、わたしの足音にも気づかないとは――そんなことをしていたら、いつかひどい目に遭う。わからんぞ、誰かが後ろから忍び寄って、頭にピストルを――」

ドゥーガルがお説教をやめて、なにごとかと言いたげな目で、ヒステリーを起こして草の上で転げ回るわたしを見つめた。ジェイミーがビートの根みたいに赤くなって、ドゥーガルをポプラの木立の反対側へ連れていき、押し殺した声で説明した。わたしはわめき、笑いつづけ、どうしようもなくて、とうとうハンカチを口に突っ込んだ。急に感情が解き放たれたのとドゥーガルの言葉とが相まって、行為の最中のジェイミーの顔を思い出した。その顔が、混乱した精神状態では、おかしくてたまらなかった。笑いすぎて脇腹が痛くなった。ようやく体を起こしてハンカチで涙を拭うと、ドゥーガルとジェイミーがまったく同じ不満そうな顔をして、見下ろしていた。ジェイミーがわたしを抱き上げて立たせた。まだときどきしゃっくりをしたり笑ったりしているわたしを連れて、残りの男たちと馬が待っているところへ向かった。

脱走兵との一件の後遺症といえば、ときおり意味もなくヒステリックな笑いがでることぐらいだった。けれど野営地を離れることにはひどく神経質になった。ドゥーガルが言うには、ハイランドの路上で追い剝ぎに襲われることは、実はそれほど多くないそうだ。襲う価値のある旅人がいないから。けれど気がつけばわたしは、森の音に警戒の目を向け、木を拾ったり水を汲んだりといった雑用に出かけると、マッケンジーの男たちの姿を見たい一心で、大急ぎで野営地に戻っていた。夜、まわりから聞こえる男たちのいびきさえ心強いと思うようになった。そして、人目を気にしていたのも忘れて、二人の毛布の下で控え目にくんずほぐれつを展開した。

数日後、ホロックスと会う日がきたときも、まだ一人になるのが怖かった。

「ここにいろ？」わが耳を疑った。「いやよ！　一緒に行くわ」

「だめだ」辛抱強くジェイミーがくり返した。「男たちのほとんどがネッドと一緒にラック

・クルームへ行って、地代を徴集する。ドゥーガルとあと数人がおれと一緒に行く。ホロックスが裏切ったときの用心だ。だがきみはラック・クルームへ行くわけにいかない。あのあたりにはランダルの部下がいるし、あいつは力ずくできみをさらいかねない。それにホロックスと会う場面でだってなにが起きるかわからない。あの曲がり角に小さな林がある――よく茂っているし、近くに水もある。あそこならいい、おれが戻るまであそこにいろ」

「いや」強情に言い張った。「一緒に行く」プライドがわたしに言わせなかった、彼と離れるのは怖い、と。けれどこうは言えた。彼の身の危険を考えると怖い、と。

「あなたが言ったのよ、ホロックスとの会見ではなにが起きるかわからないって」と、理屈をこねた。「ここで一日じゅう、あなたの身の上を案じながら座ってるなんて、いや。一緒に行かせて」今度は甘えた。「彼と会うあいだは隠れていると約束するから。でも、一人でここに残って、一日気を揉むのはいや」

ジェイミーは腹立たしげにため息をついたが、それ以上言わなかった。けれど林のところまで来ると、屈んでわたしの馬の手綱をとり、道をそれて草の中へ向かわせた。馬から下りて二頭の手綱を枝に結わえた。わたしがわめくのもかまわず、木々の向こうに消えた。わたしは強情に下りなかった。有無を言わさず置いていくなんて、できないはずだ。

とうとうジェイミーが戻ってきた。みんなはとっくに行ってしまったけれど、ジェイミーは、人気《ひとけ》のない林間地であんな目に遭った後なので警戒して、林じゅうをくまなく調べるまでは行こうとしなかった。あたりを四つに分け、棒で丈高い草を払いながら几帳面に探索を行なった。戻ってきて手綱を両方ともほどくと、鞍に飛び乗った。

「安全だ」彼が言った。「奥まで進め、クレア。馬と一緒に隠れていろ。用がすみしだい、戻ってくる。いつとは言えないが、日暮れまでにはまちがいなく帰る」

「いや！　一緒に行くわ」なにが起きているかわからないまま、森の中でやきもきするかと思うと耐えられなかった。危険に身を投じるほうがずっとましだ、不安な時間を過ごすよりも。ただ待って、心配して。それも一人ぼっちで。

ジェイミーがいらだちを抑えた。手を伸ばしてわたしの肩をつかんだ。

「言うことをきくと約束したろう？」やさしく揺すりながら言った。

「ええ、でも――」でもあのときはそうするしかなかったから、と言おうとしたが、すでにジェイミーはわたしの馬を林の奥へ向けていた。

「ほんとうに危険なんだ、きみを連れていくわけにはいかない、クレア。いざというときは手いっぱいになるだろうから、戦いながらきみを守るのは無理だ」わたしの反抗的な顔を見て、ジェイミーが鞍袋に手を突っ込み、探りはじめた。

「なにを探してるの？」

「縄だ。おれの言うとおりにしないなら、戻るまで木に縛りつけておく」

「そんな！」

「そうさ！」見るからに本気だった。わたしはしぶしぶあきらめて、いやいやながら手綱を引いた。ジェイミーはもう向きを変えようとしていて、おまけみたいにわたしの頬にキスをした。

「気をつけろ、サセナッフ。短剣はあるな？　よし。できるだけ早く戻る。ああ、もうひとつ」

「なに？」不機嫌に尋ねた。

「おれが戻るまでに林を出たら、尻を剝いて剣帯でひっぱたく。バークレナンまで歩きたくはないだろう？」と、わたしの頰を軽くつまむ。「なまくらな脅しじゃないぞ」たしかに。

わたしはゆっくり木立のほうへ馬を進めながら振り返り、遠ざかるジェイミーを見送った。馬上で身を低くし、馬とひとつになってプレードの裾を後ろになびかせる姿を。

林は涼しかった。木陰に入ると、わたしも馬も安堵の息をついた。スコットランドではめずらしく暑い日だった。太陽が、漂白したモスリンのような空に輝き、朝靄が八時までにすっかり溶け去るほどの日だった。木立では鳥の声が賑やかだった。左手のオークの葉陰ではシジュウカラの群れが騒ぎ、少し離れたところからはマネシツグミらしき鳴き声が聞こえた。わたしはこれでも熱心なアマチュア・バードウォッチャーだった。身勝手で横暴で頑固者の夫がおろかにも首を危険に曝し終えるまで、ここで一人待つのなら、その時間を使ってなにか見つけようじゃないの。

去勢馬を歩かせ、青草を食めるよう木立の端で放してやった。遠くへ行かないのはわかっている。木立から数フィートのところで、草はいきなり途絶えているのだから。押し寄せるヒースに打ち負かされて。

いろいろな針葉樹とオークの若木に囲まれた、バードウォッチングには最適の場所だった。木立のあいだを歩きながら、まだ心の中ではジェイミーに腹を立てていた。けれど、ヒタキ独特のツィーという声や、ヤドリギツグミの乾いたおしゃべりを聞いているうちに、だんだん落ちついてきた。

林間地は奥へ進むと不意に途絶え、小さな崖になっていた。若木をかき分けて進むと、鳥の歌声が水音に消された。わたしは小川の流れ出すところにいた。切り立った岩だらけの峡谷のごつごつした壁を水が駆け下り、茶と銀の池に注いでいる。川べりに座り、水面に足を下ろして、陽光を顔に浴びた。

カラスが頭上を横切った。二羽のシロビタイジョウビタキに追われている。大きな黒い鳥は、小さな〝急降下爆撃機〟を避けようと、空をジグザグに飛ぶ。怒り狂った小さな夫婦がカラスを上手に追い回すのを見て、わたしはほほえんだ。そして、もしカラスが追われていなかったら、まっすぐ飛ぶだろうかと考えた。あのカラスがもしまっすぐ進めば、その先には……

わたしは凍りついた。

ジェイミーとの口論に必死で、この瞬間まで気がつかなかった。二カ月、無駄に求めつづけてきたときが、ついに訪れたのだ。わたしは一人きり。そして、ここがどこかもわかる。

向こう岸を見上げると、赤いトネリコの木を照らす朝陽に、目がくらんだ。ならばあっちが東だ。動悸が速くなった。東があっちで、ラック・クルームは真後ろ。ラック・クルームはフォート・ウィリアムの四マイル北。そしてフォート・ウィリアムから東へ三マイルも行けば、クレイグ・ナ・デューンの丘だ。

つまり、マータフと会ってからはじめて、自分がどこにいるかはっきりわかった——七マイル以内に、あの不思議な丘といまわしきストーン・サークルがある。七マイル先に——たぶん——わが家が。そして、フランクが。

木立に戻りかけて、気を変えた。道沿いには行けない。これほどフォート・ウィリアムに近く、その周囲に小さな集落もいくつかあるとすれば、人に会う危険性が高い。馬に、切り立った小川を下らせるわけにもいかない。自分の足で下りることすら心もとない。岩壁はところどころで険しく、泡立つ水の流れにぐいと突き出している。足場と言えば、叩きつける水に顔をのぞかせる、まばらな岩しかない。

けれど、行きたい方角へ向かう直線ルートだ。それに、必要以上に回り道をする気はない。野生の植物の中では道に迷うかもしれないし、戻ってきたジェイミーとドゥーガルに見つかるかもしれない。

ジェイミーのことを思うと、急に胃が痛くなった。ああ、そんなことができる？　説明も謝罪もなしに、彼を置き去りにする？　あれだけしてもらっておいて、跡形もなく消える？

その思いに、馬を残していくことにした。進んで消えたのではない、と思ってもらえるだろう。野生の生き物に殺されたと思うかもしれない——わたしはポケットの短剣に触れた——あるいは、無法者にさらわれたのかもしれない、と。そしてどこにも痕跡がなければ、いつかわたしを忘れ、再婚するかもしれない。もしかしたらリアフ城に戻って、あの若く美しいリアリーと。

ばかげたことだが、ジェイミーがリアリーと床をともにすると思うと、彼を置き去りにすることを考えたときに負けず劣らず動揺した。自分のばかさ加減を呪いながらも、リアリーの愛らしい丸い顔を想像せずにはいられなかった。欲望に燃える頬、月光のような髪に埋まるジェイミーの手……

歯を食いしばるのをやめ、決然と頬から涙を拭った。くだらない感傷に浸る時間もエネルギーもない。行かなくては、いま、行けるうちに。チャンスは二度と訪れないかもしれない。ジェイミーがわたしを忘れてくれるといい。わたしはけっして彼を忘れられないだろうけれど。でもいまは、彼を頭から追い出さなければ、当面の問題に集中できない。ただでさえおっかないのに。

急な土手を水のほうへ慎重に下った。水の音がざあざあと、土手の上の鳥の声を消した。道のりは険しかったが水辺に歩く場所はあった。土手はぬかるみ、岩だらけだったが、渡れないことはなかった。下流のほうでは、水の中を歩かねばならないようだ。危なっかしく岩を伝い、急な流れの上でバランスをとり、土手がまた歩けるくらい広くなるまで頑張らねばならない。

これ以上ないほど足元に注意して、進んだ。どれだけ時間があるだろう。ジェイミーは、日暮れまでには戻るとしか言わなかった。ラック・クルームまで三、四マイル、けれど、道がどんなだかは知りようがない。もちろん、ホロックスとの話がどれくらいかかるかも。それも彼がいればのこと。いや、いるはずだ。わたしは自分に言い聞かせた。ヒュー・マンローがそう言ったのだ。見かけはあのとおり風変わりでも、ジェイミーは彼を信頼している。

小川の中の最初の岩で、足が滑った。冷たい水に膝までつかり、スカートがびしょ濡れになった。わたしは土手に撤退し、できるだけスカートをたくし上げて靴とストッキングを脱いだ。スカートをたくし上げてできたポケットに脱いだものを入れ、再度岩に足を乗せた。爪先で岩につかまれば滑らず岩を渡れると発見した。けれど、スカートがかさばるせいで次にどこを踏んだらいいかよく見えず、一度ならず水に落ちた。脚が凍え、足先の感覚がなくなるにつれ、つかむのがむずかしくなってきた。

運よく土手がまた広くなったので、あたたかいべたべたする泥にほっと足を着いた。いくらか快適な泥の中の散歩はすぐに終わり、凍えそうな急流の中の危なっかしい岩飛びがはじまった。忙しすぎて、ジェイミーのことを考える時間がないのがありがたかった。

じきにこつを呑み込んだ。踏む、つかむ、止まる、見回す、次の岩を決める。油断したにちがいない、あるいは単に疲れたのか、集中力を失って足が目標まで届かなかった。苔だらけの岩のこちら側を踏んで、つるりと滑った。腕を振り回し、いままでいた岩に戻ろうとしたものの、バランスは前へ行きすぎていた。スカート、ペチコート、短剣、その他もろもろと一緒に水の中へ潜った。

そして潜りつづけた。小川の深さはたかだか一、二フィートだったが、ところどころ岩がごっそり水にえぐられ深みになっていた。わたしが足を踏み外したところはそういう深みの縁で、水に落ちたとき、わたし自身岩になったみたいに沈んだ。

鼻と口に入ってきた水の冷たさに驚いて、声も出なかった。ボディスから銀色の泡が昇り、顔のそばを通って水面へ上がった。木綿はほとんど一瞬で芯まで濡れ、凍るような水につかまれて息もできなかった。

落ちた瞬間水面へ上がろうともがきはじめたが、服の重さに邪魔された。死に物狂いでボディスのレースを引っ張ったが、全部脱ぐまえに溺れてしまいそうだ。ドレスメーカーと女物の衣類とロングスカートのばからしさを心の中で猛然とののしりながら、脚にからまるスカートをふりほどこうと狂ったように蹴った。

水は透明に澄んでいた。指が岩壁をこすり、黒々とたゆたう浮草と藻のあいだを滑った。水草みたいによく滑る、とジェイミーは言った……

そう思ったとたんわれに返った。水面に出ようとするだけで消耗してはならない。深みはせいぜい八から九フィートのはずだ。いまやることは、落ちついて、一度底まで沈み、踏ん張って跳ね上がることだ。運がよければ水面に出て息ができるし、また沈んだとしても、跳ねつづけていれば、そのうち深みの端まで行き、岩をしっかりつかめるだろう。

沈むのは苦しいくらい遅かった。もう上がろうともがくのをやめたので、スカートはふわふわと逆巻き、顔の前で漂った。スカートを押し下げた。視界を確保しておかねば。肺がふくらみ、目の裏に黒い点が見えてきたころ、なめらかな底に足が触れた。膝を軽く曲げ、スカートを押さえつけ、ありったけの力で飛び上がった。

少しだけど、うまくいった。ジャンプの頂点で、顔が水面を割った。命をつなぐのに必要最低限の呼吸をしたと思うやいなや、また水がわたしを閉じ込めた。でも、それで十分だった。もう一度やれる。腕をぴったり体につけて流線形になると、もっと速く下降した。もう一度だ、ビーチャム！　膝を曲げて、踏ん張って、飛べ！

腕を真上に伸ばして飛び上がった。とうとう水面に出たとき、頭上に赤いものがちらりと見えた。ナナカマドの枝が水面に垂れ下がっているのだ。つかめるかもしれない。

水面に出ると、なにかがわたしの手をつかんだ。がっしりしていてあたたかく、ほっとするような硬さだった。誰かの手だ。

咳き込んで水を吐き、空いている手をやみくもに振り回した。助かったのがうれしくて、脱走計画に水を差されたのも忘れていた。うれしかった。少なくとも、目から髪の毛を払って顔を上げ、よく肥えたランカシャー男、若きホーキンス伍長の心配そうな顔を見るまでは。

21 一難去ってまた一難

まだ濡れている水草をそっと袖からつまみ、吸い取り紙の真ん中に置いた。手元にインク壺があるのに気がついて、水草を浸し、吸い取り紙におかしな模様をつけた。すっかりその気になって、作品に汚い言葉を添えると、丁寧に砂を撒いてから吸い取り紙で余分なインクをとり、分類整理棚に立てかけた。

一歩下がって出来映えを眺め、もっとほかに気を紛らせてくれるものはないかとあたりを見回した。目前に迫ったランダル大尉の到着から。

大尉の私室にしては悪くない。壁にかかった絵画、机の上の銀器類、床の上の分厚い絨毯を見てそう思った。もっと水をたらしてやろうと絨毯を踏みしめた。馬に乗ってフォート・ウィリアムへ来るまでに、表の服はすっかり乾いたけれど、下のペチコートはまだ絞れるほど濡れていた。

机の後ろの戸棚を開けると、大尉の替えのかつらが入っていた。対《つい》になった錬鉄製の台のひとつにきちんと載せられ、手前には、銀で裏打ちされた揃いの手鏡と、男物のヘアブラシと、べっ甲の櫛《くし》が神妙に並んでいる。かつらを台ごと机に移動し、残っていた砂をぱらぱらとかけてから、戸棚に戻した。

机につき、櫛を手にして手鏡を覗いていたとき、大尉が入ってきた。大尉はひと目で、わたしの乱れた外見、荒らされた戸棚、汚された吸い取り紙を見て取った。

まばたきもせず、向かいにスツールを引き寄せて座ると、ブーツを履いた脚をもう一方の膝にゆったりと載せた。乗馬用の鞭《むち》が、きれいで貴族的な手からたれている。絨毯の上で前後に揺れる黒と緋《ひ》で編まれた先端を、わたしは見つめた。

「それもおもしろそうだが」わたしが鞭を見ているのに気づいて、大尉が言った。「時間をもらえれば、もっとおもしろいことを思いつけるぞ」

「そうでしょうね」目に入った髪の毛を払いながら言った。「けれど、女を鞭打ってはいけないのでは？」

「ある状況だけは例外だ」大尉が上品に言った。「おまえはそれに当てはまらん――いまはまだ。だが、それは公的すぎる。まずは、個人的にもっと知り合おうではないか」背後の食器棚に手を伸ばし、デカンタを出した。

わたしたちはグラスの縁から相手を見つめながら、無言でクラレットをすすった。

「結婚祝いを述べていなかった」不意に大尉が言った。「失礼した」

「かまいません」わたしは優雅に答えた。「夫の一族は、あなたがわたしに親切にしてくださったら、きっと感謝します」

「それはどうかな」大尉が愛想よくほほえむ。「だが、彼らにおまえの居場所を教えるつもりはない」

「みんなが知らないとお思い？」わたしは尋ねた。とてもうつろな感じがした。平気な顔で押し通そうと思っていたのに。ちらりと窓を見たが、部屋の向きが悪く太陽がどのあたりにあるのかわからない。光が黄色いところを見ると三時か四時くらいだろうか？　ジェイミーが、置き去りにされたわたしの馬を見つけるまで、どれくらいかかる？　その後、足跡を追って小川まで行き――そこで見失うまでに、どれくらい？　跡形もなく消えることには難点がある。事実、ランダルがドゥーガルにわたしの居場所を教えようと思わなければ、スコットランド側に知る手立てはないのだ。

「知っておれば」優雅な弧を描いた眉を上げながら、大尉が言った。「すでにわたしに使いをよこしておろう。最後に会ったときドゥーガル・マッケンジーが口にしたわたしへの悪口雑言を考えれば、奴はこのわたしを身内の女にはふさわしくないと思っている。そして、マッケンジー一族は、おまえを大事に思っているらしい。わたしの手に落ちるのを見るくらいなら、嫁としてクランに迎え入れることを選ぶほどにな。ここの汚い牢でおまえが苦しむのを喜ぶとは思えん」

不満そうにわたしを眺め回した。ずぶ濡れの衣装、ぼさぼさの髪、なんともだらしない外見。

「連中がおまえになにを望んでいるのかさえわかればな」大尉が言った。「あるいは、そんなに大事な女をなぜ一人森に置き去りにしたかが。野蛮人でさえ、もう少し女を大切にするいたのか？」連中と袂《たもと》を分かとうと思ったのか？」この新しい思いつきにすっかりご満悦の体《てい》で椅子に寄りかかる。

「初夜が予想以上に苦痛だったのだろう？　実を言うと、わたしと膝を交えて話し合うより、毛深い野蛮人と寝るほうがましだとおまえが言うのを聞いて、少々驚いた。見上げた忠義心だな、マダム。誰かは知らぬが、その気にさせた雇い主を祝福せねばならん。だが」ふんぞり返って膝の上にクラレットのグラスを載せる。「雇い主の名は、やはり聞かせてもらわねばなるまい。もしおまえがマッケンジー一族と手を切ったのなら、フランスのスパイという線が濃厚になる。だが、誰の？」

大尉が、鳥を射すくめようとする蛇のような目で、じっとわたしを見た。けれどこのときにはうつろな胸を満たすほどクラレットを飲んでいたから、わたしはキッと見返した。

「あら」嫌味なほど上品に言った。「この会話にわたしも加えていただけるの？　お一人で十分務まるじゃありませんか。どうぞつづけてください」

品のよい口元の線が少し引き締まり、口角のしわが深くなったが、なにも言わなかった。グラスを脇へ置くと、立ってかつらを外し、戸棚のところへ行って空いているスタンドに載せた。そこでふと動きを止めて、もうひとつのかつらが砂まみれなのに気づいた。けれど表情は、見てわかるほどには変わらなかった。

かつらを外すと、しなやかでつやのあるたっぷりの黒髪が現れた。しかも、恐ろしく見慣れた髪だった。もっともこちらは肩までの長さで、青い絹のリボンで結んである。大尉はリボンをほどき、机から櫛を取るとかつらでつぶれた髪に通し、丁寧に結びなおした。仕上がりをたしかめられるよう、わたしは鏡を掲げ持った。大尉が仰々しく鏡を受け取り、元の位置に戻してばたんと戸棚を閉めた。

わたしを苛立たせるためにことさら間合いをとっているのだろうか――だとしたら成功――それとも、次になにをしようか決めかねているだけ?

当番兵がお茶の道具を運んできて、緊迫が少し和らいだ。ランダルは黙ったままお茶を注ぎ、わたしにカップを差し出した。二人とも紅茶に口をつけた。

「説明はご無用に」ついにわたしは言った。「当ててみせますから。あなたが発明した新しい説得法なんでしょう――膀胱《ぼうこう》の拷問。しこたま飲ませて、なんでも話すから五分間便器と二人にさせて、と言わせる気ね」

大尉が驚き、なんと、笑った。笑うと顔つきががらりと変わる。机の左手のいちばん下の抽斗《ひきだし》に、香りつきの女文字の手紙がたくさん入っていた理由がよくわかった。ひとたび仮面が割れると、大尉は笑いをこらえようとしなかった。笑い終えると、口元に笑みを残したまま、わたしに視線を戻した。

「おまえが何者であれ、おもしろいのはたしかだ」ドアのそばに下がっている呼び鈴の紐《ひも》を引き、当番兵が現れると、わたしを用足しに連れていけと命じた。

「だが途中で逃げられるな、トンプソン」わたしに嫌味ったらしくお辞儀をしてドアを開けながら、付け足した。

屋外便所に案内され、力なくドアにもたれかかった。大尉の前から逃れられるのはうれしいが、つかのまの解放にすぎない。ランダルのほんとうの人柄を判断する手がかりは、たっぷりあった。聞いた話と、自分の経験と。けれど憎らしいことに、冷酷な光を放つ仮面の下から、いつもフランクの面影がちらついた。大尉を笑わせたのは失敗だった。当面の問題に集中しようと、においもかまわずしゃがみこんだ。逃げるのは無理だろう。トンプソンが目を光らせているし、ランダルの私室は敷地の中心だ。それに、砦自体は石壁に囲まれているだけだとしても、壁の高さは十フィートもあり、二重の門は厳重に見張られている。

気分が悪くなったふりをして、この避難所に立てこもろうかと思ったが、やめた――環境が好ましくないからだけではない。認めたくはないけれど、時間稼ぎに意味はない。稼ぐ目的があればいいが、ないのだから。誰もわたしの居場所を知らないし、ランダルは誰にも言わないだろう。わたしは彼のものだ、彼がわたしというおもちゃに飽きるまでは。やはり、笑わせたのは失敗だった。ユーモアを解するサディストは、ことのほか危険だ。

大尉について知っていることで、なにか使えるものはないかと必死に考えるうち、ある名前に思いいたった。いい加減に聞いたうろ覚えの名だから、間違っていないといいのだが。涙ぐましいほどにささやかなカードだが、手持ちはそれしかない。深く息を吸ってすぐに吐き、避難所から出た。

部屋に戻ると、お茶に砂糖を入れてゆっくりかき混ぜた。そして、クリーム。できるだけ儀式を引き延ばしお気に入りの姿勢でゆったりとくつろいで、もっとよくわたしを眺めようとしていた。

「それで？」わたしは言った。「わたしの食欲がなくなるんじゃないか、なんて心配いらないわ、はなからありませんから。わたしになにをするつもり？」

大尉はほほえみ、やけどしそうなお茶を慎重にすすってから答えた。

「なにも」

「ほんとう？」驚いて眉を上げた。「発明の才も涸れました？」

「そうは思わぬ」大尉がいつもどおり上品に答え、上品とはほど遠い目でわたしを眺め回した。

「そう」ハンカチを突っ込んだせいで乳房の上のふくらみが際立つボディスの縁から、目をそらさずに言った。「おまえに欠けている礼儀を教えてやりたいところだが、その楽しみは永遠におあずけのようだ。次の特使と一緒に、おまえをエジンバラへ送る。到着したときおまえが目に見える傷を負っていては、わたしが困る。上官はわたしの不注意だと思うだろうから」

「エジンバラ？」わたしは驚きを隠せなかった。

「そうだ。トルブース刑務所のことは知っておろう？」

もちろん。この時代のもっとも悪名高い刑務所のひとつ。名物は不潔、犯罪、病気、そして暗闇。囚人のほとんどは裁判を受ける前に死んだ。わたしは甘いお茶をごくりと飲み、喉の奥に込み上げてきた苦い胆汁を押し戻した。

ランダルも満足そうにお茶を飲んだ。

「きっと気に入るぞ。なにしろ、湿った汚い場所が好きらしいからな」ガウンの下から覗くずぶ濡れのペチコートを見て、咎めるように言った。「リアフ城の後では、わが家のように感じるだろう」

トルブースの食事が、コラムの食卓に並ぶのと同じくらいおいしいとは思えなかった。それに、設備どうこうはさておき、わたしをエジンバラへ送らせるわけにはいかなかった。絶対に――断じて。一度トルブースへ閉じ込められたら、二度とストーン・サークルへ戻れない。

わたしのカードで勝負するときがきた。いましかない。わたしはカップを持った。

「お好きに」平然と言った。「サンドリンガム公爵はなんとおっしゃるでしょうね？」

大尉が牝鹿の革のズボンの膝に熱いお茶をこぼし、それはそれは愉快な悲鳴をあげた。

「チッ」わたしは咎めるように言った。

大尉が黙って睨んだ。ティーカップは脇に転がり、茶色の中身が薄緑の絨毯に染み込んでいったが、呼び鈴の紐を引こうともしなかった。首筋で小さな筋肉が躍った。

左手のいちばん上の抽斗に、エナメルのかぎ煙草入れと一緒に糊のきいたハンカチがどっさり入っているのを見つけていたので、一枚出して渡した。

「染みにならないといいわね」にこやかに言った。

「いや」大尉がハンカチを無視して言った。近寄ってきてわたしを睨む。「いや、それはありえない」

「どうして？」わたしは無邪気を装って尋ねた。なにがありえないのかしら。

「わたしにひと言あるはずだ。もしおまえがサンドリンガムに仕えているとしたら、なぜこれほど愚かな行動をとる？」

「公爵があなたの忠誠を試しているのかも」あてずっぽうを言った。必要なら飛び上がって逃げられるよう準備をして。大尉が両脇で拳を固めた。鞭は容易に手が届く机の上に置いてある。

わたしの言葉に鼻を鳴らした。

「おまえがわたしの鈍重さを試しておるのだろう。あるいは寛容さを。マダム、両方ともきわめて低いぞ」彼が見透かすように目を細めたので、わたしは急いで身構えた。

大尉が近づいてくる。わたしは脇へ身をかわし、ティーポットをつかんで投げた。大尉が避け、ポットはドアに当たって見事に砕けた。すぐ表にいたらしい当番兵の驚いた顔が覗いた。

肩で息をしながら、大尉が早く入れと身振りで示した。

「この女を捕まえろ」机に向かいながらぶっきらぼうに命じた。わたしは深呼吸していた。自分を落ちつかせたいけれど、すぐにはできないだろうと思いながら。

ところが、大尉はわたしを殴るかわりに、右手の下の段の抽斗を開けた。さっきは時間がなくて覗けなかった抽斗だ。出てきたのは長く細い縄だった。

「引き出しに縄をしまっておくなんて、どういう紳士？」わたしは憤然と尋ねた。

「用意周到な紳士さ、マダム」わたしを後ろ手に縛りながらつぶやいた。

「行け」ドアを顎でしゃくり、いらいらした口調で当番兵に言った。「なにが聞こえても戻ってくるな」

まぎれもなく不吉な台詞だ。大尉がもう一度抽斗に手を入れたところで、わたしの不安は的中した。

ナイフにはどこか気力を殺《そ》ぐものがある。臆せず戦いに挑む男でも、剝き出しの刃を向けられればすくむだろう。わたしもすくんだ。縛られた両手が漆喰の壁にぶつかった。邪悪に光る切っ先が下りてきて、胸の谷間に押し当てられた。

「さて」楽しそうに大尉が言った。「サンドリンガム公爵について知っていることを、洗いざらい話してもらおう」刃がさらに押し込まれてガウンがへこんだ。「好きなだけ時間をかけろ。わたしはちっとも急いでおらん」小さくプツッ！という音がして服に穴が開いた。

小さな点を心臓の真上に感じた。恐怖と同じくらい冷たい。

ランダルが片方の乳房の下の弧をゆっくりナイフでなぞった。ラシャが裂けて白いシュミーズと一緒にたれ、乳房がこぼれた。ランダルは息を止めていたらしい。わたしから目を離さずゆっくりと吐き出した。

わたしは脇へ逃げたが、部屋は動き回れるほど広くなかった。机に追いつめられ、縛られた手で端をつかんだ。大尉が十分近づいたら、両手で支えてのけぞり、手からナイフを蹴り落とせるかもしれない。わたしを殺しはしないだろう。彼と公爵の関係について、なにを知っているか聞くまでは。そう思ったところで、たいして慰めにはならなかった。

大尉がほほえんだ。腹が立つくらいフランクの笑顔に似ている。学生を魅了し、大学のどんな堅物の理事連もとろかしてきたあのやさしい笑顔に。状況が違えば、この男を魅力的だと思ったかもしれない。けれどいまは……断じて無理。

大尉がすばやく近寄ってきて太腿のあいだに膝を入れ、肩を押さえつけた。わたしはバランスを失って机に倒れ込み、縛られた手首が痛くて悲鳴をあげた。大尉が太腿のあいだで体を押しつけ、片手でスカートと格闘し、もう片手であらわな乳房をつかんで揉みしだいた。わたしは狂ったように蹴ったが、スカートが邪魔だった。大尉が脚をつかみ、さすり上げた。湿ったペチコート、スカート、シュミーズを押しのけ、腰の上に跳ね飛ばす。それから自分のズボンに手をかけた。

脱走兵ハリーの亡霊よ、とわたしは思った。いったいイングランド軍はどうなっているの？　まったく、どいつもこいつも。

イングランド守備隊の真ん中で悲鳴をあげても助けが来るとは思えなかったけれど、わたしは肺を空気でいっぱいにして叫んでみた。形だけでも抵抗するつもりで。黙らせるためにひっぱたかれるか揺さぶられると思った。ところが意外なことに、大尉のお気に召したようだ。

「いいぞ、叫べ」チャックを下ろしながら、言った。「ますます楽しくなる」

わたしは彼の目を見据えて言い放った。「ふざけるな！」とてもはっきり、ひどくうっかり。

濃い髪がひと房ゆるんで額にかかり、粋な感じになった。あまりにもひ孫のひ孫の孫にそっくりなので、恐ろしい衝動に捕らえられ、応えようと脚を開いてしまった。荒々しく乳房を揉まれ、その衝動もたちまち消えた。

わたしは狂ったように怒り、むかつき、屈辱を感じ、不愉快だったけれど、不思議と怖くはなかった。重たいものがひたひたと脚に当たり、理由はすぐにわかった。わたしが叫ばないと、大尉は楽しめないのだ――もしかしたら叫んでも。

「あら、そういうことなのね？」言ったとたん、平手が返ってきた。わたしはぎゅっと口をつぐんで顔をそむけ、それ以上考えなしにしゃべるまいと決めた。レイプされようがされなかろうが、怒りっぽい大尉は危険きわまりない。ランダルから目をそらしたとき、窓辺にちらりと動くものが見えた。

「礼を言う」冷たい、穏やかな声が言った。「もしおれの妻から手を離してくれたら」まだ乳房をつかんだまま、ランダルが凍りついた。ジェイミーが窓枠にしゃがみ、大きな真鍮の握りのピストルを前腕に乗せて構えていた。

ランダルはわが耳を疑うというように一瞬身をこわばらせた。ゆっくり窓のほうを向きながら、ジェイミーからは見えない右手を乳房から離し、わたしの顔の横にあるナイフのほうへそろそろと伸ばした。

「なんだと？」疑わしげに言った。ナイフを握るや後じさり、声のほうに振り向いた。また動きが止まった。じっと見ながら笑いだした。

「こいつは驚いた、むこうみずなスコットランド人の若僧ではないか！　みっちり懲らしめたと思っていたぞ！　だが傷は癒えたようだな。この女がおまえの女房だと？　ふしだらなところなんぞ、おまえの姉にそっくりだ」

体で隠していたナイフを持った手がひるがえった。刃はいま、わたしの喉に向けられていた。ランダルの肩越しにジェイミーが見えた。窓枠に足を踏ん張り、いまにも飛びかかろうとしている猫のようだ。ピストルの銃身はぴくりとも動かず、ジェイミーの表情も変わらなかった。感情を示すものといえば、首を昇る黒ずんだ朱色だけだ。襟のボタンが開いていて、首の小さな傷が緋に燃えた。

のんきとも言えそうな調子で、ランダルがナイフを見えるように上げた。切っ先が喉に触れそうだ。ランダルがジェイミーに半身を向けた。

「ピストルを渡したほうがいいぞ――結婚生活に嫌気がさしていなければ。もちろん、やもめになりたければ……」視線が恋人同士の抱擁のようにからみ合い、しばし二人とも動かなかった。とうとうジェイミーの体が張りつめた緊張を解いた。長いあきらめのため息をもらし、ピストルを部屋の中に放った。床にがちゃんと落ち、ランダルの足元へ転がった。

ランダルが一瞬のうちに屈んで拾った。ナイフが喉を離れたとたん、わたしは起きようとしたが、ランダルに胸を突かれてまた倒された。片手でわたしを押さえつけたまま、もう一方の手でピストルを持ち、ジェイミーを狙う。捨てられたナイフは、わたしの足元あたりに転がっているはずだ。爪先が器用だったら……ポケットの中の短剣は、火星にあるのと同じくらい遠かった。

ジェイミーが現れてから、ランダルはほほえみつづけていた。いま笑顔は広がり、尖った犬歯まで見えた。

「よかろう」ランダルが手をわたしの胸から離し、ふくらんだチャックに戻した。「おまえが来たとき、取り込み中だったのだ。それをすませたら、おまえの相手をしてやろう」

緋色がジェイミーの顔じゅうに広がったが、ピストルを向けられていては身動きできない。ランダルが言い終えると、ジェイミーはピストルの銃口に向かって歩きだした。わたしはやめさせようと悲鳴をあげかけたが、恐怖に口が乾き、声が出なかった。ランダルが引き金を引き、指の関節が白くなった。

撃鉄は空の薬室を打ち、ジェイミーが拳をランダルの腹に叩き込んだ。鈍い、ぐしゃっという音がして、次の拳が大尉の鼻を砕き、血しぶきがわたしのスカートに散った。ランダルが白目を剝き、石のように床に倒れた。

ジェイミーがわたしの後ろに回って起こし、手首に巻かれた縄を見た。

「空の銃ではったりをかけたの？」わたしはひどく興奮して、嗄《しわが》れた声で言った。

「弾が入っていれば、真っ先に撃っているはずだろう？」ジェイミーが言い返した。

廊下を足音がやって来た。ジェイミーが縄をほどき、わたしを窓辺に引き寄せた。地面まで八フィート、だが足音はもうそこまで迫っている。わたしたちは同時に飛んだ。骨が砕けたような衝撃を受け、スカートとペチコートの山に転がった。ジェイミーに引き起こされ、建物の壁に押しつけられた。足音が角を曲がった。六人の兵士が見えたが、向こうはこちらを見なかった。

無事に通りすぎると、ジェイミーがわたしの手をとって向こうの角を指さした。建物に沿って進み、角の手前で止まった。いまいる場所がわかった。二十フィートほど先に梯子があり、狭い通路に通じている。砦の外壁の内側に沿った通路だ。ジェイミーが顎でさした。あそこを目指せ。

彼が顔を寄せてささやいた。「爆発音が聞こえたら、死に物狂いで走って梯子をのぼれ。おれも後から行く」

わかった、とうなずいた。心臓が早鐘のように打った。下を向くと、片方の乳房がこぼれでたままだった。いまは取り繕っている場合ではない。スカートをたくし上げ、走る用意をした。

建物の反対側から、臼砲《きゅうほう》を発射したような凄まじい音が聞こえた。ジェイミーに押されて駆けだし、懸命に走った。梯子に飛びつき、よじのぼった。下でジェイミーがのぼりはじめると、重さで木がきしみ、揺れた。

梯子のいちばん上で振り返ると、砦の全貌が見えた。奥の壁近くの小さな建物から黒煙が昇り、男たちが四方八方から集まっていた。

ジェイミーが隣にひょいと現れた。「こっちだ」狭い通路を低い姿勢で走る彼につづいた。壁に立てられた旗竿のそばで止まった。旗は重々しく頭上ではためき、動索が竿をリズミカルに叩いている。ジェイミーが壁の外を見回し、なにかを探した。

わたしはフォート・ウィリアムを振り返った。建物の片側に木の台を見つけた。男たちは走り回り、怒鳴りながら、小さな建物に群がっていた。台の中心には重そうな木の十字架が立ち、横木から縄の手かせが下がっていた。三、四フィートの高さで、階段がついている。

突然ジェイミーが口笛を吹いた。壁の外を見るとルパートがいた。馬に乗り、ジェイミーの馬を連れている。口笛の音に顔を上げ、馬を壁際に連れてきた。

ジェイミーが旗竿から動索を切っていた。重たい赤と青の旗がたわみ、滑り下りてわたしの横にばさりと落ちた。ジェイミーが手早く縄の端を一本の柱に結わえ、残りを壁の外側にたらした。

「早く！」ジェイミーが言った。「両手でしっかりつかまって、壁に足を踏ん張って下りろ！　行け！」壁に足を踏ん張り、縄を繰りながら下りた。細い縄は滑り、手の皮が焼けた。馬の横に着地し、急いでまたがった。一瞬後、ジェイミーが後ろに飛び乗り、馬を駆った。

砦から一、二マイル離れて追っ手を完全にまいてから、速度を落とした。短い話し合いの末、マッキントッシュ領の境界へ向かったほうがいいだろうとドゥーガルが結論を下した。最も近い、安全なクランの領地だ。

「ドゥーンズベリーには今夜じゅうに着けるだろうし、おそらく危険はないだろう。明日にはわれわれを捕らえよと伝令が届くだろうが、そのころには境界を越えているはずだ」午後も半ばを過ぎたころだった。一行はたしかな足取りで進み、ジェイミーとわたしの馬は荷が二倍なので少し後れをとった。わたしの馬は、いまも木立の中でのんびり草を食んでいるのだろう。幸運な人に見つけられ、連れていかれるまで。

「どうして居場所がわかったの？」わたしは尋ねた。緊張が解けたら体が震えだしたので、抑えようと自分を抱いた。衣類はもうすっかり乾いているのに、骨の髄まで凍てついていた。

「きみを一人にするよりは、と男を一人戻らせた。きみが立ち去るのは見なかったが、イングランド兵が浅瀬を渡るのを見たそうだ。きみと一緒に」ジェイミーの声は冷たかった。彼を責められない、とわたしは思った。歯がかちかち鳴りはじめた。

「わたしをイ、イングランドのスパイだと思って、み、見捨てなかったのが驚きだわ」

「ドゥーガルはそうしたがった。だがきみを見た男は、きみが暴れていたと言った。おれは自分の目でたしかめたかった」ジェイミーが表情を変えずにわたしを見下ろした。

「きみは運がいい、サセナッフ、おれがこの目で現場を見たのだから。ドゥーガルでさえ、きみがイングランド側の人間ではないと認めざるをえない」

「ドゥ、ドゥーガル？　あなたはどうなの？　あ、あなたはどう思っているの？」わたしは尋ねた。

ジェイミーは答えず、ただ鼻を鳴らした。ブレードを外してわたしの肩にかけるくらいの心遣いは示したが、腕を回そうとはせず、どうしても必要なとき以外は触れもしなかった。陰気に押し黙り、いつもの流れるような優雅さとはかけ離れた苛立たしげな手つきで手綱をさばいた。

わたしは混乱と不安で、不機嫌に耐えられる精神状態ではなかった。

「ねえ、どうしたの？　なんだっていうの？」わたしは声を荒らげた。「お願いだから、すねるのはやめて！」思ったよりきつい言い方になり、ジェイミーの体がさらにこわばるのを感じた。彼が急に馬の鼻面をそらし、道路脇へ導いた。なにが起きたのかわかる前に、彼が馬から下り、わたしも引きずり下ろされた。地面に足が着くと転びそうになり、必死でバランスをとった。

わたしたちが止まったのを見て、ドゥーガルたちも止まった。ジェイミーが短く鋭い仕草で行けと伝えると、ドゥーガルがわかったと手を振った。「手短にな」ドゥーガルが言い、みんなは出発した。

ジェイミーは、みんなが声の届かないところへ行くまで待った。それからわたしを自分のほうに向かせた。見るからに怒っていて、爆発寸前だった。わたしも怒りが込み上げるのを感じた。こんな扱いをされるいわれはない。

「すねる！」ジェイミーが言った。「すねる、だと？　おれは自制心を振り絞って、きみの歯が鳴るまで揺さぶりたいのを我慢しているのに、すねるのはやめろ、だと？」

「いったいどうしたっていうのよ？」わたしは怒って尋ねた。手を振りほどこうとしたが、指が罠の歯のように前腕に食い込んでいた。

「どうしたかって？　知りたいなら教えてやろう！」食いしばった歯のあいだから言った。「きみがイングランドのスパイではないと証明しつづけるのに飽きた。きみを見張りつづけて、ばかなことをしないかと肝を冷やすのに飽きた。きみがレイプされるのを見せられるのにも飽き飽きだ。これっぽっちも楽しくない！」

「わたしが楽しんでると思うの？」わたしは怒鳴った。「わたしのせいにしたいの？」このひと言で、ジェイミーがほんとうにわたしを軽く揺すった。

「きみのせいだ！　きみが言われたとおりの場所にいれば、こんなことにはならなかった！ところがどうだ、きみはおれの言うことなど聞かない、おれはきみの夫なのに。きみは自分の好きなようにして、その結果がどうだ。仰向けになってスカートをたくし上げ、この世で最低の虫けらを脚のあいだに立たせ、おれの目の前で襲われかけている！」いつもはかすかなスコットランド訛《なまり》が、どんどんひどくなってきた。怒っている証拠だ。証拠を探すまでもなく、十分わかってはいたけれど。

このときには鼻と鼻を突き合わせて怒鳴り合っていた。ジェイミーは怒りで紅潮し、わたしも顔に血が昇るのを感じた。

「あなたのせいよ！　いつもわたしを無視して疑ってばかり！　わたしが誰か、ほんとうのことを話したわ！　あなたと行っても危なくないと言ったのに、わたしの話にちゃんと耳を傾けてくれた？　いいえ！　わたしはただの女だもの、どうして耳を傾ける必要がある？　女は言われたことをやってればいいんだ、おとなしく手を重ねて待ってればいいんだ、男が帰ってきてああしろこうしろと言うまで！」

ジェイミーが抑えられなくなって、わたしを揺すった。

「きみがそうしていれば、おれたちは逃げなくてすんだ。百人のイングランド兵に追われることもなかった！　くそっ、きみの首を絞めるべきか、こてんぱんに殴るべきかわからないが、なにかしないと気がすまない」

これを聞いて、わたしは本気でジェイミーの股間を蹴ろうとした。ジェイミーが避け、わたしの脚のあいだに膝を入れて、狙えなくした。

「もう一度やってみろ、耳鳴りがするくらいひっぱたくぞ」ジェイミーが怒鳴った。

「あなたは野蛮な阿呆よ」わたしはつかまれた肩を振りほどこうともがいて、あえぐように言った。「わたしがわざと出ていってイングランド人に捕まったと思ってるの？」

「そうさ。林間地のことで、おれに仕返しをしたかったんだろう！」

わたしはあんぐりと口を開けた。

「林間地？　イングランド人脱走兵とのこと？」

「ああ！　おれがきみを守らなくてはいけなかったと思っているんだろう？　そうとも。だけどできなかった。きみは自分でやらなくてはならなかった。だからいま、償わせようとしたんだ、自分を、おれの妻を、おれの血を流した男の手にゆだねて！」

「あなたの妻！　あなたの妻！　わたしのことはどうでもいいのね！　わたしはただの所有物、あなたの持ち物だから気になるだけなのね。誰かに自分の持ち物を奪われるのが我慢できないのよ！」

「だってきみはおれのものだ！」ジェイミーが吠えた。スパイクのように指を肩に食い込ませながら。「そしてきみはおれの妻だ！　きみの気に入ろうが入るまいが！」

「気に入らないわ！　まるっきり気に入らない！　だけどそれも関係ないんでしょう？　いい子にしてベッドをあたためていれば、なにを思おうとどう感じようと、知ったことじゃないんでしょう？　それがあなたの思う妻よ――欲望を感じたらペニスを突っ込む道具！」

これを聞いて、ジェイミーの顔が真っ青になり、本気でわたしを揺すぶりはじめた。頭が激しく揺れ、歯がぶつかり、痛いほど舌を嚙んだ。

「離して！」わたしは叫んだ。「離してよ、この」――彼を傷つけたくて、脱走兵ハリーの言葉を一部拝借した――「腐りきった豚野郎！」ジェイミーが手を離し、瞳を燃やしながら、一歩下がった。

「なんて口の悪い！　おれに向かってそんな話し方をするとは！」

「わたしは自分の好きなように話すわ！　指図は受けないわよ！」

「そのようだ！　きみは好き勝手に振る舞って、その結果、誰が傷つこうとも気にしない！　わがままで強情で――」

「傷ついたのはあなたのプライドでしょう！」わたしは怒鳴った。「林間地でわたしたちを救ったのはわたし、それが許せないのよ、違う？　あなたは突っ立ってただけ！　もしわたしがナイフを持っていなかったら、いまごろ二人とも死んでるわ！」

その言葉を口にするまで、思ってもみなかった。わたしはイングランド脱走兵から守ってもらえなかったことで、腹を立てていたのだ。もっと理性的な状況なら、そんな考えは浮かばなかっただろう。あなたのせいじゃない、そう言っていたはずだ。わたしがナイフを持っていて運がよかった、と。だけどいま、わかった。フェアだろうとなかろうと、理性的だろうとなかろうと、わたしを守るのは彼の役目なのに、果たせなかったのだと感じていた。たぶん彼自身、そのことをひしひしと感じているにちがいない。

ジェイミーは感情的になってあえぎながら、わたしを睨みつけた。また口を開いたときには、声は低く、怒りで尖っていた。

「砦の庭にあった柱を見たか？」わたしは短くうなずいた。

「おれはあの柱に縛られた、動物のように、そして血が出るまで鞭打たれた！　そのときの傷は死ぬまで消えないだろう。今朝も死ぬほど運がよくなかったら、同じ目に遭っていたかもしれない。鞭で打たれ、吊るされていただろう」ジェイミーがごくりと唾を呑んだ。「おれにはそれがわかっていた。だがきみを追ってあそこへ行くのに、一秒たりともためらわなかった。ドゥーガルの言うことはもっともだと思っちゃいたが！　おれが持っていた銃をどこで手に入れたか、わかるか？」わたしは痺れたように首を振った。怒りは薄れはじめていた。「塀のそばにいた見張りを殺した。銃が空だったのは、そいつがおれに発砲したからだ。

弾は外れ、おれは短剣で殺した。きみの悲鳴が聞こえたから、短剣をそいつの胸に刺したままにして。クレア、きみのためなら十人でも殺す」ジェイミーの声が変わった。

「きみの悲鳴を聞いて、おれは空の銃と二本の手だけ持って駆けつけた」ジェイミーの口調はいくぶん穏やかになっていたが、目つきはまだ痛みと怒りで険しかった。わたしは黙っていた。ランダルに襲われた恐怖で混乱していたから、助けに来てくれたのがどれほど勇敢な行為か、ちっともわかっていなかった。

ジェイミーが不意に背を向け、うなだれた。

「きみの言うとおりだ」静かに言った。「そう、きみは正しい」急に声から怒りが消え、いままで聞いたことのないような声音になった。ジェイミーはどれだけ痛い思いをしても、こんな声は出さなかった。

「プライドが傷ついた。プライドは、おれに唯一残されたものだ」樹皮の硬いマツに前腕をかけ、疲れきった様子で頭を乗せた。声が小さすぎて、ほとんど聞こえなかった。

「おれはぼろぼろだよ、クレア」

わたしも同じだった。おずおずとジェイミーの背後に近寄った。腰に腕を回しても、彼は動かなかった。丸めた背中に頬を当てた。シャツは湿り、興奮の汗で濡れていた。そして彼は震えていた。

「ごめんなさい」わたしはただそう言った。「許してちょうだい」ようやくジェイミーが振り返り、きつく抱き締めた。震えは少しずつおさまっていった。

「許しているさ」髪の中にささやく。腕を解き、真面目な顔でわたしを見下ろした。

「おれこそ悪かった。ひどいことを言った。腹が立って、思ってもいないことまで言った。許してくれるか？」彼の最後の言葉を聞いた後では、許す必要があるものなどなにもないと思ったけれど、うなずいて手を握った。

「許しているわ」

さっきよりくつろいだ沈黙の中、もう一度馬に乗った。しばらく道はまっすぐで、ずっと先に小さな土煙が見えた。ドゥーガルの一行にちがいない。

今度もジェイミーが後ろに乗った。片腕を回してくれたので、さっきより安心できた。けれどまだ、心の傷と緊張は拭い去られていなかった。わたしたちの関係は完全に修復されてはいない。おたがい許し合ったけれど、言葉は記憶に残り、けっして忘れられないだろう。

22 報い

ドゥーンズベリーに着いたころには、すっかり日も暮れていた。ありがたいことに、宿屋のあるかなり大きな宿場町だった。宿の主人に金を払うとき、ドゥーガルは辛そうに目をつむった。われわれ一行のことを告げ口しないよう口止め料としてかなりはずんだせいだろう。けれどおかげで、あたたかい夕食とたっぷりのエールにありつけた。それなのに、夕食は陰気で、ほとんど誰もしゃべらなかった。ぼろぼろの服の上にジェイミーの着替えのシャツを羽織って座っているわたしは、たしかに一族の面汚しだ。ジェイミー以外の男たちはわたしなどそこにいないように振る舞い、ジェイミーでさえ、ときどきパンや肉をわたしにまわすだけだった。ようやく部屋に戻れたときはほっとした。小さくて狭い部屋だったが。

ため息とともにベッドに腰を下ろした。寝具が汚れるのも気にしなかった。

「くたくただわ。長い一日だった」

「ああ、そうだな」ジェイミーが襟とカフスを開け、剣帯を外したが、それ以上脱ぐ気配はなかった。帯を鞘から抜いてふたつ折りにすると、考えに沈んだ様子でたわませた。

「いらっしゃいよ、ジェイミー。なにを待っているの？」

ジェイミーがベッドのそばに来て、帯を軽く前後に揺らした。

「今夜寝る前に、きちんと片をつけておきたいことがある」心にぐさりときた。

「なんなの？」

ジェイミーはすぐには答えなかった。慎重にわたしの隣を避けて、スツールを引き寄せると真正面に座った。

「わかっているか、クレア」静かな声だった。「今日、危うく全員が死ぬところだった」

わたしはしおらしくキルトに目を落とした。「ええ、わかってる。わたしのせいよ。ごめんなさい」

「わかってくれたか」と、ジェイミー。「仲間の男が同じようなことをしたら、つまりほかの者を危険に曝したら、殺されないまでも、耳を落とされるか鞭で打たれると知っていたか？」わたしは青くなった。

「いいえ、知らなかった」

「きみがまだおれたちのやり方に慣れていないのは知っているし、言い訳にもなる。それでも、きみが言われたとおり隠れていたら、あんなことにはならなかった。いまではイングランド人が血眼《ちまなこ》でおれたちを探している。日中は隠れて、夜間に移動しなくてはならなくなった」

ジェイミーが言葉を止めた。「ランダル大尉のことは……そう、また別の問題だ」

「あなたがここにいるとわかったから、とくにあなたを追ってくる、ということ？」ジェイミーが炎に目を移しながら、ぼんやりとうなずいた。

「ああ。彼は……個人的な敵だ、わかるか？」

「ほんとうにごめんなさい、ジェイミー」わたしは言った。ジェイミーが、いいんだ、と手を振った。

「傷ついたのがおれだけなら、それ以上なにも言わない。だがせっかくだから言っておこう」鋭い視線をよこす。「あの獣がきみに手をかけているのを見て、息の根が止まりそうだった」恐ろしい形相で炎に目をそらした。午後の出来事を反芻《はんすう》しているのだろうか。

わたしはランダルの〝問題〟を話そうかと思ったが、かえってよくない結果を招きそうで怖かった。ジェイミーにすがりついて許しを乞いたくてたまらなかったが、触れる勇気がなかった。長い沈黙の後、ジェイミーがため息をついて立ち、剣帯で軽く腿を叩いた。

「それなら」と言った。「やってしまおう。きみはおれの言いつけを破って、みんなをひどい目に遭わせた。その罰を与えようと思う、クレア。今朝おれが去り際に言ったことを憶えているか？」もちろん憶えていた。わたしはあわててベッドに飛び上がり、隅の壁にへばりついた。

「どういうこと？」

「どういうことかよくわかっているはずだ」きっぱりと言った。「ベッドの横にひざまずいて、スカートを上げろ」

「そんなことできない！」ベッドの支柱に両手でつかまり、さらに隅へ逃げた。

ジェイミーが目を細めてわたしを睨み、お次はどうしようかと考えた。彼がわたしになにかしようと思ったら、どうやっても止められないのだと悟った。わたしより優に二十五キロは重いのだ。けれど結局ジェイミーは行動より話し合いを選び、丁寧に剣帯を脇へ置いてから、寝具をまたいでわたしのそばへにじり寄った。

「なあ、クレア――」

「謝ったでしょう!」わたしは叫んだ。「ほんとうに悪かったわ。二度とあんなことしない!」

「そこが問題だ」ジェイミーがゆっくり言った。「無理もないがな。きみはことの重大さをわかっていない。きみはおそらく、物事がもっと容易に運ぶ場所から来たのだろうから。言いつけに背いたり、自分勝手に事を運んでも、きみがいたところでは生き死にの問題ではないかもしれない。最悪でも誰かに嫌な思いをさせたり、うるさがられたりするくらいで、誰も死にはしない」ジェイミーの指が茶色っぽいプレードにひだを寄せる。考えをまとめているのだろう。

「こういう時と場所では、軽率な行動がとても深刻な結果を招くというのは、動かしがたい事実だ――とくにおれのような男にとって」彼がわたしの肩を叩いた。泣き出しそうなのを見たせいだ。

「きみがわざとおれやみんなを危険な目に遭わせたりしないのはわかっている。だが今日のように、知らないうちにやってしまう可能性はある。いくらおれが、危険だと言っても、きみはほんとうにはわかっていないからな。きみは自分で考えるのに慣れているし」と、わたしを横目で見る。「男に命令されるのに慣れていない。だがおれたちみんなのために、そうすることを覚えてくれ」

「いいわ」わたしはゆっくり言った。「わかった。あなたの言うとおりよ。了解、あなたの言いつけに従います。賛成できなくても」

「よし」ジェイミーが立って剣帯をとった。「じゃあ、ベッドから下りろ。やってしまおう」

わたしは怒りで口を開けた。「なんですって？ 言いつけには従うって言ったでしょう？」

ジェイミーがいらいらとため息をつき、もう一度スツールに腰かけて、まっすぐわたしの目を見た。

「いいか、よく聞け。おれの言うことがわかった、ときみは言い、おれはそれを信じた。だが頭で理解するのと、骨身にしみてわかるのとでは、わけが違う」わたしはしぶしぶうなずいた。

「よし。おれがきみを罰する理由はふたつある。ひとつには、きみにわからせるため」彼が不意にほほえんだ。「経験から言えるが、うんと叩かれると物事を真剣に考えられるようになるものさ」わたしはベッドの支柱になおもしがみついた。

「ふたつ目」彼がつづけた。「みんなだ。今夜の様子に気がついただろう？」もちろん。夕食の席はとても居心地が悪かったから、部屋に入れてほっとした。

「世の中には正義というものがある、クレア。きみはみんなにひどいことをした、その報いを受けるべきだ」深く息を吸った。「おれはきみの夫だ。罰するのはおれの役目だ」

断固反対する理由がいくつもあった。この場合の正義がどうあれ――少なくとも多少は彼に分《ぶ》があるのは認めるけれど――叩かれるなんてわたしの自尊心が許さなかった。誰からも、どんな理由があっても。

深く裏切られた気分だった。友達として、保護者として、恋人として頼っている男が、わたしにそんなことをしようとしているなんて。そしてわたしの自衛本能は静かにおののいた。十五ポンドの両刃の剣を蠅叩《はえたた》きのように操る人物に、わが身をゆだねるなんて。

「わたしをぶつなんて、許さないわ」ベッドの支柱につかまったまま、きっぱり言った。

「そうか？」ジェイミーが砂色の眉を上げた。「なら教えてやるが、きみに文句を言う権利はない。気に入ろうが入るまいが、きみはおれの妻だ。もしおれが、きみの腕を折りたいとか、パンと水しか与えないとか、何日も小部屋に閉じ込めたいと思っても――冗談で言っているなんて思うな――おれにはそれができる。尻を叩くのだって同じだ」

「叫ぶわよ！」

「そうだろう。事前に叫ばなくても最中はそうなる。隣の農場まで聞こえるだろう。きみの肺は丈夫だ」憎らしい笑みを浮かべてジェイミーがベッドに上がってきた。

なんとかわたしの指を支柱から剝がし、ベッドの脇へ引きずり下ろした。わたしは向こう脛《ずね》を蹴ったけれど、靴を履いていないので効果はなかった。ジェイミーが軽く唸りながらわたしをベッドに伏せさせ、腕をひねって押さえた。

「やると言ったらやる、クレア！　きみが協力してくれれば、二人できっかり十二回数えられるぞ」

「しなかったら？」わたしは震え声で言った。ジェイミーが剣帯をとって脚に打ちつけ、ぞっとする音をたてた。

「しなかったら、きみの背中に膝をついて、腕が疲れるまで叩く。言っておくが、きみのほうがおれよりずっと先に嫌になるぞ」

わたしはベッドから飛び起きると、拳を握って彼に向いた。

「この野蛮人！　この……サディスト！」怒り狂ってわめいた。「あなたは自分が楽しいからやるのよ！　絶対に許さないから！」ジェイミーが剣帯をひねりながら考えている。

そして冷静に応えた。「サディストと言われても、なんのことだかわからない。それにおれが今朝のことを許せたら、きみだってこのことを許せるはずだ。また座れるようになるころには」

おれが楽しいかどうか……」と、唇を歪める。「おれはきみを罰さなくてはならないと言っただけで、楽しむとは言っていない」指を曲げてわたしに合図する。

「来るんだ」

翌朝は部屋から出たくなかった。リボンを結んだりほどいたり、髪にブラシをかけたりして、時間を稼いだ。昨夜からジェイミーとは口をきいていなかったが、彼はわたしがためっているのに気づいて、朝食を食べに行こうと誘った。

「みんなと会うのを怖がることはない、クレア。たぶんからかわれるだろうが、たいしたことはないさ。顔をあげろ」顎の下を突くので、指を嚙んでやった。鋭く、でも浅く。

「わっ！」ジェイミーがすばやく指を引っ込めた。「気をつけろ。この指がどこに触ったかきみは知らない」くすくす笑いながら部屋を出ていった。

機嫌がいいのももっともだ、とわたしは苦々しく思った。昨夜望んでいたのが復讐なら、望みは叶ったのだから。

人生最悪の夜だった。嫌々従っていたのも、最初の革のひと打ちが生身を焼くまでのことだった。つづく短い必死の抵抗の結果、ジェイミーは鼻血を出し、頰の下のほうにかわいらしい爪あと三筋と手首の歯型が残った。驚くにはあたらないが、その結果、わたしは背中に膝をつかれて脂っぽいキルトにまみれ、死にそうになるまで叩かれた。

ジェイミーは――呪われろ、邪悪なスコットランド人め――しかし正しかった。男たちはおはようとしか言わなかったが、愛想はよかった。昨夜の敵意と軽蔑は消えていた。

食堂脇のテーブルで卵をよそっていると、ドゥーガルが来て、父親のように肩を抱いた。秘密めかしてささやかれると、顎ひげが耳にちくちくした。

「ゆうべのジェイミーが厳しすぎたのではないといいが。まるで殺されでもしたような悲鳴だったぞ」

わたしは真っ赤になり、見られたくなくて顔をそむけた。ジェイミーの小癪《こしやく》な言葉を聞いて、試練のあいだ、絶対に声をたてるものかと思った。けれどいざそのときがきて、ジェイミー・フレイザーがふるう鞭を受けると、そんな決心など吹き飛んだ。スフィンクスに謎かけをやめて、口をつぐんでろと言うようなもの。無理にきまっている。

ドゥーガルが振り向いて、座ってパンとチーズを食べているジェイミーに声をかけた。

「おいジェイミー、なにも半殺しにする必要はなかった。優しい忠告で十分なのに」わたしの尻をこれみよがしに叩く。わたしは顔をしかめ、ドゥーガルを睨んだ。

「尻のやけどで一生苦しみはしない」マータフがパンを頬張ったまま言った。

「いかにも」ネッドがにやりとして言った。「さあ、こっちにおかけ」

「立っています、ありがとう」わたしが澄まして言うと、みんないっせいに笑った。ジェイミーはうまくわたしと目を合わせないようにし、しかつめらしくチーズを取り分けた。

日中も明るい冗談を飛ばされ、男たちは同情するふりをいいことにわたしの尻を叩いた。けれど我慢できないことはなかった。しぶしぶながらも、ジェイミーは正しかったと認める気になった。相変わらず絞め殺したい気分ではあったが。

座るのは論外だったから、午前中は縁かがりやボタンつけにいそしんだ。縫うのに明かりがいるからと言い訳して、窓辺で作業した。昼食は立って食べた。昼食の後、全員部屋に引きあげて休んだ。完全に日が暮れてから、次の目的地、バークレナンへ出発することをドゥーガルが決めたからだ。わたしのあとからジェイミーがついて来たが、彼の目の前でドアを閉めた。また床の上で眠ればいい。

昨夜の彼はそつがなかった。罰が終わると、剣帯を結び直してさっさと部屋を出ていった。一時間して、わたしが明かりを消してベッドに入った後で戻ってきたが、ベッドで一緒に眠ろうとするほどばかではなかった。わたしが身動きもせずに横たわっている闇を覗き込み、深いため息をつくと、ブレードにくるまってドアのそばの床で寝た。

わたしはあまりにも腹が立ち、混乱し、体が痛いせいで、朝までまんじりともしなかった。その間、ジェイミーが言ったことを考えながら、同時に、起き上がって彼の敏感な箇所を蹴り上げてやれたらと思ってもいた。

客観的に見れば――できない相談だが――わたしが物事の重大さを理解していないというジェイミーの言い分にも一理ある。けれどそれは、物事がもっと容易に運ぶ場所にいたからではない――それがどこであろうと。それどころかまったく逆だ。

この時代はわたしにとって、まだいろんな意味で非現実的だった。芝居か仮装行列の中の世界だった。もといた時代の機械化された大規模な戦争にくらべると、小規模な正々堂々の対戦――剣やマスケット銃で武装した少人数の戦い――は怖いというより劇画的だった。

わたしは物事の規模に戸惑っていた。マスケット銃で殺された人も、臼砲で殺された人も、死んでいるという意味では変わらない。ただ違うのは、臼砲が不特定多数を殺すのに対して、マスケット銃は相手の目を見て殺すという点だ。わたしから見れば、そこが戦争と殺人の差だ。何人いれば〝戦争〟になる？　たがいを見なくてすむだけの数？　それでもこれは戦争――少なくとも真剣勝負――だ、ドゥーガルやジェイミーやルパートやネッドにとっては。小柄なイタチ顔のマータフでさえ、生来の性格にもかかわらず暴力をふるう理由を持っている。

そして、その理由とは？　あの王さまよりこっちの王さま？　ハノーヴァー王家とスチュアート王家？　わたしにとって彼らは、教室の壁に貼られた年表の上の名でしかない。ヒトラー帝国のような想像を絶する悪とくらべたら、なんだというのだろう？　王の下に生きている者にとっては大違いだろうが、わたしにとってはとるにたらない違いに思える。いったいどんな場合に、人が生きたいように生きる権利がとるにたらないものとみなされてきたのだろう？　個人の運命を決める戦いは、巨大な悪を止める試みより価値が低いのだろうか？

わたしは痛むお尻をそっとさすりながら、いらいらと寝返りを打った。ドアのそばで丸くなっているジェイミーを睨んだ。呼吸は落ちついているが、浅い。きっと彼も眠れないのだろう。そうだといい。

最初はこの驚くような災難全体を、メロドラマだと思おうとした。現実の世界では起こるはずのないことだと。岩を通ってから、びっくりすることはたくさんあったけれど、最悪なのが今日の午後だった。

ジャック・ランダル、フランクに似ていながら、恐ろしいほどに似ていない男。乳房をつかまれて、前の人生とここの人生が急につながったような気がした。わたしの分かたれた現実が一瞬にしてつながったのだ。まさに青天の霹靂《へきれき》。それから、ジェイミー。ランダルの部屋の窓から覗くこわばった顔、路上で怒りに歪んだ顔、わたしの侮辱に苦しむ顔。

ジェイミー。ジェイミーは間違いなく現実だ。わたしにとって、彼ほど現実的なものはない。フランクと、一九四五年の生活とくらべても。ジェイミー、やさしい恋人にして不実な悪党。

もしかしたらそれが問題なのかもしれない。ジェイミーによって五感のすべてを満たされていたから、まわりのことには無頓着でいられた。でも、これからはそうはいかない。わたしのむこうみずが、今日の午後、彼を殺しかけた。彼を失うと思うと胃がよじれた。ジェイミーを起こして、ベッドで一緒に寝ようと言おう。そう思ってむっくり起き上がった。そのとたん、彼が残した傷跡に全体重がかかり、即座に思い直し、うめきながら腹這いになった。

こうして怒りと理性に引き裂かれてひと晩を過ごし、すっかり疲れてしまった。午後はずっと眠り、日暮れ前にルパートに呼ばれて、よろよろと軽い夕食をとりに下りた。

ドゥーガルがわたしに別の馬を調達してくれた。またの出費に身悶《こわ》えしたにちがいない。優美ではないが、がっしりした体つきで、やさしい目と、短く強いたてがみをしていた。わたしはひと目見て〝シスル〟と名づけた。スコットランドの国花のアザミ《シスル》。

ひどく叩かれた後、長時間馬に乗るのがどういうものか考えたことはなかった。ようやく自分がどんな状況にいるかわかって、シスルの固い鞍を疑わしそうに見た。鞍には分厚いマントがかけてあり、その向こうからマータフが黒く輝くイタチのような目で、内緒だぞ、とウィンクをよこした。とりあえず威厳を保って静かにこらえようと思い、覚悟を決めて鞍にまたがった。

男たちはみんな、無言の騎士道精神を示してくれた。しょっちゅう誰かしらが休憩しようと言い、わたしは数分馬から下りて、痛いお尻をこっそりさすることができた。水を飲もうと言う者もいて、そうなるとわたしも止まらなくてはならなかった。水はシスルが運んでいたのだから。

こんなふうにして二、三時間進んだが、痛みはどんどんひどくなり、わたしは鞍の上で座り直してばかりいた。ついに、威厳をかなぐり捨てて、しばらく馬から下りることにした。

「どうどう！」シスルに言い、飛び下りた。ほかの馬がまわりに集まってきたので、シスルの左前肢を調べるふりをした。

「蹄鉄に石が詰まったみたい」と、嘘をついた。「取ってやったけど、このまま少し歩かせたいの。跛行《はこう》させたくないから」

「もっともだ」ドゥーガルが言った。「よかろう、少し歩け。だが誰かと一緒でなくては。ここは安全な道だが、一人で歩かせるわけにはいかん」すぐさまジェイミーが馬から下りた。

「おれが一緒に」静かに言った。

「よし。あまり遅れるな。夜明けまでにはバークレナンに着かねばならん。赤イノシシの看板の宿だ。主人はわたしの知り合いだ」手を振ってみんなを集めると、軽快な速歩《トロット》で駆けていった。わたしたちを土埃の中に残して。

数時間鞍に痛めつけられて、わたしの機嫌がよくなろうはずがない。ジェイミーなら歩かせておけ。絶対に口をきいてやるものか。サディスティックで暴力的な野蛮人め。昇りゆく半月の光の下では、ジェイミーはとりたてて野蛮には見えなかったが、わたしは彼を見ないように気をつけながら、心を鬼にしてよろよろと歩いた。

筋肉を酷使していたから、最初こそ慣れない動きに抵抗感があったけれど、半時間かそこらでずっと楽に歩けるようになった。

「明日にはもっと楽になるだろう」ジェイミーがさらりと言った。「楽に座れるようになるのは、その翌日だろうが」

「どうしてそんなに詳しいの？」かっとなって言った。「そんなによく人を叩くの？」

「いや、まさか」わたしの態度をものともせず、ジェイミーが言った。「叩いたのは初めてだ。叩かれるほうは何度も経験したが」

「あなたが？」わたしは口をぽかんと開けてジェイミーを見た。この筋肉の塊に鞭を振ろうと思う人がいるなんて、まったく信じられなかった。

ジェイミーがわたしの顔を見て笑った。「もっと小さかったころの話だ、リセナッフ。数えられる数より多く、尻に鞭を当てられた。八歳から十三歳までのことだ。十三で父より背が高くなったから、柵の手すりに身を屈ませて叩くのがむずかしくなった」

「お父さんに叩かれたの？」

「ああ、ほとんどは。先生にも叩かれたし、ドゥーガルともう一人のおじにも。おれがどこにいて、なにをしていたかによる」

だんだん興味が湧いてきた。彼を無視しようと誓ったのに。

「なにをしたの？」

ジェイミーがまた笑った。静かだが、夜のしじまに響く笑い声だった。

「さあ、全部は思い出せない。たいていは、叩かれるだけのことをした。少なくとも、父が不当に叩いたことはない」しばし黙って考えながら歩いた。

「そうだな。たとえば、鶏に石をぶつけたことがある。牛に乗って、ミルクを搾《しぼ》れないほど興奮させたことがある。こっそりケーキのジャムだけ食べて、知らん顔をしたこともある。ああ、門を閉め忘れて納屋から馬が逃げ出したこともあるし、鳩小屋の藁《わら》を燃やしてしまったこともある――事故だった、わざとそんなことはしない――それから教科書をなくした――これはわざと――それから……」そこで言葉を切り、肩をすくめた。わたしがこらえきれずに笑い出したからだ。

「普通のことさ。それに、口をつぐんでおくべきときに開けたから、というのが多かった」なにか思い出したらしく鼻を鳴らした。「姉のジェニーが水差しを割ったことがある。おれがからかったら、堪忍袋の緒を切らして投げつけてきた。父が入ってきて誰がやったのかと聞いたとき、姉は怖くて声が出せず、ただおれを見た。見開いた目は、恐怖でいっぱいだった――おれと同じ青い目だが、もっときれいだ、まつげが黒くて」ジェイミーがまた肩をすくめた。「とにかくおれは、おれがやった、と言った」

「やさしいのね」わたしは皮肉っぽく言った。「お姉さんは感謝したでしょう」

「ああ、うん、そのはずだった。実は、父は開いたドアの向こうにいて、一部始終を見ていたんだ。だから、姉は堪忍袋の緒を切らしたのと水差しを割ったので鞭を当てられ、おれは二度叩かれた。姉をからかったのと、嘘をついたのと」

「不公平だわ！」わたしは憤然として言った。

「父はいつもやさしくはなかったが、公平な人だった」ジェイミーが冷静に言った。「父は言った、事実は事実、人は自分の行動に責任をもたねばならない、とね。そのとおりだ」そう言って、横目でわたしを見た。

「だがこうも言った。姉をかばったのは思いやりがある、だから罰を選ばせてやろう。鞭で打たれるか、夕飯抜きでベッドに入るか」ジェイミーが首を振って、悲しそうに笑った。

「父はお見通しだった。おれは一も二もなく鞭を選んだ」

「あなたはまさに歩く食欲ね、ジェイミー」わたしは言った。

「そうとも」ジェイミーが悪びれもせず答えた。「ずっとそうだった。おまえもだよな、大食漢」と、自分の馬に話しかける。「ちょっと待て、休憩するまで」手綱を引いて、馬が道端のおいしそうな草に誘われそうになるのを押しとどめた。

「そう、父は公平だった」ジェイミーがつづけた。「それに、情けもあった。当時はもちろんそう思えなかったが。おれは鞭を待たされたことがない。悪いことをしたら、すぐに罰を与えられた——あるいは父にばれたとたんに。なにをしたから叩かれるか、ちゃんとわかるようにしてくれたし、もしおれに言い分があれば、聞いてくれた」

ああ、そういうことだったのね。この策士め。わたしの怒りを和らげようって魂胆ね。こっちは、いつかはらわたを抜き出してやろうと手ぐすねひいて待ち構えているんだから。その魅力で懐柔しようったって、そうはいかない。

「説得できたことはある？」わたしは尋ねた。

「いや。それは、悪いことをした本人が白状した場合に限られていた。だがたまには、罰を少し軽くしてもらえた」と、鼻をこすった。

「息子を叩くのは、教養のある男がやることではないと思う、と父に言ったことがある。父は言った。おまえには、隣に立っている柱と同じくらいの頭しかない。年長者を敬《うやま》うことは教養の第一歩だ。だから敬うことを覚えるまでは、野蛮な年長者の一人に尻を叩かれるあいだ、爪先を見つめていることに慣れたほうが賢いぞ、とね」

今度は二人で笑った。穏やかな道のりだった。人里から何マイルも離れたときに感じるような、絶対的な静けさがあった。わたしが生きていた時代では、めったに得られない静けさだ。機械が人間の持つ力を増幅させるので、一人でも群衆より大きな音を出せるあの時代では。ここでの音といえば、草のささやき、キーキーと鳴く夜の鳥の声、柔らかく土を踏む馬の足音ぐらいだ。

少し楽に歩けるようになっていた。凝り固まった筋肉が、動かしたおかげで伸びたのだろう。

自分を茶化したジェイミーのおもしろい話を聞いているうちに、とげとげしい感情も和らぎはじめた。

「もちろん叩かれるのは好きではなかったが、選べるなら先生より父を選んだ。学校では、たいてい尻ではなく掌を鞭で叩かれた。掌を叩かれたら手伝いができないが、尻なら、なにしろ座って怠けたい気分にはならないだろう、というのが父の言い分だった。

先生は毎年代わった。みんな長つづきしなかった——農夫になったり、金持ちが多い場所へ移ったりした。教師は収入がよくないから、みんな痩せて飢えていた。一度、太った先生に習ったことがあるが、本物の教師とはとうてい思えなかった。まるで変装した牧師みたいだった」わたしは小柄で太ったベイン神父を思い出し、わかるわ、とほほえんだ。

「忘れられないのが一人いた。その先生は、教室の前に生徒を立たせて手を出させ、鞭をはじめる前に長々と説教をたれた。ときどき手を休めてまた説教。おれは手を出して立ち、罰を受けていた。ただただ祈っていた、しゃべるのをやめてとっとと終わらせてくれ、でないと気力が萎《な》えて泣きだしてしまう、と」

「先生の狙いはそれだったんじゃないの？」わたしは言った。つい同情してしまう。

「そうだ」当然と言いたげにジェイミーが答えた。「そうとわかるまでに少し時間がかかったけれどね。一度わかると、おれはいつものごとく、口を閉じていられなくなった」そこでため息。

「どうなったの？」怒っていたことなどすっかり忘れていた。

「ある日、前へ呼ばれた——よくあることだった、ちゃんと右手で書かずに左手で書いていたから。彼は三回叩き——五分近くかけて、ひどいだろう——また鞭をふるう前に、おれをばかで怠惰で頑固な若僧だとののしりはじめた。おれの手はひりひりと焼けつくようだった。その日、二度目だったんだ。家へ帰ったら鞭が待っているとわかっていたから、怖かった——そういう決まりだった。学校で叩かれたら、家に帰りしだい叩かれる。父は学校を大事だと思っていてね——とにかく、おれは腹を立てた」ジェイミーが無意識に左手で手綱を握った。敏感な掌を守ろうとするかのように。

言葉を止めてわたしを見た。「おれはめったに腹を立てないし、立ててもたいていは後悔する」まるでわたしに対する謝罪のように聞こえた。

「そのときは後悔した？」

「おれは拳を固めて睨み上げた——背が高い痩せた男で、二十歳くらいだったと思うが、おれには相当な歳に見えた——そして言った、『怖くないぞ、どんなに叩かれたって泣くものか！』」そこでジェイミーは深く息を吸い、ゆっくり吐き出した。「まだ鞭を握っていた彼にそう言ったのは誤算だった」

「言わないで」わたしは言った。「先生は、あなたが間違っていると証明しようとした？」

「ああ、しようとした」ジェイミーがうなずいた。空は曇っていて、頭が黒く見えた。〝しようとした〟と言った声には、ある種、凄みのある満足感が漂っていた。

「うまくいかなかったのね？」

ぎざぎざの頭が前後に揺れた。「ああ。少なくとも、泣かせることはできなかった。黙っていなかったのを後悔させはしたけれどね」

ジェイミーがふと黙って、わたしに顔を向けた。そのとき雲が分かれてジェイミーの顎と頬に光が当たり、ルネサンスの彫刻家、ドナテロの大天使のように金色に輝いた。

「結婚する前、ドゥーガルがおれの性格をきみに話したとき、もしかして、おれがときどき強情になると言ったか？」細めた目がきらりと光り、天使長ミカエルと言うより魔王ルシフェルのように見えた。

わたしは笑った。「そんな穏やかな言い方じゃなかったわ。たしかこうよ、フレイザー家の者はみんな岩のように頑固だけれど、あなたは中でも最悪だって。実際」少し辛辣《しんらつ》に言った。「わたしもそれには気がついたわ」

ジェイミーはほほえみながら手綱を引いて、馬に道路の水溜りを避けさせてから、わたしの馬も従わせた。

「ふーむ、ドゥーガルが間違っているとは言わない」水溜りを無事に避けきると、ジェイミーが言った。「だが頑固だとしても、正直だ。父もそうだった。それで、口論になってなんらかの暴力を使わないと解決できないときは、柵の手すりをつかんで屈ませられたのさ」

不意にジェイミーが手を伸ばしてわたしの馬の手綱をつかんだ。馬が棹立《さおだ》ちしていなないたのだ。「こら！　静かに！　止まれ《スダット》、おれの黒いもの《モ・デュー》！」彼の馬はそれほど怯えておらず、びくんとして落ちつかなげに首を振っただけだった。

「なんなの？」わたしには、道路と野原をまだらに染める月明かりのほか、なにも見えなかった。前方にマツ林があり、馬はそれ以上そちらに行きたがらない。

「わからない。ここで静かにしていろ。馬に乗って、おれの馬の手綱を握っていてくれ。おれが叫んだら、手綱を離して走れ」ジェイミーの声は低くさりげなく、馬だけでなくわたしも落ちつかせてくれた。自分の馬に「じっとしてろ《スクーイル》！」とささやいて首を叩き、わたしの馬に寄らせると、短剣に手をかけてヒースに消えた。

馬を怖がらせているものの正体を突き止めようと、目を凝らし耳を澄ました。馬は足踏みし、そわそわと耳と尾を動かしていた。もう雲はちぎれ、夜風に流されて、明るい半月の面に薄くたなびいているだけだった。明るいのに、前方の道路にも、恐ろしげなマツ林にも、なにも見当たらなかった。

追い剝ぎには遅い時間だし、獲物がなさそうな道だ。そもそもハイランドには追い剝ぎが少ない。待ち伏せするのに見合う旅行者などめったに通らないからだ。

マツ林は暗かったが、静かではなかった。幹が静かに唸り、何千ものマツの葉が風に揺れている。太古からあるマツの木、木陰は暗く不気味だ。裸子植物、球果をつけ、穂状の種を散らす。葉が柔らかくて枝がしなやかなオークやポプラより、古く厳しい。ルパートの物語の幽霊や悪霊の棲み家にふさわしい。

木立を恐ろしいと思うかどうかは心持ちしだい、とわたしは自分に言い聞かせた。それにしても、ジェイミーはどこ？

　太腿をつかまれて、わたしは驚いたコウモリのような悲鳴をあげた。恐怖に喉を締めつけられながら叫べば、こんな声しか出ない。理不尽な恐怖に逆上するあまり、拳を振り上げ、彼の胸を蹴った。

「そんなふうに忍び寄らないで！」

「しーっ！」ジェイミーが言った。「おいで」だしぬけにわたしを鞍から下ろし、手早く馬をつないだ。そわそわといななく馬を後に、わたしたちは丈高い草に入っていった。

「なんなの？」見えない根っこや石につまずきながら、わたしは言った。

「静かに。しゃべるな。下を向いておれの足を見ろ。おれが踏む場所を踏め。おれが触ったら止まれ」

　ゆっくり、ほどほどに静かに、わたしたちはマツ林の奥へ進んだ。木陰は暗く、光といえば、マツの葉の散った下生えを点々と照らす月明かりだけだった。ジェイミーでさえ静かに歩けなかったが、乾いたマツの葉のかさかさいう音は、頭上の青いマツの葉の葉擦れにかき消された。

　岩場に来た。大きなみかげ石が地面から突き出ている。ここではジェイミーがわたしを前に出し、もろい土の斜面を手取り足取り登らせてくれた。頂上には、二人並んで腹這いになれる広さがあった。ジェイミーが耳元に口を寄せた。ほとんど息をしていない。「三十フィート先、右手の空き地。見えるか？」

姿が見えると、音も聞こえた。狼だ。八から十頭の小さな集団。この狼たちは唸っていない。獲物が影に横たわっている。黒い塊から上に伸びた脚は棒のように細く、牙が死体を引っ張るたびに震える。ときおり、獲物をねだる子供をおとなが追い払うときに、静かな唸り声が聞こえるだけで、後は満足げに肉を食い、嚙み、骨を砕く音しかしない。

月明かりがまだらに照らす光景に目が慣れるにつれて、木の下に数頭、満腹で幸せそうな毛深い生き物がいるのに気がついた。灰色の毛の塊があちこちで輝く。まだ死体を突ついている狼は、先客が食べ残した柔らかい肉を漁っているのだ。

黄色の目をした大きな頭が、光の中に不意に現れた。耳が立っている。その狼が、低く差し迫った声を出した。甘えるのと唸りの中間みたいな声があがると、木の下にさっと静けさが訪れた。サフラン色の目は、わたしの目を見つめているように思えた。狼の態度には恐怖も好奇心もなく、ただ警戒だけがあった。ジェイミーの手が背中に触れて、動くなと言ったが、逃げたいとは思わなかった。何時間でも狼と見つめ合っていられそうだったが、彼女は──なぜかわからないが牝だという確信があった──わたしを追い払うように一度耳を動かすと、食事に戻った。

それから数分、点在する光の中の幸せそうな狼たちを眺めていた。ようやくジェイミーがわたしの腕に触れ、もう行く時間だと告げた。

林の中を道まで戻るあいだ、彼がそのまま腕をつかんで支えていてくれた。フォート・ウィリアムで助けられて以来、すすんで触れられたのは初めてだった。まだ狼たちの光景に魅せられていたので、わたしたちはほとんどしゃべらなかったが、一緒にいる居心地のよさを取り戻しはじめていた。

歩きながら、ジェイミーから聞いた話を考えてみると、彼がやりとげたことに感心せずにはいられなかった。説明や謝罪の言葉はひとつもないのに、思いどおりのメッセージが伝わってきたのだから。メッセージはこうだ。おれが教えられた正義をきみに与える、できるだけ思いやりも与える、痛みと屈辱を与えないわけにはいかないから、おれが受けた痛みと屈辱を捧げる、それできみが少しでも耐えやすくなるのなら。

「すごく嫌だった？」わたしは唐突に尋ねた。「叩かれるのが、ということだけど。平気だった？」

ジェイミーがわたしの手を軽く握ってから離した。

「たいていは、終わった瞬間に忘れた。最後のは別だ、しばらくかかった」

「どうして？」

「そうだな。ひとつには、おれはもう十六歳だった。立派なおとなだ……と思っていた。もうひとつには、死ぬほど痛かった」

「嫌だったら話さなくていいのよ」彼のためらいを感じて、言った。「痛ましい話なの？」

「鞭ほど痛くない」笑いながらジェイミーが言った。「いや、話すのは平気だ。ただ、長い話でね」

「バークレナンまでは長い道のりよ」

「そうだな。では。十六歳のとき、一年リアフ城で生活したと言ったのを憶えているか？あれは、コラムと父が決めたことだった――おれが母方のクランに溶け込めるように、と。おれは二年間ドゥーガルと過ごし、それから一年城で暮らし、礼儀やラテン語を学んだ」

「そうだったの。どうして城に行ったのかと思っていたわ」

「ああ、そういうことだ。おれは年のわりには大きかった。少なくとも背は高かった。当時でも剣の扱いはうまかったし、なにより馬の扱いが得意だった」

「それに謙虚」わたしは言った。

「それほどでも。死ぬほど生意気で、いまより口が達者だった」

「信じられない」おもしろくなってきた。

「かもしれない、サセナッフ。おれは、自分の言葉で人を笑わせられるのに気がついて、しょっちゅう笑わせていた。なにを、誰に言うかは気にもせず。ときにはほかの子にひどいことも言った。悪気はなくて、ただ、気のきいたことを思いついたら言わずにはいられなかった」

ジェイミーが、何時だろうと空を見上げた。月が沈んだので、真っ暗だった。地平線のそばにオリオン座があり、わたしは見慣れたものに出会って不思議と安心した。

「ある日、おれはやりすぎた。数人の子と一緒に廊下を歩いていたら、向こうにミストレス・フィッツギボンズがいた。大きな籠を持って。彼女の体ぐらいある大きな籠で、歩くたびにあちこちぶつかっていた。いまの姿を知っているね。当時もそれほど小さくなかった」照れくさそうに鼻をこすった。

「それで、おれは彼女の外見について、あれこれ失礼なことを言った。笑えるけれど、ほんとうに失礼なことを。仲間には大受けだった。まさか彼女に聞こえていたとは思わなかった」

わたしはリアフ城の巨体の婦人を思い浮かべた。気さく以外の何ものでもないけれど、彼女を侮辱したらただではすまないのは、はっきりしている。

「ミセス・フィッツはどうしたの？」

「なにも――そのときは。聞かれたなんて思っていなかった。翌日〝ホール〟で彼女が立ち上がり、コラムに洗いざらい話すまで」

「あらまあ」コラムがミセス・フィッツを重んじているのは知っていたから、軽んじるようなことを言ったら許されないだろうと思った。「どうなったの？」

「リアリーのときと同じことになった――似たようなことに」ジェイミーがくすくす笑った。「おれは勇気を出して立ち上がり、拳で殴られるほうを選ぶと言った。冷静におとならしく振る舞おうとしたが、心臓は鍛冶屋の金槌みたいに鳴っていた。アンガスの手を見たときは、ちょっと気分が悪くなった。まるで石だ、しかもでかい。大広間に集まった人の中から笑い声がもれた。おれはいまほど背が高くなくて、体重も半分しかなかった。アンガスは一発で頭を吹っ飛ばせただろう。

とにかく、コラムとドゥーガルは顔をしかめた。だがほんとうは、おれにそう言うだけの勇気があると知って、少し喜んでいたと思う。コラムが言った、もし子供じみた振る舞いをするのなら、子供向けの罰を与えよう、と。コラムがうなずくと、おれが動くより早くアンガスがおれを膝に乗せ、キルトをめくって鞭で叩きはじめた。大広間にいた全員の前で」

「まあ、ジェイミー！」

「そうなんだ。アンガスは自分の仕事をよくわかっているだろう？　おれは十五回叩かれ、その一回一回がどこに当たったか、いまでも正確に言える」ジェイミーが思い出したように身震いした。「一週間、痕が消えなかった」

ジェイミーが手を伸ばし、いちばん近くのマツからマツの葉をひとつかみ取ると、親指とほかの指のあいだで扇形に広げた。マツ脂《やに》の香りがふっと強くなった。

「さて、おれはそこを去ることも手当てをしてもらうこともできなかった。ドゥーガルに首根っこをつかまれて、大広間の反対側まで歩かされた。それから、来た道を這って戻らされた、石の床を。コラムの前にひざまずき、ミセス・フィッツの許しを、次にコラムの許しを乞い、大広間にいた全員に無作法を詫び、最後にアンガスに鞭の礼を言わされた。途中で息がつまりそうになったが、アンガスはやさしかった。手を差し出して助け起こしてくれた。それからコラムの隣のスツールに座らされ、〝ホール〟が終わるまでそこにいるよう命じられた」

ジェイミーが身を守るように肩を丸めた。「あんなに嫌な思いをしたのは初めてだった。顔も尻も燃えていて、膝は皮が剝け、足元しか見られなかった。だがなにが最悪って、死ぬほど小便がしたかったんだ。漏れそうだった。みんなの前で漏らす前に破裂しそうだったが、それに近かった。シャツまで汗だくだった」

わたしは笑いをこらえた。「コラムに言えなかったの？」と尋ねた。

「コラムはお見通しだった。大広間にいたみんなも、おれがスツールの上でもじもじするのを見てわかっていた。みんな、おれがもつかどうか賭けていたよ」そこで肩をすくめた。「頼めばコラムは行かせてくれただろう。だけど——おれも強情だった」内気そうにほほえみ、黒い顔に白い歯を浮かべた。「頼むなら死んだほうがましだと思った、実際死にそうだった。ようやくコラムに行っていいと言われると、おれは大広間から駆けだしたが、いちばん近いドアまでしか行けなかった。壁の陰に飛び込んで、一気に放出した。一生止まらないかと思った。

さて」自分を卑下するように手を広げ、マツの葉の束を落とした。「これで、おれの人生で最悪のことがわかっただろう」

我慢できなかった。笑いすぎて、道端にしゃがまなくてはならなかった。ジェイミーは辛抱強く一分待ってから、膝をついた。

「なにがそんなにおかしい？」と尋ねた。「ちっともおかしくないぞ」けれど彼もほほえんでいた。

わたしはまだ笑いながら、首を振った。「そうじゃないの。恐ろしい話だわ。ただ想像してしまって……あなたがあそこに座って強情を張って、歯を食いしばって耳から湯気を立ててるところを」

ジェイミーが鼻を鳴らしたが、少し笑った。「ああ。十六歳も楽じゃない、だろう？」

「じゃあ、あのリアリーという娘を助けたのも、かわいそうだと思ったからなのね」ようやく笑いがおさまった。「どういうものだかわかっていたから」

ジェイミーが驚いた。「ああ、そう言っただろう？　十六歳のときにみんなの前で尻を叩かれるより、二十三歳で顔を殴られるほうがずっと楽だ。プライドを傷つけられるのはなによりこたえるし、十六歳のプライドは傷つきやすい」

「不思議だったの。これから顔を殴られるのにほほえむ人なんて、見たことなかったから」

「殴られた後では、笑いたくても笑えない」

「ふーん」わたしはなるほどとうなずいた。「てっきり——」言いかけたものの、気後れした。

「てっきり、なんだ？　ああ、おれとリアリーのことか？」わたしの考えを見透かしている。

「きみもアレクも誰も彼も、リアリーも含めてみんな勘ぐったようだな。でも、彼女がたとえ不器量だったとしても、おれは同じことをした」わたしの脇腹を突く。「きみには信じてもらえないだろうが」

「あなたたち二人があの日、小部屋にいるのを見たのよ」わたしは弁解した。「誰かにキスの仕方を教えてもらったにちがいないと思ったし」

ジェイミーが気恥ずかしそうに地面を蹴り、はにかんで首をすくめた。「それは、サセナッフ、おれは十人並みだ。何度かやってみようとしたが、いつもうまくいかなかった。聖パウロの言葉を知っているか？　欲情するよりは、結婚するほうがいい、というやつだ。いわばおれは、あのとき猛烈に欲情していたんだ」

わたしはまた笑った。屈託のない十六歳の気分だった。「だからわたしと結婚したのね？」と、からかった。「罪を犯さないように」

「ああ。そこが結婚のいいところだ。ほんとうなら告解しなければならないものを、秘蹟のひとつにしてくれる」

わたしはまた笑いくずれた。

「ああジェイミー、愛してるわ！」

今度はジェイミーが笑う番だった。身をふたつに折り、道端にしゃがんで大笑いした。ゆっくり後ろに倒れて草むらに転がると、あえいでむせた。

「いったいどうしたの？」彼を見つめながら尋ねた。ようやくジェイミーが身を起こして涙を拭くと、あえぎながら首を振った。

「マータフは女をよく知ってる。サセナッフ、おれはきみのために命を危険にさらし、盗みと放火と暴行と、そのうえ殺人まで犯した。お返しにきみはおれをののしり、男の沽券《こけん》を踏みにじり、股間を蹴り、顔を引っかいた。だからきみを死ぬほど鞭で叩いて、人生で最悪のできごとを話したら、きみは愛していると言う」膝に頭を乗せて、もう少し笑った。とうとう立って手を差し出すと、もう片方の手で涙を拭った。

「聞き分けのない女だが、サセナッフ、それでも大好きだ。さあ行こう」

遅い時間だった――あるいは早い時間。見方による。夜明けまでにバークレナンへ行くのなら、馬に乗らねばならなかった。痛みはまだかなり残っていたが、このころには座るのを我慢できるようになっていた。

わたしたちは居心地のいい沈黙の中、しばらく進んだ。物思いに浸るうち、ストーン・サークルまで戻れたらどうなるだろうと、初めてじっくり考えることができた。ジェイミーと強制的に結婚させられ、しかたなく頼るうちに、彼のことが途方もなく好きになった。それより問題は、彼のわたしへの気持ちだろう。最初は状況で、次に友情で、最後は驚くほど深い肉体的な欲望で結ばれたというのに、ジェイミーは気持ちを言葉に表したことがない。いまのところまだ。

彼はわたしのために命をかけてくれた。結婚の誓いを守るため、それだけのことをしてくれた。血の最後の一滴までわたしを守ると言ったのは、本気だったと思う。

この二十四時間のできごとに、とても心を打たれた。感情や人生や、とにかく一切合財を打ち明けてくれた。もし彼の気持ちが、わたしが感じるほどに強いものなら、突然わたしがいなくなったらどうなるだろう？　この苦しい悩みと格闘するうちに、体の痛みもいつしか忘れていた。

バークレナンまであと三マイルのところで、ジェイミーがいきなり沈黙を破った。

「どうして父が死んだか、話していなかった」

「ドゥーガルから、脳卒中で亡くなったと聞いたわ――発作のことよ」わたしは驚いて、言った。ジェイミーも一人思いにふけり、さっきの会話の流れで父親のことを考えていたのだろうが、どうして特別その話に思いいたったのかわからなかった。

「そうだ。だが……父は……」言葉を選びかねて口ごもったが、肩をすくめるとためらいを捨てた。深く息を吸い、吐いた。「きみにも知っておいてほしい。ちょっと……わけありでね」道が広いので、突き出た石に気をつけさえすれば、並んで馬を進められた。ドゥーガルには、馬のことでいいかげんな口実を言ったのではない。

「フォート・ウィリアムでのことだ」ぬかるみを避けながら、ジェイミーが言った。「昨日おれたちがいた場所だ。ランダルと部下が、ラリーブロッホからおれを連行した場所だ。連中がおれを鞭打った場所。最初の鞭から二日後、ランダルの私室へ呼ばれた――兵が二人来て、牢にいたおれを連れていった――きみを見つけた部屋だ。だから場所がわかった。

表へ出ると、中庭に父がいた。おれがどこへ連れていかれたか探し当てて、どうにかして出してくれようとしていた――とにかく、おれの無事を自分の目でたしかめたかったんだろう」

ジェイミーが馬の脇腹を踵《かかと》でやさしく蹴り、軽く舌呼《ぜっこ》して駆り立てた。まだ曙光《しょこう》は射していないが、夜は姿を変えていた。夜明けまで一時間もないだろう。

「父の姿を見るまで気づかなかった、自分がどれだけ心細く感じていたか――どれだけ怯えていたか。兵はおれたちを二人きりにしてくれなかったが、挨拶ぐらいはさせてくれた」唾を呑み込み、話をつづけた。

「おれは父に謝った――ジェニーのこと、それにあの悲惨なこと全部を。だが父はなにも言うなと言っておれを抱き締めた。父にひどく痛むかと聞かれて――鞭のことを知っていた――大丈夫だと応えた。そのとき兵が、時間だ、と言った。父がおれの腕を握り締め、祈りを忘れるなと言った。父さんはなにがあってもおまえの味方だ、だからおまえは心配しないで顔を上げていろ、と。それから頬にくちづけると、兵がおれを連れていった。父を見たのはそのときが最後だ」

ジェイミーの声はしっかりしていたが、少しかすれていた。わたしも喉がつまるのを感じた。できるなら彼に触れたかったけれど、小さな峡谷に入って道幅が狭まり、しばらくのあいだ列になって進まざるをえなかった。また並んだときには、ジェイミーは落ちついていた。

「それで」彼が大きく息をついて言った。「おれはランダル大尉の部屋に入った。大尉が兵を帰し、二人きりになると、おれにスツールをすすめた。大尉は言った。父が釈放を求めて保証金を提示してきたが、おれの罪は重いので、アーガイル公爵の署名入りの許可証がないと保釈は認められない、とね。おれたちはアーガイル公爵の領土内にいた。父はそこへ向かっているのだと思った、アーガイル公爵に会うために。

ランダルが言葉をつづけた。それはさておき、二回目の鞭打ちという問題がある、とね」

どう続けたらいいものかと悩んでいるように、彼は一分ほど黙った。

「やつの態度は……妙だった。ひどく親身で、だけどその下になにかが潜んでいた。おれがなにかするのを待っているみたいにおれから目を離さなかった。おれはじっとしていたのに。あいつは謝るようなことを言った。これまで非常にむずかしい関係にあったことを残念に思う、状況が違っていればよかった、とかなんとか」ジェイミーが首を振った。「なにを言っているのかさっぱりだった。二日前、おれを殺そうとした男だ。だがついにそこに及ぶと、あまりにもぶしつけだった」

「なにが望みだったの？」わたしは尋ねた。ジェイミーがちらりとわたしを見て、目をそらした。

「おれだ」闇で表情は見えなかったが、きまり悪そうだった。

「おれだ」ジェイミーが隠さず答えた。

わたしが急に飛び上がったので、馬は首を振り、非難がましくいないた。ジェイミーがまた肩をすくめた。

「あいつは単刀直入だった。もし……体を好きにさせてくれたら、二度目の鞭打ちを取りやめると言った。拒むなら──生まれたことを後悔するぞ、とね」

わたしは吐き気を覚えた。

「すでに後悔しはじめていた」ジェイミーが冗談っぽく言った。「腹の中にガラスの破片があるような気分だった。もし座っていなかったら、膝と膝がぶつかり合っていただろう」

「それで……」わたしの声は嗄れていた。咳払いをして言い直した。「それで、あなたはどうしたの？」

ジェイミーがため息をついた。「きみに嘘はつけない、サセナッフ。おれはその提案を考えてみた。一回目の背中の鞭痕はまだ赤剝けていて、シャツを着るのも辛かったし、立つたびにめまいがした。もう一度そんな目に遭うと思うと――縛られて手も足も出ず、次のひと打ちを待つなんて……」ジェイミーがぶるっと震えた。

「ほんとうにわからなかった」と、皮肉っぽく言った。「だが、カマを掘られるほうが、痛くないような気がした。鞭で死んだ男は何人もいる、サセナッフ、そしてあいつの表情を見れば、おれの選択しだいでその仲間入りをさせようと思っているのがわかった」もう一度ため息をついた。

「だが……おれはまだ頰に父の唇を感じ、父の言葉を憶えていた。それで……そう、おれにはできなかった。おれが死んだら父はどう思うか、ずっと考えていた」なにかおもしろいものを見つけたかのように、鼻を鳴らした。「それからこうも考えた。この男は姉をレイプした――おれまでくれてやることはない」

わたしにはおもしろいと思えなかった。新たないまわしい光の下で、ジャック・ランダルを見ていた。ジェイミーがうなじをさすり、鞍の前橋《ぜんきょう》に手を下ろした。

「そこでおれは残っていたわずかばかりの勇気を奮い起こし、断る、と言った。それもでかい声で。それから、思いつくかぎりの罵詈《ばり》雑言《ぞうごん》を浴びせた」

ジェイミーが顔をしかめた。「自分の気が変わるのが怖かったから、引き返せないところまで行きたかった。と言っても」考え考え付け加えた。「そんな申し出を上手に断る方法などないと思うが」

「そうね」わたしは苦々しくうなずいた。「あなたがなにを言っても、彼が喜んだとは思えないわ」

「そのとおり。あいつは手の甲でおれの横っ面をはたいて黙らせた。おれが倒れると――まだ十分回復していなかった――あいつは仁王立ちになり、ただおれを見下ろした。立とうとするほどばかじゃないからそのまま倒れていたら、あいつは兵を呼び、おれを連れていかせた」ジェイミーが首を振った。「あいつは顔色ひとつ変えず、おれが出ていくときただこう言った。『金曜に会おう』まるで談合の約束でもあるみたいに。

兵に連れていかれたのは、それまでいた三人の囚人との共同牢ではなく、小さな部屋だった。金曜に報いを受けるまで、日々訪れて包帯を巻いてくれる守備隊付の医者以外、気を散らすものがないようにと、わざわざあてがわれた部屋だ。

彼は、医者とは呼べなかったが」ジェイミーが言った。「とても親切だった。二日目に来たとき、ガチョウ脂と木炭のほかに、死んだ囚人のものだった小さな聖書を持ってきてくれた。彼はこう言った、あんたはローマカトリック教徒だろう、神の言葉に救いが見つかるかどうかわからないが、少なくともあんたの苦境をヨブの苦しみとくらべることはできる」ジェイミーが笑った。

「妙な話だが、少しは救われた。イエスも災いに耐えなければならなかった。それに、おれは後で十字架にかけられはしない。だがそうは言っても、イエスはポンテオ・ピラトからみだらな誘いを受けずにすんだ」なかなかうまいことを言う。

ジェイミーは小さな聖書をいまも持っていた。鞍袋の中をかき回し、わたしに見せてくれた。使い古した革表紙で、大きさは五インチほど、とても薄い紙に印刷されているので、裏側の文字が透けて見える。見返しには、『アレグザンダー・ウィリアム・ロデリック・マグレガー 一七三三年』と記されていた。インクはかすれ、表紙は一度ならず濡れたのだろう、よれていた。

わたしは興味を引かれてじっくり眺めた。小さいけれど、この四年間の旅と冒険の日々、手元に置いておくにはかなり苦労しただろう。

「読んでいるのを見たことがないわ」ジェイミーに聖書を返して言った。

「読むために持っているのではない」ジェイミーが言った。擦り切れた角を親指でこすりながら、袋に戻し、上の空で袋を叩いた。

「アレックス・マグレガーに借りがある。いつか返すつもりだ。

とにかく」と、話のつづきに戻った。「とうとう金曜になった。自分でもうれしいのか悲しいのかわからなかった。実際の鞭の痛みより、怯えて待つほうが辛いような気がした。だがそのときがくると……」例の片方だけ肩をすくめるような妙な仕草をして、シャツの背中を伸ばした。「きみも傷痕を見たから、どんなだったかわかるだろう」

「ドゥーガルから聞かなかったらわからなかったわ。彼もその場にいたんですってね」

ジェイミーがうなずいた。「そう、ドゥーガルはあの場にいた。父もいたが、そのときは知らなかった。おれは自分のことで手いっぱいだったから」

「まあ」わたしはゆっくり言った。「じゃあ、お父さんは――」

「ああ。そのときのことだ。その場にいた連中が後から言うには、鞭打ちの途中でおれが死んだと思ったそうだ。父もそう思ったんだろう」ジェイミーが言いよどみ、また話しはじめたときには声がくぐもっていた。「ドゥーガルから聞いた話だ。おれが倒れると、父は小さな声をあげ、片手で頭を押さえた。それから岩のように倒れ、二度と起きなかった」

鳥たちがヒースの中を動き回り、まだ暗い葉陰から歌声を届けた。ジェイミーは顔を伏せていて、表情はいまも見えなかった。

「父が死んだのを知らなかった」そっと言った。「教えてもらったのは一カ月後――おれが回復してからだった。だから埋葬できなかった、息子なら当然のことなのに。墓に参ってもいない――家へ帰るのが怖いからだ」

「ジェイミー」わたしは言った。「ああ、ジェイミー」

長いと思える沈黙の後、わたしは言った。「だけど――あなたのせいじゃないわ。ジェイミー、あなたにできることはなかった。結果を変えることもできなかった」

「そうか？」ジェイミーが言った。「そうかもしれない。だがもし違う選択をしていたら、結果を変えられたかもしれない。そう思っても、気分がよくなりはしないが――おれは、この手で父を殺したような気分なんだ」

「ジェイミー――」わたしは言いかけて、やめた。なにが言える？　ジェイミーは黙っていたが、すぐに背筋を伸ばし、もう一度胸を張った。

「誰にも話したことがなかった」ぽつりと言った。「だがきみに知ってもらいたかった――きみには知る権利がある」

ランダルのことを。あいつとおれのあいだになにがあったか、きみには知る権利がある」

〝あいつとおれのあいだになにがあったか〟善良な男の命、娘の名誉、血と恐怖にはけ口を見出す汚らわしい欲望。そして、とわたしは思った。胃がねじれるのを感じた。秤《はかり》にもうひとつ加わったものがある。わたしだ。ランダルの部屋の窓に、空の銃を握ってしゃがんでいたとき、ジェイミーがなにを感じていたか、ようやくわかってきた。彼がわたしにしたことも、許しはじめていた。

わたしの心を読んだように、ジェイミーがこちらを見ないで言った。「きみに……その、わかってもらえただろうか、なぜ叩く必要があったか」

答える前に一瞬ためらった。ちゃんとわかったけれど、それで全部ではない。

「わかったわ」わたしは言った。「そのことは許します。許せないのは」われ知らず、声が少し高くなった。「あなたが楽しんだってことよ！」

ジェイミーが鞍の上で屈んで前橋をつかみ、長いこと笑っていた。緊張が解けて大笑いし、ようやく天を仰いでわたしに向いた。空はすっかり明るみ、ジェイミーの表情も見えた。疲労と緊張と大笑いのせいでしわができている。頬の引っかき傷が、ほの明かりの中で黒ずんで見えた。

「楽しんだ、か！　サセナッフ」あえぎながら言う。「おれがどれだけ楽しんだか、きみにはわかるまい。きみはすごく……すごく、かわいかった。おれは怒りまくって、きみは暴れまくった。きみを傷つけたくなかったが、同時に傷つけたいとも思った……まいったよ」話しやめて洟《はな》をかんだ。「ああ、そのとおり。楽しかった。

だがその点で言えば」とジェイミー。「おれが手加減したことを評価してくれてもいいのに」

わたしはまた腹が立ちはじめていた。朝まだきの冷気に頬が燃えるのを感じた。

「手加減ですって？　てっきり左手の力を誇示しているんだと思ったわ。もう少しで歩けなくなるところだったのよ、傲慢《ごうまん》なスコットランド野郎！」

「歩けないようにさせたかったら、きみにもわかるはずだ」ジェイミーがそっけなく答えた。「後のことだ。おれが床で寝たとき、憶えているか？」

わたしは鼻で息をしながら、目を細めてジェイミーを見た。「あら、じゃああれが手加減だったの？」

「まあ、あの状況できみとやるのは間違っていると思った、どれだけしたくてもね。ほんとうにしたかったが」また笑いながら付け足した。「おれの本能は必死で耐えた」

「わたしとやる？」言い回しがひっかかった。

「あんな状況では〝愛し合う〟とは呼べないだろう？」

「なんと呼ぶにせよ」わたしは冷静に言った。「しようとしなくてよかったわね。さもないと、いまごろ大切な器官をなくしていたわよ」

「おれもそう思った」

「それから、侮辱だけに留めてレイプしなかったから、賞賛に値すると思っているなら——」腹立ちのあまり喉がつかえた。

半マイルほど黙って進んだ。ジェイミーがため息をついた。「この話はしないほうがよかった。バークレナンに着いたら、またベッドをともにしてもいいかと尋ねたかっただけだ」

恥ずかしそうに間をおいた。「床の上は寒くてね」

答える前に五分ほど黙っていた。なにを言うか決めると、ジェイミーも止まらざるをえないよう手綱を引いて道を遮った。バークレナンはもう近い、曙光に屋根が浮かび上がっている。

わたしは馬を平行に並ばせ、ジェイミーから一フィートもないところまで近づいた。一分ほど目を見つめてから口を開いた。

「あなた、どうかわたくしとベッドをともにしていただけませんか？」丁重に尋ねた。

ジェイミーが明らかになにか疑いながら、一瞬考えて、形だけうなずいた。「そうしよう。ありがとう」わたしは、手綱を上げようとしたジェイミーの手を押しとどめた。

「もうひとつ、よろしいかしら？」今度も丁重に言った。

「ええ？」

わたしはスカートの隠しポケットからさっと手を出した。彼の胸に当てた短剣の刃が、暁の光を受けて輝いた。

「もし」わたしは食いしばった歯のあいだから言った。「またわたしに手を上げたら、ジェイミー・フレイザー、心臓をえぐりだしてフライにして朝食にしてやるから！」

長い沈黙があった。馬が足踏みし、馬具がきしる音だけが聞こえた。ジェイミーが掌を上にして差し出した。

「よこせ」わたしがためらうと、ジェイミーがいらいらして言った。「きみに使ったりしないから！　よこすんだ！」

ジェイミーが短剣の刃を握り、柄《つか》の月長石に朝陽が当たって光るよう、まっすぐに掲げた。短剣を十字架のように持ち、ゲール語でなにか唱えた。コラムの〝ホール〟で行なわれた宣誓式で聞いたものだとわかったが、ジェイミーが英語で言い直してくれた。

「主イエス・キリストの十字架と、この聖なる剣に誓います。あなたに仕え、忠節を尽くすと。この手が謀反を起こすことあらば、この聖なる剣が心臓を貫くでありましょう」刃と柄の境目にくちづけ、わたしに返した。

「なまくらな脅しはかけない、サセナッフ」片方の眉を上げながら言う。「浮わついた誓いも立てない。さて、ベッドに入ってもいいか？」

23 リアフへ帰る

ドゥーガルは赤イノシシの看板の下で、そわそわと行ったり来たりしながら待っていた。「もういいのか？」わたしが助けを借りずに馬から下り、ほとんどよろめかないのを見て、ドゥーガルが言った。「たいした女だ――泣き言を言わずに十マイルやって来たとは。もういいから、ベッドへ行け。馬はわたしとジェイミーがつないでおく」ほら行け、とてもやさしくお尻を叩かれた。わたしは喜んで申し出を受け入れ、頭が枕につく前に寝入っていた。

ジェイミーが隣に這い込んできたのにも気づかなかった。けれど午後遅くなって、がばっと飛び起きた。大事なことを忘れていたのを思い出したのだ。

「ホロックス！」わたしはいきなりベッドの上に跳ね起きて叫んだ。

「えっ？」深い眠りから覚まされたジェイミーが、ベッドから転がり出て床にうずくまった。服を重ねた上に置いていた短剣を握っている。「なんだ？」あわてて部屋を見回して、ジェイミーが尋ねた。「なんなんだ？」

その姿に笑いがこみ上げた。裸で床にうずくまり、赤毛をヤマアラシの針のように逆立てている。

「怒ったヤマアラシみたい」わたしは言った。

ジェイミーが不快そうにわたしを見て立ち上がり、服が載っているスツールに短剣を置いた。

「それを言うために起こしたのか？　ぐっすり眠っている耳元で『ヤマアラシ《ヘッジホッグ》！』と叫んだら、驚くだろうと思ったのか？」

「〝ヘッジホッグ〟じゃなくて」わたしは言った。「ホロックスよ。彼のことを訊くのを、すっかり忘れていたわ。会えたの？」

ジェイミーがベッドに座り、両手に顔を沈めた。血の循環を取り戻そうとするかのように、ごしごし顔をこすった。

「ああ、そのことか」指の向こうから言った。「うん、会えた」

その口調から、脱走兵が持ってきたのはよくない知らせだったのだとわかった。

「なにも話してくれなかったの？」心配になって、尋ねた。その可能性はあった。ジェイミーは、自分の金に加えてドゥーガルとコラムから与えられた金も差し出す気だったし、必要なら父親の指輪も惜しまない覚悟でいた。

「いや」ジェイミーがわたしの隣に寝転がり、天井を見上げた。「ちゃんと話してくれた。それも、ほどほどの値で」

わたしは肘をつき、彼の顔を見下ろした。

「それで？」わたしは迫った。「誰が特務曹長を撃ったの？」

ジェイミーがわたしを見上げ、やけ気味の笑顔を浮かべた。

「ランダルだ」彼は言い、目を閉じた。

「ランダル？」わたしは呆然とした。「でもなぜ？」

「さあね」目を閉じたまま、彼が言った。「推測はできるが、役には立たない。証明しようがない」

そのとおりだと認めざるをえなかった。彼の隣に寝そべり、低い天井の黒いオーク材の梁《はり》を見上げた。

「どうするの？」わたしは尋ねた。「フランスへ行く？　それとも」――いいアイデアが閃《ひらめ》いた――「アメリカは？　あなたたなら、きっと新世界でうまくやれるわ」

「海を渡る？」ジェイミーがぶるっと震えた。「いや。それはできない」

「じゃあどうするの？」彼のほうを向いて尋ねた。ジェイミーが片目を開け、ひねくれた視線をよこした。

「もう一時間眠れると思ったが」彼が言った。「無理なようだ」あきらめて起き上がり、壁にもたれた。わたしは疲れすぎていたので、眠る前に上掛けを剝がさなかった。いま、ジェイミーの膝のあたりのキルトの上に、奇妙な黒い点があった。その点から目を離さず、話を聞いた。

「きみの言うとおりだ」ジェイミーが言った。「おれたちがフランスへ行くという手もある」わたしはどきっとした。いまや彼がこうしようと決めたら、そこにわたしも含まれているのを忘れていた。

「だがフランスへ行っても、おれにできることはない」のんびりと腿を掻きながら言う。「軍人になるのが関の山だし、きみにそんな生活はさせられない。ローマで、ジェイムズ王に仕えるか。それならできるかもしれない。フレイザー一族のおじといとこが陣営にいるから、力になってくれるだろう。おれは政治にも王位継承争いにも興味はないが、可能性はゼロではない。だが、まずはスコットランドで身の潔白を証明したい。それができたら、最悪でもフレイザーの土地で農夫になれるだろうし、うまくすればラリーブロッホへ帰れるかもしれない」ジェイミーの顔が曇ったので、姉のことを思い出したのだとわかった。「おれだけのことなら」と、静かに言う。「行かないが、もうおれ一人の問題じゃない」見下ろして、わたしの髪を撫でながらほほえんだ。「ときどききみがいるのを忘れてしまう、サセナッフ」

わたしは心苦しくてたまらなくなった。裏切り者になった気がした。ジェイミーはこうして、わたしの安楽な暮らしと安全に気を配りながら、彼の全人生を左右する計画を立てているのに、わたしは彼を捨て去ろうとしている。しかも、危険に引きずり込んで。そんなつもりはなかったが、事実は事実だ。いまだって、フランスへ行くのをやめさせようとしている。行けばわたしがゴールから、ストーン・サークルから、さらに遠ざかるから。

「だけど、スコットランドに残る方法はあるの？」目をそらしながら、尋ねた。キルトの上の黒い点が動いたような気がしたが、定かではなかった。わたしは点をじっと見つめた。

ジェイミーの手が髪から下りてきて、うなじを撫でた。

「ああ」考えながら、ジェイミーが言った。「たぶんある。だからドゥーガルはおれを待っていた。知らせが届いたんだ」

「ほんとう？　どんな？」首を回し、彼に目を戻した。すると、耳が指に接近したので、ジェイミーが耳のまわりをそっと撫ではじめた。わたしは猫のように、首をそらして喉を鳴らしたくなった。けれど気持ちを抑え、彼がどうするつもりか探るほうを選んだ。

「コラムの使者だ」ジェイミーが言った。「ここで会うとは思っていなかったそうだが、偶然道でドゥーガルとすれ違った。ドゥーガルはただちにリアフ城へ戻り、残りの地代集めはネッド・ガウアンが引き継ぐ。ドゥーガルは、おれたちも一緒に城へ戻れと言った」

「リアフへ戻る？」フランスではないが、ありがたくないという点では大差ない。「どうして？」

「じき客人が来る。以前コラムと取引があったイングランドの貴族だ。力のある人だから、うまく説得できれば、おれのために尽力してくれるかもしれない。おれは、殺人で訴えられていないし、有罪とされてもいない。力を借りれば、容疑を晴らすか、赦免してもらえるかもしれない」辛辣にほほえむ。「やっていないことを赦してもらうのは性に合わないが、吊るされるよりましだ」

「ええ、そうね」黒い点は動いている。わたしは目を凝らし、集中しようとした。「イングランドの貴族というのは誰？」

度で上っている。

「どうした、サセナッフ？」ジェイミーが警戒して尋ねた。

わたしは震える指で黒い点をさした。いまはジェイミーの脚をゆっくり、しかし一定の速度で上っている。

「あれはなに⁉」わたしは言った。

ジェイミーがちらりと見て、なんでもないと言いたげに指の爪で払った。

「あれか？ ただのトコジラミだ、サセナッフ。別に――」

全部聞く前に、わたしはベッドから退散した。〝トコジラミ〟と聞くやいなやシーツから飛び出し、壁にへばりつき、いまは害虫の温床としか思えないベッドからできるだけ離れた。

ジェイミーが感心したようにわたしを見た。

「怒ったヤマアラシ、だったっけ？」と尋ねた。首を傾げ、詮索するような目でわたしを眺める。「ふーむ」自分の髪を撫でつけながら言う。「きみだって怒りっぽい。それに寝起きは間違いなく毛が立っている」寝返りをうってわたしのほうに向き、手を伸ばした。

「おいで、おれのミルクウィード。日没までは出発しない。もし眠らないのなら……」

けっきょく二人とも少しは眠った。床の上、硬いけれど虫のいない、わたしのマントとジェイミーのキルトのベッドの上で、安らかにからまり合って。

眠れるときに眠っておいて正解だった。サンドリンガム公爵よりリアフ城へ着こうと、ドゥーガルは厳しいスケジュールを組んで先を急いだ。荷馬車がないので、悪路でも予想より速く進めた。それでもドゥーガルはわたしたちを急き立て《せ》、必要最小限の休憩しかとらせてくれなかった。

もう一度リアフ城の門をくぐったときには、初めて城に着いたときと同じくらいくたびれ果ててよれよれだった。

わたしは中庭で馬から滑り下り、鐙《あぶみ》につかまらねばならなかった。ジェイミーが肘を支えてくれ、わたしが立てないのに気づくと、抱き上げてくれた。厩番《うまやばん》と馬番に馬をまかせて、アーチの下の廊下を歩き出した。

「腹は減っていないか、サセナッフ？」ジェイミーが廊下で立ち止まって尋ねた。台所と、寝室へ続く階段は逆の方角にあった。わたしは無理に目を見開きながらうめいた。お腹は空いている、けれど眠る前に食事をしたら、スープに顔を突っ込むのがおちだ。

向こうから声が聞こえたので疲れた目を開けると、ミセス・フィッツの大きな姿が見えた。信じられないくらい間近にそびえている。

「おや、この子、どうしたの？」ジェイミーに尋ねた。「事故にでも遭ったのかい？」

「いや、おれと結婚しただけだ」ジェイミーが言った。「それを事故と呼びたければ、呼ぶといい」そう言って片側に移動し、ふくらむ人の波を押し分けようとした。台所の下働き、厩番、料理人、庭師、兵士、城の住人。ミセス・フィッツが大声で質問するので、何事かとそろそろ集まってきたのだ。

ジェイミーは覚悟を決めると、四方からてんでにあがる質問に支離滅裂な答を返しながら、右手の階段のほうへ進んだ。わたしは彼の胸でフクロウのようにまばたきをしながら、みんなの〝お帰り〟にうなずくだけだった。だがどの顔も、親しげなだけでなく興味津々だった。廊下の角を曲がったとき、ほかよりいっそう親しげな顔が見えた。リアリーという娘だ。ジェイミーの声を聞いて、顔が光り輝いている。けれど彼の抱えているものを見ると、目を瞠《みは》り、バラの蕾《つぼみ》の口があるまじき形に開いた。

しかし、リアリーが問いを発する前に、まわりの騒ぎがぴたりとやんだ。ジェイミーも立ち止まった。顔を上げると、コラムがいた。驚いた顔が、わたしと同じ高さにある。

「これは――」コラムが言いかけた。

「二人は結婚したんです」ミセス・フィッツがにこにこしながら言った。「すてきじゃありませんか！　ご主人さまも祝福してやってください。わたしは部屋を用意します」ミセス・フィッツはくるりと振り向いて階段に向かった。人込みの中に広い道ができた。その先に、いまは真っ青な顔のリアリーが見えた。

コラムとジェイミーは同時にしゃべっていた。質問と説明が宙でぶつかる。すっかりいつもどおりとは到底言えないまでも、わたしは目覚めつつあった。

「まあ」コラムが承服しかねるような口調で言っていた。「結婚したのなら、それでいい。ドゥーガルとネッド・ガウアンと、話をせねばなるまい――法的な手続きがあろうからな。

結婚したのなら、母親の寡婦権契約に基づき、おまえにいくつか権利が与えられる」

ジェイミーの体がかすかにこわばるのを感じた。

「あなたがそうおっしゃるのだから」と、何気なく言った。「そう信じます。ついでに申し上げれば、権利のひとつにマッケンジー領の四半期の地代の一部をいただけるというのがあります。ドゥーガルは、いままでに集めた地代を持ち帰っています。勘定をする際に、おれの分を別にしておくよう伝えてください。では、失礼ですがこのへんで。妻が疲れているので」そう言ってわたしを抱き直すと、階段へ向かった。

わたしは部屋に入るとよろよろ歩き、天蓋つきの大きなベッドにありがたく倒れ込んだ。結婚が与えてくれた権利なのは言うまでもない。柔らかくてふかふかで――何事も手抜きを許さぬミセス・フィッツのおかげで――清潔だ。眠気に降伏する前に起きて顔を洗うことに、意味があるだろうか？

天使ガブリエルの最後の審判を告げるラッパが聞こえたら起きるかもしれないけれど、それ以外は無理、と思ったとき、顔と手を洗っただけでなく、髪まで梳《と》かしたジェイミーが、ドアへ向かうのが見えた。

「眠らないの？」わたしは声をかけた。わたしと同じくらい疲れているはずだ。鞍ずれはないにしても。

「もう少し後で、サセナッフ。先に用事がある」ジェイミーが出ていった。取り残されたわたしは、オークのドアを見つめ、みぞおちあたりに不快感を覚えた。ジェイミーの声を聞きつけ、角を曲がって現れたリアリーの期待に輝く顔が思い浮かんだ。わたしが抱かれているのを見て、それにとって代わった怒りと驚きの表情。リアリーを見たとき、ジェイミーの体がかすかにこわばるのを感じた。あのとき彼の顔を見られたらよかったのに。きっといま、休みもせず顔を洗って髪を梳かして、あの娘に結婚したと知らせに行ったのだ。彼の顔を見ていたら、少なくとも彼女にどんなことを言うつもりなのか見当がつく。この一ヵ月の出来事に心を奪われて、リアリーのことをすっかり忘れていた――そして、ジェイミーと彼女のことも。ジェイミーにとって彼女はどんな存在で、彼女にとって彼はどんな存在なのかを。もちろん、急に結婚話が持ち上がったときは、彼女のことを考えた。あのときジェイミーは、リアリーが障害になるなどおくびにも出さなかった。

けれどもちろん、リアリーの父親がお尋ね者との結婚を許さないなら――そして、ジェイミーがマッケンジーの地代の取り分をもらうには妻が必要なら……そういうことなら、誰が妻でもかまわないはずだ。彼は手に入るものを手に入れるだろう。いまではジェイミーをよくわかっているつもりだ。彼がどれだけ実用的かということも――それもそうだろう、この数年、逃亡生活を送ってきたのだから。バラ色の頬と流れるような金髪の娘への感傷や、彼女の魅力で、決意が揺らぐことはないだろう。けれどそれは、感傷や魅力がないことにはならない。

なんといっても、わたしは小部屋での一幕を目撃している。ジェイミーはあの娘を膝に抱き、熱いくちづけをしていた（「女を抱き締めたことはある」ジェイミーの声がよみがえる、「胸がどきどきして呼吸が乱れた……」）。気がついたら拳を握り締め、緑と黄色のキルトをしわくちゃにしていた。手を離し、スカートで拭った。二日間、手綱を握りっぱなしで、手を洗う暇さえなかったからすごく汚れていた。

疲れも忘れて起き上がり、洗面器に向かった。ジェイミーとリアリーのキスシーンをこれほど激しく嫌悪しているとは、自分でも少し驚いた。そのときのことを、ジェイミーはこう言っていた――「欲情するよりは、結婚するほうがいい、あのときおれは猛烈に欲情していたんだ」わたしも欲情して、頬を染めた。ジェイミーとのくちづけを思い出したのだ。燃えるように熱いくちづけを。

その気持ちを追い払おうと顔に水をかけた。彼の愛を要求する権利はないのよ、と自分に強く言い聞かせた。必要だったから結婚しただけ。彼にも結婚する動機があった。率直な弁によると、そのひとつは、童貞におさらばしたいという欲求だった。

もうひとつの動機は、はっきりしている。地代の取り分を手に入れるため、妻が必要だった。ただし、気に入った娘を口説き落とせなかった。最初の動機のほうがまだ女心をくすぐられる。どちらも高尚でないことに変わりはないけれど。

いまではすっかり目も覚めて、汚れた旅行着から新しいシュミーズに着替えた。洗面器と水差し同様、ミセス・フィッツの小間使いが用意してくれたものだ。ジェイミーがコラムに結婚を報告してから、わたしたちが階段を上がるまでに、いったいどうやって新婚夫婦の部屋を整えられたのかは永遠の謎のひとつだ。ミセス・フィッツならウォルドーフ・アストリア・ホテルでもロンドン・リッツ・ホテルでも、十分やっていけるだろう。

そう思うと、急にもといた世界が恋しくなった。ここ何日か忘れていたのに。わたしはここでなにをしているの？　自問するのはこれで千回目だろうか。ここで、この見知らぬ土地で、家や夫や友達や、慣れ親しんだものすべてから遠く離れ、野蛮人に囲まれ一人さまよっている。この数週間ジェイミーといるうちに、安全だと、ときには幸せだとさえ感じはじめていた。だが、いまわかった。安全は現実でも、幸せは幻想だった。

ジェイミーが自分の責任をまっとうする気でいることは疑いないし、わたしをあらゆる危険から守ってくれるだろうと信じている。けれどこうして、荒々しい山野や埃っぽい路上や、汚い宿や芳しい干し草の山での隔離された夢のような日々から戻ってきたら、彼は昔からのつながりに魅力を感じるにちがいない。わたしが感じているように。結婚してからの一カ月で、わたしたちはずいぶん親しくなったが、その親しさもこの数日の緊張でひびが入ったようだ。そして、リアフ城での現実的な生活に戻ったいま、完全に砕けるかもしれない。

わたしは窓枠に頭をもたせかけ、中庭を見下ろした。遠くにアレク・マクマホンと二人の馬番が見えた。わたしたちが乗り入れた馬の手入れをしている。馬はこの二日でようやくきちんと水と餌をあてがわれ、毛にブラシをかけられ、よじった藁で飛節や球節から泥を落としてもらって、見るからに気持ちよさそうだ。馬番の一人がわたしのよく肥えたシスルを引っ張ると、厩で休むのは当然の報いとばかりうれしそうについて行った。

シスルと一緒に、できるかぎり早い脱出ともとの時代への帰還という希望も遠ざかっていった。ああ、フランク。目を閉じると、涙が鼻の脇を伝った。それから目を開けて中庭を見つめ、まばたきしてぎゅっと閉じ、フランクの顔を必死で思い出そうとした。一瞬、目を閉じたとき、愛する夫ではなく、先祖のジャック・ランダルの顔が浮かんだ。ふっくらした唇に皮肉な笑みを浮かべた顔が。わたしの心はひるみ、すぐにジェイミーの顔を呼び出した。ランダルの私室で見た恐怖と怒りにこわばった顔。どれだけ頑張っても、記憶にあるフランクの顔を思い出せなかった。

不意にうろたえ、寒くなって両手で肘を抱えた。うまく脱出して、ストーン・サークルまで行けたらどうなるだろう？　わたしは考えた。どうなるの？　ジェイミーはきっとすぐに慰めを見つけるだろう――たぶん、リアリーに。わたしがいなくなったと知ったときの彼の反応を心配したこともあった。けれど小川の畔《ほとり》で一瞬後悔したのを除けば、わたしが彼と別れたらどう感じるか、考えたことはなかった。

シュミーズの襟ぐりにひだを寄せるリボンを、ぼんやり結んだりほどいたりした。もしほんとうに去るつもりなら――もちろんそのつもりだけれど――わたしたちのつながりをこれ以上深めては、たがいのためによくない。わたしを愛させてはいけない。

ジェイミーにその気はあるだろうか。いま一度、リアリーのこと、コラムとの会話を思い出して、考えてみた。もし彼が、わたしの想像どおり計画的に結婚したのなら、彼の気持ちはわたしのより安泰だ。

疲労と空腹と失望と不安で、すっかり混乱したみじめな状態に追い込まれ、眠ることもじっとしていることもできなかった。そのかわり、うなだれて部屋を歩き回り、いろんな物を手に取っては置いてをくり返した。

ドアが開いて風が舞い込み、手に乗せてバランスを保っていた櫛が、微妙な平衡を乱された。ジェイミーが戻ってきた。かすかに紅潮し、妙に興奮しているようだ。

「ああ、起きていたのか」わたしが起きているのを見て明らかに驚き、狼狽《ろうばい》した。

「ええ」わたしは冷淡に言った。「わたしが眠っていれば、彼女のもとに戻れると思ったの？」

ジェイミーの眉が寄ったかと思うと、すぐに問いただすように上がった。「彼女？　リアリーのことか？」

ハイランド人特有の弾むような調子でその名が呼ばれるのを耳にし——〝リーア〟——わけもなく腹が立った。

「あら、いままで一緒にいたのね！」わたしはぴしゃりと言った。

ジェイミーは当惑し、警戒し、少しいらついた顔になった。「ああ」と言った。「部屋を出たとき階段のそばで会った。大丈夫か、サセナッフ？　すっかり興奮しているみたいだ」しげしげとわたしを見回した。わたしは手鏡を取って、覗いた。髪は頭のまわりにたてがみのように逆立ち、目の下には黒い隈があった。音をたてて手鏡を置いた。

「ええ、まったく問題ないわ」自分を抑えながら言った。「それで、リアリーは？」さりげなさを装って尋ねた。

「ああ、とてもきれいだった」ジェイミーが言った。ドアにもたれかかって腕を組み、思案げにわたしを見つめる。「おれたちが結婚したと聞いて、少し驚いたようだ」

「きれい」わたしは言い、深呼吸した。顔を上げると、ジェイミーがこちらを見てにやにやしていた。

「あの娘のことを心配する必要はない、わかっているよな、サセナッフ？」鋭い人。「きみにとって彼女はなんでもない――おれにとっても」と、付け足した。

「あらそう？　彼女はあなたと結婚しない――できない。あなたは誰かを選ばなければならなかった、だからチャンスがきたときわたしを選んだ。でも責めないわ」――責められるものではない――「だけど――」

ジェイミーが二歩で部屋を横切り、わたしの手をつかんで話を遮った。指で顎をすくい、上を向かせた。

「クレア」落ちついた声で言った。「おれがなぜきみと結婚したか、ときがきたら話す――話さないかもしれないが。おれはきみに正直を求めた、おれも同じものを返す。いま、返そう。あの娘はおれにやさしさ以上のものを求めていない」顎をつかんだ手に力が入った。「だがその気持ちを、おれはうれしく思う」手を離し、顎の下を軽く叩いた。「聞こえたか、サセナッフ？」

「聞こえました！」ぐいと身を引いて、咎《とが》めるように顎をさすった。「それはそれは彼女にやさしくしてあげるんでしょうね。でも今度はカーテンを閉めてちょうだい——わたしは見たくないから」

銅色の眉が寄り、顔がわずかに紅潮した。

「おれがきみを裏切ると？」信じられないと言いたげな声だった。「城へ戻って一時間も経たず、二日間鞍の上にいて汗と埃まみれ、疲れて膝はがくがくしている、それなのにきみはおれがまっすぐ十六歳の小娘を口説きに行ったと思うのか？」驚いたように首を振った。「おれの精力を誉めているのか、道徳心を貶《おと》しめているのかわからないが、どちらでもかまわない。マータフから、女は理屈ではないと聞いていたが、ひどすぎる！」大きな手で髪を梳き、毛先を逆立てる。

「あの子を口説いていたとは言ってないわ」口調に穏やかさをとり込もうと努めた。「言いたかったのは……」ふと思い出した。フランクは、いまのわたしよりずっと上手にこの手の問題を操っていたが、それでもわたしは腹を立てたものだ。パートナーにこういうことをほのめかすうまいやり方というのは、存在しないらしい。

「言いたかったのは……あなたには結婚しなくてはならない理由があった、ということよ——その理由は、あなた個人の問題なの」急いで付け足した。「それから、わたしはあなたになにも求めない、ということ。あなたは好きなように振る舞っていいの。もし……もし、よそに魅力を感じるのなら……その……邪魔はしないわ」腰砕けに終わった。頬が熱く、耳が燃えていた。

顔を上げると、ジェイミーの耳も同じように燃えていた。あきらかに。首から上、全部が燃えている。両目でさえ、睡眠不足で血走っているので、炎を上げているように見えた。

「おれになにも求めない！」ジェイミーが叫んだ。「結婚の誓いをなんだと思っている？ただの台詞か？」大きな拳を箪笥《たんす》に叩きつけると、陶器の水差しが揺れた。「なにも求めない」と、独り言のようにつぶやいた。「好きなように振る舞っていい。きみは邪魔をしないだって⁉」

屈んでブーツを脱ぎ、拾い上げると、力まかせにひとつずつ壁に投げつけた。それが石壁にぶつかって床に落ちるたびに、わたしはひるんだ。ジェイミーがプレードを剝ぎ取り、無造作に背後に放った。それからわたしのほうへ来た。睨みながら。

「それで、きみはおれになにも求めないんだな、サセナッフ？　好きなところで楽しめと言うんだな？　そうだな？」と問いつめた。

「えーと、その、ええ」心ならずも一歩下がりながら言った。「そう言いたかったの」ジェイミーに腕をつかまれた。炎は彼の手にまで広がっていた。たこのできた掌が肌に熱くて、わたしは思わず飛び上がった。

「きみがおれになにも求めなくても、サセナッフ」ジェイミーが言った。「おれは違う！　来い」わたしの顔を手で挟み、唇を重ねた。やさしくもなく、無償でもないくちづけだった。わたしは抗《あらが》い、彼から離れようとした。ジェイミーが屈んで、わたしを膝から抱き上げた。わたしはおりようとしたが無駄だった。彼のほんとうの力を見くびっていた。

「放して！」わたしは言った。「なにをするつもり？」

「言わなくてもはっきりしているだろう、サセナッフ」ジェイミーが食いしばった歯のあいだから言った。下を向くと、澄んだ瞳が焼けた鉄のようにわたしを刺した。「だが言ってほしければ言おう、きみをベッドへ連れていく。いま。そして、おれがなにを求めているかわかるまでそこから出さない」もう一度くちづけた。わざと激しく、わたしの抵抗を遮って。

「あなたと寝たくないの！」ようやく唇が離れたので言った。

「寝るつもりじゃないさ、サセナッフ」ジェイミーが平然と答えた。「いまはまだ」ベッドに近寄り、わたしをバラの模様のキルトにそっと下ろした。

「どういう意味かわかっているくせに！」反対側から逃げようと転がったが、強い手に肩をつかまれ、振り向かされた。「愛し合うのも、いや！」

　青い目に至近距離から睨まれて、息苦しくなった。

「きみの意見は聞いていない、サセナッフ」恐ろしく低い声だった。「何度も言うが、きみはおれの妻だ。おれとの結婚を望んでいなかったとしても、きみはそれを選んだ。そして、そのときは気がついていなかったとしても、きみの役割には〝従う《ダムド》〟という項目が含まれている。きみはおれの妻だ。おれが欲しいときにものにできる。わかったか！」すっかり声を荒らげて、ほとんど怒鳴っていた。

　わたしは膝をつき、両脇で拳を固めて怒鳴り返した。それまで抑えていたみじめな気持ちがとうとう爆発した。洗いざらいぶちまけてやる。

「あなたとやったら、地獄に落ちるわ《ダムド》、この乱暴者！　ベッドに来いと命令できると思うの？　やりたくなったらわたしを売春婦みたいに使う？　できないわよ、ばかったれ《ファッキング・バスタード》！　やってみなさいよ、あなたの大好きなランダル大尉と同じことじゃない！」

ジェイミーが一瞬わたしを睨み、不意に下がった。「行けよ」顎でドアをさして言った。「おれをそんなふうに思うなら、行け！　止めはしない」

わたしはちょっとためらい、彼を見た。怒りで歯を食いしばり、ロードス湾のヘーリオス巨像のようにそびえている。ドゥーンズベリー近くの路上のあのときと同じくらい怒っているのに、いまは感情を押し殺している。だが彼は本気だ。わたしが行こうとしても止めないだろう。

わたしは顔を上げた。同じくらい強く歯を食いしばって。「いいえ。逃げたりしないわ。あなたなんて怖くない」

ジェイミーがわたしの喉を見つめた。狂ったように脈打つ喉を。

「へえ、そうか」わたしを見下ろしているうちにだんだん表情が和らぎ、嫌々ながらも認める顔つきになった。ベッドの上の十分距離をおいたところにゆっくり腰を下ろしたので、わたしは用心して下がった。話す前にジェイミーが数回深呼吸した。顔色が、いつもの赤みがかった褐色に戻りかけていた。

「おれも逃げはしない、サセナッフ」ぶっきらぼうな声で言った。「そこで、だ。〝ファッキング〟ってなんだ？」

わたしは驚きを隠せなかったのだろう、ジェイミーがいらいらと言った。「どうしても悪態をつきたいなら、つけばいい。だが、意味のわからない名で呼ばれるのは気に食わない。きみの言い方からすると、さぞ汚い言葉なんだろうが、意味は?」

不意をつかれてわたしは笑った。少し震える声で。「意味……意味は……あなたがわたしにしようとしていたことよ」

ジェイミーが片眉を上げ、皮肉な笑みを浮かべた。「ああ、交接することか? 思ったとおり、汚い言葉だ。じゃあ、サディストは? この前、そう呼んだだろう?」

わたしは笑いたい衝動を抑えた。「それは、えーと……相手を傷つけることで性的な喜びを得る人のこと」顔が真っ赤になったが、口角が少し上がるのを抑えられなかった。

ジェイミーが短く鼻を鳴らした。「控え目な褒め言葉だな。だが、きみの言葉を責められない」深く息を吸って天を仰ぎ、拳をゆるめた。ゆっくり指を伸ばし、手を膝に乗せるとまっすぐわたしを見た。

「いったいなんだ? なぜこんなことを? あの娘か? まぎれもない真実を話しただろう? だが問題は、おれが証明できるか、じゃない。きみがおれを信じるかどうか、だ。おれを信じているか?」

「ええ、信じてるわ」わたしはしぶしぶ認めた。「でも、それじゃないの。というか、それがすべてではないの」正直でいたかったから言い添えた。「その……あなたがわたしと結婚したのは、お金のためだったとわかったからだと思う」うつむいて、キルトの縫い目を指でなぞった。「文句を言える立場じゃないのはわかっているわ——わたしだって勝手な理由で結婚したんだもの。だけど」——唇を嚙み、声を震わせまいと唾を呑んだ——「わたしにだってプライドはあるのよ」

ちらりとジェイミーを見た。彼はじっとわたしを見つめ、ちっともわけがわからないと言いたげな顔をしていた。

「金?」ぽかんとしている。

「そう、お金よ!」わからないふりをされて腹が立ち、かっとなった。「城へ帰ったとき、待ちきれずにコラムに言ったでしょう、結婚したからマッケンジーの地代の取り分をくれって!」

ジェイミーがしばしわたしを見つめ、だんだん口を開いていった。なにか言おうとするかのように。そのかわり、前後にゆっくり首を振りはじめ、それから笑い出した。ほんとうに天を仰いで大笑いし、げらげら笑いながら頭を両手に沈めた。わたしはぷりぷりして枕に倒れ込んだ。なにがおかしいの?

なお首を振り、ときおりあえぎながら、体を起こしてベルトの留め金に手をかけた。それを見てわたしが無意識にひるんだことに、彼は気づいた。

いまも怒りと笑いで赤い顔のまま、心底いらついたようにわたしを見下ろした。「違う」冷淡な声だった。「きみをぶつ気はない。二度とやらないと言っただろう——こんなに早く後悔するとは思わなかったが」ベルトを脇へ置き、付属のスポーランの中を探った。

「マッケンジーの地代のおれの取り分は、二十ポンド四オンスだ、サセナッフ」アナグマ革の袋の中身を引っかき回しながら、言った。「それも英貨じゃなく、スコットランド貨幣で。乳牛半頭分の価値だ」

「それ……それだけ？」わたしはばかみたいに言った。「でも――」

「それだけだ」ジェイミーが保証した。「この先マッケンジーからは、なにももらわない。ドゥーガルが倹約家で、コラムは二倍も締まり屋だと気づいただろう？　だが、二十ポンド四オンスという気前のよい額でも、結婚するほどの価値はない」わたしを見ながら皮肉っぽく付け足した。

「すぐに頼む必要はなかったが」小さな紙包みを取り出しながら、言った。「その金で買いたいものがあった。用事というのはそれだ。リアリーに会ったのは偶然だ」

「なにをそんなに買いたかったの？」疑り深く尋ねた。

ジェイミーがため息をつき、一瞬ためらった。それから、紙包みをぽんとわたしの膝に放った。

「結婚指輪だ、サセナッフ。武具師のユアンから買った。あいつは暇なときにそういうものを作るんだ」

「まあ」わたしは小声で言った。

「ほら」彼がじれて言う。「開けろよ、きみのだ」

包みの輪郭が、指の下でぼやけた。まばたきをして鼻をすすったが、開けようとしなかった。「ごめんなさい」わたしは言った。

「そう、謝ってほしいね、サセナッフ」ジェイミーが言ったが、声はもう怒っていなかった。わたしの膝に手を伸ばして包みを取ると、紙を破り、幅広の銀の指輪を取り出した。ハイランド独特の編み模様が施され、輪の真ん中には小さくて繊細なジャコビアン風のアザミの花が刻まれている。

そこまで見て、また視界がぼやけた。

手に押し込まれたハンカチで、せいいっぱい涙を止めようとした。「すごく……きれい」咳払いをし、目頭を押さえて、言った。

「はめてくれるか、クレア?」やさしい声だった。名前を呼ばれて——他人行儀なときや、やさしくするときにしか呼んでくれない——また泣きそうになった。

「無理にとは言わない」お椀にした掌越しに、逮捕状以外のすべてから。「おれたちの結婚は成立した——法的に。きみの安全は保障された、逮捕状だって、リアフにいれば怖くない。きみが望むなら、別々に住んでもいい——リアリーを持ち出して言いたかったのがそういうことなら。おれとはかかわりにならずに暮らせる、それが正直な望みなら」ジェイミーは身じろぎせずに待っていた。小さな指輪を心臓の前に掲げて。

こうして、ジェイミーに与えるつもりだった選択権が、わたしに返ってきた。ジェイミーは、周囲の事情でわたしを押しつけられたのだから、わたしが拒むほうを選べば、もう自分を強いることはしないだろう。けれど選択肢はもうひとつある。指輪と、それに連なるすべてを受け入れるという選択が。

日が沈みかけていた。最後の光がテーブルの上にある青いガラスの細口瓶を照らし、壁に輝く青い筋をつけた。わたしもガラス瓶と同じくらい、はかなく、輝いている気分だった。触れられれば砕け、床に落ちて光の破片になるような気がした。たとえジェイミーの感情やわたし自身の感情を抑えるつもりだったとしても、とっくに手遅れだったらしい。

言葉は出なかったけれど、右手を差し出した。指が震えていた。指輪は冷たく光って関節を滑り、根元におさまった――ぴったり。ジェイミーがわたしの手を握ってじっと見つめていたかと思うと、不意に指を唇に押し当てた。彼が顔を上げたので、一瞬、激しく緊迫した表情が見え、すぐさま荒々しく膝に引き寄せられた。

無言で強く抱き締められると、彼の喉がわたしのと同じようにどくどくと脈打つのを感じた。ジェイミーがむき出しの肩をつかんで、少し体を離したので、見上げると彼の顔があった。手の大きさとぬくもりに、めまいがしそうだった。

「きみが欲しい、クレア」つまったような声で、言った。次になにを言えばいいかわからないみたいに、一瞬言葉を止めた。「欲しくてたまらない――息もできないくらいに。おれを――」唾を呑み、咳払いをした。「おれを受け入れてくれるか？」

このときには声を取り戻していた。かすれて頼りない声だったけれど、出ることは出た。

「ええ」と言った。「受け入れるわ」

「おれは……」と言いかけてやめた。キルトの留め金をぎこちない手つきでゆるめたが、ふと顔を上げ、両脇で拳を握った。苦労してしゃべっている。とても強力ななにかを抑えようとして拳が震えている。「いまは……無理だ……クレア、やさしくするのは無理だ」

わたしには一度うなずくだけの時間しかなかった。了解、それとも、許容。ジェイミーに引き寄せられ、ベッドに押し倒された。

ジェイミーは服を脱ぐ手間さえ惜しんだ。彼のシャツは道路の埃《ほこり》のにおい、肌は太陽と長旅の汗の味がした。両腕を広げられ、手首を押さえつけられた。片手が石壁に触れ、結婚指輪が石をこするのを感じた。両手に指輪がひとつずつ、片方は銀、もう片方は金。薄い金属が、にわかに結婚の誓いと同じくらい重く感じられた。指輪が小さな手かせになって、わたしをベッドに大の字に縛りつける。二本の柱のあいだで手足を広げ、岩に鎖でつながれたプロメテウスのように、分かたれたふたつの愛のハゲワシに心を食われるのだ。

膝で太腿をこじ開けられ、ひと突きで根元まで沈められて息を呑んだ。ジェイミーが唸るような声を発し、さらに手に力を込めた。

「きみはおれのものだ、モ・デルニア」さらに奥へと押し込みながらやさしく言う。「おれだけのものだ、永遠に。きみが好もうと好むまいと」彼の手から逃れようとすると、さらに押し込まれ、わたしはかすかに「ああ」と言って息を呑んだ。

「そうさ、きみを使いまくってやる、サセナッフ」彼がささやく。「きみを支配したい、一人占めしたい、身も心も」かすかに身をよじると、押さえつけられ、押し込まれた。間断なく容赦のない突きは、そのたびに子宮まで届いた。「おれを〝ご主人さま〟と呼ばせてみせる、サセナッフ」彼の声は、この数分間に与えられた苦しみの意趣返しだと告げていた。

「おれのものにしてみせる」

わたしは震え、うめいた。侵入され、打ちつけられる衝撃に全身が硬直した。それでも行為はつづいた、何分間も。悦びと苦痛の狭間で、幾度も突き上げられた。溶けてゆく。攻められているその部分だけが存在しているようで、完全降伏へとじりじりと追いつめられていた。

「だめ!」わたしはあえいだ。「やめて、お願い。痛い!」汗の玉がジェイミーの顔を伝い、枕と乳房に落ちた。肉体はいまや激しくぶつかり合い、とうに境を越えて痛みの領域へ入っていた。くり返される衝撃で太腿にあざができ、手首は折れそうだったけれど、彼は手をゆるめなかった。

「そうだ、慈悲を請え、サセナッフ。だがまだ与えない、まだだ」彼の息は熱く速かったが、疲れた様子はなかった。わたしは全身を震わせ、快楽を求めて彼の腰に脚をからみつけた。

突かれるたびに下腹まで届くのを感じて、ひるんだ。でも腰はわたしを裏切り、迎え入れようともちあがった。その反応をジェイミーは感じとり、今度はわたしの肩を押さえつけて攻撃を強めた。

わたしの反応には、はじまりも終わりもなかった。ただ絶え間のない痙攣《けいれん》が、突かれるたびに絶頂へと高まっていった。突きは問いかけだった。答を求めてわたしの肉体に何度も叩き込まれる問い。ジェイミーがまたわたしの脚を押さえつけ、痛みを越えた純粋な快楽へ、境の向こうの降伏の領域へとわたしを導いた。

「いい！」わたしは叫んだ。「ああジェイミー、いいわ！」ジェイミーがわたしの髪をつかみ、仰向かせて目と目を合わせた。彼の目は激しい勝利に燃えていた。

「いいぞ、サセナッフ」言葉より動きに応えてつぶやいた。「調教してやる！」乳房をつかんで揉むと、腰に手を下ろした。さらに突こうとわたしを抱えたので、いまや彼の全体重がわたしにかかっていた。悲鳴をあげると唇でふさがれた。くちづけではなく、新たな攻撃だった。口をこじ開け、唇にあざをつけ、生えかけの顎ひげで頬をこする。また突きが激しく速くなった。わたしの体だけでなく心までも力ずくで奪おうとしているかのように。体の内でか心の中でか、彼が閃光《せんこう》を放つと、降伏の灰の中から情熱と欲望の炎が燃え上がった。わたしは腰を押し上げ、突きに突きで応えた。彼の唇を噛み、血を味わった。

首筋に彼の歯を感じ、背中に爪を立てた。うなじから腰まで引っかくと、今度は彼がのけぞり悲鳴をあげた。狂ったように傷つけ合った。噛み、引っかき、血を流させ、貪《むさぼ》り合い、ひとつになりたくてたがいの肉体を裂いた。わたしの悲鳴は彼の叫びと混じり、溶け合い結び合う最後の瞬間、ついにたがいの中に己を解き放った。

ゆっくりわれに返った。ジェイミーの胸になかばかぶさるように、汗まみれの体はいまも腿と腿でくっついていた。ジェイミーは目を閉じたままで、呼吸は重い。その心臓の鼓動が聞こえた。絶頂の後の異常に遅く強いリズムだ。

わたしが起きたのに気づいて、ジェイミーがそばに引き寄せた。危険なまでの結合の最後の数秒に到達した一体感を持続させようとするように。わたしは彼に腕を巻きつけて丸くなった。

ジェイミーが目を開け、ため息をついた。わたしと目が合うと、大きな口にかすかなほほえみが浮かんだ。わたしは眉を上げて無言の問いを投げかけた。

「ああ、そうだ、サセナッフ」少し悲しそうに答えた。「おれはきみの主人だ……きみはおれのものだ。きみの心を手に入れるには、おれの心を失わなければならないようだ」わたしに横を向かせ、体で包んだ。窓から入る夜風で部屋が冷えてきた。ジェイミーが手を伸ばし、二人の体をキルトで覆った。あまりにも早くわかりすぎたわ、坊や。うとうとしながら思った。フランクには、ずっとわからなかったのに。腕にしっかり抱かれ、あたたかい息を耳に感じながら、眠りに落ちた。

翌朝目覚めたときには、全身が筋肉痛だった。足を引きずって手洗いに行き、それから洗面器に向かった。内臓が攪拌《かくはん》したバターのようだった。遠慮知らずのなにかに殴られたようだ、と思って、それがほとんど事実に近いことに気がついた。問題の遠慮知らずのなにかは、ベッドに戻るときに目に入った。いまは無害に見える。持ち主は、わたしがベッドに座ると目を覚まし、男特有の独善的な態度でわたしを見た。

「辛い乗馬だったようだな、サセナッフ」わたしの内腿にできた青あざに触れながら、言う。

わたしは目を細め、彼の肩にある嚙み痕を指でなぞった。

「あなたはちょっとおいたをしたみたいね、坊や」

「ああ、そりゃあ」スコットランド訛で言った。「牝ギツネと寝るなら嚙まれるのは覚悟の上さ」手を伸ばしてわたしのうなじに手をかけ、引き寄せた。「おいで、牝ギツネ。もっと嚙んでくれ」

「あら、だめよ」体を起こした。「無理よ。痛くて」

「鞍ずれか？」

ジェイムズ・フレイザーは〝だめ〟という答を許すような男ではなかった。

「やさしくするから」甘い言葉で、容赦なくわたしをキルトの下に引きずり込んだ。たしかに彼はやさしかった。大きな男にしかできないやさしさだった。わたしをウズラの卵のように抱え、謝罪のつもりか少し抑制し――昨夜はじまった荒っぽい調教のつづきを穏やかに再開した。やさしくされれば拒めない。

ジェイミーがクライマックスに達し、わたしの腕の中で痙攣した。動かないよう、突いて傷つけないようこらえるので震え、その瞬間が自分の中で鎮まるのを待った。

それからつながったまま、二日前、路上で自分の指がわたしの肩に残したあざをなぞった。

「これ、悪かったな、モ・デルニア」ひとつずつにそっとくちづける。「あのときは珍しいくらい腹が立っていたが、言い訳にはならない。怒っていようといまいと、女を傷つけるなんて恥ずかしいことだ。二度とやらない」

わたしは少し皮肉っぽく笑った。「これのことを謝っているの？　ほかはどうなの？　頭から爪先まであざだらけよ！」

「おや」身を引いて、わたしを眺め回した。「どれどれ、こいつは謝った」肩に触れる。「これは」軽くお尻を叩く。「自業自得だ。悪いと思っていないから謝らないぞ。それから」太腿を撫でながら言った。「これも謝らない。たっぷりお返しされたからな」顔をしかめて肩をさすった。「少なくとも二箇所から血が出たぞ、サセナッフ。それに背中は死ぬほどひりひりしている」

「そうね、相手が牝ギツネなら……」わたしはにやりとした。「謝ってもらえないでしょうね」ジェイミーが笑い、わたしを引き寄せてまたがらせた。

「謝ってほしいと言ったか？　おれの記憶が正しければ、こう言ったはずだ、『もっと嚙んでくれ』」

第四部　硫黄のにおい

24　虫の知らせ

わたしたちが急に帰ってきて結婚を知らせると大騒ぎになったが、まもなくもっと深刻な事件が起きて、騒ぎに影が落ちた。

翌日、大広間で夕食をとっていたときのことだ。わたしたちはみんなからの祝杯と祝辞を受けていた。

「ありがとう《フーィアカス》、わが友よ《モ・カライド》」ジェイミーが最後の乾杯に礼を言って優雅にお辞儀をし、拍手がだんだん大きくなる中、腰を下ろした。木の長椅子が体重できしみ、ジェイミーは一瞬目を閉じた。

「ちょっと飲みすぎた？」わたしはささやいた。ジェイミーは祝杯の矢面に立ち、二人を代表して乾杯のたびに杯を空けていた。一方のわたしはゲール語の祝辞を理解できないから、形だけ杯に口をつけてにこにこするだけだった。

ジェイミーが目を開けてわたしを見下ろした。彼もほほえんでいる。

「おれが酔っているって？　まさか、ひと晩じゅうでも飲んでいられる」

「それはそうでしょうけれど」目の前には空のワインボトルと石でできたエールの瓶がずらっと並んでいる。「ずいぶん夜も更けたわ」コラムの前にある蠟燭《ろうそく》は燭台の上で短くなっており、流れた蠟は金色に光って、顔を寄せて低い声で話すマッケンジー兄弟を奇妙な光と陰に染めている。大きな暖炉に刻まれたノームの顔に似ている。ふと思った、この戯画化された人物のいくつかが、代々のマッケンジー領主のどことなく横柄な顔立ちをモデルにしたのだろう――彫刻家はユーモアのセンスを持っていたにちがいない……あるいは強い姻戚関係を。

ジェイミーが椅子の上で少し伸びをし、軽い痛みに顔をしかめた。

「だが」と言った。「膀胱《ぼうこう》は破裂しそうだ。すぐ戻る」椅子に手を突いて身軽に飛び越え、下手《しもて》の廊下に消えた。

わたしは反対側に意識を戻した。ゲイリス・ダンカンが澄ました顔で、銀のコップに入ったエールをすすっている。夫のアーサーは地方検察官という地位にふさわしく、コラムの隣に座っているが、ゲイリーはわたしの隣に座りたいと言い張った。夕食のあいだじゅう、〝男の話〟を聞かされるのは真っ平だと言って。

アーサーの落ちくぼんだ目は、なかば閉じて隈ができ、ワインと疲労に沈んでいた。肘を突いて体を支え、顔には生気がなく、隣のマッケンジー兄弟の会話も聞いていない。領主とその弟の鋭い顔をくっきりと浮き彫りにする光も、アーサー・ダンカンを太って病気に見せるだけだった。

「ご主人は、具合が悪そうね」わたしは言った。「お腹の調子がよくないの？」兆候ははっきりしない。潰瘍《かいよう》ではなさそうだし、癌でもない——まだあんなに肉がついている——たぶんゲイリーの言うとおり、ただの慢性胃炎だろう。

ゲイリーがほんの一瞬夫を見て、わたしを見、肩をすくめた。

「いいえ、心配ないわ」と言った。「悪化してはいないから。それよりあなたのご主人はどうなの？」

「ええ？　彼がなに？」わたしは用心して答えた。

気のおけない感じで脇腹を小突かれ、見れば彼女の前にもけっこうな数の空き瓶が並んでいた。

「白状なさい。シャツを着ているときと同じくらい、脱いだときもすてきなの？」

「えー……」わたしが答を考えていると、ゲイリーが入り口のほうに首を伸ばした。

「あなたもあなたよ、彼には気がないと言っていたのに！　やるわね。城の娘の半分は、あなたの髪をむしりたいと思っているわよ——わたしがあなたなら、食べるものに気をつけるわ」

「食べるもの？」わたしは困惑して目の前の木の皿を見下ろした。脂汚れと茹《ゆ》でたタマネギの食べ残ししか載っていない。

「毒よ」ゲイリーが芝居がかった調子でわたしの耳にささやき、ブランデー混じりの息を漂わせた。

「くだらない」わたしはややきつい口調で言い、体を離した。「誰も毒を盛ったりしないわ、そんな……そんなことで……」少しろれつが回らない。気づかないうちにわたしもちょっと飲みすぎたらしい。

「ねえ聞いて、ゲイリー。この結婚は……予想外だったの。わたしが仕組んだのではないわ！」嘘ではない。「ただの……言ってみれば……必要な取引だったの」蠟燭の明かりが赤らんだ頰を隠してくれるといいが。

「へえ」ゲイリーがあざ笑うように言った。「床入りがうまくいったかどうかは、顔を見ればわかるのよ」そう言って、ジェイミーが消えた廊下のほうをちらりと見た。「それに彼の首筋の傷、虫刺されだなんて言わないで」銀色の眉を片方上げて、わたしを見た。「これが取引なら、十分お釣りがきたわね」

また近寄ってきた。

「ほんとうなの？」とささやいた。「親指のこと」

「親指？　ゲイリー、いったいなんの話？」

ゲイリーが、筋の通った小さな鼻先で、いらいらとわたしを見下ろした。きれいな灰色の目は、少し焦点が定まっていない。倒れないことを願う。

「わかっているくせに。誰でも知っているわ！　男の親指は、ペニスと同じ大きさだって。足の親指でもいいけれど」抜かりなく付け足した。「靴を履いているからわかりにくいのよね。あのキツネの坊やは」たったいまジェイミーが現れた廊下に顎をしゃくる。「大きな奥さんでも両手に乗せられるわ。それより、大きなお尻、かしら？」そこでまた小突く。「ゲイリス・ダンカン、ちょっと……黙って……もらえる……かしら！」真っ赤になりながら、声を殺して叫んだ。「人に聞かれるわ！」

「あら、誰も――」ゲイリーが言いかけて、やめた。ジェイミーが、わたしたちなど目に入らないように、そばを通りすぎたからだ。顔は青ざめ、唇を引き結んでいる。うれしくない仕事を任されたような表情だ。

「どうしたのかしら」ゲイリーが言った。「生のカブを食べたときのアーサーみたい」

「わからない」わたしは躊躇《ちゅうちょ》しながら椅子を引いた。ジェイミーはコラムの席へ向かっている。ついて行くべきだろうか？　なにかが起きたのはまちがいない。

ゲイリーは下手のほうを覗き込んでいたが、いきなりわたしの袖を引き、ジェイミーが現れた方角をさした。

廊下のアーチの下に、男がいた。わたしに負けないくらい躊躇している。服が土埃で汚れているということは、旅の者だろうか。いや、伝令だ。なにを伝えに来たにせよ、男はそれをジェイミーに知らせ、ジェイミーはいま屈んでコラムの耳元にささやいている。

違う、コラムではない。ドゥーガルだ。赤毛は黒髪のあいだに低く屈み、三つの端正な顔は、消えゆく蠟燭の明かりを受けて怖いくらいそっくりに見えた。見ているうちに気がついた。似ているのは、分かち合った骨格だけのせいではない。三人が揃って浮かべている、衝撃を受けた悲しみの表情のせいだ。

ゲイリーの指が前腕に食い込んだ。

「悪い知らせよ」聞くまでもなかった。

「二十四年」わたしはそっと言った。「長い結婚生活ね」

「ああ、そうだな」ジェイミーが答えた。あたたかい風が頭上の枝を揺らし、肩にかかったわたしの髪が巻き上げられて顔をくすぐる。「おれが生きた年数より長い」

放牧場の柵にもたれた彼を、ちらりと見た。すらりと優雅でたくましい骨格。彼の若さをつい忘れてしまう。あまりにも自信に満ち、頼りがいがあるから。

「だが」ジェイミーが跳ねた泥を藁で払いながら言った。「一緒に過ごした期間は三年もないだろう。ドゥーガルはたいていここに、城にいたから――あるいは、コラムにかわってあちこち行っていたから」

ドゥーガルの妻、マウラが、ベナフで亡くなった。急な発熱だった。ドゥーガルは日の出前、ネッド・ガウアンと昨夜知らせを持ってきた使者とともに出発した。葬儀の手はずを整え、妻の財産を処分するのだ。

「夫婦仲はよくなかったの？」興味を引かれて尋ねた。

ジェイミーが肩をすくめた。

「仲はよかった、普通の夫婦程度には。マウラには娘たちがいたし、家事で気をまぎらせることもできた。ドゥーガルが家に帰ってくれば嬉しそうにしていたが、彼がいないことをひどくさびしがってはいなかったと思う」

「そうか、あなたはしばらく一緒に住んでいたのよね」わたしは静かに考えた。これがジェイミーの考える結婚生活なのだろうか。別々に暮らし、子孫繁栄のためたまに会う。しかしジェイミーがちらりと語った話によると、両親は愛し合って結婚し、仲もよかったようだ。

いつもの不思議な能力でわたしの考えを読み取ったらしく、ジェイミーが言った。「たしかにおれの両親とは違う。ドゥーガルの結婚はコラムのと同様、政略結婚だった。たがいを求めてというより、土地や勢力の問題だった。だがおれの両親は——愛のある結婚をした。両家の反対を押しきって。だからおれたちは……切り離されることもなく、ラリーブロッホでひっそり暮らした。両親は親類を訪ねることも、外で働くこともめったになかったから、普通以上に向き合えたんだろう」

ジェイミーがわたしの背中に手を当てて引き寄せ、うつむいて耳の上端に唇で触れた。「おれたちも政略結婚をした」ぽつりと言う。「それでも願っている……いつか——」不意に口ごもり、ひきつった笑みを浮かべると、忘れてくれ、と手を振った。

わたしもその方向へ話を持っていきたくなかったから、曖昧にほほえんで放牧場のほうを向いた。彼が隣にいるのを感じた。いまにも触れそうなところに。大きな手が柵の手すりをつかんでいる。わたしも手すりをつかんだ。そうでもしないと彼の手を取ってしまう。彼のほうを向きたかった、慰めたかった、わたしたちの結婚は政略結婚以上のものだと体と言葉で示したかった。それが真実だったから、わたしにはできなかった。

〝おれたちのあいだにあるのはなんなんだ？〟とジェイミーは言った。〝きみと横になり、触れられると……〟違う、まるっきり普通ではない。ただのぼせでもない、最初はそう思った。そんな単純なものではない。

事実はこうだ。わたしはほかの男に縛られている。誓いと忠誠と法によって。そして、愛によって。

わたしの思いをジェイミーには言えない、言ってはならない。言ってから去るのは――去らねばならないが――残酷のきわみだ。かといって、嘘もつけない。

「クレア」ジェイミーがこちらを向いて、わたしを見下ろしている。感じでわかる。わたしはなにも言わなかったが、顔を上げてジェイミーのくちづけに応えた。そういう意味でも嘘はつけないし、つかなかった。なにしろ、とぼんやり思った。正直でいると誓ったのだから。

柵の後ろから聞こえた大きな「えへん！」に、邪魔をされた。ジェイミーが驚いて声のほうに振り向いた。本能的にわたしの盾になりながら。それから動きを止め、にやりとした。

そこにいたのは老アレク・マクマホン、汚いズボンを穿いて、ひとつだけの明るい青い目で冷やかすようにわたしたちを見ている。

老人は、手にした恐ろしげな去勢用の大ばさみを掲げ、ふざけて敬礼した。

「こいつをマホメットに使おうと思ったが」アレクが言った。「ここで使ったほうがよさそうだな、ええ？」誘うように分厚い刃をかちかち言わせる。「そうすりゃおまえも仕事に集中できる、チンポを忘れてな」

「からかうなよ」ジェイミーがにやにやする。「おれに用事だろう?」

アレクが眉を毛虫のようにぴくぴくさせた。

「いいや、なんでそう思う? おれが思っていたのは、二歳馬を去勢しようかってことだ。楽しそうだろう?」自分の冗談にちょっと笑って、はさみで城のほうをさした。

「あんたは帰りな、お嬢さん。旦那は夕食には帰らせる――そのころには、もうこいつは使い物にならなくなってるだろうがね」

まるっきりの冗談とも受け取れないらしく、ジェイミーが長い腕を伸ばしてはさみをひったくった。

「こいつはおれが預かっているほうが安心だ」老アレクに眉を上げてみせる。「城へ帰れ、サセナッフ。老アレクの仕事を片付けたら、戻って探す」

屈んで頬にくちづけ、耳元でささやいた。「厩で。太陽が真南に来たときに」

リアフ城の厩は、ドゥーガルと旅した途中で目にした田舎家よりもよほど立派な造りだ。石の床に石の壁、開口部といえば片側にある狭い窓と反対側の扉、分厚い藁葺き屋根の下に並ぶ細いすきまだけ。このすきまは、藁に巣食うネズミを退治してくれるフクロウが自由に出入りできるようにという配慮だ。そのせいで風通しはよく、光もそこそこに入るから、陰気というよりほどよい明るさだ。

屋根裏の干し草置き場には光がよく射し込み、積み藁に黄色の筋を落とし、漂う埃を金粉のシャワーに見せる。すきまから吹き込むあたたかい空気は、表の庭のストックやアメリカナデシコやニンニクの香りを運び、下からは心地よい馬のにおいが漂ってきた。

手の下でジェイミーが動き、体を起こした。動いたせいで影になっていた体が陽光を浴び、まるで蠟燭を灯したように見えた。

「どうしたの？」わたしは彼の視線をたどりながら、眠そうな声で言った。

「ヘイミッシュだ」ジェイミーが屋根裏の縁から下を覗きながら、小さな声で言った。「ポニーに会いに来たんだろう」

わたしは不器用に寝返りを打ち、彼の隣に寝そべると、慎ましくシュミーズをまとった。その必要もないのに。下からはわたしの頭の先しか見えない。

コラムの息子、ヘイミッシュは、両側に馬房が並ぶ通路をゆっくり歩いていた。ときおり房の前で足を止めるが、興味津々で顔を出す栗毛や月毛には関心がないようだ。なにかを探しているのはたしかだが、探しものは、厩の扉近くの馬房でのんきに藁を嚙んでいる、彼の太った茶色のポニーではない。

「なんてことだ、ドナスを探している！」ジェイミーがキルトをつかみ、大急ぎで腰に巻くと、屋根裏から飛び下りた。梯子を使わず、両手でぶら下がって着地した。藁の散った床に静かに下りたが、ヘイミッシュが驚いて息を呑み、振り返るだけの音がした。

小さなそばかすだらけの顔は、相手が誰かわかるといくらかほっとしたが、青い目はまだ不安そうだった。

「手伝おうか、いとこくん？」ジェイミーが陽気に声をかけた。馬房に近づいて柱にもたれかかり、ヘイミッシュが向かおうとしていた房の前に立ちふさがった。

ヘイミッシュは尻込みしたものの、そり返ると小さな顎を突き出した。

「ドナスに乗るんだ」決意のほどを声にこめたつもりらしいが、いかんせん迫力に欠ける。

ドナスは――〝悪魔〟という意味の名は飾りではない――厩のいちばん奥の房を独占していた。安全のため、隣の馬とは房をひとつ隔てている。巨大で怒りっぽい月毛の種馬に乗れる者はおらず、近寄る勇気があるのは老アレクとジェイミーだけだった。ドナスの房の陰からいらついたいなきが聞こえたかと思うと、いきなり巨大な銅色の首が現れ、大きな黄色い歯を嚙み鳴らして、これ見よがしに誘う剝き出しの肩を嚙もうとした。

ジェイミーは動かなかった。種馬が届かないのを知っているのだ。ヘイミッシュは悲鳴をあげて飛び退いた。不意に現れた恐ろしげに光る頭と、あたりを睥睨《へいげい》する血走った目と、大きく開いた鼻孔に驚いて、言葉を失った。

「やめておけ」ジェイミーが穏やかに言った。手を伸ばし、幼いいとこの肩をつかむと、不満そうに房の壁を蹴るドナスから遠ざけた。必殺の蹄《ひづめ》が当たって壁が揺れると、ヘイミッシュも合わせるように震えた。

ジェイミーがいとこを振り向かせ、面と向き合うと、キルトを巻いた腰に手を当てて、見下ろした。

「さてと」と、きっぱり言った。「いったいなにごとだ？　なぜドナスに乗りたくなった?」

ヘイミッシュは頑固に口を閉ざしたが、ジェイミーは目顔で答を促しながらも、言わないと承知しないぞと迫ってもいた。少年の肩をやさしく叩くと、小さなほほえみが浮かんだ。

「言ってみろ、相棒《デューイン》」ジェイミーがやさしく言った。「誰にも言わないから。なにかばかな約束でもしたのか?」

かすかな赤みが色白の頬を染めた。

「してない。ただ……うらん。ちょっとは、ばかかもしれない」

もう少し促すと、言葉が出てきた。最初はおずおずと、それから一気に流れ出た。

前日、ヘイミッシュはポニーに乗って、ほかの少年たちと出かけた。年嵩の何人かが、どれぐらい高い障害を越えられるか競争をはじめた。ヘイミッシュはうらやましくてたまらず、ついに良識が虚勢に負け、太ったポニーに石の壁を飛び越えさせようとした。能力も興味もないポニーは、壁の直前で急停止し、若きヘイミッシュを頭の上、壁の向こう、そして恥ずかしいことにイラクサの茂みへと跳ね飛ばした。イラクサと仲間のやじに刺され、傷ついたヘイミッシュは、今日、本人いわく〝ふさわしい馬〟に乗ろうと決めたのだ。

「ドナスに乗っていけば、みんな笑わない」ヘイミッシュがその場面を想像してにんまりした。

「そうだろうな」ジェイミーが答えた。「後始末で忙しいだろうから」

いいとこを見つめ、ゆっくり首を振った。「いいか、ヘイミッシュ。いい乗り手になるには、勇気と思慮が必要だ。おまえには勇気はあるが、思慮はまだ少し足りない」慰めるように肩に腕を回し、厩の端へ連れていった。

「来いよ。干し草を掻く手伝いをしてくれたら、コウアーに紹介しよう。おまえの言うとおり、ときがきたらいい馬に乗らなくては。だが証明するために死ぬことはない」

屋根裏の下を通りすぎるとき、ジェイミーが見上げて眉を上げ、しかたないさと肩をすくめた。わたしはほほえんで、いいの、つづけて、と手を振った。見ていると、扉のそばの、風で落ちた果実を入れておく籠から、ジェイミーがリンゴを取り出した。隅から干し草用の熊手を取り、ヘイミッシュを連れて真ん中の房に戻った。

「ここだ」足を止めて言った。歯のあいだから軽く口笛を鳴らすと、額の広い鹿毛《かげ》の馬が、鼻から息を吹きながら顔を出した。黒い目は大きくやさしく、耳は少し前に倒れて、親しげに注意を向けている。

「やあ、コウアー、元気か？」《キメラ・ハーウ》ジェイミーがなめらかな首を力強く叩き、倒れた耳を掻いた。

「来いよ」小さないとこを手招きする。「そうだ、おれの隣に。こいつに嗅がせてやれ。馬はにおいを嗅ぐのが好きなんだ」

「知ってるよ」ヘイミッシュの高い声がばかにしたように言う。頭が馬の鼻先に届くか届かないかだが、手を伸ばして鼻面を叩いた。大きな頭が下りてきて興味深げに耳のまわりを嗅ぎ、髪に息を吹きかけても、ヘイミッシュはその場を動かなかった。

「リンゴをちょうだい」ヘイミッシュが言うと、ジェイミーは従った。柔らかいビロードのような唇がヘイミッシュの掌からそっとリンゴを取り、大きな臼歯のあいだに挟むと、果実はぐしゃりと音をたててつぶれた。ジェイミーは満足そうに眺めている。

「よし。その調子だ。そのまま仲良くなれ。おれがほかの馬に餌をやり終えたら、外へ出して乗っていいぞ」

「一人で？」ヘイミッシュがここぞとばかり尋ねた。〝泡〟という名のコウアーは、おとなしいが頑丈で元気のいい体高十四ハンド（馬の首の付け根の隆起した部分から地面までの高さを測る単位で、一ハンドは四インチ）の去勢馬で、茶色のポニーとは比べものにならない。

「おれが見ている前で放牧場を二周して、おまえが落ちたり、手綱を急に引いたりしないようなら、一人で乗っていい。だがいいと言うまで跳ばせるな」あたたかな厩のほの明かりに屈めた背中を輝かせ、ジェイミーが隅の山から熊手で干し草をすくい取って馬房に運んでゆく。

それから体を起こしていいとこにほほえむ。「ひとつくれるか？」熊手を馬房に立てかけ、渡されたリンゴに嚙みついた。二人は仲良く厩の壁に並んでもたれ、リンゴをかじった。食べ終わるとジェイミーは、鼻でつつく月毛に芯をやり、また熊手をとった。ヘイミッシュがゆっくりとリンゴにかぶりつきながら後について歩く。

「父は乗馬がうまかったんでしょう？」一瞬の沈黙の後、おずおずと言った。「もう――もう乗れなくなる前は」

ジェイミーはちらりといとこに視線を走らせたが、栗毛の馬房に干し草を移し終えるまで、口を開かなかった。開いたときには、言葉より思いに答えた。

「おまえの父が乗るのを見たことはないが、これだけは言える。コラムほどの勇気はおれにはない」

ヘイミッシュはジェイミーの傷ついた背中を興味ありげに見たが、なにも言わなかった。ふたつ目のリンゴを食べ終えると、思いは別の話題に移ったようだ。

「ルパートが言っていた、ジェイミーは結婚しなくてはならなかったって」リンゴを頬張ったまま言った。

「結婚したかったんだ」ジェイミーが熊手を壁に戻しながら、きっぱりと言った。

「ふうん。なら……よかった」ヘイミッシュはこの斬新な意見に面くらったように、あやふやに答えた。「ちょっと思ったんだけど……嫌ではない？」

「嫌ってなにが？」この会話は長くなりそうだと感じて、ジェイミーが干し草の山に腰を下ろした。

ヘイミッシュの足は床に届かない。届いていればこすりつけただろう。そうするかわりに、しっかり固まった干し草を踵で軽く叩いた。

「結婚が、だよ」いとこを見つめながら言う。「毎晩女の人と一緒にベッドに入ることが、だよ」

「全然」ジェイミーが言った。「嫌どころか、すごく楽しい」

ヘイミッシュがうさんくさそうな顔をする。

「そんなに気に入るとは思っていなかった。でもぼくが知っている女の子は棒切れみたいに痩せっぽちで、大麦湯のにおいがする。下痢止めの煎じ薬の。あのクレアっていう女の人は——あなたの奥さんは」混乱を避けようとするみたいに急いで付け足す。「あの人なら、その、一緒に寝てもいいかなと思う。やわらかそうだから」

ジェイミーがうなずいた。「そのとおりさ。においもいいぞ」ほの暗い中でも口元の筋肉がひくひく動いているのがわかった。絶対にこちらを見上げないだろう。

長い間があった。

「どうやったらわかる？」ヘイミッシュが言った。

「わかるってなにが？」

「どの人と結婚したらいいか」少年が焦れったそうに言った。

「ああ」ジェイミーが体を後ろに倒し、頭の後ろで手を組んで石の壁によりかかった。「おれも父に尋ねたことがある。父は、わかるものさ、と言った。なにも感じなければ、その人は相手ではない、とね」

「ふうん」小さなそばかすだらけの顔に浮かんだ表情からすると、この答は満足のゆくものではなかったらしい。ヘイミッシュが深く座り直し、ぎこちなくジェイミーの格好を真似た。長靴下を履いた足が、干し草の山から突き出ている。小さいけれどしっかりした体つきを見ればわかる。いつか体格でいとこにひけをとらぬ日がくるだろう。がっしりした肩と、硬くきれいな頭蓋骨《ずがいこつ》の傾斜などはそっくりだ。

「靴はどうした？」ジェイミーが咎めるように言った。「また放牧場に置いてきたのか？なくしたら母上に耳を叩かれるぞ」

ヘイミッシュが、そんな脅しはきかないよ、と肩をすくめた。もっと大事な問題を抱えているらしい。

「ジョンが——」と、口を開いた。考えながら薄茶色の眉をひそめる。「ジョンが言ったんだ——」

「馬番のジョンか、料理人のジョンか、ジョン・キャメロンか？」ジェイミーが尋ねた。

「馬番だよ」話を遮らないで、と手を振る。「こう言ったんだ、結婚したら……」

「うん？」ジェイミーが、わざと顔をそむけたまま、促すような声を出した。視線を上げたので、屋根裏から覗いていたわたしと目が合った。わたしがにやりと笑いかけると、唇を噛んで笑いをこらえた。

ヘイミッシュが深く息を吸い、一気に吐き出しながら、鳥撃ち用の散弾のように言葉を浴びせた。「結婚したら種馬が牝馬にするように男は女に奉仕しなくちゃならないって言ったけど、ほんとう？」

わたしは噴き出しそうになり、指を噛んでこらえた。ジェイミーはそれほど恵まれた場所にいなかったので、腿の肉に指を食い込ませ、ヘイミッシュと同じように真っ赤な顔で、向き合った。州の野菜品評会で干し草の山に並んで置かれた二個のトマトみたいだ。

「えーと、そうだな……まあ、ある意味では……」首を絞められたような声で、ジェイミーが言った。それから気を取り直して、きっぱりと言い直した。

「そうだ。そのとおりだ」

ヘイミッシュが半分怯《おび》えたような視線を近くの馬房に投げかけた。鹿毛の去勢馬がくつろいだ様子で、包皮から一フィートほどの生殖器を覗かせている。ヘイミッシュが自分の股間に目を落としたので、わたしは口に服を詰め込めるだけ詰め込んだ。

「もちろん違いはある」ジェイミーがつづけた。顔から赤みは消えかけていたが、まだ口元は震えていた。「まず、もっと……穏やかだ」

「首を嚙んだりしないんだね？」ヘイミッシュの顔は、大事なことを教わるときの真面目で熱心な顔だった。「じっとさせるために？」

「あー……そうだ。普通は嚙まない」ありったけの意志の力を振り絞って、ジェイミーが男らしく顔を上げ、智恵を授ける役を引き受けた。

「違いはもうひとつある」上を見ないように気をつけながら、言った。「後ろからではなく、向かい合ってするんだ。女はそっちを好む」

「女が？」ヘイミッシュには信じられないようだ。「ぼくは後ろからのほうがいい。そんなことをしている姿を誰かに見られるなんて、嫌だもの。ねえ、大変？」と尋ねた。「そのときに、笑いをこらえるのは」

その夜、ベッドに入るときがきても、わたしはまだジェイミーとヘイミッシュのことを考えていた。一人ほほえみながら、分厚いキルトをめくった。窓からは冷たい風が入り、キルトの下でジェイミーのあたたかい体に寄り添うのが待ち遠しかった。彼は寒さに強く、小さな暖炉を備えているのではないかと思うほど、いつも肌があたたかかった。ときには熱いくらいだった。まるでわたしの冷たさに対抗して、もっと激しく燃えようとするかのように。

わたしはいまだに風変わりなよそ者《アウトランダー》だったけれど、城の客ではなくなった。既婚女性がわたしを仲間と認めて前より打ち解けたのに対して、若い娘たちは夫候補の若い男を奪ったことで、わたしを恨んでいるように思えた。実際、冷たい視線とひそひそ話の数の多さに気づいて、ジェイミー・マクタビッシュが短期間ここに滞在したあいだ、いったい何人が彼と小部屋で密会したのだろうと思わずにいられなかった。

もちろん、もうマクタビッシュではない。いままでも城の住人のほとんどは、彼の正体を知っていたし、わたしもいまでは当然そのことを知っている。わたしもなった。わたしがイギリスのスパイであろうとなかろうと。彼は公的にフレイザーになり、わたしはミセス・フレイザーとして台所の上の部屋に迎えられ、そこでは既婚女性が縫い物をし、赤ちゃんをあやし、母親の智恵を交換し、遠慮なくわたしのお腹のあたりに目をくれた。

これまでも妊娠できなかったので、ジェイミーとの結婚を承諾したときも子供のことを考えもしなかった。それでも、月経が予定どおりはじまるまで少し心配だった。今回は、いつもの悲しみではなく、安堵だけを感じた。赤ん坊がいなくても、わたしの人生はすでに十分複雑なのだから。ジェイミーもほっとしたと言ったが、少しがっかりしたのではなかろうか。

彼のような立場の男にとって、父になることは望むべくもない贅沢なのだ。

ドアが開いて、ジェイミーがまだリネンのタオルで頭をこすりながら、入ってきた。髪から水滴が落ちてシャツに染みをつける。

「どこへ行っていたの？」わたしは驚いて尋ねた。村や農場の家とくらべればリアフ城は豪《ごう》奢《しゃ》だが、入浴設備は限られている。コラムが痛む足をつける銅の洗面器と、一人で入浴できるなら湯を満たすのを厭わない、身重の女が使う桶《おけ》しかない。それ以外の者は、小さなもの、つまり洗面器と水差しを使うか、屋外の湖、あるいは庭の外れにある石の床の部屋で身を浄める。若い女たちはその部屋で裸になり、たがいにバケツで水をかけ合うのが常だった。

「湖だ」ジェイミーが濡れたタオルを窓の下枠にきちんとかけながら答えた。「誰かが」怖い顔で言った。「馬房の扉を開け放しにした。厩の扉も。それでコウアーは夕暮れの水泳をした」

「ああ、それであなた、夕飯のときにいなかったのね。だけど馬は泳ぐのが嫌いなんじゃないの？」

指で髪を梳《す》いて乾かしながら、ジェイミーが首を振った。

「ああ、嫌いさ。だが馬は人間と同じで、十頭十色だ。コウアーは若い水草が好きなんだ。あいつが水辺で草を食べていたら、村から来た犬の群れに湖の中に追い込まれた。おれは犬を追い払ってから、コウアーを捕まえに行った。ヘイミッシュのやつめ」恐ろしげな顔で言った。「扉を開け放したらどうなるかみっちり教え込む」

「コラムに話すの？」わたしは犯人に同情を覚えた。

ジェイミーがスポーランの中を探りながら、首を振った。ロールパンとひと塊のチーズを取り出した。部屋に戻る途中で、台所からくすねてきたにちがいない。

「いや」と言った。「コラムは息子にひどく厳しい。もしそんな不注意をしでかしたと聞いたら、一カ月は馬に乗らせないだろう――もしヘイミッシュが、鞭の後で乗る気になればの話だが。ああ、腹ぺこだ」猛然とパンにかぶりつき、パンくずを散らした。

「ベッドに持ち込まないで」わたしはキルトの下にもぐりながら、言った。「じゃあ、ヘイミッシュをどうするの？」

ジェイミーが残りのパンを飲み込んで、わたしにほほえみかけた。「心配するな。明日の夕飯前にボートで湖に連れ出して、放り込む。岸まで戻って服が乾くころには、夕飯は終わっている」三口でチーズを食べ、恥ずかしげもなく指を舐《な》めた。「あいつも腹ぺこの濡れ鼠でベッドに入ればいい。それがどんなものかよくわかるだろう」意地悪に結んだ。

たまにわたしがリンゴやおやつを隠しておく机の抽斗《ひきだし》に望みを託し、開けてみたが、今夜は空っぽで、ジェイミーはため息まじりに抽斗を閉めた。

「朝食までは生きてられるだろう」悟りきったように言う。すばやく服を脱ぎ、震えながらわたしの隣にもぐり込んだ。冷たい湖に入ったせいで手足の先は凍えていたものの、体はやはり十分にあたたかかった。

「うーん、きみにクルードルすると気持ちがいい」つぶやきながら〝クルードル〟した。つまり寒いのでわたしに寄り添って《クレイドル》きたのだ。「においが違うな。土いじりをしたか？」

「いいえ」わたしは驚いて言った。「あなただと思ったわ——このにおい」つんとする薬草の香りで、不快ではないが慣れないにおいだった。

「おれは魚のにおいさ」手の甲を嗅ぎながら、言った。「それに、濡れた馬。いや」顔を近づけ吸い込む。「違う、きみでもない。だが近いぞ」

ベッドから滑り下りてキルトを剝がし、探した。それはわたしの枕の下にあった。

「いったい……？」手に取って、不意に落とした。「痛い！　棘があるわ！」

それは草を束ねたものだった。乱暴に根から抜かれ、黒い紐で結わえてある。草は萎《しお》れていたが、鼻をつく香りはたれた葉から立ち昇っていた。花は一輪、つぶれたマツヨイグサがあり、その茎の棘に親指を刺されたのだ。

痛い指を吸い、もう片方の手で気をつけて束を持ち、じっくり眺めた。ジェイミーは身動きもせず、しばし束を見つめた。それから急に束をつかみ、開いた窓に向かうと、闇夜に放った。ベッドに戻ると、根から落ちた土をせっせと掌に集め、それも放った。音をたてて窓を閉め、掌をはたきながら戻ってきた。

「なくなった」言われなくてもわかった。彼がベッドに入り直した。「ベッドに戻れよ、サセナッフ」

「なんだったの？」わたしは隣に滑り込んだ。

「冗談さ。たちは悪いが、ただの冗談だ」片肘を突いて、蠟燭を吹き消した。「おいで、モ

・デルニア」彼が言った。「今夜は寒い」

人騒がせな〝まじない〟もなんのその、よく眠れた。閂《かんぬき》をかけたドアとジェイミーの腕で二重に守られて。明け方、野原に無数の蝶が舞う夢を見た。黄、茶、白、オレンジ。落ち葉のようにわたしのまわりを飛び、頭や肩に触れ、雨のように体を滑り下り、小さな肢で肌をくすぐる。ビロードの翅《はね》のはばたきは、わたしの心臓の鼓動のかすかなこだまのようだった。

ゆっくり現実の面《おもて》に浮かび上がった。お腹に触れる蝶の肢は、赤く燃え立つジェイミーの柔らかな髪で、腿のあいだに囚われた蝶は彼の舌だった。

「うーん」少しして、わたしは言った。「すごくよかったけれど、あなたはいいの？」

「四十五秒、そのままの格好でいてくれたら」にやりとしてわたしの手をどける。「だがもっと時間がかかるだろう――おれは生まれつきゆっくりで抜け目がないから。今夜、ご一緒してもよろしいかな、奥さま？」

「よくってよ」わたしは言った。頭の後ろに手を回し、半眼で挑むように彼を見た。「老いぼれで一日一回しかできないと言うのなら」

ジェイミーが細めた目でベッドの端からわたしを見た。白い歯をちらりと見せて潜り込むと、わたしを羽布団に強く押さえつけた。

「こら」と、わたしのもつれた髪に向かって言った。「警告を聞かなかったとは言わせないぞ」

二分半後、ジェイミーが唸って目を開いた。顔と頭を両手でごしごしすると、短い毛がヤマアラシの針みたいに逆立った。それから口の中でゲール語の悪態をつくと、しぶしぶ毛布の下から出て、冷たい朝の空気に震えながら着替えはじめた。

「無理よね」希望を込めて尋ねてみた。「アレクに具合が悪いと言って、ベッドに帰ってくるなんて？」

ジェイミーが笑い、屈んでキスをしてから、ベッドに手を突っ込んで長靴下を探した。

「できるならするさ、サセナッフ。だが言い訳として通用するのは、水疱かペストか瀕死の大怪我くらいだろう。おれが血を流していないなら、老アレクはまたたく間にここへ来て、おれを死の床から引っ張り出し、仕事を手伝わせるさ」

彼が長靴下をきちんと引き上げ、上端を折り返すあいだ、優雅で長い脛《すね》を眺めていた。

「〝瀕死の大怪我〟？　それなら協力できそうよ」秘密めかして言った。

ジェイミーが唸ってもう一足の長靴下に手を伸ばした。「いいけど、妖精の石矢尻を当て損なわないでくれ、サセナッフ」色っぽくウィンクしようとしたがうまくいかず、目をしばたたいただけだった。「高いところを狙いすぎると、きみも困ることになる」

わたしは眉を上げ、キルトの下にまたもぐった。「心配いらないわ。膝から上には当てないから」

ジェイミーはキルトの丸く盛り上がったところを叩くと、大声で『ヒースの丘で』を歌いながら、厩へ向かった。階段の吹き抜けからリフレインの部分が聞こえた。

かわいいあの娘を膝に乗せていたら――

マルハナバチに膝の上を刺されちまった――

ベンディキーのヒースの丘で

ジェイミーは正しかった。たしかに音痴だ。

わたしはしばし心地よい眠りに逆戻りしたが、じきに起きて朝食に下りていった。城の住人のほとんどがすでに食べ終えて仕事に出ていた。まだ大広間にいた人は、陽気に挨拶してくれた。盗み見る人もいないし、胸に一物《いちもつ》あるような顔もない。汚いいたずらの成果をたしかめるような顔も。それでもわたしはみんなの顔を見た。

午前中は一人、籠と掘り起こし用の棒を持って、庭と畑で過ごした。欠かせない薬草がいくつか底をつきかけていた。通常、村人はなにかあるとゲイリス・ダンカンのところへ行ったが、このところ何人かの患者がわたしの診療室へ来るようになり、自家製〝万能薬〟が飛ぶように売れた。もしかしたらゲイリスはご主人の具合が芳しくなくて、いつもの患者を診られないのかもしれない。

午後は診療室で働いた。患者はほとんどいなかった。しつこい湿疹と、親指の脱臼と、片脚に熱いスープをこぼした料理助手の少年だけだった。クイーンズデライトとブルーフラッグの軟膏を塗り、親指を整形して包帯を巻くと、ストーンルート、つまり石の根という絶妙な名をつけられた薬草を、ミスター・ビートンが遺してくれた乳鉢ですりつぶす作業に取りかかった。

退屈な作業だが、こういうけだるい午後にはうってつけだった。空は晴れ、テーブルに立って外を覗くと、ニレの木の下で青い影が西へ伸びているのが見えた。

診療室では、戸棚の中にきちんと積み重ねた包帯や湿布の隣で、ガラスの瓶が整列して光っていた。薬棚は念入りに消毒殺菌され、いまは、綿のガーゼに丁寧に包まれた乾燥した葉や根やキノコが並んでいる。〝聖域〟の鋭く芳しい香りを深く吸い込み、満足とともに吐いた。

はっとして仕事の手を止め、乳棒を置いた。わたしは満足している。気がついて衝撃を受けた。ここでの生活につきまとう不安にもかかわらず、不愉快ないやがらせにもかかわらず、フランクを思う小さな絶え間ない痛みにもかかわらず、わたしは不幸ではなかった。その逆だった。

たちまちのうちに、恥知らずで不実だと感じた。どうして幸せだと思えるのだろう、フランクが気も狂わんばかりに心配しているときに。わたしがいなくても時間は経っていると想定すると――経たない理由があるだろうか？――行方不明になって四カ月という計算だ。フランクが、スコットランドの田舎を探し回る姿を想像した。警察に電話し、なんらかの痕跡を、わたしからの知らせを待つ姿を。いまでは望みもついえ、遺体発見の知らせを待っているにちがいない。

乳鉢を置き、悲しみと嘆きに苛《さいな》まれ、手をエプロンにこすりつけながら、細長い部屋を行ったり来たりした。早く行くべきだった。帰る努力をもっとするべきだった。いいえ、したじゃない、とわたしは自分に言い聞かせた。何度も試みた。その結果、どうなったか。その結果がこれ。スコットランド人のお尋ね者と結婚し、夫婦揃ってサディスティックな竜騎兵隊の大尉に追われ、大勢の野蛮人に囲まれて暮らしている。ジェイミーが、大切なクランの後継者を脅かす存在と見れば、すぐにでも殺そうとするような野蛮人と。そして最悪なことに、わたしは幸せなのだ。

腰を下ろし、やるせない気分で広口瓶やガラス瓶の列を眺めた。リアフへ戻って以来、前の生活の思い出を殺しながら、その日その日を生きてきた。心の底では、じきになんらかの決断を下さねばならないとわかっていたが、毎日、毎時間、決定を先送りしてきた。ジェイミーとの楽しいときに――そして彼の腕の中に――不安を埋めながら。

突然廊下からなにかがぶつかる音と悪態が聞こえ、わたしは急いで立ち上がり、ドアに向かった。そのとき、ジェイミーその人が、両側から支えられてよろめきながら入ってきた。片側に腰の曲がった老アレク・マクマホン、もう片側に努力の甲斐もむなしい痩せた馬番。ジェイミーがスツールに座り込んで左脚を伸ばし、その拍子に顔をしかめた。しかめ面は痛みのせいというよりいらだちのせいに思えたので、膝をつくと、それほど心配もせずに故障した部品を調べた。

「軽い捻挫《ねんざ》ね」ざっと診察して言った。「なにがあったの？」

「落ちた」ジェイミーが簡潔に答えた。

「柵から？」からかうと、ジェイミーに睨まれた。

「違う。ドナスからだ」

「あの馬に乗ったの？」信じられなかった。「それなら、捻挫ですんで運がよかったと思わなきゃ」包帯を取ってきて、関節に巻きはじめた。

「いやいや、そう悪くなかったぞ」慧眼《けいがん》の老アレクが言った。「それどころか、かなり順調だった。一瞬だがな」

「わかってる」包帯をきつく巻かれて歯を食いしばりながら、ジェイミーが言った。「ドナスが蜂に刺されたんだ」

毛深い眉が上がった。「おお、そうか？　妖精の石矢尻に刺されたような反応だったがな」と、わたしに向かって、「空中に飛び上がって着地したと思ったら、眼《まなこ》を見開いて狂ったように走り出した――瓶の中の蜂みたいに柵の中をぐるぐると。そこの小僧は必死でしがみついとった」顎でさされたジェイミーが、また不機嫌そうな顔を浮かべた。「あのでかい悪魔が柵を飛び越すまでは」

「柵を？　いまどこにいるの？」立って手を払いながら、尋ねた。

「地獄へ帰る途中だろう」ジェイミーが足を下ろし、そっと体重をかけた。「ずっとそこにいればいい」顔をしかめ、座り直した。

「調教しそこないの種馬なんざ、悪魔だって用なしだ」アレクが言った。「自分が馬に変身できるんだからな」

「それがドナスの正体かもしれないわ」おかしくなって、わたしは言った。

「ありえる」ジェイミーはまだ痛そうだったが、いつもの機嫌を取り戻しはじめていた。

「悪魔はときどき黒い種馬に化けるだろう？」

「いかにも」アレクが言った。「男と女のあいだに走る思いと同じくらい速い、大きな黒い種馬にな」

アレクはにこやかにジェイミーにほほえみかけ、立ち上がった。

「そうそう」わたしにウィンクしながら、言った。「明日は厩に来なくていい。ベッドでゆっくり……あー、休め」

「もう、どうして」気むずかしい老人の後ろ姿を見送りながら、わたしは言いつのった。「みんな、わたしたちが一緒にベッドに入ることしか考えていないと思うの？」

ジェイミーは、台につかまりながら、もう一度足に体重を乗せているところだった。

「ひとつには、結婚してまだ一カ月だから。もうひとつは――」わたしを見上げて首を振りながら、にやりとした。「前にも言っただろう、サセナッフ。きみの考えは全部顔に出る」

「くたばれ」

翌日の午前中は、急患があって診療所へ走る以外は、注文の多い一人の患者につききりだった。

「あなた、休むためにここにいるんでしょ」わたしは閉口してたしなめた。

「もちろん。まず足首は休んでいる。ほら」

長靴下を履いていない長い脛がにゅっと突き出て、骨太のすらりとした足が上下に揺れた。途中でいきなり足の持ち主が「痛っ」と言い、同時に動きが止まった。足を下ろし、まだ腫《は》れているくるぶしをやさしくさすった。

「そら、見なさい」わたしは自分の足をキルトの下から出した。「ベッドで過ごすのはもう十分。新鮮な空気を吸わなくちゃ」

ジェイミーが起き上がると、髪が顔にかかった。

「休めと言ったのはきみだぞ」

「新鮮な空気の中でも休めるわ。起きて。ベッドを整えるから」

おれは重病人なのに、きみは無慈悲で思いやりがないと不平をもらしながら、ジェイミーは服を着替え、座り込んだ。わたしがくるぶしに包帯を巻くと、いつもの元気が戻ってきた。

「外は雨だ」ジェイミーが窓から外を見て言った。霧雨が、本降りになりはじめたところだった。「屋上へ行こう」

「屋上？　あら、いいわね。足首を捻挫したら階段を六階分歩かせるなんて、そんなすてきな治療法は思いつかなかったわ」

「五階分だ。それに、杖がある」と勝ち誇ったように、古ぼけたサンザシの杖をドアの陰から取りあげた。

「どこで手に入れたの？」手に取ってみた。近くで見ると、よくよく使い込まれたものだとわかった。硬い木を削って作った長さ三フィートの杖は、年月を重ねてダイヤモンドのように堅固だ。

「アレクが貸してくれた。ラバに使うんだ。眉間を叩いて言うことを聞かせるのさ」

「効果てきめんでしょうね」すり減った木を見ながら言った。「わたしも今度試してみよう。あなたに」

ようやくのことで、スレート屋根が軒を差し出す場所に出た。低い欄干が小さな展望台を守っている。

「まあ、きれい！」吹き降りの雨の中でも、屋上からの眺めは素晴らしかった。銀色に広がる湖面、向こうにそびえる険しい岩山が、ごつごつした黒い拳を厳めしい灰色の空に突き上げている。

ジェイミーが欄干に寄りかかり、怪我をした足から体重を移した。

「だろう？　前に城にいたとき、ときどきここへ来たものさ」

雨に打たれて波立つ湖の向こうを指さす。

「あそこの切通しが見えるか？　岩山のあいだだ」

「山の中？　ええ」

「ラリーブロッホへの道だ。家が恋しくなると、ときどきここへ上がってあそこを眺めた。

ワタリガラスみたいにあの峠を越えるのを夢見た。そして、山の向こうに広がる丘や野原や谷の外れにある領主の屋敷を思い描いた」

わたしはそっと彼の腕に触れた。

「帰りたい？」

ジェイミーが振り向いてわたしを見下ろし、ほほえんだ。

「実は、ずっと考えていた。ほんとうに帰りたいのか自分でもわからないが、二人で一度帰るべきだと思う。帰ってどうなるかはわからない、サセナッフ。だが……そう。いまおれは結婚した。きみはブロッホ・トゥアラッフの女主人だ。お尋ね者であろうとなかろうと、おれは帰らなくてはならない。物事の筋を通すだけのためにでも」

安堵と不安がない交ぜになったスリルを感じた。リアフと、そこに渦巻く陰謀から離れられるのだ。

「いつ出発する？」

ジェイミーが眉をひそめ、欄干を指で叩いた。石は雨で黒く光っていた。

「そうだな、公爵が来るのを待ったほうがいい。もしかしたらコラムの頼みを聞いて、おれの事件に力を貸してくれるかもしれない。無罪にできなくても、赦免の段取りは整えられるだろう。そうなったらラリーブロッホへ戻ってもさほど危険はない」

「ええ、そうね、でも……」口ごもると、ジェイミーが鋭い目でわたしを見た。

「どうした、サセナッフ？」

わたしは深く息を吸った。「ジェイミー……これから言うことを、なぜ知っているか尋ねないでくれる？」

ジェイミーが両手でわたしをつかみ、顔を見下ろした。雨で髪が湿り、水滴が頬を伝った。わたしにほほえみかけた。

「言っただろう？　話したくないことは、話さなくていい。尋ねないと約束する」

「座りましょう。長く立っていたら足に障るわ」

雨が吹き込まないスレート屋根の下に戻り、壁に寄りかかって楽に座った。

「これでいい、サセナッフ。話してくれ」ジェイミーが言った。

「サンドリンガム公爵」わたしは言い、唇を噛んだ。「ジェイミー、あの人を信用しないで。彼のことをすっかり知っているわけじゃないけれど、これだけはたしか――あの人にはなにかあるの。なにか、よくないことが」

「知っているのか？」ジェイミーが驚いた。

今度はわたしが目を瞠る番だ。

「あなたこそ、彼を知っているの？　会ったことがあるの？」ほっとした。サンドリンガムとジャコバイトの怪しげなつながりは、フランクと牧師が考えていたよりずっと知られていたのだろう。

「もちろん。公爵はおれが十六のとき、ここへ来た。おれが……出ていったときだ」

「どうして出ていったの？」興味が湧いた。はじめて森でゲイリス・ダンカンに会ったとき聞いた話が不意によみがえってきた。コラムの息子へイミッシュの実の父親がジェイミーだという、奇妙な噂《うわさ》だ。それが嘘だとわたしは知っている、ありえない――が、城の住人で真実を知っているのは、恐らくわたしだけだ。そういう疑いが、ドゥーガルをジェイミー殺害に導いたのかもしれない――キャリアリックでの攻撃の狙いが実はそういうことだったのなら。

「まさか……ラティシァには関係ないわよね？」少したためらいがちに尋ねた。

「ラティシァ？」彼が驚いたのは明らかで、知らず知らずのうちにわたしの中で凝り固まっていたなにかがほぐれるのを感じた。ゲイリーの憶測が事実だと思ったことはなかったが、それでも……

「いったいなぜラティシァが出てくるんだ？」ジェイミーが不思議そうに尋ねた。「一年リアフにいて、彼女と話をしたのはたしか一度きりだ。部屋に呼ばれて、ラティシァのバラ園でやったシニー（ホッケーに似た競技）の試合で彼女を負かしたのを責められた」

ゲイリーの話を聞かせると、ジェイミーが笑い、冷たい雨まじりの空気を曇らせた。

「まいったな。おれにそんな度胸はないさ！」

「コラムが疑っていたと思わないの？」

ジェイミーが迷いもなくうなずいた。

「思わない、サセナッフ。コラムが少しでもそんなことを感じていたら、おれは十七まで生きられなかった。円熟の齢二十三など、言うまでもない」

これでわたしがコラムに抱いた印象は、多かれ少なかれ裏づけられた。けれど、それでもほっとした。ジェイミーの顔が物思いに耽る表情になり、ふっと遠くを見る目になった。

「考えてみると、おれがあんなに突然城を去った理由をコラムが知っていたかどうかわからない。そしてゲイリス・ダンカンがそんな噂をあちこちで広めているとすれば――彼女は悶着を起こしがちでね、サセナッフ。魔女だとは言わないが、おしゃべりで口やかましい――コラムの耳に入っているのかどうか確認したほうがよさそうだ」

ジェイミーが、軒から落ちる水のカーテンを見上げた。

「そろそろ下りよう、サセナッフ。ここも濡れそうだ」

わたしたちは違う経路を通った。屋上を横切り、外づけの階段を伝って菜園に向かった。雨がそれほどひどくなければ、ルリヂシャをとりに行きたかったのだ。城壁から突き出ている窓枠の下に身を寄せて、雨をしのいだ。

「ルリヂシャをなにに使うんだ、サセナッフ？」ジェイミーが、雨で地面に倒されたつるや草木を見ながら、興味深げに尋ねた。

「葉が青いときは使えないの。まず乾燥させて、それから――」

菜園の外から犬の吠える凄まじい声と悲鳴がした。わたしは雨の中を外壁へ向かって走り、後からジェイミーが足を引きずりながらゆっくり追ってきた。

村の司祭、ベイン神父が小道を駆けてくるところだった。水溜りを踏んで水を跳ね上げ、吠える犬の群れに追われている。かさばるスータン（聖職者が日常着る長衣）の裾を踏んづけて転んだ。

水と泥があたりに飛び散る。たちまち犬が追いつき、唸りながら飛びかかった。

わたしの隣でプレードが壁を越えたかと思うと、ジェイミーが犬に飛びかかり、杖を振り回してゲール語で怒鳴った。騒ぎがますます大きくなった。怒鳴り声やののしりが効かなくても、杖はてきめんだった。杖が毛むくじゃらの体を打つと鋭く甲高い声があがり、徐々に群れは後退し、ついに向きを変えて村のほうへ駆け戻った。

ジェイミーが息を切らしながら目から髪を払った。

「狼さながらだ」と言った。「コラムには話してある。二日前にコウアーを湖に追い込んだのと同じ群れだ。早く撃ち殺さないと誰かが殺される」倒れた神父のそばに膝をついて具合を見ているわたしを見下ろした。髪の先から雨がたれ、ショールが濡れていくのを感じた。

「まだ誰も死んでいないわ」わたしは言った。「神父さま、いくつか歯型をつけられたけれど、おおむね大丈夫ですよ」

ベイン神父のスータンは片側が裂け、毛のない白い腿をさらけ出していた。一箇所深い傷があり、いくつかの歯型からは血が滲みだしている。ショックで蒼白になった神父が、よろよろと立ち上がった。それほどひどい怪我はないようだ。

「神父さま、一緒に診療所まで来ていただければ傷を消毒します」わたしは太った神父の情けない姿に笑いを堪《こら》えながら申し出た。スータンがひるがえり、アーガイル柄の靴下が覗いている。

いちばんよいときでも、ベイン神父の顔は握り拳に似ている。いま、下顎に赤い色がさし、頬と口の境目のしわが目立つと、ますます似て見えた。神父がわたしを睨んだ。まるでわたしが、公衆の面前で淫《みだ》らな行為をしましょうと誘ったかのように。

どうやら誘ってしまったようだ。神父がこう言ったのだから。「なんと、神父に向かって、秘所を女に見せろと言うのか？　言っておこう、あなたの生まれ育ったところではどんな不品行がまかり通っていたか知らぬが、ここではいっさいそのようなことは許されませぬぞ――わたしがこの教区の魂を救済しているかぎり！」そう言うと、向きを変えて去っていった。痛そうに足を引きずり、衣の裂け目を隠そうと無駄な努力をしながら。

「お好きに」わたしは背中に声をかけた。「消毒しなかったら、化膿しますよ！」

神父は応えず、肉厚の肩を丸くして、菜園へ上がる階段を一段ずつ上った。まるで氷の上を跳ねるペンギンみたいだ。

「あの人は、あまり女が好きではないのね」ジェイミーに言った。

「仕事柄を考えれば、しかたないだろ」彼が答えた。「食事にしよう」

昼食の後、わたしは患者をベッドに戻らせ――彼は嫌がったけれど一人で戻らせ――診療所へ下りた。大雨のせいで暇だった。みんな、鋤《すき》の歯を足にかけたり屋根から転がり落ちるより、屋内で安全に過ごすほうを選んだのだろう。

わたしはよい気分で、デイヴィー・ビートンの日誌に記録を書き込んだ。だが、ちょうど終えたとき、訪問者《ダーク・ザ・ドア》が現れた。

大きな体が端から端までふさぎ、文字どおり戸口が暗くなった《ダーク・ザ・ドア》。ほの暗い中で目を凝らすと、アレク・マクマホンの姿が見えた。コートとショール、おまけに馬用の毛布にくるまっている。

アレクがゆっくり歩くのを見て、初めてわたしをここへ連れてきたときのコラムを思い出した。それで、アレクの悩みがわかった。

「リウマチね？」わたしは同情を込めて尋ねた。アレクが、この部屋に唯一ある椅子にぎこちなく座りながら、押し殺した呻き声をもらした。

「ああ。雨が降るとこたえてな」彼が言った。「どうにかなるか？」大きな節くれだった手をテーブルに乗せ、指の力を抜いた。夜咲く花のようにゆっくりと手を開くと、たこのできた掌が現れた。わたしはごつごつした手をとり、そっと表裏に返し、指を伸ばし、硬い掌をマッサージした。しわだらけの顔が一瞬歪んだけれど、最初の痛みが去ると表情は和らいだ。

「まるで木片みたい」わたしは言った。「ウィスキーを一杯飲んで、しっかりマッサージすることね。ヨモギギクのお茶はあまり効果がないわ」

アレクが笑った。ショールが肩から落ちた。

「ウィスキーだと？　信用しとらんかったが、なかなか優秀な医者らしい」

わたしは背後の薬棚に手を伸ばし、リアフの蒸留所からもらってきた、ラベルのついていない茶色の瓶を取り出した。瓶と角製のコップを、彼の前のテーブルにどんと置いた。

「飲んで」わたしは言った。「それから節度を守った範囲でできるだけ服を脱いで、テーブルに横になって。寒くないように火を熾《おこ》すわ」

青いひとつ目が瓶をうれしそうに眺め、曲がった手を瓶の首に伸ばした。

「あんたも飲め」アレクが言った。「大仕事になるぞ」

わたしが左肩を押さえてほぐすと、アレクは苦痛とも満足ともつかない声を出した。わたしはつづけて肩を引き上げ、同じことを両手両足にした。

「女房が背中に鉄を当ててくれたもんだ」アレクが言った。「腰痛でな。だがこっちのほうがずっといい。あんたは強くていい手をしとる。いい馬番になれただろう」

「お世辞でしょうね？」わたしは辛辣に言い、油と獣脂を温めて溶かしたものを掌にとり、大きな背中に広げた。境目はくっきりしていた。腕のシャツをまくり上げるところまでは日に焼けて茶色いが、肩と背中は乳白色だ。

「きっと昔は色白の美少年だったんでしょうね」わたしは言った。「あなたの背中はわたしの肌に負けないくらい白いもの」

深い笑い声が、手の下の体を震わせた。

「いまとなっては、なあ。昔、馬のお産のときにシャツを脱いだところを、エレン・マッケンジーに見られたことがある。神はあなたの首に間違った顔をおつけになったのね、と言われた――祭壇の後ろの飾りではなく、ミルクプディングの袋を載せるべきだった、とな」

アレクが言っているのは教会の壁画のことだろう。恐ろしく醜い無数の悪魔が、罪人を懲らしめている図だ。

「エレン・マッケンジーは口が達者だったようね」わたしは言った。ジェイミーの母に、並々ならぬ興味があった。ときおりジェイミーが話すちょっとしたことから、父ブライアンの姿は想像できたが、母の話を聞いたことはなかった。わたしが知っているのは、彼女が若くして死んだということだけだ。お産のときに。

「おお、エレンには舌がついとったぞ。それに、舌を操る頭もあった」わたしは彼のズボンのガーターを外し、ズボンをたくし上げて、立派な脛に取りかかった。「だがやさしかったからな、なにを言われたって誰も気にしなかった。兄弟以外はな。そしてエレンは、コラムもドゥーガルも、どこ吹く風だった」

「ふうん。そうなんですってね。彼女は駆け落ちしたんでしょう?」膝裏の腱に親指を沈めると、アレクは、威厳のない者がたてれば悲鳴と取られそうな声をあげた。

「そうだ。エレンはマッケンジーの長女だった——コラムより一、二歳上で、ジェイコブの掌中の珠だった。だからあの歳まで結婚せずにいたのだ。エレンはジョン・キャメロンやマルコム・グラントや、その他結婚相手にふさわしい男には見向きもせず、父親も無理強いしなかった」

しかしジェイコブが亡くなると、コラムは姉の問題に容赦しなかった。暴れるクランの手綱を引き締めるため、北のマンロー一族か南のグラント一族と同盟を結ぼうとした。どちらのクランにも若き族長がいた。義兄弟になれれば好都合。妹のジョカスタはたったの十五歳だったが、おとなしくジョン・キャメロンの求婚を受け入れ、北へ行った。婚期を過ぎかけた二十二歳のエレンは、それほど協力的ではなかった。

「二週間前の一件から察すると、マルコム・グラントはこっぴどく求婚を断られたようね」

老アレクが笑った。わたしが手に力を込めると、笑い声は満足そうな唸り声に変わった。

「ああ。エレンがあの男になんと言ったか正確には知らんが、ぐさっとやったんだろう。二人が会ったのは、大きなギャザリングのときだ。夕方、二人がバラ園に出ると、みんなはエレンが求婚を受け入れるかどうかやきもきして待った。暗くなっても、まだ待った。さらに暗くなった。カンテラ全部に火が入り、歌がはじまっても、エレンもマルコム・グラントも帰ってこなかった」

「あらあら。よっぽど話し込んでいたのね」肩甲骨のあいだにさらに塗布剤を落とすと、そのあたたかさにアレクが心地よげな声をもらした。

「そう思えた。だがいつまでたっても二人が帰ってこないので、コラムはグラントがエレンを連れて逃げたのではないかと心配しはじめた。そう、力ずくでな。まさにそう思えた。バラ園はもぬけの殻だった。当然コラムは厩にいたおれのところへ使いをよこし――おれはこう言った、グラントの者が馬を取りに来て、さよならも言わずに全員行っちまいました、と」

怒り狂った十八歳のドゥーガルは、ただちに自分の馬にまたがると、連れもなく、コラムにひと言もなく、マルコム・グラントの後を追った。

「ドゥーガルがグラントを追っていったと聞くと、コラムはおれとほかにも数人に指示してドゥーガルを追わせた。コラムはドゥーガルの気性を嫌というほどわかっていたから、婚姻が公示される前に新しい義兄が路上で殺されるのは避けたかった。エレンを口説き落とせなかったマルコム・グラントが、彼女をさらって力ずくで結婚しようとしていると、コラムはそう思ったんだな」

アレクが思いに耽るように言葉を止めた。「ドゥーガルには侮辱としか思えなかった。だが、コラムはさほどあわてておらなんだように思う。これで問題は解決――エレンの持参金を払わなくていいし、グラントから賠償金をもらえる」

アレクが冷ややかに鼻を鳴らした。「コラムは好機を見逃すような男ではない。利口で無慈悲、それがコラムだ」冷たい青いひとつ目が、こぶのある肩越しにわたしを見た。「覚えておけ」

「忘れられそうにないわ」いくらか陰鬱《いんうつ》な気分だった。コラムの命令でジェイミーが受けた罰を思い出し、そのうちの何割が、ジェイミーの母の反抗に対する復讐だったのだろう、と考えた。

それでも、コラムは姉をグラント領主に嫁がせる機会を得られずにいた。明け方近く、ドゥーガルが道路沿いで野営しているマルコム・グラント一行を見つけた。グラントは、エニシダの茂みの下でブレードにくるまって眠っていた。

しばらく後、アレクたちが馬を飛ばしていくと、ある光景に足止めされた。ドゥーガル・マッケンジーとマルコム・グラントが、ともに上半身裸で傷だらけになり、ふらふらになりながら、腕を伸ばした距離内に相手が入ってくるたび拳を繰り出していた。グラントの従者たちは道端にフクロウの群れのように並び、雨まじりの明け方、勢いを失った殴り合いに合わせて左右に首を振っていた。

「二人とも、息を切らした馬みたいにあえいで、体から湯気を昇らせていた。グラントの鼻は二倍の大きさに腫れ、ドゥーガルは両目をふさがれていた。二人とも血を流し、胸に乾いた血がこびりついていた」

コラムの部下が現れると、グラント配下の借地人たちが剣に手をかけて立ち上がり、いまにも血で血を洗う戦いがはじまりそうになった。だがマッケンジー側の目ざとい男が、重要なことに気がついた。エレン・マッケンジーの姿はどこにも見当たらなかったのだ。

「そこでマルコム・グラントに水をかけて正気づかせると、グラントはドゥーガルが耳を貸そうとしなかった話を口にした――エレンとバラ園にいたのは、十五分だけだ、と。話の内容は明かさなかったが、なにを話したにせよ、大広間に顔を出さずにすぐ立ち去りたいと思うほど気分を害したのはたしかだ。グラントはエレンをバラ園に残して立ち去った。エレン・マッケンジーの姿はそれきり見ていないし、その名を二度と耳にしたいとも思わない。そう言ってグラントは馬に乗り――まだ少しふらついていた――行ってしまった。それ以来、マッケンジーの誰とも親しく交わることはなかった」

わたしは聞き入っていた。「エレンはそのあいだ、どこにいたの？」

老アレクが笑った。まさに厩の扉の蝶番《ちょうつがい》がきしる音だった。

「丘を越えた彼方だ。だが見つかるまでしばらくかかった。おれたちが逆戻りして城に着いたときも、まだエレンは行方知れずで、コラムは真っ青な顔でアンガス・モアに支えられ、中庭に立っていた」

さらに混乱がつづいた。というのも、ギャザリングの招待客で城はあふれ返っていたのだ。屋根裏も小部屋も、台所も納戸も。ほかに誰がいなくなったのかもわからない状態だったが、コラムは召使い全員を呼びつけ、招待客のリストを根気強くあたり、その夜、誰がいつどこにいたかを洗い出した。そしてついに、台所の下働きが思い出した。夕食を運ぶ直前に、ある男が裏の通路にいたのを見た、と。

下働きがそれを憶えていたのは、男があまりにも美しかったからだ。彼女が言うには、男は長身でたくましく、シルキーのような髪と猫のような目をしていた。歩いていく姿に見とれていると、男は表へつながるドアのところで誰かと会った——頭から爪先まで黒ずくめの女で、頭巾のついたマントをかぶっていた。

「シルキーってなに？」わたしは尋ねた。

アレクが横目でわたしを見た。目尻にしわが寄る。

「英語ではシール、アザラシだ。その後しばらく、真相がわかった後も、村の連中は、エレン・マッケンジーはアザラシに海へ連れていかれたと噂したものだ。知っとるか？　シルキーは陸《おか》へ上がるとき皮を脱ぎ、人間のように歩く。シルキーの皮を見つけて隠しておけば、彼は——あるいは彼女は」と公平に付け足す。「海へ帰ることができず、皮を隠した者のそばに留まらねばならん。アザラシの女房はいいぞ。料理はうまいし子育てにも熱心だ。だが」と話を戻す。「コラムは姉がアザラシと海へ行ったなどと信じるわけもなく、そう言いもした。そこでコラムは客を一人ずつ呼び出し、そういう外見の男を知らぬかと全員に尋ねた。そしてようやく、男の名がブライアンだとわかった。が、男のクランも姓も、誰一人知らなんだ。競技に参加していたが、そのときはブライアン・デューとしか呼ばれておらんかった」

そこで事件はしばらく棚上げになった。捜索しようにも、どちらへ向かえばいいのかわからなかった。しかし、腕のよい狩人でさえ、ときおり農家へ出向いてひとつかみの塩や小鍋一杯のミルクをもらわねば生きていけない。ついに二人組の情報がリアフに届いた。エレン・マッケンジーは類い稀なる容貌の女だったのだ。

「炎のような髪だった」アレクが、背中のオイルのあたたかさに夢心地で言った。「目はコラムと同じ――灰色で、まつげは黒――それはきれいだったが、気性は稲妻のように激しかった。背が高くてな、あんたより高いくらいだ。あまりの美しさに、見る者の目がくらむほどだった。

後になって聞いたところによると、二人はギャザリングで出会い、たがいにひと目でこの人しかいないと感じたそうな。そこで一計を案じ、逃げた。コラム・マッケンジーと三百人の客の鼻先からな」

アレクが、思い出したように笑い出した。「とうとうドゥーガルに見つかったとき、二人はフレイザーの領地の外れにある農家で暮らしていた。ずっと一緒にいるには、エレンに赤ん坊ができて、誰の子か疑いようがなくなるまで隠れているしかないと思ったんだな。そうなりゃコラムも結婚を祝福するしかなくなる、好もうと好まざると――もちろん好みはしなかった」

アレクがにやりとした。「旅の途中で、ドゥーガルの胸の傷を見たかね?」

見た。心臓の真上を肩からあばらにかけて横切る、薄い白い筋だ。

「ブライアンが?」わたしは尋ねた。

「いや、エレンだ」アレクがわたしの表情にほくそ笑んだ。「ドゥーガルがブライアンの喉を裂くのを止めようとしてな。おれがあんたなら、ドゥーガルに傷の話はしない」

「そうね、やめておくわ」

運のいいことに計画は成功した。ドゥーガルに見つかったとき、エレンは妊娠五カ月だった。

「それからが大騒ぎだった。激しい手紙がリアフとボウリーのあいだを行き交ったが、最後には落ちつき、エレンとブライアンは子供が生まれる一週間前に、ラリーブロッホに居を構えた。二人は玄関先の庭で式を挙げた」ついでのように付け足した。「ブライアンに抱きかかえられたエレンが、妻として初めて敷居をまたげるようにな。後になってブライアンが、彼女を抱き上げたとき有頂天になったと言っていた」

「二人と親しかったみたいね」わたしは言った。奉仕を終え、ぬるぬるする手をタオルで拭いた。

「ああ、ちっとな」あたたかいので眠たそうだ。ひとつ目のまぶたが下り、年老いた顔の、いつもは厳めしい、ちょっぴり不機嫌そうな表情が和らいでいた。

「むろんエレンのことはよく知っとる。ブライアンとは数年後に会った。息子を連れてきたときにな——彼とは気が合った。馬の扱いが上手だった」アレクの声が先細りになり、まぶたが閉じた。

わたしはうつ伏せの老いた体に毛布をかけ、忍び足で出ていった。火のそばに夢見る老人を残して。

眠ったアレクをそのままに、自分の部屋へ戻ってみると、ジェイミーはまだ寝ていた。暗い雨の日に屋内でできることは限られているし、ジェイミーを起こしたり、二人して忘我の淵に沈みこんだりしたくなかったので、読書か針仕事をするしかなさそうだった。後者に関しては並み以下の腕前なので、コラムの書斎から本を借りようと思い立った。

リアフ城全体を支配する奇妙な建築方式——概して直線を嫌う——に合わせて、コラムのスイートルームへ上る階段は二ヵ所で直角に折れており、その両方に小さな踊り場があった。ふたつ目の踊り場にはいつも召使いが控え、使いに走ったり領主に手を貸したりするのだが、今日は持ち場にいなかった。上から低く重い声が聞こえた。召使いはコラムの部屋にいるのかもしれない。わたしは声をかけたものかと迷って、ドアの前にたたずんだ。

「おまえがばかなのは知っておったが、ドゥーガル、これほどの阿呆だとは思っていなかった」コラムは幼いころから家庭教師がそばにいて、弟のように兵や普通の人と接することがなかったので、その言葉にドゥーガルのようなスコットランド訛は聞かれなかった。だがいま、しつけられた発音は少しばかり薄れ、ふたつの声はほとんど聞き分けられないくらいだった。どちらも怒りで濁っている。「おまえが二十代ならそんな振る舞いも理解できよう。だが冗談ではない、おまえは四十五だぞ！」

「これぱかりは、兄上のお得意な分野ではありませんからね、どうです？」ドゥーガルの声に卑劣な冷笑が混じった。

「ああ」コラムが鋭く返す。「神に感謝する理由などめったに見つからないが、おそらく自分で思うよりわたしは神に尽くしていたのだろう。男の脳は、ペニスが立っているときは働かないと言うが、いまならそれも信じられる」椅子が引かれ、椅子の脚が石の床をこする音が聞こえた。「マッケンジー兄弟二人にペニスがひとつと脳がひとつしかないなら、喜んで片方をくれてやる！」

この会話に、三人目の参加者は歓迎されないだろう。わたしはドアからそっと後ずさり、下りようと階段に振り向いた。

下の踊り場からスカートの衣擦れが聞こえ、わたしは足を止めた。領主の書斎の前で盗み聞きしていたところを見つかりたくはなかったので、ドアに振り向いた。ここの踊り場は広く、一面の壁に天井から床まで届きそうなタペストリーがかかっていた。爪先は覗くだろうが、しかたない。

　美しい模様のタペストリーにネズミのように隠れていると、足音がゆっくり戸口に近づき、踊り場の端で止まった。わたしと同じように、見えない訪問者も、兄弟の会話が内々のものだと悟ったらしい。

「いや」コラムは穏やかな口調に戻っていた。「いや、むろんだめだ。あの女は魔女か、その親戚だぞ」

「ええ、だが――」ドゥーガルの反論は、兄のいらついた声に遮られた。

「わたしがどうにかすると言っただろう。心配するな、この兄を信用しろ。彼女を不当には扱わぬ」コラムの声に、不承不承の愛情が混じった。

「いいか。公爵に、エーリックの北の土地で狩りをしてもらってかまわぬと手紙を書いた――公爵はあそこで鹿狩りをしたがっておるのだ。ジェイミーを一緒に行かせるつもりだ。まだあれに、なにがしかの気持ちを抱いておるかもしれぬ――」

　ドゥーガルがゲール語で遮った。下品な言葉だったにちがいない。コラムが笑って言った。

「なに、ジェイミーも大人だ、自分のことは自分でどうにかするであろう。だがもし公爵が、あれのことを国王にとりなす気なら、許しを請うまたとない機会だ。おまえも行きたければ、公爵閣下にその旨伝えよう。ジェイミーの力になりたければ好きにしろ。そして、ここでわたしがやることに口を挟むな」

　踊り場の向こう端からこもった音が聞こえ、わたしはあえて覗いてみた。リアリーだった。

背後のしっくい壁と同じくらい、顔が白い。デカンタを載せた盆を持っている。わたしが聞いたのは、白目細工のコップが絨毯敷きの床に落ちた音だった。

「いまのは？」急に鋭くなったコラムの声が、書斎から聞こえた。リアリーが、急ぐあまりデカンタを倒しそうになりながら、ドアの横のテーブルに盆を置くと、向きを変えて一目散に下りていった。

ドゥーガルがドアへ向かってくる足音が聞こえた。見つからずに階段を下りるのは無理だ。わたしが隠れ場所から抜け出して落ちたコップを拾ったとき、ドアが開いた。

「ああ、おまえか」ドゥーガルは少なからず驚いたようだった。「コラムの喉を気遣ってミセス・フィッツが運ばせたのか？」

「ええ」わたしは、いけしゃあしゃあと答えた。「早くよくなるといいですね、と言っていました」

「なるとも」ドゥーガルよりゆっくりとコラムが戸口に現れた。わたしにほほえみかける。「ミセス・フィッツに礼を言ってくれ。運んでくれたそなたにも礼を言おう。飲むあいだ、部屋に入らぬか？」

盗み聞きした会話のせいで当初の目的をすっかり忘れていたが、いま、本を借りたかったのを思い出した。ドゥーガルは暇《いとま》を告げ、わたしはコラムについて書斎に入り、本棚を見せてもらった。

コラムはまだ真っ赤な顔をしていた。いまでも弟との口論が頭から離れないのだろう。しかしわたしが本について尋ねると、ほぼいつもどおり冷静に答えてくれた。目の輝きといくらか緊張した姿勢だけが、気持ちを表していた。
一、二冊、おもしろそうな本草書を見つけたので脇へどけておいて、小説を眺めはじめた。コラムが部屋を横切って鳥籠に向かった。自分だけの世界で思うがままに枝の上を跳ねる美しい小さな生き物を眺めて、いつものように気を鎮めようとしているのだ。
外で叫び声がして、わたしは気を取られた。この高みからは、湖まで広がる城の裏の野原全体が見えた。馬に乗った男たちが、打ちつける雨に興奮して叫びながら湖畔を駆けていた。近づくにつれて、男ではなく少年なのがわかった。ほとんどが十代半ばを越えているが、子馬にまたがった幼い子もちらほらといて、年嵩の少年に後れをとるまいと必死だ。ヘイミッシュもいるのだろうか。そう思った瞬間、一団の真ん中に、コウアーの背中で光る明るい髪の毛を見つけた。

無法者たちはすごい勢いで城へ向かっており、野原を仕切る無数の石壁のひとつを目指していた。一人、二人、三人、四人、年嵩の少年たちは、経験から生まれる自然な手綱さばきで、馬に壁を越えさせた。

鹿毛が一瞬しりごみしたように見えたのは、わたしの思い過ごしにちがいない。コウアーは見るからにうれしそうに、ほかの馬につづいた。壁に突進し、構え、踏ん張って飛んだ。

コウアーの飛び方はほかの馬と変わらないように見えたが、なにかが起こった。乗り手がためらったのかもしれない。手綱を引きすぎたか、しっかり座っていなかったか。前肢の蹄がほんの数インチ低すぎて壁に当たり、馬は乗り手もろとも、見たこともないくらいきれいな放物線を描いて壁を越えた。

「あっ！」

わたしの叫び声にコラムが窓のほうを向いたとき、コウアーがどさりと横倒しになり、ヘイミッシュの小さな体にのしかかった。足が悪いのに、コラムの動きは速かった。コウアーが起き上がろうともがきはじめるより早く、わたしの隣で窓から身を乗り出した。

風と雨が吹き込み、コラムのビロードの上着を濡らした。やきもきしてコラムの肩越しに覗くと、少年たちが押し合いへし合い集まって助けようとしていた。ずいぶん時間が経ったような気がしたとき、集団が分かれ、小さながっしりした体が、お腹を押さえながらよろよろと輪の外に出た。みんなが手を貸そうとするのを首を振って断り、確固たる足取りでゆっくり壁に向かい、屈み込むと激しく嘔吐した。壁から滑り落ち、濡れた草に足を投げ出して座り、上を向いて雨を浴びた。わたしはヘイミッシュが雨だれをとらえようと舌を出すのを見て、コラムの肩に手を置いた。

「心配ありません」わたしは言った。「風にあおられただけです」

コラムが目を閉じ、息を吐き出した。緊張が解けて、肩ががっくりとたれた。わたしは同情して見つめた。

「ご自分の子のように案じていらっしゃるのね」

灰色の目にさっと炎が宿り、これ以上ないほど警戒してわたしを見た。書斎には、つかのま、棚の上のガラスの時計がちくたくと動く音だけが響いた。一粒の水滴がコラムの鼻を伝い、鼻先からたれて光った。わたしが無意識に手を伸ばし、ハンカチで鼻を押さえると、こわばった表情が和らいだ。

「うむ」と、それだけ言った。

結局ジェイミーには、コラムが彼を公爵の狩りにお供させるつもりでいることだけを話した。いまではジェイミーのリアリーへの気持ちが騎士道的な友情でしかないとわかっていたが、おじが彼女を誘惑して妊娠させたと知ったらなにをしでかすかわからなかった。コラムはゲイリス・ダンカンを呼び出して、リアリーのお腹の子を処理させるつもりはないのだろう。となると、あの娘はドゥーガルと結婚するのだろうか。それともお腹が目立ちはじめる前に、コラムがほかの男をあてがうのだろうか。いずれにせよ、ジェイミーとドゥーガルが何日も猟小屋にこもりきりになるなら、リアリーという影は加わらないほうがいいだろうと思った。

「ふーむ」ジェイミーが考えながら言った。「やってみるか。一日狩りをして、夜は火のそばでウィスキーを飲むと、それは親しくなれるものだ」わたしのガウンの背中を留め、屈んで肩に軽くくちづけた。

「きみを置いていってすまない、サセナッフ。だがそのほうがいい」

「わたしのことは気にしないで」ジェイミーが行けば、城に一人で残ることになる。その点は考えていなかったので、少なからず心が騒いだ。それでも彼の助けになるなら、どうにかやってみよう。

「夕食に行ける？」と尋ねた。彼の手が腰に触れたままだったので、わたしは振り向いた。「うーん」一瞬の間の後、ジェイミーが言った。「腹を空かせることをしようか」

「しません」わたしは答えた。「それはもっと後までおあずけ」

わたしは夕食の席を、そして部屋を見回した。いまではほとんどと顔見知りで、幾人かは仲良しだ。それにしてもいろんな人がいる。フランクが大喜びするだろう――これだけ異なる顔が並んでいるのを見たら。

フランクのことを思うと、痛む歯に触れるような感じがして、わたしはひるみそうになった。けれど、もう時間稼ぎができなくなるときは近づいている。わたしは無理やり気持ちを戻し、丹念に彼の姿を思い描いた。長くなだらかな眉の曲線を、かつて指でなぞったように、心でなぞった。しかし指は不意に疼《うず》き、もっと荒く濃い眉と、その下の深青色の目を思い出した。

心を乱す思いを鎮めたくて、いちばん近くの顔に目を向けた。マータフだった。とりあえず、わたしを悩ます男のどちらにも似ていない。

背が低く痩せているが、テナガザルのように筋肉質で、手の長さが類似を強調する。額が低くて顎が狭いので、フランクの教科書で見た穴居人や初期のヒトの絵を思い出した。けれどネアンデルタール人ではない。そう、ピクト人だ。この小柄なクランの男にはとても頑丈そうな雰囲気があって、それが辻や埋葬地に黙々と立つ、風雨にさらされた模様つきの石を、いまでさえ古めかしい石を連想させた。

楽しくなってきて、食事をしているほかの者にも目を向け、民族学的集団を特定してみた。まず暖炉のそばにいる男、ジョン・キャメロンは——実際にノルマン人を見たことはないが——おそらくノルマン人だ。頬骨が高く、額が狭く、上唇が長く、肌はガリア人のように浅黒い。

ほかには色の白いサクソン人がちらほら……ああ、リアリーが典型だ。白い肌、青い目、そして小さな胸……意地悪な観察はやめにして。リアリーは慎重にわたしからもジェイミーからも目をそらし、下手のテーブルで友達と楽しそうにおしゃべりをしていた。

反対のほうを見た。隣のテーブルでは、ドゥーガル・マッケンジーが珍しくコラムから離れて座っている。残虐なヴァイキング。顔を見ない背の高さと広く平らな額から、海賊船を指揮する姿が容易に想像できる。霧の向こうに浮かぶ岩だらけの岸辺の村を見て、激しい欲望に輝く深くくぼんだ目を。

手首にうっすらと銅色の毛が生えた大きな手がわたしの前に伸び、オート麦パンの小さな塊を皿から取った。もう一人の古代スカンジナビア人、ジェイミーだ。彼を見ると、ミセス・ベアードが話してくれた、かつてスコットランドを闊歩し、長い骨を北に埋めた巨人一族を思い出す。

会話はいつもどおり多岐にわたり、数人ずつでかたまって、口に物を頬張ったまま賑やかに行われた。しかし突然、近くのテーブルから聞き覚えのある名が耳に飛び込んできた。サンドリンガム。マータフの声だ。わたしはそちらを向いた。マータフはネッド・ガウアンの隣に座り、せっせと食べている。

「サンドリンガム？　ああ、ケツの穴掘りウィリーか」ネッドが思いに耽るように言った。

「なんだって⁉」若い兵士がエールでむせながら、言った。

「われらが偉大な公爵さまは、少年に興味をお持ちだ。あるいは、わたしはそう理解している」ネッドが説明した。

「うむ」ルパートが食べ物を頬張ったまま賛同し、飲み込んでから付け足した。「おれの記憶が確かなら、最後にこのあたりを訪れたとき、ここにいるかわいいジェイミーにも興味を示したぜ。あれはいつだった、ドゥーガル？　三八年？　三九年？」

「三七年だ」ドゥーガルが隣のテーブルから答えた。目を細めて甥を見る。「十六のおまえはたいそうかわいかったからな、ジェイミー」

ジェイミーが咀嚼《そしやく》しながらうなずいた。「ああ。ついでに逃げ足も速かった」

笑いがおさまると、ドゥーガルがジェイミーをからかいはじめた。

「おまえが公爵のお気に入りだとは知らなかった。尻を痛めて、土地やら地位やらを公爵からもらった人間もいる」

「だからおれはどっちも手に入れてない」ジェイミーがにやりとして答えると、さらに笑いが巻き起こる。

「おいおい、近寄らせもしなかったのか？」音をたてて噛みながら、ルパートが言った。

「実を言うと、許してもいいって思うところよりずっと近くまで攻め込まれた」

「へえ、だがどれくらいまでなら許せるんだ？」はるか下手のテーブルからわたしの知らない長身で茶色い顎ひげを生やした男が叫ぶと、また笑いが起き、下品な言葉が飛んだ。ジェイミーは静かにほほえみ、からかいにも動じず、もうひとつパンを取った。

「それが原因でいきなり城を出て、父親のところへ帰ったのか？」ルパートが尋ねた。

「ああ」

「おい、そんなことで困っていたのなら、なぜわたしに相談しなかった」ドゥーガルが咎めるように言った。ジェイミーが喉の奥で低いスコットランド音をたてた。

「あんたみたいな悪党に相談していたら、ある晩おれのエールにケシの汁を落として、ちょっとした捧げ物代わりに公爵のベッドに置いてっただろう」

テーブルがどっと沸き、ジェイミーはドゥーガルが投げつけたタマネギをひょいとよけた。ルパートが目をすがめてジェイミーを見た。「そう言えば、おまえが城を去る少し前、日暮れ近くに公爵の部屋へ入るところを見たぞ。ほんとうに隠し事はないのか？」ジェイミーもタマネギをつかみ、ルパートに投げつけた。タマネギは的を外し、あらぬほうへ転がった。

「ないさ」ジェイミーが笑いながら言った。「おれは清らかだ――少なくともそっち方面では。だが聞かなくては眠れないと言うなら、ルパート、喜んで話してやる」

「話せ！　話せ！」という叫び声の最中で、ジェイミーがゆっくりエールをマグに注ぎ、昔ながらの語り手さながらに座り直した。コラムも上座のテーブルで身を乗り出し、わたしたちのまわりにいる馬番や兵士と同じように熱心に耳を傾けていた。

「さて」ジェイミーがはじめた。「ネッドの言ったことはほんとうだ。公爵はおれに目をつけた。だが十六のおれはうぶで――」あざ笑う野次に遮られ、ジェイミーが声を大きくしてつづけた。「うぶで、そういうことがあるのを知らなかったから、公爵がなにを言っているのかわからなかった。だが妙だとは思った。公爵は犬を叩くようにおれに触りたがり、おれのスポーランの中になにがあるのか異常に知りたがった」（「中じゃなくて下に、だろう！」酔った声が怒鳴る）

「さらに妙だと思ったのは」ジェイミーがつづける。「おれが川で体を洗っていたら、公爵が来て、背中を流そうと言ったときだ。背中が終わってもあちらは手を止めず、おれは少々気味が悪くなり、キルトの下に手を入れられてようやく合点がいった。うぶだったが、ばかじゃなかった。

おれはキルトを着けたまま川に飛び込んでその場から逃げ出すと、泳いで向こう岸へ渡った。公爵閣下は高価な服を泥と水にさらす気はなかった。とにかくそれ以後、公爵と二人きりにならないよう慎重になった。一度か二度、菜園や中庭でつかまったが、逃げる場所が十分あったから、耳にキスされるくらいですんだ。あわやというのがもう一度だけ、一人で厩にいたときだ」

「おれの厩で？」老アレクが度胆を抜かれて椅子から腰を浮かし、部屋の端から上座に向かって怒鳴った。「コラム、あの男がおれの厩に入らぬよう、見張ってください！　公爵だろうが誰だろうが、おれの馬を怖がらせてもらっては困る！　もちろん馬番も！」最後のは、明らかにおまけだ。

邪魔が入ってもジェイミーは冷静につづけた。ドゥーガルの二人の娘は、口を半開きにして聞き入っていた。

「おれは馬房にいたから、動く余地はほとんどなかった。腰を屈めて（さらに下品な野次）――飼い葉桶の底からごみを取り除いていたとき、背後で音がした。体を起こす前にキルトを腰までめくられ、尻に硬いものを押し当てられた」

手を振って騒ぎを静める。「馬房で犯されるなんて真っ平だったが、そのときは逃げるすきまもなかった。歯を食いしばり、あまり痛くないことを願ったとき、馬が――あの大きな黒い去勢馬だ、ネッド、あんたがブロックルベリーで手に入れたやつさ――ほら、コラムがブリーダルビンに売った――とにかく、その馬が閣下のたてる音に不快感を表した。たいていの馬は話しかけられるのを好むが、こいつは甲高い声がとりわけ嫌いだった。小さな子がいるときは外へ出せなかった、子供の声に興奮して蹄を踏み鳴らすからだ。

知ってのとおり、公爵の声はかなり高い。このときはちょっと興奮して、いつもよりもっと高かった。それで、この馬はそれが気に入らず――言わせてもらえばおれだって気に入らなかった――足踏みをし、いななきはじめると、体をひねって公爵を房の脇へなぎ倒した。

公爵の手が離れるやいなや、おれは飼い葉桶に飛び込み、馬の向こうを回って逃げ出した。公爵を置き去りにして」

ジェイミーが息を継ぎ、エールをすすった。いまでは部屋じゅうが聞き入り、注目した。たいまつの火にみな顔を輝かせていた。イングランドで最も権力のある貴族の秘密が暴かれて、顔をしかめる者もちらほらいたが、大方は暴露話をおおいに喜んでいた。リアフ城では、公爵はさほど好かれていないらしい。

「一度そこまで近づいたとあって、公爵閣下はなにがあってもおれを手に入れようと決心した。そこで翌日、公爵はマッケンジーに言った、従者が病気になったので、入浴と着替えをおれに手伝ってもらえないか、と」コラムがうろたえたふりをして顔を覆うと、みんな笑った。ジェイミーがルパートにうなずいた。

「おれが公爵の部屋へ入っていったのは、そういうことさ。命令されて、というところだ」

「話してくれていれば、行かせはしなかった」コラムが咎めるような顔で言う。

ジェイミーが肩をすくめ、にやりとした。「生まれつき慎み深い質《たち》なもので、とても口にできませんでした。それに、あなたが彼と取引しようとしていたのは知ってましたからね。公爵に、甥の尻に触るなと言ったら、取引が失敗するかもしれないと思ったので」

「思いやりがあるな、ジェイミー」コラムが冷ややかに言った。「つまり、わたしの利益のために犠牲になったと？」

ジェイミーが乾杯の真似をしてマグを上げ、言った。「あなたの利益こそ最優先事項です、おじ上」冗談めかした口調にもかかわらず、わたしはその裏にある真剣さを感じた。コラムも感じていた。

ジェイミーがマグを呷《あお》った。「だが」口を拭きながら言った。「このときは、一族の者の義務として、そこまでする必要はないと思った。命令されたから公爵の部屋へ行ったが、なにもなかった」

「尻の穴を広げられずに出てきたって？」ルパートがうさんくさそうな声で言った。

ジェイミーがにやりとした。「そうとも。おれは命令を聞くや、まっすぐミセス・フィッツのところへ行き、後生だからイチジクのシロップをくれと頼み込んだ。もらったとき、ミセス・フィッツが瓶をどこに戻すか見ておいて、少し経ってから引き返し、一本全部飲み干した」

部屋が笑いで揺れた。ミセス・フィッツも笑っていた。顔が真っ赤なので、発作を起こすのではないかと思った。ミセス・フィッツが厳かに席から立ち、よたよたとテーブルを回ると、ふざけてジェイミーの耳を引っ張った。

「あたしの大事な便秘薬をそんなことに使ったんだね、このいたずら小僧！」手を腰に当てて首を振ると、緑の耳飾りがトンボのように揺れた。「いままでで最高の出来だったのに！」

「効き目は抜群だったよ」ジェイミーが巨体の婦人を見上げ、笑って言った。

「そりゃそうさ！　あんなに飲んだんだから、腹の中がどうなろうと自業自得だよ。何日か自分の思うようにいかなかっただろうね」

ジェイミーがまた笑いながらうなずいた。

「ああ、だが公爵の思いどおりにもいかなかった。おれが失礼しますと言ったときも、まるで気に障ったふうじゃなかった。だが二度使える手段ではないとわかっていた。だから腹痛が治まるとすぐ厩から馬を出して逃げた。家へ帰るまでずいぶんかかった。十分おきに止まらなくてはならなかったからな。だが翌日の夕飯までにたどり着いた」

ドゥーガルがエールを新しく注がせ、手渡しでジェイミーに届けた。

「おまえの父親の手紙には、息子はいまの時点で城の暮らしについて学べることは十分に学んだようだ、と書いてあった」残念そうにほほえみながら、ドゥーガルが言った。「微妙な言い回しがあったが、そのときは理解できなかった」

「さてと、ミセス・フィッツ、イチジクのシロップは用意してあるだろうな？」ルパートが親しげにミセス・フィッツの脇を小突き、口を挟んだ。「公爵は、一日二日でお出ましだ。それともジェイミー、今回は新妻に守ってもらうつもりか？」と、わたしを横目で見る。

「誰の話を聞いても、彼女を守る必要がありそうだぞ。公爵の召使いは閣下とは嗜好は違うが、負けないくらい行動的だそうだ」

ジェイミーが椅子を引いて立ち上がり、わたしを立たせた。肩に手を回し、ルパートにほほえみ返した。

「そういうことなら、おれたちは背中合わせで戦うまでさ」

ルパートが心底仰天したように目を見開いた。

「背中合わせ⁉」と叫んだ。「結婚前に教えるのを忘れた！　どうりでまだ赤ん坊ができないわけだ！」

ジェイミーが肩にかけた手に力を入れ、わたしを廊下のほうへ向けると、押し寄せる笑いの渦と下品な助言から逃げ出した。

外の暗いホールに出ると、ジェイミーが体をふたつ折りにして石に寄りかかった。わたしも立っていられず、彼の足元にしゃがみ、堪えきれずにくすくす笑った。

「彼に言っていないよな？」ようやくジェイミーがあえぎながら言った。

わたしは首を振った。「もちろん言ってないわ」まだ息を切らしながら彼の手を探ると、引っ張り起こしてくれた。彼の胸に倒れ込んだ。

「間違っていないかたしかめてみよう」わたしの顔を両手で挟み、額と額をくっつけた。あまりに近いので、両目がぼやけたひとつの大きな青い丸に見え、息が顎にあたたかかった。

「顔と顔を合わせて。そうだな？」血管の中の笑いの泡がおさまり、同じくらい激しいなにかが取ってかわった。舌で彼の唇に触れ、手で下のほうをまさぐった。

「顔はいちばん大事な箇所じゃないわ。だけど、わかってきたようね」

翌日、わたしは診療所で、村から来た老婦人の話を辛抱強く聞いていた。婦人は城のスープ係の親戚で、息子の嫁とやり合った話を痛む喉で滔々《とうとう》と語り、このところ扁桃膿瘍《へんとうのうよう》で苦しいのは、嫁との喧嘩が原因にちがいないと訴えていた。わたしにはその因果関係がどうにもわからなかった。戸口に影が落ち、婦人が症状を列挙するのを遮った。

見上げて驚いた。ジェイミーが駆け込み、老アレクがつづいた。二人とも不安そうで落ちつかない様子だ。出し抜けにジェイミーが、舌を押さえる間に合わせのへらをわたしの手から奪い、両手をつかんでわたしを立たせた。

「なにする——」言いかけたが、アレクに遮られた。ジェイミーの肩越しにわたしの手を覗き込んでいる。

「申し分ない。だが腕は？ これで間に合うか？」

「ほら」ジェイミーがわたしの片手をつかんで腕をまっすぐ伸ばし、自分のと重ねて長さを比べた。

「うむ」アレクが疑わしげに見くらべて、言った。「なんとかなるだろう。ああ、なんとかなる」

「なにをなさっているのか、教えていただけないかしら？」わたしは尋ねたが、言い終える前に、二人の男に挟まれて階段を下りさせられていた。あとには、呆然として見送る老婦人が残った。

数分後、わたしは顔の先六インチほどのところに横たわる馬の輝く茶色の後半身を、おぼつかなげに見つめていた。厩に来る道々、なにが問題なのかは明らかにされた。ジェイミーの説明に、老アレクの寸評と呪いと感嘆詞の合いの手が入る。

いつもよい子馬を産み、コラムの厩でも一、二を争う立派な馬のロスガンが窮地に陥っているのだ。ひと目見てそれはわかった。牝馬は横向きに倒れ、光る脇腹がくり返し盛り上がり、大きな体が震える。わたしは四つん這いになって馬の尻を覗いた。収縮のたびに膣が少し開くのだが、それだけだ。小さな蹄も繊細な濡れた鼻も現れない。間違いない、予定日を過ぎたこの子馬は、横向きか逆子だ。アレクは横向きだと言い、ジェイミーは逆子だと言い、議論がはじまった。とうとうわたしは静粛を求め、どちらでもいいけれど、いったいわたしになにをしてほしいのか、と尋ねた。

ジェイミーが、阿呆を見る目でわたしを見た。「言うまでもない、子馬の向きを変えてくれ」根気よく言う。「出てこられるように、前脚をこちら側へ」

「あら、それだけ？」わたしは馬を見た。ロスガンという優雅な名は、実は〝カエル〟という意味だ。馬にしては骨格は華奢《きゃしゃ》だが、それにしても大きすぎる。

「えーと、中に手を入れて、ということ？」わたしはちらりと手を見た。たぶん入るだろう――入り口は十分大きい――でもだから？

ジェイミーの手もアレクの手も、これをやるには明らかに大きすぎる。こういうむずかしい状況になるといつも大役を押しつけられる馬番のロデリックは、わたしが彼の右腕にあてがった添え木と吊り包帯で手を動かせない――二日前に骨折したのだ。もう一人の馬番のウィリーは、それでもロデリックを呼びに行った。助言と精神的支柱を求めて。この緊急事態に、ロデリックは破れたズボンだけの姿で駆けつけた。薄い胸がほの暗い厩で白く光る。

「大仕事ですよ」状況を説明され、わたしが代役を務めると聞くと、ロデリックが疑わしげに言った。「見かけ以上にむずかしい。コツはありますが、力もいります」

「心配ない」ジェイミーが自信たっぷりに言った。「クレアはおまえよりずっと力持ちだ。なにをつかんでどうすればいいか教われば、あっという間に片づけるさ」

その信頼はうれしかったが、わたし自身はそれほど自信を持てなかった。開腹手術とたいして変わらない、ときつく自分に言い聞かせ、馬房の中でドレスをズボンと粗いズック地のスモックに着替え、ぎとぎとする獣脂製の石鹸で指先から肩まで洗った。

「さあ、やるわよ」小声でつぶやき、手を中に滑り込ませた。

手を動かす余地はほとんどなく、最初はなにに触れているのか見当もつかなかった。けれど集中しようと目を閉じ、慎重に探った。なめらかな広がりと、ごつごつした塊があった。なめらかなのは体で、ごつごつしているのは脚か頭だろう。ほしいのは脚——正確に言えば、前脚。だんだん触感に慣れてきた。収縮がはじまったら身動きひとつしないでいられるようにもなった。驚くほど強い子宮の筋肉が、手と腕を万力のように締めつけ、わたしの骨は砕けんばかりだった。ようやく収縮がおさまると、また探りはじめた。

ついに指が、はっきりわかるものを探り当てた。

「鼻に指を突っ込んだわ！」わたしは勝ち誇ったように言った。「頭を見つけた！」

「いいぞ、でかした！　離すな！」アレクが隣にしゃがみ、また収縮がはじまると、励ますように牝馬を叩いた。わたしは歯を食いしばり、光る馬の尻に額をつけた。凄まじい力に、手首がつぶされそうだった。収縮がおさまったが、わたしは手を放さなかった。そろそろと上へ這い、眼窩の窪みと額、それに折りたたんだ耳を見つけた。もう一回収縮を耐え、首の曲線をたどって肩まで下りた。

「頭が肩のほうを向いているわ」わたしは伝えた。「少なくとも頭は正しい位置にある」

「いいぞ」ジェイミーが馬の汗ばんだ栗毛の首を撫で下ろした。「脚は胸の下に折り重なっていると思う。膝をつかめるか、やってみてくれ」

作業は続いた。触り、探る。馬のあたたかい暗闇に肩まで入れて、陣痛の激しい力とありがたい合間を感じながら、ゴールを目指してやみくもにもがいた。自分がお産をしているみたいだった。まったく大仕事だ。

とうとう蹄をつかんだ。表面が丸く、まだ使っていない曲線は鋭く尖っている。熱心なのはいいが、まるで正反対のことを言うガイドたちの顔をできるだけ立てるようにして、押したり引いたりしながら厄介な子馬の体を回転させ、一本の脚を前へ、一本を後ろへやった。牝馬と一緒に汗にまみれ、唸った。

そのとき突然すべてが動いた。陣痛が途絶え、たちまちなにもかもがあるべき場所におさまった。わたしは身じろぎせずに次の収縮を待った。はじまった。小さな濡れた鼻がわたしの手を押し出し、ひょいと外に現れた。小さな鼻孔が、この新しい感覚に興味を示したかのように一瞬広がったかと思うと、鼻は消えた。

「次で産まれるぞ！」アレクは興奮して踊りださんばかり、関節炎の体で寝藁の中を行ったりり来たりした。「いいぞ、ロスガン。頑張れ、おれのカエルちゃん！」

それに応えるように、牝馬が震える声でいなないた。後軀が激しくよじれ、子馬がきれいな藁に滑り出た。ごつごつした脚と大きな耳だ。

わたしは藁に座って、ばかみたいな笑みを浮かべた。泡と粘液と血にまみれ、疲れ果てて体が痛み、馬の嫌なにおいを漂わせていた。幸せだった。

ウィリーと、片手しか使えないロデリックが、生まれた子を藁の束できれいにするのを眺めた。ロスガンが振り向き、子馬を舐め、そっと頭をぶつけて鼻をこすりつける。ついに子馬がよろめく肢で立つのを見て、わたしもみんなと一緒に喜んだ。

「よくやった、実によくやった！」アレクが大喜びで、わたしの汚れていないほうの手を握り、おめでとうと振り回した。わたしがふらふらでみっともない姿なのを不意に悟り、彼は振り向くと、少年の一人に水を持ってこいと怒鳴った。それからわたしの後ろに回って、骨張った年老いた手を肩に乗せた。驚くほど上手にやさしく押さえたり叩いたりして、肩の緊張と首の凝《こ》りをほぐしてくれた。

「さてと」アレクが最後に言った。「重労働だったろう？」わたしにほほえみ、生まれた子馬を見て崇めるようにほほえんだ。

「立派な坊主だ」彼がつぶやいた。「なんともかわいいじゃないか、ええ？」

わたしはジェイミーに助けられて立ち上がり、着替えた。指がこわばってボディスのボタンをかけられず、朝には腕があざだらけになるだろうとわかっていた。それでも、平和で満ち足りた気分だった。

雨は永遠につづくように思えた。だから、ついにある朝、明るい太陽が昇ったときは、土から出てきたモグラのように、朝日に目を細めた。

「きみの皮膚はとっても薄いから、その下を血が流れているのが見える」ジェイミーが、わたしの裸のお腹にできた日光の小道をなぞった。「手から心臓まで静脈をたどれる」手首から肘までそっと指を這わせ、上腕の内側を撫で上げ、鎖骨の下の丘を渡る。

「それは鎖骨下静脈《サブクレイヴィアン》」彼の指がたどる道を見下ろして言った。

「へえ。鎖骨の下にあるからだな。もっと教えてくれ」指が下へ向かう。「ラテン語名を聞くのが好きなんだ。医者と愛しあうのがこれほど楽しいとは知らなかった」

「それは」わたしは真面目に言った。「乳輪《アリーアラ》。先週教えたから知ってるでしょう?」

「そうだった」彼がつぶやいた。「ふたつある。大好きだ」明るい髪が沈み、指にかわって舌がさらに下へ向かう。

「へそ《アンビリカス》」わたしは短くあえいだ。

「うん」透明な皮膚に当てた唇を広げてほほえみながら、彼が言った。「じゃあこれは?」

「知ってるくせに」わたしは言い、彼の髪をつかんだ。でも、彼はしゃべるどころではなかった。

その後、わたしは診療所の椅子に座り、うっとりしていた。陽光の中で目覚め、シーツが浜辺の砂のように目もくらむ白い塊になったさまを思い出していた。片手を乳房にあてがい、ぼんやりと乳首をいじった。ボディスの薄いキャラコの下で硬くなるのを、掌に感じた。

「一人でお楽しみ？」

戸口から、からかうような声がして、わたしはあわてて身を起こし、頭を棚にぶつけた。

「あら」わたしはむっとして言った。「ゲイリーじゃない。一人？　なにか用？」

まるで車輪がついているようななめらかな動きで、ゲイリーが診療所に入ってきた。もちろん彼女に脚はある。この目で見た。わからないのは、歩くときどこに下ろしているのかだ。

「ミセス・フィッツにスペイン産のサフランを持ってきたの。公爵が来るからほしいと言われていたのよ」

「まだ香辛料がいるの？」わたしは機嫌を取り戻した。「もし公爵が、ミセス・フィッツの用意した半分でも食べたら、帰りはみんなで転がしていかなくちゃ」

「いまだって転がせるわ。聞くところによると、毬《まり》のような男だそうよ」公爵と、公爵の体形の話を打ち切ると、ゲイリーは近くの丘へ出かけないかとわたしを誘った。

「ちょっと苔が必要なの」彼女が言い、長くしなやかな手を前後に振った。「少量の羊毛と一緒にミルクで煮ると、手にいい水薬ができるの」

わたしは部屋の切り込み窓をちらりと見上げた。金色の光の中で、埃がくるくる舞っている。熟した果実と刈り立ての藁の香りが、そよ風に乗って入ってきた。

「もちろん行くわ」

わたしが籠や瓶を出してくるあいだ、ゲイリーは診療所を歩き回り、いろいろなものを手に取っては置いていた。小さなテーブルのそばで止まり、そこに置いてあったものを眉をしかめながら取り上げた。

「これはなに？」

わたしは手を止め、彼女のそばへ行った。ゲイリーは、乾燥した植物を黒、白、赤の三本の紐で結わえた小さな束を持っていた。

「ジェイミーが言うには、まじないですって」

「そのとおりよ。どこで見つけたの？」

わたしはベッドで見つけたいきさつを話した。

「次の日、ジェイミーが投げ捨てた窓の下へ行って、見つけたの。あなたに見せて、これがなにか教えてもらおうと思っていたのに、忘れていたわ」

ゲイリーは考え込み、首を振りながら指で前歯を叩いた。

「だめ、教えられないわ。でも、置いていった人を見つける方法ならあるけれど」

「ほんとう？」

「ええ。明日の朝、うちへ来て。そうしたら教えてあげるわ」

それ以上なにも言わず、緑のマントをひるがえし、ついていらっしゃいとばかりに出ていった。

丘の麓からずいぶん登った。道が長く伸びていれば襲歩《ギャロップ》で、そうでなければ並歩《ウォーク》で馬を進めた。村を出て一時間、ヤナギがたれ下がった小川のほとりで馬を止めた。

わたしたちは小川を渡り、まだ残っている晩夏の草花や熟しかけた初秋の果実や、小さな暗い峡谷の木の根元に生えている黄色いキノコを拾いながら、丘を登った。

わたしがポプラの樹皮を剝がして籠に押し込んでいるあいだに、ゲイリーの姿がワラビの茂みに消えた。紙のような樹皮の上で乾いた樹液は、凍った血のしずくのように見えた。深い緋色《ひいろ》が陽光をとらえて輝く。

音がして、われに返った。音が聞こえてきたと思われるほうを見上げた。

また聞こえた。甲高い赤ん坊の泣き声だ。丘の頂上に近い、岩の裂け目から聞こえるらしい。わたしは籠を下に置き、登りはじめた。

「ゲイリー！」大声で呼んだ。「こっちへ来て！　誰かが赤ん坊を置き去りにしたらしいの！」

からまる茂みをかき分けるがさがさいう音と小さな声の悪態が聞こえ、彼女が登ってきた。白い肌は紅潮し、不機嫌そうで、髪には小枝が刺さっている。

「いったいなに――」彼女が言いかけて、駆け寄ってきた。「なんてこと！　おろしなさい！」わたしの腕から赤ん坊を奪い取ると、わたしが赤ん坊を見つけた岩の中の小さな窪みに戻した。すべすべした椀型のうろは幅一ヤード足らず。片側には浅い木の椀があり、新鮮なミルクが半分まで入っている。赤ん坊の足元には、赤い紐で結わえた野生の花の束が置かれていた。

「だけど病気よ！」わたしはまたその子を抱き上げようとした。「誰が病気の子を置き去りにするの？」

赤ん坊は見るからに病気だった。小さなしわくちゃの顔は緑がかっていて、目の下には隈があり、小さな拳を毛布の下で力なく振っている。抱き上げるとぐったりしていた。泣く力も残っていないのだろうか。

「両親よ」ゲイリスがわたしの腕に手をかけて止め、短く言った。「放っておきなさい。行きましょう」

「両親？」腹が立った。「でも――」

「取り替え子よ」ゲイリーが辛抱強く言う。「放っておくの。いらっしゃい、早く！」

わたしは引きずられ、抵抗しながら丘を下り、息を切らして顔を真っ赤にして麓まで来ると、彼女を引き止めた。

「どういうつもり？」わたしは問いつめた。「病気の子をあのまま置いていけないわ。それに、取り替え子ってなに？」

「取り替え子よ」ゲイリーがいらいらと言った。「知っているでしょう？　妖精は人間の子をさらうとき、かわりに妖精の子を置いていくの。それが取り替え子だとわかるのは、始終泣いたりぐずったりして、大きくならないからよ」

「取り替え子がなにかは知ってるわ」わたしは言った。「だけどまさか信じてないでしょう？」

急にゲイリーが変な目でわたしを見た。警戒した、疑いに満ちた目で。それから、皮肉めいたいつもの表情に戻った。

「信じていないわ。だけどこのあたりの人は信じているの」落ちつかなげに丘の上をちらりと見上げたが、岩の裂け目からはもうなにも聞こえてこなかった。「家族がどこか近くにいるはずよ。行きましょう」

わたしは彼女に手を引かれ、しぶしぶ村のほうへ戻りはじめた。

「なぜあんなところに置いておくの？」小川を渡る前に岩に腰かけ、ストッキングを脱ぎながら尋ねた。「妖精が来て病気を治してくれると思っているの？」まだ赤ん坊が気にかかっていた。死にかけているように見えた。どこが悪いのかわからないが、わたしなら助けられるかもしれない。

ゲイリーと村で別れて、ここへ戻ってこようか。だが急がなくては。東の空を見上げると、薄い灰色の雨雲が空を紫色に染めていた。西にはまだピンクの光が広がっているが、あと半時間ほどで暗くなるだろう。

ゲイリーは柳の小枝を編んだ籠の持ち手を首にかけ、スカートをたくし上げて小川に足を踏み入れ、冷たさにぶるっと震えた。

「いいえ」ゲイリーが言った。「いえ、そうかも。あそこは妖精の丘で、眠ると危険だと言われているわ。ああいう場所にひと晩取り替え子を置いておくと、妖精が来て取り返し、さらった人間の子を置いていくの」

「だけど妖精は来ないわ、あれは取り替え子じゃないもの」雪解け水の冷たさに息を呑みながらわたしは言った。「あれはただの病気の子よ。ひと晩外にいたら、もたないわ！」

「でしょうね」ゲイリーがぽつりと言う。「朝までには死ぬでしょう。わたしたちがあそこにいたのを誰にも見られていないことを祈るわ」

わたしは靴を履く途中で手を止めた。

「死ぬ！　ゲイリー、戻らなくちゃ。置いていけない」向きを変え、小川を戻りはじめた。

ゲイリーに後ろからつかまれ、浅い川に顔を押しつけられた。暴れ、あえぎ、四方に水を散らして、ようやく膝で立った。ゲイリーは脛まで水につかり、スカートをびしょ濡れにして、わたしを睨み下ろしていた。

「イングランドの石頭女！」彼女が怒鳴った。「あなたにはなにもできないわ！　聞こえる？　なにもできない！　あの子は死んでいるも同然なの！　くだらない思いつきで、あなたとわたしの命が危険に曝されるのを、黙って見ているわけにはいかない！」鼻息荒く、小声でののしりながら、手を伸ばしてわたしの脇を支えると、無理やり立たせた。

「クレア」ゲイリーが、わたしの腕を揺すりながら切迫した声で言った。「よく聞いて。あなたがあの子のそばへ行ってあの子が死んだら――きっと死ぬわ、ああいう子を何度も見たからわかるの――家族はあなたを責めるわ。どれだけ危ないことかわからないの？　村でなにを言われるかわからない？」

わたしは日没の冷たい風に吹かれて、震えながら立っていた。わたしの身を必死で案じているゲイリーと、足元に花を置かれ、暗闇で死にゆく頼りない赤ん坊のあいだで、心は激しく揺れ動いた。

「だめ」濡れた髪を顔から振り払いながら言った。「ゲイリー、だめよ、できない。気をつけるわ、約束する、でも行かなくちゃ」彼女の手から身を引くと、川床の揺れる影の中をよろめき、水を跳ねながら対岸に向かった。

背後で押し殺した怒りの叫び声があがり、反対方向へ水を跳ねていく音が聞こえた。とりあえずもう邪魔はされない。

急に日が暮れてきた。茂みや雑草をかき分け、できるだけ早く進んだ。たどり着く前に暗くなったら、あの丘を見つけられる自信はない。同じくらいの高さの丘は、そこらじゅうにある。妖精がいようがいまいが、暗い中、こんなところを一人でさまようなんて、趣味ではない。どうやって病気の子を連れて城へ帰るかは、そのときがきたら考えよう。

とうとう丘を見つけた。麓に数本生えている若いカラマツに見覚えがあった。月のない晩で、このときにはほぼ真っ暗になっており、わたしは何度もつまずき、転んだ。カラマツは重なるように生え、夕べの風に、ぶつかり、きしり、こすれるようなため息をもらし、静かに話していた。

血なまぐさい場所には幽霊が出る。細い幹のあいだを通り抜けながら頭上の葉の会話を聞いて、そう思った。次の木の陰から霊が現れても、驚かないだろう。

けれどわたしは驚いた。すっと現れた暗い人影につかまれ、心臓が止まるくらい驚いた。

耳をつんざくような悲鳴をあげ、相手を殴った。

「勘弁してよ」わたしは言った。「ここへなにをしに来たの?」一瞬ジェイミーの胸に倒れ込んだ。驚かされたけれど、彼だとわかってほっとした。

ジェイミーがわたしの腕をつかみ、森の外へ向かわせた。

「きみを探しに」低い声で言った。「日が暮れてきたからきみを迎えに来た。セント・ジョンの小川の近くでゲイリス・ダンカンに会って、きみの居場所を聞いた」

「でも赤ちゃんが――」丘へ戻ろうと振り向いて、言いかけた。

「死んだ」短く言い、わたしを引き戻した。「先に登って、見てきた」

そこで、おとなしく彼に従った。赤ん坊が死んだのは悲しかったが、なにしろ妖精の丘へ登らずにすんだし、長い道を一人で帰るはめにもならなかった。闇とささやく木に圧倒され、また小川を渡るまで黙りこくっていた。さきほど水につかったのがまだ乾いていなかったので、わざわざストッキングを脱がなかったが、とにかく渡りきった。ジェイミーは濡れていなかったので、川の中ほどに突き出している岩めがけて岸からジャンプし、幅跳びの選手のようにわたしのいる岸へ飛んだ。

「こんなふうに、晩に一人で出歩くのが危ないと思わなかったのか、サセナッフ?」彼が尋ねた。怒っているのではなく、ただ知りたがっているように見えた。

「いいえ……いえ、思ったわ。心配させたのならごめんなさい。でも赤ちゃんを置いていけなかったの、どうしても」

「ああ、わかるよ」軽くわたしを抱いた。「きみはやさしいから。だが、なにを相手にしているか、わかっていない」

「妖精、ということ？」わたしは疲れて混乱していたが、軽い口調でごまかした。「迷信は怖くないわ」ふと思いついた。「まさかあなた、妖精や取り替え子や、そういうものを信じているの？」

ジェイミーが一瞬答えるのをためらった。

「いや、信じてはいないが、ひと晩妖精の丘で眠るのはごめんだ。でもおれは教育を受けた人間だ、サセナッフ。ドゥーガルの家では優秀なドイツ人の家庭教師について、ラテン語やギリシャ語を教わり、十八でフランスへ行ったときは――歴史と哲学を学び、世の中には峡谷やムーアや湖の水中馬以外にいろんなものがあることを知った。しかしこの人たちは……」腕を振って後ろの闇を示す。

「生まれた土地から一日以上かかる場所へは行ったことがない。例外はクランのギャザリングのような一大行事だけで、それも一生に二度あるかどうか。彼らは峡谷と湖に生き、ベイン神父が日曜に教会で語る世界しか知らない。それに、古い民話しか」

ジェイミーがハンノキの枝を横へ押してくれたので、屈んでくぐった。ここは先にゲイリーとわたしが通った鹿の獣道《けものみち》だ。彼が暗闇でも道がわかるのだと悟って、ほっとした。妖精の丘を離れると、彼は普段の声で話しはじめ、行く手を遮る枝を押しのけるときだけ口を閉ざした。

「〝ホール〟でラインワインを飲んでいるときは、そういうのはグウィリンの語るおとぎ話でしかない」彼はわたしの前を歩いているので、声は後ろへ流れてくる。冷たい夜気に、やわらかくはっきり聞こえる。

「だがここでは、それに村でも――わけが違う。妖精は生活の中にいる。いくばくかの真実を含んだ話もあると思う」

わたしは水中馬の琥珀《こはく》色の目を思い出し、ほかにどんなものに真実が含まれているのだろうと思った。

「だがそれ以外は……」声が小さくなったので、耳を澄まさなくてはならなかった。「あの子の両親は、死んだのが取り替え子だと思えば、少しは気が楽になるんだろう。ほんとうの子は、妖精たちと一緒に永遠に元気で暮らすのだと思えば」

馬のところまで戻った。それから一時間半ほどで、暗闇にリアフ城の明かりが手招きするように見えてきた。この荒涼とした大建造物を文明の最先端だと感じるとは思ってもいなかったが、いまは明かりが啓蒙の狼煙《のろし》のように見えた。

城へ近づいてようやくわかったが、そんなふうに見えたのは、カンテラが橋の欄干にずらりと掲げられているからだった。

「なにかあったのね」ジェイミーに振り向いた。光の中ではじめて彼を見て、いつもの着古したシャツと汚いキルト姿でないことに気づいた。雪のような麻のシャツがカンテラの光に輝き、上等の――一張羅の――ビロードの上着が鞍を覆っている。

「ああ」ジェイミーがうなずいた。「だからきみを迎えに行った。公爵が到着した」

公爵には驚かされた。リアフ城の大広間で会った公爵は、わたしが漠然と思い描いていた人物とはまったく異なる、あけすけで陽気な赤ら顔の狩猟好きだった。顔は適度に日焼けして、淡青色の目はいつも少しすがめている。飛び立ったキジを追って太陽を見ているかのようだ。

先頃の公爵にまつわる逸話は、誇張だったのではないかと一瞬思った。けれどホールを見回して気がついた。十八歳以下の少年全員が少し緊張した面持ちで、公爵がコラムとドゥーガルを前に笑ったり話したりするのを見守っている。誇張ではなかったのだ。少年たちは警戒している。

公爵に紹介されたとき、真面目な顔を保つのは少々むずかしかった。彼は大柄で、がっしりしていた。パブに行けばかならず見かける、自分の意見をがなり立て、大声とくり返しで反論する者をねじ伏せる類いの男だ。もちろんわたしもジェイミーの話で警戒していたが、体格の印象があまりに強かったので、公爵がわたしの手に深くお辞儀してこう言ったとき、公衆の面前で恥をかかないよう頰の内側を嚙まなくてはならなかった。「故国から遠く離れたこの土地で、同胞の女性に出会えるとはなんとも喜ばしい」神経の昂ぶったネズミの声のようだった。

旅の疲れで、公爵と一行は早めに床についた。しかし次の晩は晩餐の後に音楽と団欒《だんらん》がつづき、ジェイミーとわたしは、コラムやドゥーガルや公爵の仲間入りをした。サンドリンガム公爵はコラムのラインワインを飲んで饒舌《じょうぜつ》になり、ハイランドを旅する恐ろしさと田舎の美しさの両方を、微にいり細をうがって語った。わたしたちは上品に耳を傾け、わたしは公爵が旅の苦労を甲高い声で話すあいだ、ジェイミーと視線を合わさないようにした。

「スターリングを出たあたりで馬車の車軸が壊れて、三日間足留めです——篠突く雨の中をですぞ——ようやく召使いが鍛冶屋を見つけてきて、いまいましい部品が直った。ところがそれから半日もしないうちに、見たこともないくらい大きな穴に落ちて、また車軸が壊れた！　さらに一頭の馬が落鉄したものだから、わたしたちは荷馬車を空にして歩く羽目に——泥の中を——脚を引きずる馬を連れて。それに加えて今度は……」災難から災難へと話がつづくにつれて、わたしはますます笑いたくなってきたので、ワインの力で抑えようとした——それが間違いのもとだったようだ。

「だが獲物が、マッケンジー殿、獲物が！」話の途中で、公爵の声が大きくなった。興奮して天を仰いでいる。「信じられなかった。こんな豪華な食卓を用意できるのも、不思議はない」ぱんぱんに張った腹を軽く叩く。「二日前に見たような牡鹿を狙えるなら、どんな犠牲も厭わない。素晴らしい、実に素晴らしい。茂みから、荷馬車の目の前に飛び出してきたんですよ」と、わたしに言う。「馬が驚いて、危うくまた旅が中断するところだった」

コラムが問いかけるように黒い眉を上げて、釣鐘型のデカンタを掲げ、差し出されたグラスに注ぎながら言った。「では、狩りの支度をいたしましょう、閣下。わたしの甥はとびっきりの狩人です」眉の下でさっと視線をジェイミーに走らせる。それに応えて、ジェイミーがほんの軽くうなずいた。

コラムがデカンタを置きながら座り直し、さりげない口調で言った。「ええ、それでは、来週早々にでも。キジには早いが、鹿狩りはできましょう」かたわらの詰め物をした椅子にゆったり座っているドゥーガルに振り向いて言う。「弟もご一緒するかもしれません。北へ向かうおつもりなら、以前お話しした土地をご覧にいれましょう」

「素晴らしい、実に素晴らしい!」公爵が喜んで、ジェイミーの腿を叩いた。わたしには筋肉が緊張するのがわかったが、ジェイミーは動かず、穏やかにほほえんだ。公爵は、一瞬長く彼の脚に触れていた。わたしの視線に気がつき、楽しそうにほほえんだ。彼の表情はこう言っていた。「やってみる価値はあるだろう?」わたしはわれ知らず、ほほえみ返していた。驚いたことに、すっかりこの人物を気に入っていた。

〝公爵さまお成り〟の騒ぎのせいで、ゲイリーが〝まじない〟の主を探してくれると言ったのを忘れていた。それに、妖精の丘での取り替え子をめぐる不愉快な一件があったので、彼女の言うことを鵜呑みにしてよいかわからなくなった。

それでも好奇心が猜疑《さいぎ》心に勝った。二日後、コラムが城の晩餐会に招待したダンカン夫妻を迎えに行くようジェイミーに言ったとき、わたしもついて行った。

そういうわけで、わたしとジェイミーはその木曜にダンカン邸の客間で地方検察官のぎこちないもてなしを受けながら、階上の奥方が着替え終わるのを待っていた。このところの胃の痛みはほぼおさまったようだが、アーサーはいまも元気はつらつとは言えなかった。太った人が急激に体重を落とすとそうなるように、肉は腹ではなく顔から消えていた。太鼓腹は緑の絹のベストをふくらませているのに、顔の皮膚はだらしなくたれている。

「上へ行って、髪を結うのを手伝ってきましょうか」わたしは申し出た。「新しいリボンを持ってきたんです」ゲイリーと二人きりで話す口実が必要になると見越して、小さな包みを用意しておいた。包みを見せると、アーサーに止められる前にドアを抜け、階段を上がった。

ゲイリーが待っていた。

「来て」彼女が言った。「わたしの部屋へ行きましょう。急がなくては、でも長くはかからないわ」

ゲイリーについて、狭くて曲がりくねった階段を上った。段差はまちまちで、高すぎるときは、転ばないようにスカートをつままなくてはならなかった。十七世紀の大工は、誤った計測方法か豊かなユーモア感覚のどちらかを備えているらしい。

ゲイリーの私室は邸宅のてっぺん、召使いが寝起きする部屋の上の、人目を避けた屋根裏にあった。ドアには錠がおりていて、ゲイリーがポケットから実に恐ろしげな鍵を取り出して開けた。鍵の長さは優に六インチ、幅広の握りにはブドウのつると花の模様の雷文彫刻が施されている。重さは一ポンド近くありそうだ。長い部分を握れば、立派な武器になる。鍵にも蝶番にもきちんと油が差してあり、分厚いドアは音もなく内側に開いた。

屋根裏部屋は小さく、邸の前面を切り落とす切妻造りの屋根窓に圧迫されていた。壁はすべて棚で埋めつくされ、広口瓶やガラス瓶、フラスコ、ビーカーなどが並んでいる。色違いの紐で丁寧に結わえられた乾燥中の薬草が、整列して頭上の垂木から下がり、下を通ると芳しく髪をこすった。

ここは、階下の清潔で整然とした薬草室とは別物だ。物が多く、ほとんどあふれそうで、屋根窓があるのに暗い。

棚のひとつには本が並んでいた。古くてぼろぼろのものばかりで、背にはなにも書かれていない。興味を惹かれ、革の背表紙を指でなぞった。ほとんどが子牛革だが、そうではない本も二、三冊あった。柔らかいが、触れると脂っぽくべとつく。一冊、どこから見ても魚の皮で装幀した本もあった。一冊取り出し、そっと開いた。古フランス語と、さらに古いラテン語も混じっていたが、題は読めた。『グリモワール・ドゥレ・コムテ・サン・ジェルマン』

わたしは本を閉じ、棚に戻した。軽いショックを受けていた。グリモワール。魔術の指南書。背中にゲイリーの視線を感じ、振り向くと、ちゃめっ気と警戒心の混じった目に出会った。知ってしまったいま、どうすればいい?

「つまり、噂ではなくて」わたしはほほえんだ。「あなた、ほんとうに魔女なのね」どれくらい深入りしているのだろう、彼女自身は信じているのだろうか、それともこれは、アーサーとの退屈な結婚生活をごまかそうとして考え出した〝お遊び〟なのだろうか。それに、どんな魔術を使うのだろう――あるいは、使っているると思っているのだろう。

「あら、白よ」ゲイリーがにっこり笑って言った。「白魔術だけ」

悲しいことに、ジェイミーがわたしの顔について言ったことは、ほんとうだったようだ――わたしが考えていることは、誰にでもわかるらしい。

「それを聞いて安心したわ」わたしは言った。「わたしは真夜中にかがり火のまわりで踊ったり、箒《ほうき》に乗ったりするのは得意じゃないから。まして悪魔のお尻にキスするなんて」

ゲイリーがのけぞって楽しそうに笑った。

「あなたは誰のお尻にもキスしたりしないでしょう？　わたしだってしないわ。だけど一緒のベッドにいるのがあなたのみたいにかわいい赤毛の悪魔なら、絶対にしないとは言いきれないけれど」

「それで思い出した――」わたしは言いかけたが、彼女はもう背を向けて独り言をつぶやきながら、準備をはじめていた。

まず最初にドアにしっかり鍵をかけたことを確認すると、ゲイリーは屋根窓のほうに戻って窓枠の下に造りつけられた戸棚を漁った。大きな浅い鍋と、陶器の燭台に立てられた長く白い蠟燭を取り出した。さらに漁って擦り切れたキルトを見つけると、埃と木の棘を避けるために床に広げた。

「なにをしようとしているのかちゃんと教えて、ゲイリー」わたしはうさんくさそうに道具を見つめた。予備知識がないので、鍋と蠟燭とキルトに禍々《まがまが》しい意図は見出せないが、わたしは所詮、新米魔術師なのだ。

「召喚よ」彼女が言った。キルトの隅を引っ張って、辺が床板と平行になるように直した。

「召喚って誰を？」わたしは尋ねた。あるいは、なにを？

ゲイリーが立って髪を後ろに撫でた。生まれたてのようにつやつやなので、留めていても落ちてくる。つぶやきながらピンを抜き取り、濃いクリーム色の輝くカーテンのように落ちるにまかせた。

「ああ、霊や魂や風景よ。とにかくあなたが呼び出したいもの」彼女が言った。「なにを呼び出すにしても最初は同じだけれど、薬草と呪文が変わるわ。いまほしいのは風景——誰があなたにまじないをかけたかを見るの。それからまじない返しをするの」

「えーと、でも……」復讐心はまったくなかったけれど、好奇心はあった——召喚術とはどんなものか見たかったし、誰がまじないをかけたのか知りたかった。

ゲイリーがキルトの真ん中に鍋を置き、説明しながら水差しから水を注いだ。「ちゃんと映せるくらい大きな器なら、なにを使ってもいいの。グリモワールには銀のたらいを使えと書いてあるけれど。呼び出すものによっては、外の池や水溜りでもいいのよ。人気《ひとけ》のないところならね。これをやるには、静寂が必要なの」

窓から窓へと歩いて重そうな黒いカーテンを閉め、部屋に射し込む光をすっかり遮断した。ゲイリーが蠟燭を灯すまで、暗がりを動き回るほっそりした姿はほとんど見えなかった。キルトのほうに戻ってくるゲイリーの顔を揺れる炎が照らし、高い鼻と形のよい顎の下に、V

字型の影が落ちた。

ゲイリーが蠟燭を、水の入った鍋の横、わたしから遠いほうに置いた。とても慎重に鍋に水を注ぎ足す。なみなみと注いだので、水は縁から少し盛り上がり、表面張力でこぼれずにいた。覗いてみると、水面は見事な鏡になっていた。城のどの鏡よりずっときれいに映る。また心を読んだように、ゲイリーが説明した。魂を呼び出す以外に、髪を整えるときに大いに役立つのだ、と。

「ぶつかると濡れるわよ」蠟燭を灯すのに集中して眉をしかめながら、ゲイリーが言った。

わたしはそのそっけない口調に、この超自然的な作業の最中の平凡な物言いに、誰かを思い出した。ほっそりした青白い顔や、火口《ほくち》箱に屈んだ優雅な姿を見ても、最初は誰を思い出したのかわからなかった。けれど言わずもがな。ウェイクフィールド牧師の書斎のティーポットと張り合えるぐらいにやぼったい人、そう、まさしくミセス・グレアムの口調だった。似ているのは姿勢かもしれない。神秘的な事象も天気と同じ、現象の集まりとしか思わない実用主義。近づくには、もちろん慎重に敬意を払わねばならない——鋭利な包丁を使うときのように——けれど、避けたり恐れたりする必要はない。

あるいは、ラベンダーの香りかもしれない。ゲイリーのゆったりした流れるようなガウンはいつも、彼女が抽出した精油の香りがした。マリーゴールド、カモミール、ゲッケイジュ、カンショウ、ミント、マジョラム。けれど今日、白いドレスのひだから漂うのはラベンダーだった。ミセス・グレアムの実用的な青い木綿の服に染み込み、肉のない扁平な胸元から立ち昇っていたのと同じ香りだ。

ゲイリーの胸もまた同じように扁平かどうか、いつもの彼女からはうかがい知れない。部《アン》屋着姿《・デザビエ》のゲイリー・ダンカンを見るのは今日がはじめてだった。いつもは地味でかさばるガウンを着込んでいる。喉元までボタンで留める、検察官の妻にふさわしい衣装。いま、胸の豊かな盛り上がりを見て、驚いた。クリーム色のふくらみは、彼女が着ている服とほとんど同じ色合いで、なぜアーサー・ダンカンのような男が身寄りも金もない娘を妻にしたかわかる気がした。わたしは無意識に、きちんとラベルを貼られた広口瓶の列を目でたどり、硝石を見つけた。

ゲイリーが棚から広口瓶を三つ選び、それぞれを少しずつ、小さな金属製の椀型の火鉢に入れた。下に置いた炭の束に蠟燭で火をつけ、小さな炎に息を吹きかけて燃え上がらせた。火の粉が落ちつくと、芳しい煙が昇りはじめた。

屋根裏の空気があまりにも静かなので、灰色の煙は揺らぐことなくまっすぐ上に昇り、長く白い蠟燭の姿に似た柱を形作った。ゲイリーは二本の柱のあいだで、神殿の女司祭のように優雅にあぐらを組んだ。

「これでうまくいくと思うわ」ゲイリーが指からローズマリーの粉末を払い落とし、満足そうに全体を見回した。謎めいたしるしのついた黒いカーテンがあらゆる日光を遮断し、蠟燭だけが光を放つ。蠟燭の炎は静かな水面に映って揺らぎ、映った炎もまた光を放つ光源のように輝いた。

「これからどうするの？」わたしは尋ねた。

大きな灰色の目が期待に燃え、水と同じように輝いた。両手を水の上でそよがせ、脚のあいだに置いた。

「しばらくじっとして」彼女が言った。「心臓の鼓動を聞いて。聞こえる？　呼吸を楽に、ゆっくり深く」いきいきとした表情とは裏腹に、彼女の声は穏やかでゆったりしていた。いつもの活発な話し方とは全然違う。

わたしは彼女の指示に従った。呼吸が一定のリズムに落ちつくにつれて、胸の鼓動が遅くなった。煙の中にローズマリーの香りがあるのに気がついたが、あと二種類はわからなかった。ジギタリスだろうか、それともキジムシロ？　紫色の花はベラドンナだと思ったが、そんなはずはない。ふたつがなんであれ、わたしの呼吸が遅くなったのは、ゲイリーの指示だけが原因ではない。重いものに胸骨を押されているような気がした。意識しなくても呼吸が遅くなる。

ゲイリーはじっと座ったまま、まばたきもせずにわたしを見ている。彼女が一度うなずくと、わたしはおとなしく静かな水面を見下ろした。

ゲイリーが抑揚のない、語りかけるような口調で話しはじめると、またミセス・グレアムを思い出した。ストーン・サークルで太陽に呼びかけていたときのミセス・グレアムを。言葉は英語ではなかったが、完全に英語ではないのでもなかった。奇妙な言語だが、知っている気がした。意識下で語られる言葉のようだ。

膝の上に置いた手が麻痺しはじめた。動かしたいと思っても動かなかった。彼女の抑揚のない声が、やさしく説き伏せる。いまではなにを言われているかわかっていたが、意味を呼び出せなかった。

ぼんやりと悟った。わたしは催眠術をかけられ、なんらかの薬の影響下にある。わたしの意識は最後の足場に踏み止まり、甘く香る煙の誘惑に耐えた。水面にわたしが映っている。瞳孔が針の先ほどに縮まり、目は陽光にくらんだフクロウのように見開いている。薄れゆく意識から〝アヘン〟という言葉が浮かんだ。

「あなたは誰？」二人のうち、どちらが質問したのかわからなかったが、答えて喉が動くのを感じた。「クレア」

「誰があなたをここへ来させたの？」

「自分で来たの」

「なぜ来たの？」

「言えない」

「なぜ言えないの？」

「誰も信じないから」

頭の中の声が、さらにやさしく親しく心地よくなった。

「わたしはあなたを信じるわ。わたしを信じて。あなたは誰？」

「クレア」

突然大きな音がして、魔法が解けた。ゲイリーがはっとして鍋に脚をぶつけ、水の中の像を乱した。

「ゲイリス？　いるのか？」ドア越しに、ためらいがちだが威厳のある声が聞こえた。「もう行かなくては。馬の用意ができたのに、おまえはまだ着替えていないじゃないか」

ゲイリーが小声で乱暴な言葉をつぶやきながら立ち上がり、窓を開いた。新鮮な空気が流れ込んで、わたしは目をしばたたき、いくらか頭の霧が晴れるのを感じた。

彼女は考え込むようにわたしを見下ろしていたが、屈んで助け起こしてくれた。

「いらっしゃい」彼女が言った。「少し気分が悪くなったでしょう？　そうなる人もいるの。わたしが着替えるあいだ、ベッドで休んでちょうだい」

わたしはゲイリーの寝室でベッドカバーの上に横になり、目を閉じて、控えの小部屋から聞こえるかすかな衣擦れを聞きながら、あれはいったいなんだったのだろうと考えていた。まじないや、その送り主と関係がないのは明らかだ。問われたのは、わたしの素性だけ。徐々に頭が冴えてくると、あることを思いついた。ゲイリーはもしかしたらコラムのスパイかもしれない。彼女の立場にいれば、あらゆる方面の事件や秘密が耳に入る。それにコラム以外の誰が、わたしの素性にそんなに興味を持つ？

アーサーが召喚術の邪魔をしなかったら、どうなっていただろう。香りつきの煙の中で、『目覚めたときには、すべてを忘れています』という、催眠術師のお決まりの文句が聞こえただろうか？　けれどわたしは忘れていない、それが不思議だった。

だが結局、ゲイリーに尋ねる時間はなかった。寝室のドアが開き、アーサー・ダンカンが入ってきた。控えのドアに向かい、すばやく一回ノックして、入っていった。中から驚いた小さな悲鳴が聞こえ、それからしんと静まり返った。アーサー・ダンカンが出てきた。目を見開いて虚空を見つめ、顔が真っ青なので、発作を起こしたのかと思った。わたしは飛び起きると、戸枠にもたれかかったアーサーに駆け寄った。

けれどわたしが触れる前に彼はドアから身を起こし、少しよろめきながら、わたしなど目に入らないように部屋を出ていった。

わたしもドアをノックしてみた。

「ゲイリー！　大丈夫？」

一瞬の沈黙の後、完璧に落ちついた声が答えた。「ええ、もちろん。すぐ行くわ」

ようやく階段を下りると、見るからにさっきより落ちついたアーサーが、ジェイミーと一緒にブランデーを飲んでいた。考え事をしているような、心ここにあらずの様子だったが、妻の装いを控え目に誉め、馬番に馬を取りに行かせた。

わたしたちが到着したのは、晩餐会がちょうどはじまったころで、検察官とその妻は、華々しい上座に案内された。二人よりやや地位の劣るジェイミーとわたしは、ルパートとネッド・ガウアンに相席した。

あますところなく力を発揮したミセス・フィッツは、料理や酒やその他もろもろに送られる賛辞を聞いて、満足そうに笑っていた。

実においしかった。蜂蜜漬けの栗を詰めたキジのローストを食べたのははじめてで、三度目のお代わりをよそっていると、ネッド・ガウアンがわたしの食欲をおもしろそうに眺めて、豚の乳呑子《ちのみご》はもう食べてみたかと尋ねた。

答えようとしたとき、ホールの端からどよめきがあがった。コラムが立ち上がり、わたしのほうへ歩いてくる。老アレク・マクマホンも一緒だ。

「あなたの才能は、尽きるところを知らぬようだ、ミストレス・フレイザー」コラムが軽くお辞儀をする。大きな笑みが魅力的な表情を作っていた。

「怪我人を手当てし、病人を癒し、馬のお産を仕切るとは。じきに、死人を起こしてもらうことになりそうだ」これを聞いてみんなくすくす笑ったが、一人二人が心配そうに、今宵出席しているベイン神父を盗み見た。神父はいま、隅のほうで、マトンのローストをせっせとお腹に詰め込んでいる。

「ともあれ」コラムが上着のポケットに手を入れながら、つづけた。「感謝のしるしに、ささやかな贈り物をさせてほしい」蓋《ふた》にマッケンジーの紋章が彫られた小さな木の箱を渡された。わたしはロスガンがどれほど大事な馬かわかっていなかった。どんなよい霊が守ってくれたか知らないが、なにもかもうまくいったことを心の中で感謝した。

「いけません」わたしは固辞した。「特別なことはしていないのですから。たまたま手が小さかっただけで」

「それでもだ」コラムは譲らなかった。「結婚祝いだと思ってもらえばいい。受け取ってくれ」

ジェイミーがうなずくのを見て、わたしはおずおずと箱を受け取り、開けた。箱の中には美しい黒玉のロザリオが入っていた。玉のひとつひとつに細かい彫刻が施され、十字架は銀で象眼されている。

「きれいだわ」心を込めて言った。ほんとうにきれいだが、使い道がわからない。カトリックとは名ばかりで、不可知論者の権化、ラムおじさんに育てられたので、ロザリオの重要性を理解できない。それでも心からコラムに礼を言い、なくすといけないのでジェイミーのスポーランにしまっておいてもらった。

コラムに正式なお辞儀をした。顔面から突っ込まずにお辞儀する術《すべ》を会得したことを知り、内心うれしくなった。コラムが口を開いて優雅に締めの言葉を述べようとしたとき、突然わたしの後ろでなにかが倒れる音がした。振り向くと、背中と頭しか見えなかった。なんの騒ぎか知らないが、みんな椅子から飛び上がって集まっている。コラムがいらいらと手を振ってみんなを退かせ、どうにかテーブルを回った。人々がうやうやしく道を開けると、丸々と太ったアーサー・ダンカンの姿が見えた。手足が激しく震え、助けようとする人の手を払いのけている。アーサーの妻が、ささやく人の輪をかき分け、夫のかたわらに膝をつき、頭を抱こうとした。発作を起こした男は踵《かかと》を床に押しつけてのけぞり、うがいをするような、喉がつまったような音をたてている。

ゲイリーが緑の目を上げ、誰かを探すように不安げに人込みを見回した。わたしは自分が探されているのだと思い、抵抗の少ない道を探し、テーブルの下を這って進んだ。

ゲイリーのそばまで行くと、わたしはアーサーの顔を両手で挟み、顎をこじ開けようとした。彼がたてている音を聞いて、肉片をつまらせたのではないかと思ったのだ。まだ気管につっかえているかもしれない。

しかし顎は固く閉じ、唇は青ざめて泡が浮いている。気管が詰まったときの症状ではない。けれど喉がつまっているのは間違いない。丸い胸が、息をしようと無駄な努力をしてふくらむ。

「早く、横向きにして」わたしは言った。即座に数本の手が伸びて重たい体がきれいに転がり、大きな黒いサージの背中がわたしに向けられた。鈍い音をたてながら、掌の付け根で肩甲骨のあいだを何度も叩いた。大きな背中はかすかに震えたが、つかえていたものが急に取れたときの反応はなかった。

肉厚の肩をつかみ、もう一度引っ張った。ゲイリーが、凝視する顔に屈み、夫の名を呼んで、まだらになった喉をさする。いま彼は白目を剝き、その踵は床を打つ速度をゆるめつつあった。苦痛に両手が空をかき、いきなり伸びると、まわりで心配そうに見ている者の顔を殴った。

ぶつぶついう音が不意にやみ、太った体が萎《な》え、敷石の上に穀物袋のようにだらりと横たわった。わたしはぐったりした手首をつかみ、必死で脈を探った。ゲイリーも同じことをしているのが、目の端に映った。丸い、ひげを剃った顎を抱き寄せ、付け根に指を当てて頸動脈を探している。

どちらも無為に終わった。アーサー・ダンカンの心臓は、この大きな体に何年にもわたって血液を供給しつづけ、ついに力尽きた。

わたしは思いつくかぎり、あらゆる蘇生術を試みた。もはや手遅れだとわかっていたが、腕を広げ、心臓マッサージをし、マウス・ツー・マウスの人工呼吸さえやった。嫌だったが、結果を期待して。アーサー・ダンカンは完全に死んでいた。

わたしは疲れ果てて後ろへ下がった。ベイン神父が、汚らわしいものを見るようにわたしを睨みながら検察官のかたわらにひざまずき、急いで最後の秘跡を執り行なった。背中と腕が痛んだ。妙に顔の感覚がなかった。まわりでがやがやいう声が、不思議と遠のいた。ごった返すホールとわたしのあいだに、幕が下りたような気がした。わたしは目を閉じ、死の味を拭い落とすためにひりひりする唇をこすった。

地方検察官の死と、それにつづく葬儀と埋葬の大仰さにもかかわらず、公爵の鹿狩りは一週間しか延期されなかった。

ジェイミーがまもなく発つと思うと、わたしはひどく滅入った。一日働いた後、夕食の席で彼に会うのをどれだけ楽しみにしていたか、昼間、思いがけないときに偶然出会うとどれだけ胸が躍るか、そして、城の複雑な暮らしの中、たくましく安心できる彼の存在にどれだけ頼っていたか、ようやくわかった。さらにすっかり白状すれば、毎晩なめらかであたたかい力強さにベッドで出会い、毎朝荒っぽく笑みのこぼれるくちづけで目覚めるのがどれだけ好きか。その彼が留守にすると思うと、あまりに寂しかった。

ジェイミーがわたしを抱き寄せ、頭に顎を載せた。

「寂しいわ、ジェイミー」わたしはそっと言った。

ジェイミーが腕に力を込め、残念そうに笑った。

「おれもだ、サセナッフ。こんな気持ちになるとは予想もしていなかった――だがきみと離れると思うと辛い」やさしく背中を撫で、脊柱のこぶを指でなぞる。

「ジェイミー……気をつけてね」

彼が答えるとき、胸が楽しそうな深い音をたてた。

「公爵に、それとも馬に？」わたしの心配をよそに、ジェイミーは鹿狩りでドナスに乗る気だった。大きな栗毛の馬が、愚かにも誤って崖に突っ込んだり、必殺の蹄でジェイミーを踏みつぶしたりするところを思い描いた。

「両方」わたしは真面目に言った。「もしドナスに振り落とされて脚を折ったら、公爵の餌食になるわ」

「いかにも。だがドゥーガルがいる」

わたしは鼻を鳴らした。「残った脚を折るわよ」

ジェイミーが笑い、屈んでわたしにくちづけた。

「気をつけるよ、モ・デルニア。きみも気をつけると約束してくれるか？」

「ええ」わたしは本気で答えた。「まじないを置いていった人に、ということ？」

ひとときの楽しさはもう消えていた。

「ああ。きみに危険が迫っているとは思わない、思っていたら置いていかない。だがそれでも……ああ、それと、ゲイリス・ダンカンには近づくな」

「ええ？　なぜ？」少し身を引いて彼を見上げた。闇夜で顔は見えないが、口調は真剣そのものだ。

「彼女は魔女だと言われているし、いろいろ噂もある——それも、夫を亡くしてからひどくなる一方だ。彼女に近づいてほしくない、サセナッフ」

「ほんとうに魔女だと思う？」わたしは尋ねた。ジェイミーの大きな手がわたしの尻を抱え、さらに引き寄せた。わたしは腕を巻きつけ、彼のなめらかで硬い胸の感触に酔った。

「いや」ようやくジェイミーが言った。「だがおれがどう思おうと、危険は去らない。約束してくれるか？」

「わかったわ」実を言えば、約束するのは苦ではなかった。取り替え子と召喚術のことがあってから、それほどゲイリーに会いたいと思わなくなった。唇でジェイミーの乳首に触れ、そっと舐めた。彼が喉の奥深くで小さな声をあげ、さらに引き寄せた。

「脚を開いて」彼がささやいた。「いないあいだもおれを忘れないように」

しばらく後、寒さで目が覚めた。寝ぼけ眼《まなこ》でキルトを探ったが、見つからなかった。不意にキルトがひとりでにかぶさってきた。わたしは驚いて肘をつき、体を起こして見回した。

「ごめん」ジェイミーが言った。「起こすつもりはなかった」

「なにをしているの？　どうして起きてるの？」わたしは目を細めて肩越しに彼を見た。まだ暗かったが、目が慣れてきて、少し弱気な表情に気がついた。ジェイミーはすっかり目覚めていて、ベッドの脇のスツールに腰かけ、プレードにくるまって暖を取っていた。

「その……夢を見たんだ。きみが道に迷い、おれには見つけられなかった。それで目が覚めて……きみを見たかった。心に留め、出かけているあいだも忘れないように。キルトをはいでしまった。かわいそうに、凍えさせたな」

「いいの」夜は寒く、とても静かで、この世に二人きりのような気がした。「ベッドに入って。あなたが凍えるわ」

ジェイミーがわたしの隣に滑り込み、背中に寄り添った。彼の手が、わたしの首から肩、脇から腰へと撫で下ろし、背中と体の曲線をたどった。

「モ・デルニア」彼がそっと言った。「だがいまは、モ・エレゲダック、おれの銀色のもの、と言おう。きみの髪は銀箔で、肌は白いビロードだ。カラマン・ギアル、白鳩だ」

わたしは誘うようにお尻を押しつけ、硬いものに満たされると、息をもらして体を預けた。ジェイミーが胸に抱き寄せ、ゆっくり、深く、腰を揺らした。わたしが軽く息を呑むと、ジェイミーが手をゆるめた。

「すまない」とささやいた。「痛かったか？　だがきみの中に入りたくてたまらない、奥深くに留まりたい。おれの感覚を、種と一緒に残してゆきたい。朝まで抱いて、きみを起こさず、手の中にきみのぬくもりを抱いたまま出かけたい」

わたしは体を強く押し当てた。

「痛くないわ」

ジェイミーが行ってしまうと、わたしはあてもなく城を歩き回った。診療所で患者を診て、菜園で身を粉《こ》にして働き、コラムの蔵書を見て気を紛らそうとしたが、それでも時間は手の中に重かった。

一人になってそろそろ二週間というとき、台所を出たところでリアリーに会った。コラムの書斎の外の踊り場で見かけて以来、遠くからこっそりと彼女の姿を見ていた。元気そうではあったが、どこか張りつめた様子で、それは容易に感じとれた。気もそぞろでふさいでいるように見えた――無理もない、かわいそうに。わたしは同情した。

けれど今日、リアリーはなぜか興奮していた。

「ミセス・フレイザー！」彼女が言った。「伝言があるんです」ダンカン未亡人からの伝言です、と彼女は言った。具合が悪いので、看病しに来てほしいそうです。

ジェイミーの命令を思い出してためらった。けれど気の毒だし退屈だし、そのふたつに押されて、一時間もしないうちに鞍に薬箱を結わえ、村へ向かって馬を走らせていた。

わたしが着いたとき、ダンカン邸には荒れ果てた雰囲気が漂っていた。無秩序が家全体に蔓延《まんえん》している。ノックをしても誰も応えず、ドアを開けてみると、玄関ホールと客間には本や汚れたグラスが散乱し、敷物はよれ、家具には埃が積もっていた。呼んでも小間使いは現れず、台所もほかの部屋と同様、空っぽで散らかっていた。

不安になってきて、二階へ上った。正面の寝室はやはり空だったが、踊り場の向こうの食糧貯蔵室からかすかな物音が聞こえた。

ドアを開けると、ゲイリーがいた。安楽椅子に座り、台に足を投げ出している。酒を飲んでいたのだ。台の上にはグラスとデカンタがあり、部屋は強烈にブランデーのにおいがする。

ゲイリーはわたしを見て驚いたが、ほほえみながらよろよろと立ち上がった。目は焦点が定まっていないが、具合は悪くなさそうだ。

「どうしたの？」わたしは尋ねた。「病気じゃないの？」

ゲイリーがきょとんとしてわたしを見た。「病気？　わたしが？　いいえ。召使いはみんな出ていったし、家には食糧がまったくないけれど、ブランデーだけはたっぷりあるわ。あなたもどう？」そう言って、デカンタのほうを向いた。わたしは彼女の袖をつかんだ。

「わたしに使いをよこしたでしょう？」

「いいえ」ゲイリーが目を見開いてわたしを見つめる。

「じゃあどうして――」わたしの質問は、表の音に遮られた。遠くでごろごろいう、雷のような音に。前にも聞いたことがある。この部屋で。その音をたてている群衆に立ち向かうことを思うと、掌が汗ばんだ。

スカートで掌を拭った。音が近くなった。質問をする必要も時間もなかった。

25 魔女を生かしておいてはならない

前を行くくすんだ茶色の服を着た肩が左右に分かれ、闇が現れた。手荒に敷居のようなものをまたがされ、肘が木にぶつかって骨まで痺れた。悪臭のする闇に頭から倒れ込むと、見えない生き物がうごめいた。わたしは悲鳴をあげて手足をばたつかせ、無数の引っ掻く小さな脚と、甲高い声をあげて腿に突進してきたもう少し大きなものから逃げようとした。

どうにか脇へ転がったが、ほんの一、二フィートで土の壁にぶつかり、頭から土をかぶった。できるだけ壁に寄り添い、自分の動悸を抑えて、この悪臭を放つ穴に一緒に閉じ込められたものはなにかと耳を澄ませた。なんであれ、それは大きくて、荒い息をしていたが、唸ってはいなかった。豚だろうか？

「誰？」地獄の闇から声がした。怯えているが、挑戦的だ。「クレア、あなたなの？」

「ゲイリー！」わたしは息を呑み、手を伸ばすと、同じように探っていた彼女の手に触れた。しっかり抱き合い、暗い中で軽く前後に揺れた。

「わたしたちのほかに、なにかいるのかしら？」わたしは慎重にあたりを見回しながら尋ねた。いまでは闇に目が慣れていたが、見えるものは皆無と言ってもよかった。どこか上のほうからかすかに光の筋がもれているが、この下のほうでは肩まで陰気な影に覆われていた。わたしの視線のほんの数インチ先にあるゲイリーの顔でさえ、ほとんど見えない。

ゲイリーが少しひきつった声で笑った。「ネズミとかその手の害獣。それに、イタチも卒倒するにおい」

「ほんとうにひどいにおいね。いったいここはどこ？」

「泥棒の牢屋よ。下がって！」

頭上で耳障りな音がし、突然光が射した。わたしは壁に張りつき、牢屋の屋根に開いた小さな穴から降り注ぐ泥あくたを、間一髪で避けた。土砂崩れにつづいて、土塊がひとつ落ちてきた。ゲイリーが腰を屈め、床からなにかを拾った。天井に開いた穴のおかげで、それが腐りかけた土まみれのパンだとわかった。ゲイリーがスカートで汚れを払った。

「夕食よ」彼女が言った。「お腹空いたでしょう？」

穴は開いたままだった。ときたまなにかが通りすぎる以外は、なにも見えなかった。霧雨が降ってきた。そして身にしみる風。寒くてじめじめして、みじめきわまりない。ここに入れられるはずの悪党にはお似合いだ。泥棒、浮浪者、神を敬わぬ者、姦通者……そして、魔女の疑いがある者。

ゲイリーとわたしは暖を求めて壁際に固まり、あまり口をきかずにいた。言うことはほとんどなかったし、じっと耐える以外にできることもなかった。

夜の帳《とばり》がおりると頭上の穴もしだいに暗くなり、やがてまわりの闇に溶け込んだ。

「いつまでここに閉じ込められているのかしら？」

ゲイリーが体を動かして両脚を伸ばし、縞模様のリネンのスカートに、頭上から注ぐ小さな四角い朝の光を当てた。もとは鮮やかなピンクと白だったのが、着るに耐えないほど汚れている。

「そう長くはないわ」彼女が言った。「みんな、教会の尋問官を待っているの。そのことで、先月アーサーに手紙が来たわ。十月の第二週だったはずよ。まもなく到着するわ」

彼女は手をこすって温め、膝の上、小さな四角い光の中に置いた。

「尋問官ってなに？」わたしは言った。「わたしたち、どうなるの？」

「はっきりとはわからないわ。魔女裁判を見たことがないから。もちろん話を聞いたことはあるけれど」考えるように間を置く。「今回は土地争いのために来るのであって、魔女裁判は予定外でしょうから、とりあえず魔女槍は持ってこないでしょうね」

「なんですって？」

「魔女は痛みを感じないし」ゲイリーが説明する。「刺されても血を流さないの」魔女槍には、針や刃針《はばり》やその他もろもろの尖ったものがついていて、証明するのに用いられるのだそうだ。フランクの本でそういうのを見たような気がしたが、あれは十七世紀のものだと思っていた。ここは十八世紀ではないか。けれど、とわたしは皮肉に思った。クレインズミュアは文明の温床ではない。

「そういうことなら、ないと困るわね」わたしは言った。何度も刺されるところを想像すると少しひるんだ。「わたしたち、苦もなく証明できたのに。少なくとも、わたしは」と、辛辣に付け足した。「あなたを刺したら血のかわりに冷たい水が流れるでしょうね」

「わからないわ」ゲイリーはこれに取り合わず、考え込むように言った。「特別な針がついている魔女槍があると聞いたことがあるの——肌に触れると折れて、刺さらないように見えるそうよ」

「でもなぜ？　なんのためにわざわざ誰かを魔女だと証明するの？」

太陽は傾きはじめていたが、午後の光はまだわたしたちの部屋をぼんやりと照らしていた。ゲイリーの優美な卵形の顔に、無知を憐れむ表情が浮かんだ。

「まだわかっていないのね」彼女が言った。「わたしたちを殺すためよ。罪状がなんだろうと、証拠があろうとなかろうと、そんなことは問題ではないの。結局わたしたちは火あぶりよ」

昨夜は、暴徒の襲撃とみすぼらしい環境に驚くあまり、ゲイリーと身を寄せ合って夜明けを待つしかできなかった。けれど太陽の下、わずかに残った気力が目覚めつつあった。

「どうして、ゲイリー？」息もつかずに尋ねた。「教えて」腐り、汚れ、湿った土の悪臭で穴の中の空気はよどみ、硬いはずの土の壁が下手に掘った墓穴のように崩れて生き埋めにされるような気がした。

ゲイリーが肩をすくめるのを、見たというより感じた。上からの光は太陽とともに移動し、いまはわたしたちを冷たい闇に残して、牢屋の壁を照らしている。

「聞いて慰めになるなら」ゲイリーが冷静に言った。「あなたが捕まったのは手違いだと思うわ。これはわたしとコラムの問題だもの――村人が来たときわたしと一緒にいたのが運のつきね。コラムのところにいれば、サセナッフだろうとなかろうと安全だったのに」

通常の軽蔑的な言い方で〝サセナッフ〟と言われるのを聞くと、わたしを愛情を込めてそう呼ぶ男が急に恋しくてたまらなくなった。両腕で自分を抱き、わたしを包み込もうとする孤独な不安を押し留めようとした。

「なぜうちに来たの？」ゲイリーが思い出したように尋ねた。

「わたしに使いをよこしたでしょう？　城の娘が伝言をくれたの――あなたから、と言っていたわ」

「ああ」彼女が思い当たったように言った。「リアリーね？」

わたしは腰を下ろし、土壁に寄りかかった。汚くて臭いのがたまらなく嫌だったにもかかわらず。わたしの動きを感じてゲイリーが近寄ってきた。友達だろうと敵だろうと、穴の中ではたがいがたがいにとって唯一の熱源だ。しかたなくわたしたちは寄り添った。

「なぜリアリーだとわかったの？」わたしは震えながら尋ねた。

「あなたのベッドにまじないを置いていったのは、あの娘よ」ゲイリーが答えた。「赤毛の青年をさらったことであなたを恨んでいる娘は多いと言ったでしょう？　あの娘は、あなたがいなくなれば自分にチャンスがめぐってくると思ったのね」

これを聞いて、わたしは黙りこくった。また話せるようになるまで、少し時間がかかった。

「でも無理よ！」

ゲイリーの笑い声は寒さと乾きでかすれていたが、まだあの澄んだ音色を残していた。

「彼があなたを見る目を見れば、誰でもわかるわ。だけどあの娘はそれがわかるほど世間を知らないのよ。一度か二度男と寝ればわかるでしょうけれど、いまはだめね」

「そういうことじゃないわ！」わたしは叫んだ。「彼女がほしいのはジェイミーじゃないもの。あの娘、ドゥーガル・マッケンジーの子を宿しているのよ」

「ええ!?」ゲイリーは一瞬ただただ驚いて、わたしの腕に指を食い込ませた。「なぜそう思うの？」

わたしはコラムの書斎の前で彼女を見たことを話した。そして、そこから導き出した結論を。

ゲイリーが鼻を鳴らした。

「ふん！　彼女は、コラムとドゥーガルがわたしのことを話しているのを聞いたのよ。それでひるんだ――まじないのことでわたしのところへ来たのをコラムに知られたと思ったんでしょう。知られたら、血が出るまで鞭で打たれるわ。コラムはそういう取引をいっさい禁じているの」

「あなたがあげたの？」わたしは仰天した。

これを聞いて、ゲイリーがさっと身を引いた。

「あげたりしないわ。売ったのよ」

忍びくる闇の中、彼女の目を見つめようと瞳を凝らした。

「同じでしょう?」

「違うわよ」ゲイリーがいらいらして言った。「あれは純粋な商売。わたしはお客の秘密を明かさないし、彼女は誰に使うか言わなかったわ。わたしもあなたに忠告はしたでしょう?」

「ありがとう」わたしは少し皮肉を込めて、言った。「でも……」この新たな情報をもとに考えをまとめ直そうとして、頭がこんがらがった。「でも、ベッドにまじないを置いたのがリアリーなら、ほしかったのはジェイミーよね。それならあなたの家にわたしを行かせたのもわかるわ。だけどドゥーガルは?」

ゲイリーが一瞬ためらった。そして、なにごとかを決心した。

「あの娘がドゥーガル・マッケンジーの子を宿す可能性は、あなたが彼の子を宿す可能性と同じくらいよ」

「どうしてそう言いきれるの?」

ゲイリーが暗闇でわたしの手を探った。見つけると引き寄せて、ガウンの下の丸いお腹にしっかり当てた。

「宿しているのはわたしだから」簡潔な答だった。

「リアリーじゃなかったのね」わたしは言った。「あなた」

「わたし」ゲイリーはごく簡潔に答える。いつもの気取りはまるでない。「じゃあコラムが言ったのは――『彼女を不当には扱わぬ』あれはなんだったの？　つまり、これが彼の考える適切な処置ってわけなのね」

わたしはしばらく黙り込み、あれこれ考えた。

「ゲイリー」とうとう言った。「ご主人のお腹は……」

彼女がため息をついた。「白砒素よ。お腹の子が目立ちはじめる前に逝ってくれると思ったけれど、予想以上にしぶとくて」

アーサー・ダンカンが人生最期の日に、妻の小部屋から飛び出してきたときの、驚愕と悟りが入り混じった表情を思い出した。

「そうだったの」わたしは言った。「彼は、公爵の晩餐会の日、着替える途中のあなたを見るまで妊娠を知らなかったのね。それを知ったとき……自分の子ではないとわかるだけの理由があった、そうね？」

遠い隅から小さな笑い声が聞こえた。

「硝石は高価だけれど、ちっとも惜しくなかったわ」

わたしはかすかに震え、壁際に縮こまった。

「だからみんなの前で、晩餐会で殺す危険を冒さなくてはならなかったのね。姦通者として

――毒殺者として糾弾されかねなかった。それとも彼は砒素のことを知っていたと?」

「あら、アーサーにはわかっていたわよ」彼女が言った。「もちろん認めなかったでしょうけれど――自分にさえも。でも彼は気づいていたの。夕飯の席で向かい合っているとき、わたしが『タラのスープをもう少しいかが?』とか『わたしが作ったエールを召し上がる?』と尋ねると、あの人はあのゆで卵みたいな目でわたしを見ながら言ったわ、いや、いまは食欲がない、とね。そしてお皿を下げるの。後からこっそり台所に行って、食器棚の前でがつがつ食べる音が聞こえたものよ。わたしの手から食べなければ安全だと思っていたのね」

ゲイリーの声はおもしろい噂話をしているように、軽やかで楽しげだった。わたしはまた震え、暗闇を共有している存在から離れた。

「飲み薬に入っているとは思わなかったの。あの人は、わたしが作った薬は飲もうとしなかったわ。特注の薬をロンドンから取り寄せていたの――これも途方もなく高価だった」無駄遣いを咎めるような声だ。「そもそもその薬には砒素が入っていたの。少し足しても味の違いには気づかなかったわ」

殺人者の弱点は虚栄心だという。どうやらそれは真実らしい。いま彼女は、置かれている状況も忘れて己の業績を誇らしげに語りつづけた。

「あんなふうに大勢の前で殺すのは危険だったけれど、一刻も早く手を打たなくてはならなかったの」砒素ではあんなふうには殺せない。わたしは地方検察官の硬く青ざめた唇と、それに触れたわたしの唇の痺《しび》れを思い出した。もっと速効性のある猛毒だ。

わたしは、ドゥーガルが告白したのはリアリーとの情事だと思っていた。しかしそれなら、コラムは渋るだろうが、ドゥーガルとあの娘の結婚を阻む理由はない。ドゥーガルは男やもめで、自由の身なのだから。

だが地方検察官の妻との姦通なら？　まったく話は別だ。姦通は重罪のはずだ。コラムはそのような大事件を秘密裏におさめられないだろうが、実の弟に公衆の面前での鞭打ち刑や流刑を言い渡せるとは思えない。そしてゲイリーが、顔に焼ごてを当てられて何年も牢に入れられ、一日十二時間、麻を叩いて過ごすより、夫を殺すほうがいいと思ってもおかしくはない。

そこでゲイリーはゲイリーの予防措置をとり、コラムはコラムの措置をとった。そしてわたしは、ここに宙ぶらりんでいる。

「でも子供は？」わたしは尋ねた。「もちろん……」

闇の中からぞっとするような笑い声がした。「事故は起こるものよ。誰にでも。そして起きてしまったら……」彼女が肩をすくめるのを、見るというより感じた。「堕ろすつもりだったけれど、ドゥーガルとの結婚に持ち込めるかもしれないと思ったの。アーサーが死んだ後でね」

恐ろしい疑念が湧き上がった。

「でもそのとき、ドゥーガルの奥さんはまだ生きていたわ。ゲイリス、あなた――？」

衣擦れの音がして、ゲイリーが首を振ったのがわかった。彼女の髪がちらりと光った。

「そのつもりだった」彼女が言った。「でも神様が手間を省いてくださったわ。なにかのしるしだと思ったの。これで、なにもかもうまくいくかもしれない、と。コラム・マッケンジーさえいなければ」

わたしは寒さに肘を抱えた。いまでは気をそらすだけのために話していた。

「あなたの目当てはドゥーガル、それとも彼の地位とお金?」

「あら、お金ならたっぷりあったわ」満足そうに彼女が言った。「アーサーが書類や覚書を入れている抽斗の鍵がどこにあるか知っていたの。アーサーは字が上手だった、と彼のために言っておくわ——署名を真似るのはわけなかった。この二年間で、一万ポンド近くいただいたわ」

「でもなんのために?」わたしはすっかり当惑していた。

「スコットランドのために」

「ええ?」一瞬聞き違えたと思った。それから、わたしたちのうちの一人が少々不安定らしいと結論を下した。手元の証拠から察するに、それはわたしではない。

「スコットランドって、どういうこと?」少し離れながら慎重に尋ねた。彼女がどれほど不安定なのかわからない。妊娠のせいで心のバランスが崩れたのかもしれない。

「怖がらなくていいわ。狂っていないから」皮肉っぽいおかしそうな声に、わたしは赤くなった。暗くてよかった。

「あらそう?」痛いところを突かれて、わたしは言った。「あなたの言うとおりなら、あなたは詐欺と盗みと殺人を犯したのよ。狂っていると思うのが思いやりというもんでしょ。だってもし狂っていないなら――」

「狂ってもいないし、堕落してもいない」ゲイリーがきっぱり言った。「わたしは愛国者なの」

閃いた。狂女に襲われることを予期してつめていた息を、吐き出した。

「ジャコバイト」わたしは言った。「なんてこと、あなたはジャコバイトなのね！」

そうだったのか。それですべて説明がつく。いつもは兄の意見の鏡であるドゥーガルが、なぜスチュアート王家の資金集めにあれほど熱心だったか。そして、どんな男とでも結婚できるほどの美貌を備えたゲイリス・ダンカンが、なぜアーサー・ダンカンとドゥーガル・マッケンジーのように正反対の男を選んだか。一人は金と地位のため、もう一人は民意に及ぼす影響力のため。

「コラムのほうがよかったのだけれど」ゲイリスがつづけた。「残念だわ。彼の不幸はわたしの不幸。わたしが手に入れるのは彼のはずだった。わたしに釣り合う唯一の男だった。二人で力を合わせれば……でも、しかたないわね。手に入れたい男、持っている武器では落とせない男、それが彼だった」

「だからかわりにドゥーガルを？」

「ええ、そうよ」彼女が思いに沈んで、言った。「たくましくて、そこそこ権力もある。財産もなくはない。民衆の意見を聞く男。でもほんとうは、脚でしかなかった、そしてペニス」――短く笑う――「コラム・マッケンジーのね。強さを持っているのはコラムよ。わたしと同じくらい強いわ」

ゲイリスの得意げな口調に、わたしはいらついた。

「言わせてもらえば、コラムはあなたが持っていないものを持っているわ。たとえば、人を憐れむ心」

「ええ、そうね。〝慈悲と憐れみの心〟ってあれね？」彼女はあざ笑うように言った。「それがなんになるの。死が彼の肩にとまっているわ。ひと目見てわかる。今度の大晦日から二年もてばいいほう。それ以上は無理でしょうね」

「そう言うあなたはどれくらい生きられそうなの？」わたしは尋ねた。

皮肉を向けられても、澄んだ声は揺るがなかった。

「二年より短いでしょうね。どうでもいいわ。いままでに多くのことをやったもの。フランスと、プリンス・チャールズのために蜂起する土地へ、一万ポンド送ったわ。反乱が起きたら、わたしは自分が役に立ったとわかる。それまで生きていられたら」

彼女は屋根に開いた穴のほぼ真下にいた。わたしの目は闇にすっかり慣れていたので、暗黒に浮かぶ彼女の青白い姿が見えた。若死にした人の迷える霊。不意に彼女がこちらを向いた。

「尋問官が来てどうなろうとも、わたしは後悔しないわ、クレア」

「国に捧げる命がひとつしかないのを悔やむだけ？」わたしは皮肉たっぷりに尋ねた。

「うまいことを言うわね」彼女が言った。

「でしょう？」

黙ったまま、闇が深まるにまかせた。この闇には有形の力があるのだろうか、わたしの胸を冷たく重く圧迫し、死のにおいで肺を苦しくさせる。とうとうわたしは頭を膝に載せてできるだけ丸くなり、戦うのをやめて、寒さと恐怖の狭間で危うい眠りに落ちかけた。

「彼を愛しているの？」ゲイリーがいきなり尋ねた。

わたしは驚いて膝から頭を上げた。いま何時だろう。頭上に小さな星がまたたいているが、穴には光が届かない。

「彼って、ジェイミー？」

「ほかに誰がいるの？」彼女が素っ気なく言った。「寝言で彼の名前を呼んでいたわよ」

「寝言を言ってたなんて」

「それで、どうなの？」寒さのせいで、死へとつながりかねない眠りへと引きずりこまれるところだった。ゲイリーのせっつくような声が、恍惚《こうこつ》状態から引き戻してくれた。

わたしは膝を抱え、軽く前後に揺れた。頭上の穴から射す光は、宵の薄闇に呑まれていた。尋問官は明日か明後日には着くだろう。言い逃れをするには少々手遅れになりつつある。自分にも、他人にも。まだ自分が死の危険に曝されているという事実を受け入れられなくても、有罪判決を受けた囚人が、処刑の前日に告解したいと思う心情はわかりかけていた。

「ほんとうの愛よ」ゲイリーはこだわる。「ただ一緒に寝たいというだけではなくて。あなたも彼もそれを望んでいるのは、わたしにもわかるわ。そういうものよ。だけど彼を愛している？」

彼を愛している？　肉欲以上の愛？　穴の暗さが告解席の匿名性を帯び、死の淵に追いやられた心には嘘をつく暇はなかった。

「ええ」わたしは言い、膝に頭を戻した。

しばらく穴の中は静かだった。また眠りに落ちかけたとき、彼女が独り言のように言うのが聞こえた。

「それなら可能性はあるわ」思いに耽る声だった。

翌日、尋問官が到着した。泥棒の牢屋の闇にいても、騒々しさでわかった。村人の大声、ハイ・ストリートの敷石を踏む馬の蹄の音。一行が遠くの広場へ向かうにつれて、音も遠ざかった。

「来たわ」上の騒ぎを聞きながら、ゲイリーが言った。

わたしたちはまた手を握り合った。反目は恐怖に埋もれた。

「そうね」わたしは強がりを言った。「きっと火あぶりのほうが凍え死ぬよりましよ」

しかしわたしたちは凍えつづけた。翌日の午後、牢の扉が不意に開き、わたしたちは引っ張り出されて裁判を受けさせられた。

見物人が多いので、裁判がダンカン邸前の広場で行なわれるのは当然だった。ゲイリーが客間の菱形の窓をちらりと見上げ、それから目をそらした。無表情だった。

教会の尋問官は二人、広場に据えられたテーブルの後ろで、詰め物をしたスツールに座っている。一人は異常にのっぽで痩せており、もう一人はちびで太っていた。一度見たアメリカの漫画雑誌を思い出さずにはいられなかった。尋問官の名前がわからないので、わたしは勝手に二人をマットとジェフと命名した。

村人のほとんどがそこにいた。見渡すと、かつての患者が大勢目に留まった。だがもちろん城の住人はいない。

起訴状を読み上げたのは、クレインズミュアの村のロックスマン、ジョン・マックレイだった。ひとつはゲイリス・ダンカン、いまひとつはクレア・フレイザーに対するもので、二人とも魔術を行なった罪で教会法廷に立たされている。

「被告は魔術を用いてアーサー・ダンカンに死をもたらした」マックレイがしっかりと落ちついた声で言った。「さらに、ジャネット・ロビンソンの胎児に死をもたらし、トーマス・マッケンジーの船を沈め、クレインズミュアの村全体にひどい腹痛を引き起こし……」

罪状は延々とつづいた。コラムも念を入れたものだ。

読み上げ終えると、証人が呼ばれた。ほとんどが見たことのない村人だった。わたしの患者が一人もいないのを見てほっとした。

証言の大半は実にばかげていたし、明らかに金をもらって証言台に立ったと思える者もいたが、数人はたしかに真実を語っていた。たとえば父親に証言台まで引きずられていったジャネット・ロビンソンは、青ざめて震え、頬には紫色のあざをつけてこう証言した。既婚男性の子を宿し、ゲイリス・ダンカンの手を借りて堕ろそうとした、と。「飲み薬をもらい、月が昇るときに三回唱える呪文を習いました」娘は怯えた顔でゲイリスと父親を見くらべながら、あやふやな声で言った。どちらがより恐ろしいか、迷っているようだ。「それをやれば、月のものがはじまると言われました」

「それで、どうだったのかね？」ジェフが興味ありげに尋ねる。

「最初はだめでした、尋問官さま」娘があわててお辞儀をした。「ですが、月がかけるころにもう一度試したら、はじまりました」

「はじまった⁉　この子は出血多量で死ぬところでしたよ！」明らかに娘の母親らしい中年の女が割って入った。「自分が死にそうだと気づいてようやく、あたしにほんとうのことを打ち明けたんです！」ミセス・ロビンソンは血なまぐさい細部を語る気満々だったが、どうにか黙らされ、次の証人が立った。

わたしについてとくに言いたいことがある者は、一人もいないようだった。アーサー・ダンカンが死んだときそばにいて、息を引き取る直前に彼に触れたのだから、関係があるにちがいないという曖昧な非難をされただけだった。ゲイリーは正しいのかもしれないと思いはじめた。わたしはコラムの標的ではなかった。そうだとすれば、逃げられるかもしれない。

少なくとも丘の女が現れるまではそう思っていた。

痩せて腰の曲がった、黄色いショールを羽織った女が前へ出たとき、厄介なことになったのを感じた。女は村人ではなかった。いままで見たことがない。女は裸足で、ここまで来る道中の土埃で汚れていた。

「ここにいる二人の女に対して、告発することがあるか？」のっぽで痩せた尋問官が尋ねた。女は怯えていた。目を上げて尋問官を見ようとしない。だが女が短くお辞儀をすると、見物人はささやくのをやめて耳を傾けた。

女の声は小さく、マットはもう一度言うよう命じなければならなかった。

女とその夫には病気の子がいた。生まれたときは健康だったが、発育が悪く、大きくならなかった。とうとうその子を妖精の取り替え子だと判断して、夫婦は赤ん坊をクロイフ・ゴームの丘の〝妖精の椅子〟に置いた。妖精が取り替えに来たらわが子を取り返せるよう見張っていると、ここにいる二人の女が〝妖精の椅子〟へ行き、赤ん坊を抱き上げて妙な呪文を唱えた。

女は痩せた両手をエプロンの下でこねくり回した。

「夜通し見張っておりました。真っ暗になって間もなく、大きな悪魔が現れました。大きな黒い影が暗闇を音もなくやって来て、わたしたちが赤ん坊を置いた場所に屈み込んだんです」

群衆からおののきの声がもれた。わたしはうなじの毛がかすかに逆立つのを感じた。〝大きな悪魔〟はジェイミーで、赤ん坊がまだ生きているか見に行ったのだと知っていても。わたしは覚悟した。次になにが来るかわかっていた。

「太陽が昇ったとき、夫と見に行きました。すると取り替え子が死んでいました。わたしたちのかわいいあの子はどこにもいませんでした」そこまで言うと、女は我慢できなくなり、エプロンで顔を覆って涙を隠した。

取り替え子の母親がなにかの合図であったかのように、群衆が分かれ、家畜商人のピーターが現れた。彼の姿を見て、わたしは心の中でうめいた。さっきの女が話すあいだに、みんなの意識がわたしに向くのを感じた。あとはこの男が水中馬の話をするだけでいい。

家畜商人は注目を集めてご満悦で、そり返るとわたしを指さして言った。

「この女を魔女と呼ぶのももっともです、尋問官さま！　この女が邪悪な湖から水中馬を呼び出し、命令するのをこの目で見ました！　いかにも恐ろしげな生き物でした。マツの木みたいにのっぽで、大きな青蛇みたいな首にリンゴぐらいでかい目をしていました。覗き込んだら魂を奪われちまいそうな目でした」

尋問官たちはこの話に驚いたようで、数分にわたってなにやら話し合っていた。その間ピーターは挑むようにわたしを見ていた。〝思い知ったか！〟と言いたげな目で。

ようやく太ったほうの尋問官が、まさかに備えてかたわらに控えていたジョン・マックレイを急いで手招きした。

「ロックスマン！」尋問官が言った。向き直り、家畜商人を指さした。

「あの男を連行し、さらし台につないでおけ、酔っ払いの恥さらしだ。ここは厳粛なる法の場だ。ウィスキーを飲みすぎて水中馬を見るような男のくだらん証言にかかずらっている暇はない！」

家畜商人のピーターは驚きのあまり、ロックスマンが近寄って腕をつかんでも、抵抗すらしなかった。口をぽかんと開け、振り返ってわたしを激しく睨みながら連行された。わたしは指をひらひらさせて、小さくさよならをせずにはいられなかった。

しかしこのちょっとした緊張緩和の後、ことは急速に悪化した。娘や女が入れ代わり立ち代わり、ゲイリス・ダンカンからまじないや媚薬を買ったと証言した。病気を引き起こしたり、望まれざる子を堕ろしたり、男に恋の魔法をかけたりするために。誰も彼も例外なく成功したと言った――開業医が聞いたらさぞうらやましがるだろう。わたしを咎める者はいなかったが、何人かは――事実を――語った。ミセス・ダンカンの薬草室でわたしが薬を調合し、薬草をつぶしているのをよく見た、と。

それでも致命傷ではなかった。同じくらいの人数が、わたしが呪文やまじないや怪しい技を使わず、通常の薬だけで治療をしたと証言してくれた。世論の風向きを考えると、こうしてわたしのために証言をするのは勇気がいっただろう。ありがたかった。

立ちっぱなしで足が痛かった。尋問官たちはゆったり座っていたが、囚人にはスツールなどあてがわれない。だが次の証人が現れたとき、足のことなどすっかり忘れた。

コラムに匹敵するほどの演出力で、ベイン神父が教会の扉を開け、オークの杖をついて足を引きずりながら広場に登場した。ゆっくり真ん中まで進むと、尋問官に頭を下げてから群衆に向き直り、じろりと見回して、鋼鉄のような視線で騒ぎを低いささやきにまで減じた。

神父が口を開くと、声が鞭の音のように響いた。

「クレインズミュアの民よ、これはあなたがたに下された審判だ！　『疫病は聖者の前を行き、熱病はその後ろに従う』あなたがたは正しき道を踏みはずし、誘惑されることを選んだ。いま、その酬いを受けるがいい！」

意外にも巧みな弁舌に、わたしは少々面食らった。あるいは、神父は危機を察知したときだけ、こんなふうに言葉巧みになれるのかもしれない。派手な言葉が轟《とどろ》きつづけた。

「あなたがたは疫病に見舞われ、悔い改めねば、自らの罪で死ぬであろう！　あなたがたは自らバビロンの娼婦を招いた」――神父が鋭い一瞥《いちべつ》をくれたところを見れば、つまりわたしのことらしい――「あなたがたは敵に魂を売り払い、内部にイングランドの蛇を迎え入れた。そしていま、全知全能の神が、あなたがたに天罰を下される。『見知らぬ女に近寄るな。あなたを誉めそやす女にも近寄ってはならぬ。なぜなら彼女の家は死に下り、その道は黄泉《よみ》につながっているからだ』悔い改めよ、手遅れになる前に！　ひざまずき、許しを請うのだ！　イングランドの娼婦を追い払い、悪魔の子と交わした取引に終止符を打て！」神父がベルトからロザリオを引っつかみ、大きな木の十字架をわたしに向けて振りかざした。

一貫してたいそうな見物《みもの》だったけれど、どうやらマットの不興を買ったらしい。おそらく、職業的対抗心だ。

「ああ、神父さま」尋問官がベイン神父に軽くお辞儀しながら言った。「彼女たちの罪に関して、証拠をお持ちですか？」

「もちろんだ」ひとまず弁説を振るったとあって、小柄な神父は落ちついていた。威嚇するように人さし指を突きつけられ、わたしは後ずさらないよう身構えた。

「二週間前の火曜の午後、リアフ城の庭でこの女に会った。この女は奇怪な力を用いて犬の群れにわたしを襲わせ、わたしは危うく殺されるところだった。脚に重傷を追い、彼女の前から去ろうとしたとき、この女は罪深くもわたしを誘惑し、二人きりになろうとした。わたしが誘いを拒むと、女は冒瀆《ぼうとく》の言葉を浴びせた」

「信じられない！」わたしは憤然として言った。「こんなばかげた言いがかり、聞いたことがないわ！」

ベイン神父が興奮で黒々と目を輝かせ、尋問官からわたしに振り向いた。

「わたしにこう言わなかったと言いきれるかね、『一緒にいらして、神父さま、さもないと傷が膿んで汚らしくなりますよ』」

「その、そこまで激しくなかったけれど、そのようなことは言いました」わたしは認めた。

勝利に歯を食いしばって、神父がスータンの裾をさっとめくった。乾いた血がこびりつき、黄色い膿で濡れた包帯が、腿に巻かれていた。包帯の上下の肉は青白く腫れ、見えない傷口から不吉な赤い筋が上へ伸びていた。

「大変《ジーザス・クライスト》！」その光景にショックを受けて、わたしは叫んだ。「敗血症を起こしてる。いますぐ手当てをしなければ、死んでしまうわ！」

群衆が衝撃のささやきを交わした。マットとジェフでさえ少々驚いたように見えた。

ベイン神父がゆっくり首を振った。

「聞いただろう？」神父が言った。「無鉄砲にもほどがある。わたしを、神の遣いであるわたしを死で呪うとは、それも教会法廷で！」

群衆の興奮したざわめきが大きくなった。ベイン神父がまた口を開いた。騒ぎを通して聞こえるよう、声を少し大きくした。

「ではこれで失礼する。後はあなたがたの良識と、神のご意志に任せよう――『魔女を生かしておいてはならない！』」

ベイン神父の劇的な証言のせいで進行が止まった。あれを上回るようなネタを仕込んだ者は一人もいないようだ。尋問官がしばしの休廷を告げると、宿から軽食が運ばれた。被告はそこまで期待してはいけない。

わたしは足を踏ん張り、手かせを思いきり引っ張ってみた。革紐は軽くきしんだが、一インチもゆるまなかった。いまこそ、とわたしは動揺を鎮めようとして冗談まじりに思った。馬に乗った若きヒーローが群衆をかき分け、引き止める人々を殴り倒し、気を失いかけたヒロインを鞍に抱き上げる見せ場じゃないの。

しかし、わたしの若きヒーローはどこか遠く森の中で、高貴な生まれの男色おやじとエールを飲み交わし、罪もない鹿を殺しまくっている。間に合いそうもない、と歯を食いしばって思った。ジェイミーが戻ってきてわたしの灰を拾おうとしても、そのころには四散しているだろう。

広がる恐怖に呑み込まれ、最初は蹄の音が聞こえなかった。かすかなささやきと振り返る人々に、ようやくリズミカルな足並みがハイ・ストリートの敷石を駆けてくるのに気がついた。

驚きのささやきが大きくなり、人だかりの裾が乗り手を通そうと分かれはじめたが、まだわたしから乗り手の姿は見えない。さっきの絶望はどこへやら、道理に合わない希望が湧いてきた。ジェイミーが早めに戻ってきたとしたら？　公爵の誘いがあまりにも強引だったとか、鹿がまるでいなかったとか。なんであれ、わたしは爪先立ち、やって来る乗り手の顔に注目した。

たくましい鹿毛の馬が見物人の肩のあいだから長い鼻面を突き出すと、みんなはしぶしぶ道を開けた。誰もが――わたしも――驚いて見つめる前で、棒切れのような姿のネッド・ガウアンがひらりと馬から下りた。

目の前のこざっぱりとしたなりの痩せた男を、ジェフがじろじろ眺めた。

「して、あなたは？」嫌々ながらも丁寧な言い方をしたのは、まちがいなく来訪者の銀色の靴の留め金とビロードの上着のせいだろう――マッケンジー一族の長に雇われると、報酬も大きい。

「エドワード・ガウアンと申します」ネッドがきちんと挨拶した。「事務弁護士です」

マットが背中を丸め、少し身をよじった。彼が座っているスツールには背がなかったので、長い上体は疲れているにちがいない。わたしはマットをじっと見つめ、椎間板ヘルニアになれと念じた。もしわたしが邪悪な目をしているから焼かれるのなら、ここで役に立ってもらわなければ。

「事務弁護士？」マットが低い声で言った。「事務弁護士がなぜここへ来られたので？」

ネッド・ガウアンは灰色のかつらを傾かせて最高に優雅なお辞儀をした。

「ささやかながらミストレス・フレイザーの力になろうとやってまいりました。わたくしの知るかぎり最も上品な女性であり、心はやさしく、また治療の技術と知識において非常に有能な方です」

最高。わたしはほくそ笑んだ。まずはこちらに一点。広場を見渡すと、ゲイリーの口元がよじれ、半分賞賛、半分愚弄の笑みが浮かぶのが見えた。ネッド・ガウアンはみんなが認める理想の王子さまとはいかないけれど、こんなときにえり好みをしてはいられない。来てくれるなら誰でもいい。

尋問官に一礼、わたしにも礼儀正しくお辞儀をすると、ガウアンはいつものまっすぐな姿勢をさらに正し、ズボンの腰に両手の親指をかけ、年季の入った騎士道的ロマンティシズムを発揮して、法律が選んだ並々ならぬ退屈という武器をもって戦いはじめた。

もちろん退屈きわまりなかった。自動裁断機の恐るべき正確さで、告発をひとつひとつ精査というまな板に載せ、条文という刃と判例という包丁で無慈悲に切り刻んでいった。雄々しい姿だった。彼はしゃべった。そしてしゃべった。さらにしゃべり、ときおりベンチからの指示があると敬意を表して言葉を止めたが、実際は次なる饒舌の攻撃に備えて息をつぐだけだった。

わたしはいま、生きるか死ぬかの瀬戸際で、未来がこの痩せた男の舌にかかっているのだから、一語一語に聞き入って当然だった。それなのに、手が使えないから口も隠さずに大あくびをし、体重を痛む足に交互にかけながら切望していた。早くこの拷問を終わらせて、火あぶりにしてくれないだろうか、と。

見物人も思いは同じだったらしい。朝の興奮が薄れて退屈した空気が漂うのをよそに、ガウアンの小さくて生真面目な声はしゃべりつづけた。村人が急に乳搾りや床掃除を思い出し、散りはじめた。このうんざりするような声がつづいているあいだはなにもおもしろいことは起こりそうにないと確信したのだろう。

やっとネッド・ガウアンが最初の弁護を終えたときには、日が暮れていた。わたしがジェフと名づけたちびの尋問官が明朝までの休廷を告げた。

ネッド・ガウアン、ジェフ、ロックスマンのジョン・マックレイがしばし低い声で話し合った後、わたしは二人の屈強な男に挟まれて宿に連れていかれた。肩越しに振り返ると、ゲイリーが反対方向へ連れていかれるのが見えた。背筋を伸ばし、急かす手を拒んで。あるいは、いかなる方法でも自分が置かれた状況を意識させられるのを拒んで。

宿の裏手の暗い部屋で、ようやく手かせがほどかれ、蠟燭が灯された。それからネッド・ガウアンが、エールの瓶と、肉とパンを載せた皿を持って現れた。

「数分しかないし、骨折って許可を得た時間だ。だからしっかり聞きなさい」小柄な男は、ゆらめく蠟燭の明かりに、なにやら謀《はかりごと》めいた様子で身を乗り出した。目が輝いている。かつらが少し傾いているのを除けば、苦労も疲労も微塵も見られない。

「ミスター・ガウアン、会えてほんとうにうれしいわ」わたしは心からそう言った。

「ああ、ああ」彼が言った。「だがいまは再会を喜んでいる暇はない」やさしく、しかし素っ気なくわたしの手を叩く。

「あなたとゲイリス・ダンカンとは別件だと思わせることができた。少しは役に立つだろう。そもそもあなたを捕らえる意図はなかったようだが、こうなったのは、あなたが魔——ミセス・ダンカンと親しかったからだろう。

それでも」てきぱきとつづける。「完全に危険がなくなったとは言いかねる。現段階では、あなたに対する村人の評価はけっして良好ではない。どういう気だったのだね」彼が珍しく興奮して問いつめた。「あの赤ん坊に触れるとは」

わたしが答えようと口を開くと、彼は、もういい、と手を振った。

「ああ、いまはいい。わたしたちがすべきは、あなたのイングランド性を強調することだ——異質性ではなく、無知を——そして、できるだけ引き延ばすことだ。時間はわたしたちの味方だ。こういう裁判で最悪なのはまわりがヒステリー状態になることだ。そうなると、たしかな証拠も血に飢えた群衆を満足させるために無視されかねない」

血に飢えた群衆。それこそわたしが見物人の顔から感じたものだった。疑問や同情の跡もちらほら見かけたが、群衆に立ち向かおうとする人間はなかなかいない。そしてクレインズミュアは、そういう類いの人間が欠けている場所だった。いや、とわたしは思い直した。一人いる――このひからびた小柄なエジンバラの弁護士、外観もそっくりの古いブーツほど強靭《きょうじん》な男が。

「引き延ばせば延ばすほど」ガウアンが当然のようにつづける。「性急にことを起こそうとする者は減る。だから」膝に手を当てる。「明日の朝、あなたがすべきは沈黙すること。しゃべりはわたしが引き受ける。それから神に祈ろう」

「もっともな案ね」わたしはどうにか笑おうとした。宿の正面に通じるドアを見た。大きな声が聞こえた。わたしの視線に気づいて、ガウアンがうなずいた。

「ああ、しばしのお別れだ。あなたがここで夜を明かせるよう手はずは整えた」彼が疑わしげにあたりを見回した。宿にしがみついたような狭い小屋は、大半を備品の倉庫として使われており、寒くて暗いけれど泥棒の牢屋にくらべれば格段の進歩だった。

小屋のドアが開き、かすかに揺れる青白い蠟燭の炎の後ろから、宿の主人の影が闇を覗き込んだ。ガウアンが立ち上がったが、わたしは彼の袖をつかんだ。訊きたいことがひとつある。

「ミスター・ガウアン――コラムがあなたをここへ来させたの？」ガウアンは一瞬、答をためらったが、職業柄、彼はこの上なく正直な男だった。

「いや」と、ぶっきらぼうに答えた。枯れた顔に、当惑とも思えるような表情が浮かんだ。

「わたしは……自分の意思で来た」帽子を頭に叩きつけ、ドアに向かった。ひと言「おやすみ」と言い残して、宿の明かりと喧噪《けんそう》に消えた。

部屋にはほとんどなにも用意されていなかったが、ワインの入った小さな水差しとパン――今回はきれいな――が大樽《おおだる》の上に載っており、その足元には古びた毛布がたたんで置いてあった。

わたしは毛布にくるまり、小さな樽の上に腰を下ろして、乏しい食料を嚙みしめながら考えた。

コラムが弁護士をよこしたのではなかった。コラムに知られても、ガウアンは来ただろうか？　コラムは、誰も村へ行ってはならぬと命じたのではなかろうか。魔女狩りに巻き込まれないように。村全体を襲った恐怖と興奮の波は、わたしにも感じられた。その波が薄っぺらな隠れ家の壁に打ち寄せるのがわかる。

近くの酒場からどっと声があがり、考えから気がそれた。死刑囚の寝ずの番だと言うのか。けれど破滅の縁にあっては、もらえるなら一時間でもありがたかった。わたしは寝転がると、頭から毛布をかぶって宿の騒ぎを閉め出し、感謝だけを感じようと必死で努力した。

少しも気の休まらない一夜が過ぎ、わたしは日の出からほどなくして起こされ、また広場へと引き立てられた。しかし尋問官たちが現れたのは、その一時間後だった。

今日も元気に朝食をたらふく詰め込んで、尋問官が仕事に取りかかった。被告の後ろの持ち場に戻ったジョン・マックレイに、ジェフが言った。

「提出された証拠だけでは、有罪と決定づけることができなかった」この日も集まっていた群衆は独自の決断を下しており、怒りの声をあげた。しかしマットが最前列の若い労働者たちに錐《きり》のような目を向けると、群衆は冷水をかけられた犬のようにおとなしくなった。秩序が戻ると、また骨張った顔をロックスマンに向けた。

「囚人を湖に連行してくれ」ここで期待に満ちた喜びの声があがり、わたしは最悪の事態を予想した。ジョン・マックレイが両手でわたしとゲイリーの腕をつかんで連れていこうとしたが、助けは多かった。意地悪な手がわたしのガウンを裂き、引かれていくわたしをつねり、小突いた。どこかのばかが太鼓を持ってきて、耳障りな音で打ち鳴らした。群衆は適当に太鼓に合わせて歌っていたが、叫び声や怒鳴り声で歌の文句は聞こえなかった。そんなのは知りたくもない。

湖畔の牧草地まで連れていかれた。湖面に小さな木の波止場が突き出しており、わたしたちはその突端まで引っ張り出された。すでに二人の尋問官が両端に立っていた。ジェフが岸の群衆に呼びかけた。

「紐を持ってこい!」全体がざわめき、期待してたがいの顔を覗き合っていると、ようやく一人が細い縄を持って走ってきた。マックレイが縄を受け取り、ためらいがちにわたしに近寄った。だが尋問官をちらりと見て、決意を新たにしたようだった。

「靴を脱いでもらえますかな」彼が命じた。

まさか抵抗にあうとは思っていなかったらしく、マックレイは目をぱちくりさせたが、尋問官の一人が出しゃばって答えた。

「水による審理の正式な手順だ。魔女の疑いがある者は、右手の親指を左足の親指に、左手の親指を右足の親指に、麻の紐で縛られる。そして……」目顔で湖面を示した。二人の漁師が裸足になり、ズボンを膝上まで巻き上げて紐で結わえ、浅瀬に立っている。一人が媚びるような笑顔でわたしを見、小石を拾うと堅い湖面を切るように投げた。石は一度跳ね、沈んだ。

「水に入ると」ちびの尋問官が割って入る。「罪深い魔女は浮かぶ。水の清らかさが汚れた存在を受けつけないからだ。潔白なら沈む」

「つまりわたしは、魔女で有罪とされるか、無実だけれど溺れるか、どちらかなのね？」わたしは言い放った。「お断りよ！」ますます肘を強く抱いて、いまや体の一部になったようにも思える震えを抑えようとした。

ちびの尋問官が、怯えたヒキガエルのようにふくれた。

「この法廷で許可なしに話してはならん！　法の認める審査を拒むと言うのか？」

「溺れるのを拒むかですって？　あたりまえでしょう！」ゲイリーの姿が目に入ったときは、すでに手遅れだった。彼女は激しく首を振っており、美しい髪が顔のまわりで揺れていた。

尋問官がマックレイのほうを向いた。

「この女の服を剝ぎ、鞭で打て」にべもなく言った。

あまりのことにめまいがした。みんなが息を吞む音が聞こえた。おそらく、衝撃を受けたのだろう――ほんとうは、期待に胸を躍らせているのだろう。そのとき、憎しみとはなにかを悟った。彼らのではなく、わたしの。

この人たちは、わたしを村の広場まで連れ戻そうなどと思っていないのだ。いまやわたしには失うものはほとんどない。向こうの勝手にさせるものか。

荒っぽくブラウスとボディスの端をつかまれ、前へ引っ張られた。

「触るな、この下等動物！」わたしは怒鳴り、一人の男の急所めがけて蹴りを入れた。男はうめいてうずくまったが、ふたつ折りになった体は、叫び、ののしり、怒りに燃える顔があふれかえってたちまち見えなくなった。わたしはさらに数本の手に腕をつかまれ、つまずきながら前へ急かされ、ぶつかって倒れた人の上をなかば持ち上げられて進み、狭いすきまを無理やり通らされた。

誰かに腹を殴られ、息が切れた。このときにはボディスは事実上、切れ端になっていたので、残骸は造作なく剝ぎ取られた。しとやか過ぎたことは一度もないが、悪意ある群衆の嘲笑の前に上半身裸で、乳房に汗だらけの手形をつけられて立っていると、これまで想像だにしなかった憎しみと屈辱を感じた。

ジョン・マックレイがわたしの手を体の前に出し、編んだ縄を数フィート残して、手首を縛った。根は善人なのだろう、そうするとき恥じているように見えたが、わたしの目を見ようとしなかった。この人に、助けも慈悲も期待してはいけないと思った。彼もわたし同様、群衆のなすがままなのだ。

ゲイリーもそこにいた。同じ扱いを受けているにちがいない。不意の風に舞う白金の髪が、ちらりと見えた。手首を縛った縄が大きなオークの木の枝にかけられ、ぐいと引っ張られると、わたしの両腕は頭上高くあがった。わたしは歯を食いしばり、怒りに食らいついた。恐怖と戦う唯一の武器だ。固唾《かたず》を呑んで待ち焦がれる空気を、見物人の興奮したつぶやきと叫びが彩った。

「やれよ、ジョン！」一人が叫んだ。「やっちまえ！」

己の仕事の見せ物的な要素をわかっているジョン・マックレイは、鞭を握った手を腰の高さで止め、群衆を見回した。前へ出て、木と向かい合わせになるようわたしの立ち位置を直した。荒い樹皮に顔がくっつきそうだ。それから彼は二歩下がり、鞭を振りあげ、おろした。

痛みより驚きのほうが大きかった。数回叩かれてようやく、ロックスマンができるだけ手加減してくれているのだとわかった。それでも、一、二度は皮膚が裂けるほど強烈だった。叩かれた痕が刺すように痛んだ。

わたしはぎゅっと目を閉じ、頬を幹に押し当て、懸命にどこかほかの場所へ行こうとした。しかし突然、なにかが聞こえて、いまこの場所へ連れ戻された。

「クレア！」

手首を縛った縄に、わずかなゆるみがあった。反転して群衆のほうを向くには十分のゆるみが。いきなりわたしがいなくなったので、ロックスマンは面くらった。鞭が空を打ち、バランスを失ってつんのめり、幹に頭をぶつけた。群衆は大喜びで野次を飛ばし、彼を嘲笑しはじめた。

わたしの髪は目に入り、汗と涙と牢屋の汚れにまみれた顔に張りついた。首を振って払い、ようやく顔をねじると、耳が聞いたものを目が確認した。

ジェイミーが雷のような顔で、体の大きさと筋肉を容赦なく行使しながら、行く手を遮る群衆をかき分けてやって来た。

ドイツ軍に攻め込まれ、あわやと言うときにパットン将軍の第三軍が現れたのを目にした、バストーニュ包囲陣内の指揮官、マコーリフ准将の心境だった。ゲイリーとわたしだけでなく、いまやジェイミーにも危険が迫っているというのに、誰かを見てこれほど幸せになったのははじめてだった。

「魔女の愛人だ!」「あの女の夫だ!」「臭いぞ、フレイザー!　この雄鶏!」似たような罵声が、わたしとゲイリーをののしる声に混じった。「男も捕まえろ!」「火あぶりだ!　全員火あぶりだ!」ロックスマンの失態で一時おさまった群衆の興奮が、また病的なまでに高まりつつあった。

ロックスマンに加勢して行く手を阻もうとする男たちに邪魔され、ジェイミーが突然立ち止まった。両腕に一人ずつ男をぶら下げたまま、力ずくでベルトに手をやった。ナイフを取る気だと思った男が、ジェイミーの腹を強打した。

ジェイミーは軽く身を折ったが、起き直ると、殴った男の鼻に肘鉄を食らわせた。一時的に片腕が自由になると、もう片腕に必死でしがみついている男を無視し、スポーランに手を入れると、腕を上げて投げた。それが手を離れた瞬間、彼の声がわたしの耳に届いた。

「クレア！ じっとしていろ！」

動けやしないわ、とぼんやりした頭で思った。黒いものがわたしの顔めがけて飛んできた。後ずさりそうになったが踏ん張った。それは音をたてて顔にぶつかり、黒玉のロザリオがカウボーイの投げ縄のように見事に首にからまると、黒玉が肩に落ちた。見事、ではなかったかもしれない。紐が右耳に引っかかった。鞭の痛さに涙を浮かべたまま、首を振ってネックレスを正しい位置に下ろすと、十字架が裸の乳房のあいだで意気揚々と揺れた。

前列の顔が、怯えた当惑の表情で十字架を見つめた。前列が急に静かになると、後列にも空気が伝わり、音の狂乱がおさまった。いつも、怒ったときでさえ穏やかなジェイミーの声が、静寂を震わせて響き渡った。いまは穏やかさなどみじんもない。

「彼女をおろせ！」

腕にぶら下がっていた者はいなくなり、ジェイミーが前へ進むと群衆の波が分かれた。ロックスマンはぽかんと口を開けて立ちすくみ、ジェイミーが来るのを見つめた。

「聞こえないのか、おろせ！ 早く！」ロックスマンは、赤毛の悪魔が襲いくるという黙示録的な幻覚から覚めて、あわてて短剣を探った。縄はびんと震えて切断され、腕が支柱のように倒れ落ちると、緊張が解けて痺れた。わたしはよろめき、倒れそうになったが、たくましい、慣れ親しんだ手に肘をつかまれ、持ちこたえた。ジェイミーの胸に顔を当てていた。それでもう言うことはなかった。

数秒のあいだ、意識を失ったらしい。あるいは安堵のあまり、そのように思えたのかもしれない。ジェイミーの腕にしっかり腰を抱かれて支えられ、肩にプレードをかけられて、ようやく村人の視線から隠れることができた。誰も彼も混乱してざわめいていたが、もはや狂乱して舞い上がった、血に飢えた暴徒の声ではなかった。

マットの声が――ジェフだろうか？――混乱に割って入った。

「何者だ？　法廷審理を邪魔するとは、どういうつもりだ？」

群衆がつめ寄るのを、見ると言うより感じた。ジェイミーは大きくて武装していても、孤立無援だ。わたしはプレードの下で彼に寄り添った。わたしを抱く右腕に力が入ったが、左手は剣の鞘に伸びた。銀青色の刃が憎しみの音とともに鞘から半身を覗かせると、最前列がぴたりと足を止めた。

尋問官はもう少し頑丈な素材でできているらしい。陰から覗くと、ジェフがジェイミーを睨みつけているのが見えた。マットは突然の闖入《ちんにゅう》者に、腹を立てるより戸惑っていた。

「神の法をつかさどる者に向かって剣を抜こうと言うのか？」太ったちびの尋問官が言った。

ジェイミーが完全に刀を抜き、さっと振ると切っ先から地面に突き立てた。その勢いで柄が震えた。

「この女と真実を守るために剣を抜く」彼が言った。「そのふたつの敵だと言うなら、まずおれに、それから神に、挑んでみろ」

尋問官が、この振る舞いを理解できないと言うように一、二度まばたきして、また反撃に出た。

「当法廷に、あなたの出る幕はない！　ただちに囚人を放しなさい。あなたの行動も、じきに処分する！」

ジェイミーが冷めた目つきで尋問官を見つめた。しがみつくと、頬の下で彼の心臓ががんがん鳴るのを感じたが、彼の手はびくともしなかった。片手は剣の柄に、もう片手はベルトの短剣に乗っていた。

「言葉を返すが、おれは神の祭壇の前で彼女を守ると誓った。あんたは自分の権威が神のそれより偉大だと思っているのかもしれないが、言っておく、おれには承服できない」

これにつづく沈黙を破ったのは、そこかしこから聞こえてきた忍び笑いだった。群衆の感情がわたしたちに傾いたとは言えないまでも、破滅へ導く力が削がれたのは事実だ。

ジェイミーがわたしの肩をつかんで向きを変えさせた。群衆に直面するのは耐えられなかったが、そうしなければならないとわかっていた。できるだけ高く顎をあげ、無数の顔の向こうの湖面に浮かぶ小さなボートに目を据えた。涙がにじむまで見つめた。

ジェイミーがわたしに羽織らせたブレードを下げ、首と肩をあらわにした。黒いロザリオに触れ、やさしく前後に揺らした。

「黒玉は魔女の肌を焼く、そうだな？」尋問官につめ寄った。「神の十字架なら、言わずもがなだ。しかし見ろ」黒玉の下に指を入れ、十字架を持ち上げた。現れたわたしの肌は、真っ白だった。監禁されていたあいだの汚れ以外、なにもない。群衆が息を呑み、ささやいた。むき出しの勇気、氷のような冷静さ、そして演出本能。コラム・マッケンジーがジェイミーの野心を疑うのも無理はない。ヘイミッシュの血筋をわたしに暴かれるかもしれない、あるいはわたしが事実を知っているかもしれないというコラムの不安を考えれば、彼がわたしにしたことも理解できる。理解できるが、許せない。

群衆の気持ちはいま、不安定に揺らいでいた。先に人々を駆り立てた血への渇望は消えかけていたが、まだうねる波のように盛り上がり、わたしたちを呑み込む可能性はあった。マットとジェフは見つめ合い、決めかねていた。最後の展開に面くらい、一時的にその場の支配権を失った。

ゲイリス・ダンカンが前へ出て、急場を助けた。この時点でゲイリーに希望があるのかないのか、わたしにはわからなかった。いずれにせよ、いま彼女は美しい髪を一方の肩に払い、命を投げ出した。

「この人は魔女ではありません」簡潔な言葉だった。「ですが、わたしは魔女です」

ジェイミーの一幕は素晴らしかったが、これにはかなわなかった。つづいて起こった喚声に、質問し糾弾する尋問官の声はかき消された。

これまでと同様、ゲイリーの考えも気持ちもまるでわからなかった。高く白い額は冴え、大きな緑の目は、あたかも楽しそうに輝いている。彼女は汚物にまみれたぼろぼろの服でまっすぐに立ち、原告たちを見据えた。騒ぎが少しおさまると、話しはじめた。声を張り上げなくても、聴衆を傾聴させるものがそこにはあった。

「わたし、ゲイリス・ダンカンは、魔女であり、魔王の僕《しもべ》であることを認めます」そこでまた叫び声があがると、ゲイリーは完璧な忍耐力で沈黙を待った。

「ご主人さまの命に従い、夫、アーサー・ダンカンを魔術によって殺害したことを認めます」このときちらりと横目でわたしの目をとらえると、かすかなほほえみを唇に浮かべた。黄色いショールの女に目を留めたが、視線は和らがなかった。「悪意から、取り替え子が死に、人間の子が妖精のもとにいるようまじないをかけました」向きを変え、わたしをさした。「クレア・フレイザーの無知を利用しました。しかし彼女はわたしの行ないに関係はなく、なにも知らず、ご主人さまにも仕えておりません」

また群衆がささやきはじめていた。近寄ってもっとよく見ようと、押し合いへし合いしている。ゲイリーが腕を伸ばし、両の掌を突き出して群衆を抑えた。

「動くな！」澄んだ声が鞭のように飛び、同じ効果をもたらした。天を仰ぎ、なにかに耳を傾けるように立ちつくした。

「聞け！」彼女が言った。「あの方がいらっしゃる！　気をつけるがいい、クレインズミュアの民よ！　ご主人さまが風の翼に乗ってやって来る！」ゲイリーが首を戻して叫んだ。高い、無気味な勝利の叫びだった。大きな緑の目は、恍惚状態のようにじっと動かなかった。

風が起きはじめた。嵐の雲が湖の向こうからやってくるのが見えた。村人が不安げにあたりを見回しはじめた。裾のほうの数人が後ずさった。

ゲイリーが回りはじめた。髪を風になびかせてくるくると、メイポールの踊り子のように優雅に、両手を頭上に掲げて。わたしは信じられない思いで彼女を見守った。

ゲイリーが回ると、髪で顔が隠れた。けれど最後の旋回のとき、髪を片側に振り払った彼女の顔がはっきり見えた。彼女はわたしを見ていた。恍惚の仮面を一瞬脱ぎ、口を動かしてひと言告げた。それからまた群衆に向かって旋回し、無気味な叫びを再開した。

ひと言は、こうだった、「逃げて！」

不意にゲイリーが旋回をやめ、狂喜の表情を浮かべると、両手でボディスの残骸をつかみ、前面を引き裂いた。寒くて不潔な泥棒の牢屋で彼女と寄り添っていたときにわたしが知った秘密を、群衆にも知らしめるに十分なほどに。アーサー・ダンカンが死の数時間前に知った秘密だ。彼に死をもたらした秘密。ゆるんだガウンの切れ端が落ち、妊娠六カ月のお腹をあらわにした。

わたしはまだ岩のようにじっと立ちつくしていた。ジェイミーには、そんなためらいなどなかった。片手でわたしを、もう片手で剣をつかんで群衆に飛び込むと、肘や膝や剣の柄で人をなぎ倒し、湖畔に向かって突き進んだ。歯のあいだから鋭い口笛を鳴らした。

オークの木の下の光景に気を取られて、最初、なにが起こっているのか気がつく者はほとんどいなかった。そして、わたしたちに向かって叫び、つかもうとする者が現れはじめたとき、岸の硬い土を踏む蹄の音が聞こえてきた。

ドナスは相変わらず人間があまり好きではないようで、それを示したくてうずうずしていた。最初に鞍をつかもうとした手をドナスが嚙むと、男が悲鳴をあげ、血を流しながら後ずさった。馬が棹立ちしていななき、前肢で空を蹴ると、わずかながら馬を止めようとしていた者も一気にやる気をなくした。

ジェイミーがわたしを穀物袋のように鞍に放り上げ、自分は流れるような一瞬の動きで飛び乗った。猛然と剣をふるって道を開けると、邪魔をする群衆の真っ只中にドナスを向けた。歯と蹄と剣の猛攻に誰もが引いたので、わたしたちはスピードを上げて湖を、村を、リアフ城を後にした。衝撃のあまり息ができず、わたしは必死でジェイミーに向かってしゃべろう、叫ぼうとした。

ゲイリーの妊娠に驚いて動けなかったのではない。わたしを骨の髄まで凍らせたのは、別のものだった。ゲイリーが白い腕を上に伸ばして旋回したときわたしが目にしたのは、わたしの服が脱がされたとき彼女が目にしたものだった。わたしの腕にあるのと同じ痕。ここ、この時代には、魔術のしるし、妖術のしるし。小さなありふれた、天然痘予防接種の痕だ。

雨が川面を叩き、顔の腫れと手首のやけどを癒してくれた。わたしは小川の水を両手ですくってゆっくり飲み、冷たい水が喉をおりるのを感謝して味わった。

ジェイミーは数分その場を離れ、戻ってきたときには楕円形の葉をひとつかみ持っており、なにかを嚙んでいた。柔らかくなった緑の塊を掌に吐き出し、また葉を口に詰め込むと、わたしに背中を向けさせた。嚙み砕いた葉でやさしく背中をこすられると、刺すような痛みがずいぶんおさまった。

「それはなに？」わたしは自制心を取り戻そうと懸命だった。まだ震えがおさまらず、鼻をすすっていたが、抑えようにも抑えられなかった涙はようやく止まりかけていた。

「クレソンだ」ジェイミーが答えた。頰張った草のせいで声が少しこもっている。吐き出して、背中に塗る。「薬草療法を知っているのはきみだけではないさ、サセナッフ」さっきよりはっきりした声で言った。

「どん――どんな味？」しゃっくりを吞み込んで尋ねた。

「死ぬほどまずい」はっきりした答。草を塗り終えて、プレードをそっと肩に戻してくれた。

「きっと――」ジェイミーが言いかけて、口ごもった。「その、深い傷ではない。たぶん背中に――痕は残らないだろう」ぶっきらぼうな言い方だったが、触れる手はやさしく、わたしはまた泣きそうになった。

「ごめんなさい」プレードの縁で鼻を押さえながら言った。「わたし――わたし、どうしちゃったのかしら。涙が止まらないの」

ジェイミーが肩をすくめた。「いままで故意に危害を加えられたことはないだろう、サセナッフ？」彼が言った。「それで驚いたのさ、痛みだけでなく」プレードの端をつまんで、言葉を止めた。

「おれも同じだった」当然のように言った。「それから吐いて、傷口をきれいにするあいだ、わめきつづけた。それから震えた」ブレードで丁寧にわたしの顔を拭い、顎の下に手を当てて上を向かせた。

「震えが止まったとき、サセナッフ」と、静かに言った。「おれは、神に痛みを感謝した。痛みを感じるということは、まだ生きているということだからだ」手を離し、わたしにうなずいた。「その境地に達したら教えてくれ。ひとつふたつ、きみに言いたいことがある」

ジェイミーが立って小川の畔まで下りていき、血で汚れたハンカチを冷たい水で洗った。

「どうして戻ってきたの？」帰ってきた彼に尋ねた。わたしはどうにか泣きやんでいたが、震えはまだおさまらず、ブレードのひだに潜り込んでいた。

「アレク・マクマホンだ」ジェイミーがほほえみながら言った。「留守のあいだ、きみを見張るよう頼んでおいた。きみとミセス・ダンカンが村人に捕まったとき、アレクは夜通し馬を走らせて、翌日おれを見つけた。それからおれは死に物狂いで馬を飛ばして戻ってきた。まったく、あいつはたいした馬だ」賞賛するような目で、土手の上の木につながれているドナスを見上げた。濡れた毛が銅のように輝いている。

「歩かせてやらねば」ジェイミーが考えるように、言った。「誰も追ってこないと思うが、ここはクレインズミュアからそう遠くない。もう歩けるか？」

わたしは彼について、急な土手をようよう登った。小さな岩が足の下で転がり、ワラビやイバラがシュミーズに引っかかった。土手の頂近くには若いハンノキの木立があり、あまりにも密接しているので下のほうの枝がからまり合って、足元のワラビに緑の屋根を作っていた。ジェイミーが枝を高く持ち上げて、わたしを小さな空間に這い込ませ、それから入り口の前の踏みしだかれたワラビを丁寧に元どおりにした。一歩下がって出来栄えを眺め、満足げにうなずいた。

「よし、これで誰にも見つからないだろう」立ち去りぎわに振り向いた。「できたら眠るんだ。おれの帰りが遅くても心配するな。帰りがけに狩りをする。食料がないし、農家に寄って人目を引くのは避けたい。頭からタータンをかぶって、シュミーズも隠しておけ。白は遠くからでも目立つ」

　食事などどうでもよかった。またなにか食べたくなるとは思えなかった。だが睡眠は別だ。いまも背中と腕は疼き、手首の傷は赤く剝け、全身打撲であざだらけのような気がしたが、恐怖と苦痛と純粋な疲労で憔悴《しょうすい》し、わたしはほとんど瞬時に眠りに落ちた。鼻を刺すシダの香りがお香のように立ち昇っていた。

　なにかに足をつかまれて、目が覚めた。驚いて飛び起き、頭上のしなる枝に頭をぶつけた。葉や小枝が降り注ぎ、わたしは枝にからまった髪をほどこうと、激しく腕を振り回した。腕を引っかき、髪を乱し、むしゃくしゃして隠れ家から這い出すと、すぐそばにしゃがんだジェイミーが、出てきたわたしをおもしろそうに眺めていた。まもなく日が暮れる。太陽は小川の注ぎ口より低く傾き、岩の峡谷を影の中に残した。小川の畔の岩場の小さな焚火から、肉の焼けるにおいが漂う。二羽のウサギが、若い枝を削って作った焼き串に刺され、こんがりと焼けていた。

土手をおりるのに手を貸そうと、ジェイミーが手を差し出した。わたしは丁重に断り、一人で堂々とおりて行った。引きずったプレードの裾を踏んで、一度つまずいただけだった。先ほどの吐き気は消え、猛烈に肉が食べたかった。

「夕飯がすんだら森に入ろう、サセナッフ」ウサギの胴から脚を引きちぎりながら、ジェイミーが言った。「小川の近くでは眠りたくない。誰かが来ても水の音で聞こえない」

食事中、会話はほとんどなかった。午前中の恐怖と、残してきたものを思うと、二人とも口がきけなかった。わたしは、深い悲しみも感じていた。ここへ来た理由と目的を知る手がかりを逃したばかりか、友達も失った。たった一人の友達を。何度もゲイリーの真意を疑ったが、今朝、間違いなく彼女はわたしの命を救った。ゲイリーは自分の運命を悟り、最善を尽くしてわたしを逃がしてくれた。日中は目立たない炎も、こうして闇が小川を満たすと、ひときわ明るく輝く。わたしは炎に目を向け、串に刺さったウサギのかりかりに焼けた皮と焦げた骨を見た。折れた骨から血が一滴火に落ち、ジュッといって消えた。急に肉が喉につかえた。あわてて肉を下ろし、顔をそむけて吐いた。

やはりあまり口をきかないまま、わたしたちは小川を離れ、森の中の空き地の端に寝られそうな場所を見つけた。丘は、あたり一帯うねっていたが、ジェイミーは村からの道が見下ろせる高いところを選んだ。しばし、黄昏《たそがれ》があらゆる色を引き立て、大地を宝石で飾った。谷間には輝くエメラルドが、ヒースの茂みには陰影のある美しいアメジストが、丘の頂に立つ赤い実をつけたナナカマドの木には、燃えるようなルビーが。ナナカマドの実は魔術の特効薬だ。はるか遠く、ベン・アーデンの麓にいまも見えるリアフ城の輪郭は、日が沈むにつれ急速に薄れていった。

ジェイミーが隠れ家に火を熾《おこ》し、隣に座った。降り出した雨は小糠雨に落ちつき、大気を湿らせ、炎に見入るわたしのまつげに虹をかけた。

ジェイミーはしばらく炎を見つめていた。やがて、膝を抱えたままわたしを見上げた。

「前に、きみが話したくないことは訊かないと約束した。いまは訊かない。だが、きみとおれの安全のために、知らなくてはならない」一瞬ためらう。

「クレア、これまで正直ではなかったとしても、いまは正直に言ってくれ。真実を聞きたい。クレア、きみは魔女なのか？」

わたしはぽかんと口を開けて彼を見た。「魔女？　あなた——本気で訊いているの？」冗談だと思った。けれど違った。

ジェイミーがわたしの肩を力いっぱいつかみ、答えさせようとするように目を見つめた。

「訊かなくてはならないんだ、クレア！　答えてくれ！」

「魔女だったら？」乾いた唇で尋ねた。「あなたがそう思っていたら？　それでもわたしのために戦った？」

「きみとなら火あぶりにされてもいい！」彼が激昂した。「地獄にだってついて行く。だが後生だから真実を教えてくれ！」

彼の真剣さに追いつめられた。わたしは手を振りほどき、空き地の向こうまで走った。遠くではなく、木のところまで。開けた場所にいるのは耐えられなかった。木にしがみつき、幹に腕を回して樹皮に指を食い込ませた。顔を押し当て、ヒステリックな笑い声をあげた。

ジェイミーの青ざめて驚いた顔が、向こう側から現れた。自分の声が雌鶏のように聞こえるだろうとおぼろげに悟り、わたしは必死で笑いを抑えた。息を切らし、しばし彼を見つめた。

「そうよ」わたしは後ずさりながら言った。笑いのたがが外れてまだあえいでいた。「そう、わたしは魔女よ！　あなたから見ればそうよ！　天然痘にかかったことはないけれど、死にかけた人だらけの部屋を歩いても感染しないわ。病人を看病して同じ空気を吸って体に触れても、病気にならないわ。コレラにも破傷風にもならないし、喉の病気にもならないわ。それを魔術だと思うのは、ワクチンのことを知らないからよ。魔術以外に説明しようがないからよ。

わたしがいろいろ知っているのは——」わたしは後ずさるのをやめて立ち止まり、激しく息をしながら落ちつこうとした。「わたしがジョナサン・ランダルのことを知っているのは、話を聞いたからよ。彼がいつ生まれ、いつ死ぬか、なにをし、なにをするか、みんな知っているわ。サンドリンガムのことを知っているのは——フランクに聞いたからよ。フランクがランダルのことを知っていたのは、彼が……彼が……ああ！」卒倒しそうな気がして目を閉じ、頭上で回る星を遮断した。

「それからコラム……彼はわたしを魔女だと思っているわ。ヘイミッシュが彼の子ではないと知っているから。わたしは……コラムが父親になれないのを知っているの。だけど彼は、わたしがほんとうの父親を知っていると思っているわ……あなたかもしれないと思ったけれど、それはありえないし……」話す速度がどんどん上がった。自分の声でめまいを抑えようとしていた。

「わたし自身について話したことは、すべて真実よ」自らを納得させるように激しくうなずいた。「すべて。わたしには家族も歴史もないの。まだ起きていないから。

わたしがいつ生まれたか、知っている？」見上げて尋ねた。髪が乱れ、目を剝いているのはわかっていたが、どうでもよかった。「一九一八年の十月二十日よ。聞こえた？」ジェイミーが、わたしの言葉など聞いていないかのように、身じろぎもせず目を見開いているので、わたしは言いつのった。「一九一八年！　いまから二百年近く後よ！　聞こえたの？」

いまでは叫んでいた。ジェイミーがゆっくりうなずいた。

「聞こえた」そっと言った。

「ならいいわ！」わたしは大声で言った。「わたしを嘘つきの狂人だと思っているんでしょう。違う？　認めなさい！　そう思っているのよ。そうでなくちゃおかしいわ、説明がつかないもの。わたしを信じられないでしょう、信じられるはずないわ。ああ、ジェイミー……」顔がしわくちゃになるのを感じた。いままでずっと真実を隠しつづけ、誰にも言えないと思ってきた。いま、ジェイミーになら話せると悟った、愛する夫、誰より信頼できる人になら、そして彼は――やはりわたしを信じられない。

「岩のせいなの――妖精の丘の。立石《スタンディング・ストーン》よ。魔法使いの予言者、マーリンの石よ。わたしはそこから来たの」わたしはあえぎ、なかばすすり泣き、だんだん支離滅裂になっていった。「昔々、でもほんとうは二百年なの。物語の中ではいつも二百年……でも物語の中ではみんな帰れるのに、わたしは帰れない」背を向けてよろよろ歩き、支えを求めた。岩にへたり込み、肩を丸め、両手で頭を抱えた。森に長い沈黙が訪れた。あまり長いので、夜の鳥たちが勇気を取り戻してまたさえずりはじめ、細く高いズィー！　という声で呼び合いながら、夏の名残りの虫を追った。

わたしはとうとう顔を上げた。きっとジェイミーは話に圧倒されて、なにも言わずに行ってしまっただろうと予想しながら。だが彼はまだそこにいた。相変わらず膝を抱えて、考え込むようにうつむいて座っていた。

焚火の明かりに照らされて、腕の毛が銅線のように硬く見えたが、ほんとうは犬の強《こわ》い毛のように逆立っているのだとわかった。彼はわたしを恐れている。

「ジェイミー」わたしは言った。絶望的な孤独に胸が張り裂けそうだった。「ああ、ジェイミー」

その場に座り、丸くなった。体で苦痛を包もうとした。なにもかも忘れたい。わたしはすすり泣いた。

肩に手を乗せられ、わたしは顔を上げた。ジェイミーの顔が見えた。涙の靄《もや》を通して見た顔には、戦いのときの表情が浮かんでいた。緊張を超え、静かな確信に到達した苦闘の表情だ。

「きみを信じる」はっきりと言った。「これっぽっちも理解できない――いまはまだ――だが、信じる。クレア、きみを信じるよ！　わかるか？　おれたちは、きみとおれとは、真実でつながっている。だからきみの言うことは、すべて信じる」わたしをやさしく揺する。「それがなにかは問題ではない。きみは話してくれた。いまはそれで十分だ。落ちついて、モ・デルニア。横になって休むんだ。つづきは後で話してくれればいい。きみを信じるから」

わたしはまだすすり泣いていて、彼の言葉を把握できなかった。もがいて離れようとすると、ジェイミーはわたしを引き寄せてしっかり抱き、プレードのひだにわたしの顔を押し当て、何度も何度も言った。「きみを信じる」

最後にわたしはすっかり疲れ果て、泣きやんで彼を見上げた。「でも信じられないでしょう？」

ジェイミーがほほえんだ。口元が少し震えたが、とにかくほほえんだ。

「おれにできるかできないか、勝手に決めつけないでくれないか、サセナッフ」一瞬黙る。「きみは何歳だ？」興味ありげに尋ねた。「聞こうとも思わなかったが」

あまりにもやぶからぼうな質問に思えて、考えるのに少々時間がかかった。

「二十七……二十八かもしれない」と付け足した。ジェイミーが衝撃を受けた。この時代、女で二十八歳といえば中年と言ってもいい。

「へえ」ジェイミーが言い、深呼吸した。「おれと同じくらいかと思っていた——あるいは年下かと」

一瞬、彼は動かなかった。けれどわたしを見下ろすと、かすかにほほえんだ。「誕生日おめでとう、サセナッフ」彼が言った。

すっかり面くらって、わたしはばかみたいに彼を見つめた。「なに？」ようやくそれだけ言った。

「だから、『誕生日おめでとう』。今日は十月二十日だ」

「そうなの？」間抜けな返答。「日付けがわからなくなっていたわ」また震えがきた。寒さと驚きとしゃべりすぎのせいだ。ジェイミーがわたしを抱き寄せ、大きな手で髪を撫で、頭を胸にもたせさせた。わたしはまた泣きだしたが、今度は安堵のせいだった。動転していたので、彼がわたしの実年齢を知って、それでもわたしを求めるなら、なにもかもうまくいくように思えた。

ジェイミーがわたしを抱き上げ、そっと肩につかまらせて、鞍を置いておいた焚火のそばに運んだ。腰を下ろして鞍に寄りかかり、やさしくわたしを抱き寄せた。

しばらくして、彼が言った。

「よし。話してくれ」

ありのままを話した。たどたどしく、けれど筋を通して。疲れて痺れていたが、満足していた。キツネから逃れ、丸太の下に一時の隠れ家を見つけたウサギのように。聖域ではないにしろ、休息は得られた。そして、フランクのことを話した。

「フランク」ジェイミーがそっと言った。「すると彼は亡くなっていないのか」

「生まれていないの」肋骨の下でまた小さなヒステリーの波が起こるのを感じたが、どうにか抑えた。「わたしも」

ジェイミーがわたしの背中を撫でて軽く叩いて黙らせた。小さなゲール音をもらしながら。

「フォート・ウィリアムできみをランダルから取り返したとき」不意に言った。「きみは帰ろうとしていたんだな。石のところへ。そして……フランクのもとへ。だから木立を離れた」

「ええ」

「それでおれは、叩いた」後悔で声が力をなくす。

「あなたにはわからなかったもの。わたしも言えなかったし」眠くてたまらなくなってきた。

「ああ、言えなかっただろうな」ジェイミーがプレードをわたしのまわりに引き寄せ、やさしく肩を包んだ。「眠るといい、モ・デルニア。誰もきみに危害を加えない。おれがいる」

あたたかい肩の曲線にすり寄って、疲れた心を忘却の淵に落ちるにまかせた。ようやく浮かび上がって、これだけ尋ねた。「ほんとうに信じてくれる、ジェイミー?」

ジェイミーはため息をつき、悲しそうにわたしにほほえんだ。

「ああ、信じるよ、サセナッフ。だが、魔女でいてくれたほうがずっと楽だった」

わたしは死んだように眠った。すっかり夜が明けたころに目覚めると、ひどい頭痛がして全身の筋肉がこわばっていた。ジェイミーはスポーランの中にオート麦の小袋を持っており、うるさく言ってわたしにドラマフ――冷水で練ったオート麦――を食べさせた。喉につかえたが、どうにか呑み込んだ。

彼はわたしを急かすこともなく、やさしかったが、ほとんどしゃべらなかった。朝食の後、小さな野営地を片付け、ドナスに鞍をつけた。

たてつづけのショックで感覚が麻痺していたから、どこへ向かっているのか尋ねもしなかった。彼の後ろにまたがって、広い背中に顔をもたせ、馬に揺られて無意識の恍惚状態を堪能した。

マトッホ湖の近くで、冷たい朝霧の中を静かな灰色の湖面へと丘を下った。野ガモがアシの茂みからばらばらと飛び立ちはじめ、湿地の上を舞って、まだ下にいるねぼすけにがあがあと呼びかけた。対照的にガンは整ったV字形を作り、悲哀に満ちた声で鳴きながら飛んでいった。

二日目は、灰色の霧が昼近くに晴れて、弱々しい太陽が黄色いエニシダの咲き乱れる草原を照らした。湖から数マイルで狭い道に行き当たり、北西へ向かった。道はまた上りになり、低くうねった丘を行くと、しだいにごつごつした険しい岩山に変わっていった。旅人にはほとんど出会わなかったが、前方から蹄の音が聞こえると、用心のために茂みに隠れた。

木々がマツに変わった。わたしは深呼吸してさわやかな香りを楽しんだが、日没が近づくにつれ冷え込んできた。その夜は、小道から少し入った小さな空き地で野営することになった。マツの葉と毛布で巣のような寝床を作り、ジェイミーのプレードと毛布の下で暖を求めて寄り添った。

闇の中で起こされ、愛し合った。ゆっくり、やさしく、黙ったまま。わたしは頭上の黒い枝の格子越しにまたたく星を見つめ、重なる体の重みを味わいながら、もう一度眠りに落ちた。

翌朝、ジェイミーは昨日より陽気に見えた。少なくとも穏やかに。難題が解けたような様子だった。夕飯にはあたたかいお茶を飲めるぞ、とわたしに請け合ったけれど、凍える空の下ではたいした慰めにならなかった。ねぼけ眼でスカートからマツの葉や小さな蜘蛛《くも》を払いながら、彼について小道へ戻った。午前中、細い小道はもじゃもじゃのウシノケグサに埋もれ、突き出た岩のあいだをうねるかすかな跡にしか見えなかった。

わたしはろくにまわりに注意を払わず、だんだんあたたかくなる日射しに夢心地で浸っていた。が、いきなり見なれた岩が目に飛び込んできて、夢から覚めた。ここがどこかわかった。そして、なぜかも。

「ジェイミー！」

わたしの声に彼が振り返った。

「知らなかったのか？」彼が不思議そうに尋ねた。

「ここへ向かっているって？　まさか、思いもしなかった」わたしはかすかなめまいを感じた。クレイグ・ナ・デューンの丘まで一マイルもない。消えかけた朝霧の向こうに、背中のこぶのような形が見える。

ごくりと唾を呑んだ。六ヵ月近くにわたってここへ来ようとしてきた。とうとうたどり着いたいま、ほかの場所へ行きたかった。丘の上のスタンディング・ストーンは下からは見えないが、石の発散する恐ろしい〝気〟に捕らえられそうな気がした。わたしたちは馬を下りて小さなマツにつなぎ、あとは歩いて登った。

頂上までずいぶんあるのに、下生えがドナスをさまたげた。

岩棚にたどり着いたときには、わたしは息を切らし汗をかいていた。ジェイミーは、シャツの襟元からのぞく首筋にほんのり赤みがさしているほか、疲れの色はなかった。マツ林を抜けたここは静かだったが、絶え間なく吹く風が岩の裂け目でむせび泣いている。ツバメがすっとした翼を広げて岩棚をかすめ、虫を追って急上昇し、急降下爆撃機のように降下した。

ジェイミーがわたしに手を差し伸べて最後の一段を登らせ、裂けた岩の麓の大きく平らな岩棚に引き上げた。彼は手を離さずにわたしを引き寄せ、顔立ちを記憶しようとするようにじっと見つめた。「なぜ――？」わたしは言いかけてあえぎ、息を吸った。

「きみの場所だ」乱暴な言い方だった。「だろう？」

「ええ」魅入られたように、ストーン・サークルを見つめた。「全然変わっていないように見えるわ」

ジェイミーもサークルに入ってきた。わたしの腕をとり、しっかりした足取りで裂けた岩に向かう。

「これがそうか？」彼が尋ねた。

「ええ」わたしは後ずさろうとした。「気をつけて！　あまり近寄らないで！」ジェイミーが疑わしそうにわたしと岩を見くらべた。無理もない。わたしも不意に自分の話が信じられなくなった。

「わたし――なにもわからないの。たぶん……得体の知れないなにかが……わたしを閉じ込めたの。一年の決まったときにしか働かないのかもしれない。わたしが来たときは、五月一日のベルテーン祝祭の少し前だった」

ジェイミーが肩越しに太陽を振り返った。平らな円盤は、薄い雲のカーテンの向こうで中空に浮かんでいる。

「もうすぐサーウィンだ」彼が言った。「ハロウィンさ。あつらえ向きじゃないか？」冗談を言っているのに、ジェイミーは震えた。「きみが……来たときだが。どうやった？」

わたしは思い出そうとした。ぞっとして腋の下に手を差し込んだ。

「サークルのまわりを歩いていたの、いろいろ見て。だけどほんとうに適当よ。きまりもなにもなかった。そして裂けた岩に近づいたら、蜂が唸るような音が聞こえて――」

いまも蜂みたいな音だった。わたしはそれがガラガラ蛇であるかのように、身を引いた。

「まだ鳴ってる！」怯えて後ずさり、ジェイミーにしがみついたが、彼は青い顔でわたしを離し、もう一度岩に向かせた。「それから？」悲しげな風の音が鋭く耳を刺したが、彼の声はなお鋭かった。

「岩に手を当てたわ」

「やってみろ」ジェイミーはわたしを岩のほうに押したが、わたしが動かないのを見ると、手首をつかんで縞模様のある岩に掌を押し当てた。

混沌が湧き上がり、わたしを捕らえた。

まぶたの裏で太陽が回転を止め、悲鳴が消えた。別の音がする。ジェイミーがわたしの名を呼んでいる。

気分が悪くて起き上がることも目を開くこともできなかったが、弱々しく手を振って生きていると伝えた。

「大丈夫よ」わたしは言った。

「ほんとうか？　ああ、よかった、クレア！」ジェイミーがわたしをしっかり胸に抱き締めた。「怖かった、クレア。死んだかと思った。きみは……だんだん……いなくなりはじめた。恐ろしい表情で、恐怖で死ぬような顔だった。おれは――きみを岩から離してしまった。おれが止めたんだ。そんなことをするべきではなかったのに――すまない」

かすかに目を開くと、わたしを見下ろしているジェイミーが見えた。驚き、怯えた顔が見えた。

「いいのよ」まだしゃべるのは辛く、体が重くて混乱していたけれど、だんだんまわりがはっきりしてきた。ほほえもうとしたが、痙攣しか感じなかった。

「とりあえず……うまくいきそうだって……わかったし」

「そうだった。ああ、うまくいくとも」ジェイミーが激しい嫌悪感を込めて、岩を見やった。

岩の窪みに雨水がたまってできた水溜りでハンカチを濡らし、すぐに戻ってきた。相変わらず小さな声で力づけ、謝りながら、わたしの顔を濡らした。わたしはようやく起き上がれるようになった。

「ちっとも信じていなかったのね？」ふらふらだったけれど、身の潔白が証明できたような心持ちだった。

「ああ、ほんとうだった。「でもほんとうよ」

「ああ、ほんとうだった」ジェイミーはわたしの隣に座り、数分、岩を見つめていた。わたしは濡れたハンカチで顔を拭った。まだめまいがした。いきなりジェイミーが立ち上がり、岩の前まで行くと、両手を叩きつけた。

なにごとも起こらなかった。一分後、ジェイミーがうなだれて戻ってきた。

「たぶん女だけなのよ」わたしはあやふやに言った。「物語では、女だけだもの。あるいは、わたしだけなのかも」

「いずれにしても、おれではない」彼が言った。「だが念のため」

「ジェイミー！　危ないわ！」わたしは叫んだが、無駄だった。ジェイミーは岩に歩いていき、もう一度叩き、体当たりし、裂け目を行き来した。けれど岩はただの岩のままだった。

わたしにしてみれば、また狂気への扉に近づくと思うだけでぞっとした。

それに。それに、さっき混沌に入りかけたとき、わたしはフランクのことを考えていた。そして、たしかに彼を感じた。混沌のどこかに針で刺したほどの小さな光があり、そこに彼がいた。わたしにはわかった。光の点がもうひとつあったのもわかった。わたしの隣で静かに岩を見つめ、寒さにもかかわらず頬に汗を光らせて。

とうとうジェイミーがわたしのほうを向いた。両手をとって口元に掲げ、ひとつずつに正式なくちづけをした。

「愛しい人」ぽつりと言う。「愛しい……クレア。時間稼ぎは無用だ。きみを送らねば」

わたしの唇はこわばり、なにも言えなかった。けれど表情は、いつもどおりすべてを物語っていたにちがいない。

「クレア」ジェイミーの声は切迫していた。「この……これの向こう側にはきみの時間がある。きみの家、きみの場所が。慣れ親しんだものが。そして……フランクがいる」

「ええ」わたしは言った。「フランク」

ジェイミーがわたしの肩をつかんで立たせ、嘆願するように揺すった。

「こっちにはなにもない！　あるのは暴力と危険だけだ。行け！」わたしを押し、ストーン・サークルへ向かせた。わたしは彼に振り返り、手をつかんだ。

「ほんとうにここにはなにもないの、ジェイミー？」彼の目を見据え、視線を逃がさなかった。

ジェイミーは答えず、そっとわたしの手をほどいて下がった。急にその姿が過去のものになった。霧のかかった丘を背景にした浮き彫り、表情は岩の影が作るまやかし、忘れられた場所と、塵となった情熱を絵の具で塗りつぶした、画家の思い出に。

彼の目を見た。苦痛と思慕に満ちている。また生身の存在になった。現実に目の前にいる、恋人、夫、男。

苦悶が顔に現れたにちがいない、ジェイミーが躊躇《ちゅうちょ》し、西を向いて斜面を指さした。「オークの木立の後ろが見えるか？　坂の途中だ」

木立に目をやると、彼が指さしているものが見えた。なかば壊れた農家が、幽霊の出そうな丘に取り残されている。

「夜になるまであそこにいる。きみを――きみに危険が迫らないように」ジェイミーはわたしを見たが、触れようとしなかった。そして目を閉じた。これ以上わたしを見るのは耐えられないと言いたげに。

「さよなら」彼が背を向けた。

わたしはなす術《すべ》もなく見送った。そのとき思い出した。言わなければならないことがあった。わたしは彼を呼んだ。

「ジェイミー！」

彼が止まり、一瞬立ちつくして表情を殺した。振り向いた顔は蒼白でこわばり、唇には血の気がなかった。

「なんだ？」

「言いたいことが……その、言わなくてはならないことがあるの、ここを……去る前に」

ジェイミーが目を閉じるのを見て、倒れるかと思った。けれど、風がキルトを引っ張っただけかもしれない。

「その必要はない」彼が言った。「いいからもう行け。ぐずぐずするな。さあ」振り向こうとした彼の袖にしがみついた。

「ジェイミー、聞いて！　お願い！」彼は力なく首を振り、わたしを押しのけようとするように手を上げた。

「クレア……だめだ。無理だよ」彼の目に風が露を運んだ。

「反乱のことなの」彼の腕を揺すりながら、必死で言った。「ジェイミー、聞いて。プリンス・チャーリー――彼の軍隊。コラムが正しいの！　聞こえる、ジェイミー？　ドゥーガルじゃなくて、コラムが正しいの！」

「ええ？　どういうことだ？」これで聞いてもらえる。ジェイミーが袖で顔をこすると、わたしを見下ろす目は鋭く澄んでいた。風が唸る。

「プリンス・チャーリーよ。じきに反乱があるわ、それはドゥーガルの言うとおり。だけど失敗するの。チャーリーの軍は一時勝ち進むけれど、最後は皆殺しにされるわ。カローデンで、そこで戦いは終わるの。それから――クランは……」わたしは心の目でクランの石を見た。殺されて、その下に眠る男のクランを記した、平原のあちこちに立つ灰色の石を。わたしは息を吸い、落ちつこうとして彼の手を握った。死体のように冷たかった。わたしは身震いし、目を閉じて、言いかけたことに集中した。

「ハイランド人は――チャーリーについた全クランは――抹殺されるわ。何百人ものクランの男たちがカローデンで死ぬの。生き残った人も、追われて殺される。クランは消滅する……二度とよみがえらない。あなたの時代では――わたしの時代にも」

目を開けると、彼が無表情にわたしを見ていた。

「ジェイミー、関わらないで！」わたしは懇願した。「できるなら仲間も関わらせないで、だけどお願いだから……ジェイミー、もし――」急に口をつぐんだ。わたしはこう言いかけていた、〝もし、わたしを愛しているのなら〟だけど言えなかった。わたしは彼を永遠に失おうとしている。これまで愛を語れなかったのなら、いまも語るべきではない。

「フランスへ行かないで」わたしはそっと言った。「行くならアメリカへ、それともスペイン、イタリアでもいいわ。だけどあなたを愛している人を思うなら、ジェイミー、カローデンへ足を踏み入れないで」

ジェイミーはわたしを見つめつづけた。聞いているのだろうか。

「ジェイミー？ 聞こえた？ わかってくれた？」

一瞬後、彼がぼんやりとうなずいた。

「ああ」と小さな声で言った。あまりにも小さかったので、泣き叫ぶ風の中ではほとんど聞こえないくらいだった。「ああ、聞こえた」彼が手を離した。

「神の御加護を……モ・デルニア」

ジェイミーが岩棚を下り、険しい坂を下っていった。草むらを踏みつけ、枝をつかんで体を支え、後ろを振り向かずに。彼がオークの木立に消えるまで、見送った。ゆっくり歩く姿は、傷を負った者のそれ、歩きつづけなければならないとわかっているが、傷を押さえた指のあいだから命がこぼれ出すのを知っている者のそれだった。

膝が震えた。岩棚にゆっくり腰を下ろし、あぐらをかいて、忙しそうなツバメを眺めた。眼下には、農家の屋根が見える。わたしの過去が、そこにいる。背後には、裂けた岩がある。そして、未来が。

午後じゅうずっと、身じろぎもせずに座っていた。頭からあらゆる感情を追い払い、理性を働かせようとした。帰るべきだというジェイミーの言い分はもっともだ。家、安全、フランク。あたたかい風呂や屋内の水道設備といった、ときどき痛切に恋しくなるちょっとした便利なものはもちろん、適切な医療や快適な旅といったもっと大きなもの。

そして、ここは不便で危険が多いと認めながらも、その大半を楽しんでいるのも事実だった。旅は不便でも、田園地帯を覆いつくすコンクリートはないし、うるさくて臭い自動車もない――車なんて、それ自体危険だ。生活はずっと単純で、人間もそう。賢くないのではなく、率直なのだ――コラム・バン・キャンベル・マッケンジーという恐るべき例外もいるが。

彼を思い出すと暗い気分になった。

ラムおじさんの仕事のせいで、いろいろな場所で暮らした。ここより素朴で設備の整っていない土地も多かった。そんな環境にわたしはいとも簡単に適応し、〝文明〟から遠く離れてもとくに恋しいとは思わなかった。もちろん、電気調理器やお湯の出る蛇口といった便利なものにも、同じくらいあっさり適応した。わたしは寒風に震え、自分を抱いて岩を見つめた。

理性はあまり役に立っていないようだ。わたしは感情に切り替え、ひるみながらも、ふたつの結婚生活を細部にわたって思い返してみた――フランクとの、そして、ジェイミーとの結婚生活。結果は、気持ちがくじけてすすり泣きがはじまっただけだった。涙が頬に冷たい跡をつけた。

さあ、理性でも感情でもだめなら、義務は？　わたしはフランクに結婚の誓いを立てた。心から誓った。ジェイミーにも同じ誓いを立てた。できるだけ早急に欺くつもりで。いま、そのどちらを裏切ることになる？　太陽が低く傾き、ツバメが巣に帰っても、わたしは動かなかった。

宵の明星が黒いマツの枝の上で輝きはじめたころ、この状況で、理性はまったく役に立たないと結論を下した。ほかのものに頼ろう。それがなにかわからないまま、わたしは裂けた岩に向かい、一歩進んだ。一歩、また一歩。立ち止まり、振り返って反対方向に同じことをしてみた。一歩、二歩、三歩。気がついたらわたしは坂を半分下り、茂みを懸命に掻き分け、小さなみかげ石の上を滑り下りていた。

小屋に着いたとき、彼がもう行ってしまったのではないかと不安で息が止まりそうだったが、かたわらにドナスがつながれて草を食《は》んでいた。顔を上げ、迷惑そうにわたしを見た。

わたしは足音を忍ばせて戸を開けた。

彼は入ってすぐの部屋にいた。オークの狭い長椅子で眠っていた。いつものように仰向けで、腹に手を重ね、口を少し開けている。わたしの背後の窓から射し込む残照が、その顔を金属の仮面のように縁取っていた。黄金の肌に、乾いた涙の跡が銀色に輝き、生えかけた銅色の顎ひげが鈍く光る。

とうてい言葉にできないやさしい気持ちが込み上げ、しばらく立ちつくして彼を見つめていた。できるだけ静かに動いて彼の隣に横になり、寄り添った。ジェイミーが、いつものように寝返りを打ってこちらを向き、わたしをぴたりと胸に抱き寄せ、頰を髪に載せた。夢うつつで髪の毛を鼻からよけた。わたしがそこにいるのに気がついて、突然びくんとするのがわかった。わたしたちはバランスを失い、ジェイミーが上になって一緒に床に落ちた。

彼が生身なのは疑ってもいなかった。唸りながら膝で腹を押した。

「下りて！　息ができない！」

下りるどころかジェイミーは、キスの雨を降らせてますます息を奪った。わたしは酸素不足をしばし忘れ、もっと大事なことに集中した。

しばらくなにも言わずに抱き合っていた。やがて彼がささやいた。「どうして？」――わたしの髪で声がくぐもる。

わたしは彼の頰にくちづけた。湿って、しょっぱかった。彼の心臓の鼓動を肋骨に感じた。永遠にここでこうして、動かず、愛し合いもせず、ただ同じ空気を吸っていたかった。

「どうしても」わたしは言い、少しひきつった笑い声をあげた。「あと少しだったのよ。熱いお風呂は目の前だった」それからわたしはすすり泣き、軽く震えた。あまりにも急に決めたから、そして、腕の中の男に会えた喜びに、二度と会えない男への胸の張り裂けそうな悲しみが混じっていたから。

ジェイミーに強く抱き締められた。わたしを守ろうとして、ストーン・サークルの激しい力にさらわれないようにと、彼はその体重でわたしを押さえつけた。ついに涙が果てると、わたしは疲れきって、あたたかい彼の胸に頭をもたせかけた。もうすっかり暗くなっていたが、彼はわたしを抱いたまま、闇を怖がる子供にするように、やさしくあやしつづけた。わたしたちは火を熾したり蠟燭《ろうそく》を灯したりする間も惜しんで、抱き合っていた。

とうとうジェイミーが立ち上がり、わたしを抱き上げると、膝に抱えて長椅子に座った。小屋の戸は開いたままで、眼下の谷の向こうで星がまたたきはじめるのが見えた。

「知ってる？」わたしは眠い声で言った。「星の光がわたしたちに届くまで、何万年もかかるのよ。いま見ている星も、ほんとうはずっと昔に死んでいるかもしれないの。けれど光が見えるから、それに気づかない」

「そうなのか？」わたしの背中を撫でながら、ジェイミーが言った。「知らなかった」

彼の肩に頭を載せて眠ったにちがいない、だがそっと床に下ろされたとき、一瞬目が覚めた。丸めて鞍に結わえてあった毛布を広げた出来合いの寝床だった。彼が隣に寝そべり、わたしを引き寄せた。

「眠るといい」彼がささやいた。「朝になったら家へ連れていく」

夜明け前に目を覚まし、日の出とともに丘を下った。クレイグ・ナ・デューンを離れることに悔いはなかった。

「これからどこへ行くの、ジェイミー？」わたしは尋ねた。この先も彼といられると思うと、うれしくてたまらなかった。たとえ、かつて愛してくれた——これから愛してくれる？——男のもとへ帰る、最後のチャンスを逃したとしても。

ジェイミーが手綱を引いて一瞬馬を止め、肩越しに振り返った。近寄りがたいストーン・サークルは下からは見えないが、背後には岩だらけの険しい丘がそびえ、足元は石やエニシダの茂みに覆われている。ここからだと、古ぼけた小屋ももうひとつの岩山に見えた。丘の拳から突き出た骨張った関節のようだ。

「きみを得るために彼と戦えたらよかった」ジェイミーが不意に言い、わたしを見た。青い目は暗く、真剣だった。

わたしは心を動かされ、ほほえんだ。

「あなたではなく、わたしの戦いだったの。だけどなににせよ、勝ったのはあなた」伸ばしたわたしの手をジェイミーが握った。

「ああ、だがおれが言いたいのはそういうことではない。もし男らしく一対一で戦って勝っていたら、きみは後悔せずにすむ」そこでためらった。「もし——」

「もう〝もし〟はなし」わたしはきっぱり言った。「昨日その全部を考えて、それでもここにいるの」

「ありがたい」彼がほほえみながら言った。「神に感謝だ」それから付け足した。「だが理解できない」

わたしは彼の腰に腕を回し、ドナスが最後の急坂を滑り下りるとき、しがみついた。

「それはね」わたしは言った。「あなたなしではどうにもやってゆけないからよ、ジェイミー・フレイザー、それが答。それで、わたしをどこへ連れていくの？」

ジェイミーが鞍の上で体をひねり、丘を振り返った。

「昨日ここを登るとき、祈りつづけていた」やさしい声で言った。「きみが残ってくれるように、ではない。そうなってはいけないと思った。きみを見送る強さを与えてくれと祈った」彼が首を振った。まだ丘を見上げている。その目は別れを告げていた。「こう祈った。『神さま、たとえおれがこれまでずっと意気地なしだったとしても、どうかいまだけ勇気をください。ひざまずいて、彼女に行かないでくれと懇願しない強さをください』」小屋から目をそらし、一瞬わたしにほほえみかけた。

「生まれてからこんなに辛いと思ったことはなかった、サセナッフ」前を向き、手綱をとって馬を東へ向かせた。めずらしくよく晴れた朝で、太陽がすべてを金色に染め、手綱の縁にも、馬の首の曲線にも、ジェイミーの顔や肩の広い平面にも、炎の細い線を描き加えていた。彼が深呼吸して、ムーアの向こう、ふたつの岩山のあいだにある峠を顎でさした。彼方の

「だから、二番目に辛いことも乗り越えられると思う」軽く馬の腹を蹴り、舌呼《ぜっこ》した。「家へ帰るのさ、サセナッフ。ラリーブロッホへ」

訳者あとがき

「わたしが処女じゃなくていいの？」

「かまわない。おれが童貞でもいいのなら」

なんとも珍妙なやりとりの後、十八世紀なかばのスコットランドはハイランドの若き勇者ジェイミーと結婚させられることになったクレア。

前篇『アウトランダー 時の旅人クレア1』は、結婚式前夜に彼女がしこたま酔っ払う場面で終わり、「なんなの、この尻切れトンボは。この先どうなるのよ！」とじりじりした読者も多かっただろう。「ロマンスものだと思って読んだのに、ラブシーンがぜんぜんないなんて。まるで詐欺じゃない」と怒った読者もいただろう。

お待たせしました。本書の幕開けはその結婚式。ふつうは純白のウェディングドレスに身を包んだ花嫁の美しさに、花婿が息を呑むのだが、ここではクレアがジェイミーの美しさに息を呑む。なにしろ「わたしを輝かしい花嫁というのなら、花婿はまちがいなく目もくらむ閃光だった。わたしはぽかんと口を開け、そのまま閉じるのを忘れた。正装したハイランダーは実に見事だ――どれほど年老いていても、不細工でも、猫背でも。長身で、背筋が真直ぐで、どこから見ても不細工ではない若きハイランダーを間近で見ると、息もできなかった」ほどなのだから。思わず「この果報者め」と突っ込みをいれたくもなる。

TVドラマのほうの結婚式もすばらしい。第七話で放送された二人の初夜のシーンは、TVドラマ史上もっとも美しいラブシーンと絶賛された。クレア役のカトリーナ・バルフの脱ぎっぷりのよさもあって、いやらしくないけど充分にセクシーで美しい。それに花嫁衣裳の見事さときたら！　本作の衣裳デザインはプロデューサー、ロナルド・ムーアの奥さん、テリー・ドレスバックだ。彼女は十八世紀に作られたガウンを何十枚と集め、壁にずらっと掛けて検討に検討を重ねた結果、金属繊維を織り込んだ衣裳にすることに決めたそうだ。使われた布地はもちろん特注。蠟燭の光で撮影された結婚式のシーンで、この花嫁衣裳がチラチラと輝き、ため息の出る美しさだ。カトリーナはこの衣裳のせいで二度泣いたそうだ。最初は衣裳のあまりの美しさに、二度目は衣裳のあまりの重さに。

ジェイミーの正装もほんとうにすてきだ。彼はここではじめて、それまで着ていたクラン・マッケンジーのタータンではなく、自分が属するクラン・フレーザーのタータンを着ている。首に巻いた真っ白なストックはレースの縁取りがあり、ダイヤがあしらわれている。DVDが手元にあったら、ぜひ画面を止めてじっくり眺めてください。

ところで、本篇には、クレアが城の大広間に集まった人々を品定めする場面がある。「頑丈そうな雰囲気があって、それが辻や埋葬地に黙々と立つ、風雨にさらされた模様つきの石を、いまでさえ古めかしい石を連想させ」るマータフは〝ピクト人〟。「類を見ない背の高さと広く平らな額」のドゥーガルは、残忍な〝ヴァイキング〟。そしてジェイミーもやはり〝ヴァイキング〟つまり〝古代スカンジナビア人〟。

読者のみなさんにはおそらく馴染みのない〝ピクト人〟あるいは〝ピクト族〟とは、鉄器時代（紀元前一〇〇〇年ごろ）にヨーロッパ大陸中部のサルディニアから渡ってきたといわれる人々だ。フランク・レンウィック著『とびきり哀しいスコットランド史』（小林章夫訳ちくま文庫）によれば、「才能あふれる勤勉な民族であり……国中に円塔《ブロッホ》を建て、暇になると、石に複雑な模様の彫刻を彫っていた。古代ローマ人の記録によると、自分たちの体をキャンバスにして、絵を描いたりもしていたらしい。また体を動かすため、部族間で複雑な組み合わせのリーグ戦を行なって殺し合いをしたり、あるいはチャンスがあればローマ軍を襲撃したりしていた」そうだ。余談ながら、ピクト（pict）とはラテン語で「色を付けた」という意味。体に絵を描いていた彼らを見て、ローマ人が名づけた。pict は英語の picture（絵）の語源になっている。一方のヴァイキングのほうはというと「八世紀末頃夏の間だけやって来ては襲撃を繰り返した。しかし大殺戮、略奪、暴行、放火など、北欧人なら誰でも休日には楽しむような遊びがスコットランドには少なく、これからいくらでも発展の余地があることを見抜いてからはそこに定住するようになった」のだとか。ジェイミーやドゥーガルが、戦いとなるとすさまじく猛々しくなるのはDNAのなせるわざ、なのだろう。

ところで、スコットランドが発明家を大量に生み出した国だということを、ご存知だろうか？　蒸気機関車を発明したジェームズ・ワット、電話のベル、車のタイヤのダンロップ、テレビを発明したベアード、レインコートの特許をもつマッキントッシュ、医学の世界に目を向ければ、ペニシリンを発見したフレミングにクロロフォルムをはじめて臨床に応用したシンプソン。どれも現代文明の礎になったものばかりだ。

前出の『とびきり哀しいスコットランド史』の作者で、スコットランドはエジンバラ生まれ（本書に登場する弁護士のネッド・ガウアンと同じ）のレインウィックに言わせると「スコットランド人はつまらない言い争いと激しい内輪もめを延々と繰り返すという、どうしようもない傾向があり、また我が身の破滅をもたらすほど極端な行動に走りやすい国民なのである」そうだが、こういうシニカルなものの見方やウィットに富んだ語り口は、ジェイミーをはじめドゥーガルやコラムといったハイランドの個性豊かな男たちにも共通している。だからこそ、本作はとびきりおもしろいのだろう。

二〇一五年一〇月

本書は二〇〇三年二月にヴィレッジブックスより
刊行された作品を再文庫化したものです。

ビューティフル・ディザスター（上・下）

Beautiful Disaster

ジェイミー・マクガイア
金井真弓訳

地下のファイトで無敵を誇る大学一の有名人。一夜で捨てた女は数知れず……。そんなトラヴィスは、大学に入学したばかりの「いい子」のアビーが出会ってはいけない相手だった。それなのに、賭けに負けたアビーは、彼の部屋に一カ月同居することに！　口コミからブレイクしたジェットコースター・ラブストーリー

ハヤカワ文庫

アルジャーノンに花束を〈新版〉

Flowers for Algernon

ダニエル・キイス
小尾芙佐訳

32歳になっても幼児なみの知能しかないチャーリイに、夢のような話が舞いこむ。大学の先生が頭をよくしてくれるというのだ。これにとびついた彼は、ネズミのアルジャーノンを相手に検査を受ける。手術によりチャーリイの知能は向上していくが……天才に変貌した青年が愛や憎しみ、喜びや孤独を通して知る心の真実とは？　全世界が涙した名作に、著者追悼の訳者あとがきを付した新版

ハヤカワ文庫

ジュラシック・パーク
JURASSIC PARK
Michael
マイクル・クライトン
Crichton
酒井昭伸・訳
上

ピルグリム

〔1〕名前のない男たち
〔2〕ダーク・ウィンター
〔3〕遠くの敵

I am Pilgrim

テリー・ヘイズ
山中朝晶訳

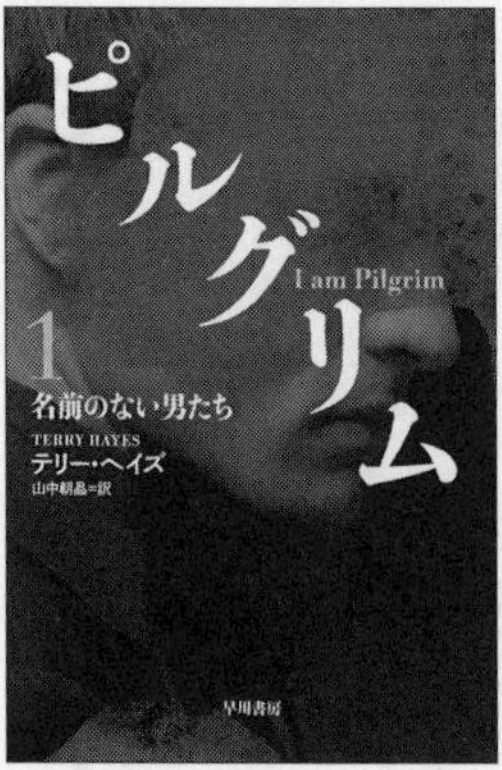

アメリカの諜報組織に属するすべての諜報員を監視する任務に就いていた男は、あの九月十一日を機に引退していた。だが〈サラセン〉と呼ばれるテロリストが伝説のスパイを闇の世界へと引き戻す。彼が立案したテロ計画が動きはじめた時アメリカは名前のない男に命運を託した。巨大なスケールで放つ超大作の開幕

ハヤカワ文庫

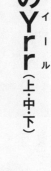

ファイト・クラブ〈新版〉

Fight Club

チャック・パラニューク

池田真紀子訳

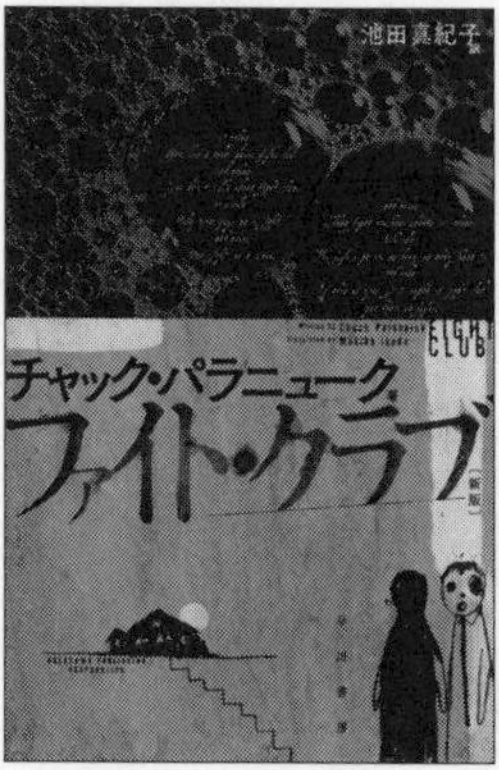

タイラー・ダーデンとの出会いは、平凡な会社員として生きてきたぼくの生活を一変させた。週末の深夜、密かに素手の殴り合いを楽しむうち、ふたりで作ったファイト・クラブはみるみるその過激さを増していく。ブラッド・ピット主演、デヴィッド・フィンチャー監督による映画化で全世界を熱狂させた衝撃の物語！

ハヤカワ文庫

訳者略歴　英米文学翻訳家，東京女子大学英米文学部卒　訳書『アウトランダー　時の旅人クレア1』ガバルトン（早川書房刊），『丘』ヒル，『凍える墓』ケント，『ブーリン家の姉妹』グレゴリー他多数

HM=Hayakawa Mystery
SF=Science Fiction
JA=Japanese Author
NV=Novel
NF=Nonfiction
FT=Fantasy

アウトランダー
時《とき》の旅人《たびびと》クレア 2

〈NV1369〉

二〇一五年十一月二十日　印刷
二〇一五年十一月二十五日　発行
（定価はカバーに表示してあります）

著者　ダイアナ・ガバルドン
訳者　加藤《かとう》洋子《ようこ》
発行者　早川浩
発行所　株式会社　早川書房
郵便番号　一〇一 - 〇〇四六
東京都千代田区神田多町二ノ二
電話　〇三 - 三二五二 - 三一一一（大代表）
振替　〇〇一六〇 - 三 - 四七七九九
http://www.hayakawa-online.co.jp

乱丁・落丁本は小社制作部宛お送り下さい。
送料小社負担にてお取りかえいたします。

印刷・中央精版印刷株式会社　製本・株式会社川島製本所
Printed and bound in Japan
ISBN978-4-15-041369-9 C0197

本書は活字が大きく読みやすい〈トールサイズ〉です。